L'Infidélité

Andrzej Zulawski

L'Infidélité

Roman

agnès pareyre

Wydawnictwo Baran i Suszczyński, 2001

Traduit du polonais par Erik Veaux

Ouvrage traduit avec le concours
du Centre national du livre

ISBN 2-914732-12-0

CHAPITRE I

Théologue 2

Sur les ravissants seins des filles, pire,
Un tome de Jaspers en reliure de cuir,
Tout ce qui est d'Allemagne ne périt guère,
Pour seul exemple, voir Heidegger.

Czeslaw Milosz

Ça fait longtemps que je n'ai pas été aussi heureux qu'aujourd'hui, car, au moment de m'asseoir à ma table ce matin pour reprendre dans une torpeur engourdie l'écriture d'un essai intitulé *Le Dernier des Dieux*, j'ai compris que rien ne m'y obligeait. Non que le titre fût mauvais. Ou le héros. Mais je rêvais plutôt d'une divagation sur un prof de philo charmant (pour une université) qui se serait adonné en parallèle à la photo pornographique sous des pseudonymes divers. Certains de ses pseudonymes auraient été insolents (Joseph Conrad), quelques-uns goûteux (Victor Hernani), d'autres n'importe quoi (Jean Renard).

Je suis sorti de chez moi pour aller à la supérette par la forêt, et j'ai senti ma démarche légère, joyeuse, dansante. Les aiguilles douces et souples bougeaient sous mes pas avec les taches de soleil. Cette partie sablonneuse de la forêt est une pinède suivie d'un espace délicatement ondulé de champs de blé et de betteraves avec, en contrebas, une cuvette où se dissimulent des étangs reliés à un réservoir fissuré et boueux, mais toujours en fonction grâce à un système d'écluses et de canaux habités par des loutres.

Dans cette supérette, j'étais rarement tombé sur la même vendeuse. Les filles changeaient souvent, et les deux plus jolies travaillaient à des heures où je ne passais pas. Par chance aujourd'hui, celle qui servait était celle dont j'avais le souvenir la fois précédente, peut-être pas la même, mais elle lui ressemblait, l'autre m'avait paru un peu plus jeune et moins aguichante, ou peut-être était-ce à cause de ses cheveux courts, colorés en roux vénéneux. C'était un bon prétexte pour entamer une conversation, et donc nous avons conversé jusqu'à ce qu'elle en vienne à me demander si la couleur me plaisait, ou leur ondulation, et tout en parlant, elle s'était mise à rire, c'est-à-dire à montrer une quantité surprenante de dents larges, écartées, plantées sans ordonnance. Elle avait des yeux pâles, transparents, pareillement écartés sur son visage large. Je lui ai demandé pourquoi je tombais si rarement sur elle, et elle a tiré de dessous le comptoir une feuille avec des horaires compliqués, disant qu'elles étaient plusieurs à travailler ici, malgré le faible nombre d'habitants, étant donné que la supérette restait ouverte vingt-quatre heures sur vingt-quatre. « Et vous finissez à quelle heure ? », j'ai dit, et nous nous sommes promis de nous téléphoner, en fait j'ai dit « appelez-moi » en écrivant mon numéro sur un papier d'emballage, parce qu'elle n'avait pas le téléphone, elle dit. « Vous êtes d'ici ? », je demandai, et elle dit qu'elle louait une chambre dans le coin avec une copine, mais qu'elle-même était d'un peu plus loin, de la région de Suwalki.

Je ne suis pas rentré avec mes achats par le même chemin, mais par un plus long, faisant un arc de cercle autour du lac, puis tout droit à travers la forêt qui escalade la pente ensoleillée. Au sommet de la colline, je me suis assis sous un arbre pour regarder la nudité de la terre beige sous les chênes. La journée était belle, sans vent, mais sous des chênes tout est toujours plus silencieux et plus triste, plus froid, quelque chose de définitif. Je suis resté assis dans l'ombre humide et me suis reposé, puis ce fut le lendemain, et, le lendemain, je suis allé dans cette maison où la vendeuse louait une chambre avec sa copine. C'était le soir, la vendeuse avait expédié la copine se promener ou prendre son tour, des bougies étaient allumées sur la table de la chambre, une assiette de jambon-cornichons-œufs durs posée sur une serviette en papier. J'avais apporté du vin, un cabernet sauvignon bulgare, la fille (la vendeuse) avait les cheveux encore mouillés d'avoir essayé d'enlever la couleur rouge. Il faisait soir et chaud, sans doute à cause des bougies, et il m'a semblé qu'il serait également agréable à la fille que je reste avec elle pour la nuit ou passe la soirée à bavarder à table.

« C'est quoi, la philosophie ? elle demande.

– Chaque réponse à cette question ne peut être qu'une coquetterie, je dis.

– Bon. C'est quoi, une coquetterie ?

– Toute chose que nous n'avons pas en nous.

– Beaucoup de choses ne sont pas en moi, elle dit.

– La philosophie, c'est penser sur la pensée.

– On peut penser sans penser, elle dit.

– Cela s'appelle la foi.

– Bon, voilà, je suis croyante, elle dit.

Ses lèvres étaient barbouillées de mayonnaise, je les ai donc essuyées.

– Vous pensez qu'une femme doit être rasée comme dans *Playboy* ou garder sa touffe comme Dieu l'a faite ?

– C'est une question philosophique ?

– J'aime faire des expériences, elle dit.

– Et ?

– Quand j'ai fait cette excursion en Italie, j'ai vu de grandes affiches avec une femme nue, tout ce qu'il y avait de plus élégante et plus très jeune, et il était écrit que la seule fourrure qu'elle portait était la sienne propre.

– Et ?

– Il s'agissait d'une sorte d'aristocrate, à ce qu'on nous a expliqué, la femme d'un député ou d'un ministre et là, dans l'entrecuisse, elle en avait une immense et noire. Donc, on peut.

– Et toi ? je demande.

– Ça dépend, elle dit. Comment on pense à la pensée ?

– Dans le meilleur des cas, c'est comme avec la poésie.

– Quand on la lit, ou quand on l'écrit ?

– Ça dépend, je dis. De ce qui est au cœur de l'obscurité, qu'on sait y être, mais qui s'échappe devant chaque mot précis.

– Comme le sexe.

– Dans le meilleur des cas, je dis.

– Et dans le pire ?

– Dans le pire, ça fait comme des durillons sur les mots. Un crissement de mots déformés de façon trouble, mille pages de brassage en rond.

– Pour quoi faire ?

– Que ça reste obscur.

– Pour quoi faire ?

– La philosophie doit être obscure. Quand elle est claire, elle dit ce que l'on ne peut pas savoir. Donc elle ment.

– Pour quelle raison ?

– Parce qu'elle parle de l'obscurité, du plus profond de l'obscurité. Une sorte de suicide de la pensée, j'ai ajouté.

– Ça, je ne comprends pas.

– Moi non plus, je dis, personne d'ailleurs.

– Parce qu'on ne peut pas ?

– Non, je dis.

– Donc, on croit à quelque chose parce qu'on ne sait pas ?

– Parce qu'on est arrogant, que la pensée galope dans l'obscurité et le vide, et qu'elle pense qu'il doit y avoir quelque chose au bout.

– Peut-être qu'on peut penser comme ça, juste parce que cette chose existe ?

– Au bout ?

– Sinon, d'où ça nous viendrait autrement ?

– La partie de la pensée qui pense est celle qui ne s'arrête jamais de penser, même quand tu dors.

– Inconsciemment, elle dit. J'ai lu ça.

– Non, non, je dis. C'est une sorte de petite bête brute de pensée qui ne pense jamais clairement, et ne voit jamais rien, et jamais ne ferme les yeux parce qu'elle n'en a pas. Puisqu'elle vit dans l'obscurité, et jamais ne cessera de vivre aussi longtemps que nous vivrons.

– Elle partage notre vie ? elle demande.

– Partage la peine, en tout cas.

– La philosophie parle du partage de la peine ?

– De la pitié, oui », je dis.

La bouche pleine, elle a gardé le silence un moment avant de demander :

« Vous m'avez donné rendez-vous pour mon cul ?

– On peut le formuler comme ça.

– Sinon, vous ne m'auriez jamais donné de rendez-vous.

– Là, maintenant, oui », je dis.

Elle hocha la tête.

« C'était moi qui voulais parler avec vous.

– Pour ?

– Pour parler.

– Eh bien, nous avons parlé.

– Alors ? elle demande. Donnant, donnant ?

– Ça dépend de toi », je dis.

Elle s'est levée de table et a tiré la fermeture Éclair de ses jeans, fait descendre les jeans d'un côté jusqu'à mi-hanche où la peau était pâle.

« C'est vrai, elle dit, qu'avec l'âge les types ne pensent plus qu'à ça ?

– À rien d'autre, je dis.

– C'est-à-dire qu'ils restent allongés dans le noir à côté de leur vieille épouse en rêvant de ça ?

– Allongés seuls en pensant à ça de manière obsessionnelle, je dis.

– Avec une force de plus en plus oppressante ? elle demande.

– Oui.

– Ils n'en ont pas eu assez ?

– Ou jamais, je dis. Ils y pensent donc avec une faim obsessionnelle et avec violence.

– Ils fantasment ?

– Oui.

– Même les philosophes ?

– Surtout les philosophes, je dis. Dans l'obscurité.
– Qu'est-ce qu'ils fantasment ?
– Le sexe, je dis. Cet endroit-là.
– Avec de très jeunes femmes ?
– Pas forcément, je dis.
– Et alors ?
– Cet endroit, je dis.
– Cet endroit-ci ? », elle demande.

Elle finit de faire glisser le jean sur ses hanches en se dandinant d'une jambe sur l'autre. La peau toujours on ne peut plus blanche, les poils pubiens noirs dans l'ombre des bougies et couvrant largement le bas-ventre.

« Je ne suis pas rasée, elle dit.
– Je vois.
– C'est bien ou mal ? »

Je ne savais quoi répondre.

« Quand les philosophes restent allongés en pensant à cet endroit de manière obsessionnelle, est-ce qu'ils le voient nu ou poilu ?
– Poilu, je dis, poilu et noir.
– Pourquoi ?
– Parce que cet endroit est associé à l'entrée du lieu où l'on pense à la pensée.
– Quand un vieux fait ça avec une femme jeune, est-ce que c'est beau ? elle demande.
– Ça vaudrait mieux », je dis.

Elle fit le tour de la table et me prit la tête entre ses mains.

« Je n'ai pas vraiment une belle poitrine, elle dit, est-ce que je peux garder mon chemisier ? »

Je sentis sur mon visage la douceur jeune de ses seins.

« Votre visage me plaît beaucoup, elle dit. Je voudrais vous regarder le mettre entre mes cuisses.

– C'est comment par là ? je demandai.

– Comme chez toutes celles qui se sont lavées, elle dit. Pour vous, tout ce qu'il y a de plus obscur, pour moi de tout à fait clair.

– Tu n'as aucune sorte de problème ? je demandai.

– Avec vous, je pourrais en avoir », elle dit.

Au milieu de la nuit, elle demanda :

« Pourquoi est-ce que vous vous rabattez sur quelque chose comme moi ? Parce que vous êtes dans le désert ?

– Dans l'autre monde, je dis.

– Le monde autre, elle dit.

– Oh ! je dis, maintenant, c'est toi qui philosophes. »

Sa copine est revenue tard, elle a vu les bougies qui se consumaient, et nous, couchés dans les draps. Et moi, le temps qu'elle s'arrête sur le seuil, j'ai vu que c'était elle, la fille plus jeune et à la beauté plus délicate à qui j'avais pensé. Le froid humide de la nuit afflua dans la chambre, par-dessus la cotonnade sur ses épaules, et tout se fit plus sombre dans la chambre. La fille recula, nous entendîmes son pas descendre les marches de béton à l'entrée, se diriger sous la fenêtre de notre chambre, là où il y avait un banc et bientôt l'odeur bleuâtre d'une cigarette traversa les vitres fermées. Je me suis habillé, je suis sorti, je suis passé à côté du banc, j'ai dit à mi-voix « bonne nuit », à quoi elle a répondu « bonne nuit ». Elle était penchée vers l'avant, s'appuyant de ses coudes nus et pointus sur les genoux, tandis que le relent brûlé de la cigarette, grande devant son visage, se dispersait en transparence dans la largeur de la nuit.

Avant de venir, je suis resté un temps à ma table de travail à regarder la forêt par la fenêtre. J'avais soigneusement rangé côte à côte crayons et stylo, cahiers et feuilles de papier, et couronné avec le plus grand soin le bord de la table d'objets rapportés de voyages. Le bois clair et ces objets pensants me donnaient du plaisir. « Le Dernier Dieu » était une définition de Heidegger pour désigner ce qui devait advenir – ce à quoi on s'attend – à la fin. Cet Allemand antipathique était d'avis que la philosophie n'était pas un moyen de tirer des conclusions, mais de pratiquer une obscure discipline de pensée sur la pensée, il s'était révélé naïf, irrésolu, mystificateur dans son dernier ouvrage tenu secret des dizaines d'années. Son bredouillis – son vœu – d'un dernier Dieu était aussi lyrique, fécal et mythomane que les appels de Hitler. Comme je n'étais pas satisfait de ces phrases-là, je me suis arrêté d'écrire. Heidegger avait publié soixante-dix volumes, mais son dernier message avait pour seule et unique proposition que la clarté était le suicide de la philosophie. C'était à Hannah Arendt, sa jeune et belle étudiante juive (à qui il faisait l'amour en cachette de sa riche épouse Elfrida), qu'au soir de sa vie Heidegger avait dédicacé un poème intitulé *Dans l'obscurité.*

Dans l'obscurité, plus que *Le Dernier Dieu.* Des contours qui m'étaient plus proches. Qu'on pouvait noter et contempler, auxquels on pouvait penser en regardant la forêt par la fenêtre. La fille aux cheveux teints en rouge était allongée près de moi, sa bouche laissait voir des dents largement plantées, la peau tachetée d'une myriade de grains pareils à des chiures de mouches. Son ventre était élastique, il travaillait comme une pompe quand elle entrait en passion. Jusque-là silencieuse, elle se mettait à parler d'une voix rauque, oui, oui encore, oui comme ça. Son sexe était vaste et les poils par-dessus faisaient une toison épaisse et rêche suite à des rasages répétés. Elle avait les ongles rongés et des doigts courts. J'avais cheminé à côté de l'autre, la plus jolie, sur la chaussée lisse comme une peau de soie, en direction de la supérette ouverte vingt-quatre heures sur vingt-quatre. La vendeuse de garde entrouvrait un guichet grillagé dans la porte de la supérette pour tendre les alcools après avoir pris l'argent. On aurait aussi bien pu l'attraper par le bras, la tirer, lui cogner le visage contre les barreaux et la tuer ou la blesser, et s'attaquer à la supérette et à la caisse de la nuit.

La tête enfouie entre les cuisses délicates de la fille, ainsi qu'elle l'avait voulu, je pensais à la nuit bénie de l'âme et, lorsqu'elle m'enjamba, je réfléchis à ce concept heideggerien que la pensée sur la pensée est bonne en poésie, là où elle exprime moins que plus. On écrit de la poésie que la vérité la plus profonde n'est pas claire en soi-même, encore qu'on ne puisse qu'avec des mots palper les ténèbres intérieures, pour en extraire les sucs de la connaissance, et parce que la vérité la plus profonde reste obscure à soi-même. Le rêve, le sexe, la philosophie, le mystère intérieur le plus secret ne sont pas une même chose, juste un reflet d'étonnement devant l'être concentré comme dans un miroir embrumé. Swedenborg, par exemple, croyait qu'après la mort les âmes bonnes vivaient dans leur délicieuse bonté, et les mauvaises dans les délices de leur mal.

Je marchais dans la petite ville morte presque aussi légèrement que le matin. Sexe transparent et fenêtre ouverte sur la nuit. Dépressions noires, foudroyantes, de Heidegger. Pour se consacrer à la méditation, Spinoza gagnait sa vie en polissant des lentilles de microscopes. Hâblerie de Heidegger arborant en permanence culottes de cuir à bretelles de paysan bavarois et chaussettes montantes, alors qu'il consignait l'aveu de Dieu que l'Être lui était nécessaire. Premier sur les bancs de la classe, furoncle premier. Furoncle qui avait contraint Dieu, l'avait pris sur le fait. Le furoncle caftait Dieu, tout comme le premier de la classe Heidegger avait cafté les Juifs (désenjuiver !) auprès des autorités universitaires du parti. Il y a cinq jours, alors que je devais prononcer ma leçon et recevoir le titre de professeur titulaire, j'avais perdu contenance (je portais toge et toque), rangé mes feuilles blanches et quitté la salle. J'ai entendu gonfler le brouhaha et l'indignation derrière moi et, au lieu de descendre, j'ai grimpé l'escalier, l'auditorium se précipitant à ma poursuite vers le bas, dans la cour. Il faisait soleil. Midi sonnait. Ma belle épouse s'était lentement levée de son fauteuil au premier rang. Elle portait un ensemble lilas pâle, des gants lilas, un chapeau, un sac de cuir lilas, ses jambes encore jeunes étaient fines. Au fond de l'amphithéâtre blanc, la télévision filmait.

Je marchais en agitant les bras, et je devais crier quelque chose parce que les passants que je croisais se retournaient sur moi. Les papiers s'envolaient de ma poche, la toge se prenait dans mes genoux. La toque était tombée quelque part, peut-être quand j'avais couru jusqu'à la sortie de secours de l'École centrale.

« Sur quoi vous travaillez maintenant ? demanda la

fille, les lèvres desséchées par la passion amoureuse et humides de sueur.

– Je suis En, je dis, et Entre.

– C'est de la philosophie ?

– *En* toi et *entre* moi et moi.

– Il faudra m'apprendre.

– Quoi ?

– À parler comme ça. »

Elle se reprit :

« À penser.

– Touche pas, je dis. Il faut aussi la laisser se remettre.

– J'ai essayé de lire une sorte de livre sur la philosophie. *Le Monde de Sophie.*

– Et ?

– C'est comme un catalogue de vente, elle dit.

– Ça te plaît d'être vendeuse ?

– Ça m'est égal.

– Réponds.

– Rien de spécial, elle dit. Il ne m'est jamais rien arrivé. Une seule fois, quand j'avais treize ans. On n'avait chez nous ni argent ni travail. Un cirque est arrivé d'Ukraine, et je me suis inscrite dans ce cirque. Pour devenir acrobate.

– Et alors ?

– On nous apprenait sur un trampoline, j'ai volé une fois en l'air et j'ai cessé de penser, je n'ai rien fait de ce qu'on m'a dit, je suis donc retombée comme une pierre, et j'ai dégringolé et je me suis cassé un poignet. »

Elle me prit une main et la passa sur une bosse osseuse. Sa peau était rêche.

« Mon père travaillait à la Sécurité, elle dit. Je me suis acheté des baskets. Chicos. Vous avez remarqué ?

– Mets-les », je dis.

Elle s'est assise sur le lit, elle s'est penchée pour les attraper et les enfiler.

« Marche », je dis.

Elle s'est levée et a marché dans la pièce. Ses fesses toutes blanches, couvertes de taches de rousseur trop petites pour être visibles à une distance de trois mètres, sans parler de la pénombre, et ses longues jambes droites terminées par d'immenses baskets d'allure technologique luisaient plus fort que la nuit claire dans la fenêtre. Elle a enlevé son chemisier. Elle avait des petits seins aussi écartés que ses yeux, bleuâtres aussi dans cette lumière.

« Tu n'as pas à en avoir honte, je dis. Ils sont aussi beaux que le reste.

– Vous trouvez quelque chose de vraiment beau en moi ?

– Oui, je dis. Le visage et le sexe.

– Autant l'un que l'autre ?

– D'une certaine manière, oui.

– Vous voulez faire l'amour avec mon visage ?

– Ça peut se faire », je dis.

Je caressais sa tête rousse, maintenant verdâtre et lisse, et je vis dans ses cheveux le reflet orange de la dernière bougie qui se consumait. J'étais dans un état de tension maximale et de clarté maximale, l'une dans l'autre comme des boîtes gigognes, fruit au centre d'une pièce dont on aurait enlevé les meubles, pression d'un fruit dont allait jaillir le jus.

« Il n'y a plus de philosophie en moi, je dis. C'est moi qui suis la philosophie. »

Après l'incident à l'Université, ma carrière fut mise au placard, et on parla, par euphémisme sans doute, de congé scientifique. Dans la rue, je me sentais exalté et grandi. Le vide était un bonheur. Je suis allé m'asseoir dans un bar de la rue du Nouveau-Monde et fis une touche avec la serveuse. La première serveuse que je draguais. Je lui dis que je n'avais pas d'argent pour payer la bière que je venais de boire. La canicule de midi régnait sur le trottoir, la bière était fraîche et piquante, le bar vide et froid. La serveuse avait les cheveux teints en blond léger (est-ce qu'elles se font toutes teindre ?), et un nez comme en pâte à modeler, long, gris et gras, collé sur un visage étroit, d'un autre temps (pas vieux). Plutôt fine et osseuse, elle trahissait dans ses gestes parcimonieux les marques d'une fatigue, comme si depuis le matin elle en avait trop vu.

« Je vous laisse ma montre, je dis.

– Pourquoi ?

– En gage, je dis, en l'enlevant de mon poignet, et pour pouvoir venir la reprendre. »

Au contraire de celle que j'allai rencontrer dans la supérette, celle-là, ici, avait les yeux plantés trop près de son nez effilé. Badigeonnés de violet.

« Ce n'est pas la peine, elle dit.

– Comment vous dire merci ? »

Elle haussa les épaules dans sa blouse blanche de service.

« Vous passerez.

– Vous êtes ici tous les jours ?

– Jusqu'à dix-sept heures », elle dit.

J'avais l'air d'un grand seigneur. Maintenant, je n'ai plus l'air grand seigneur. Ce matin-là, en vertu du principe qu'on ne s'habille pas de noir avant la tombée de la nuit, je suis venu à la cérémonie habillé de vert et de bronze, en velours et tweed léger, d'une élégance étudiée. Dernièrement, j'avais minci de plusieurs kilos, bien que mangeant la même chose que d'ordinaire. Mes cheveux ne seront jamais tout à fait gris, parce qu'ils n'ont jamais été tout à fait sombres, et ça aussi s'est mélangé. La serveuse s'attardait sans déplaisir devant ma table. J'ai fait alors une chose que je n'aurais pas osé faire quelques secondes plus tôt. J'ai tendu la main et touché la cuisse juste sous la bordure de la jupe chiche. C'était frais, et rien n'a bougé. J'ai glissé les doigts entre ses cuisses serrées et poussé un peu vers le haut. C'était l'été, et elle ne portait pas de bas, et sa peau était couverte d'un petit duvet rêche qui picotait l'extrémité sensible des doigts.

« Oh ! oh ! elle dit.

– C'est bien vrai », je répondis.

J'ai levé les yeux, et j'ai vu qu'elle me regardait, immobile, avec une expression comme si elle hésitait entre le dégoût et l'aigreur d'un savoir amer, secret, et certainement plus grand qu'elle, parce qu'elle ne pensait pas à moi mais à elle-même.

« Le passé n'existe pas, je dis, parce que, dans ce vide qui ne voulait pas se condenser sur rien, cette phrase m'est revenue. C'est de Faulkner, je dis, un écrivain comme ça. Et qui a ajouté : il n'est peut-être même pas le passé. C'était dans un livre sur Heidegger, un philosophe comme ça. »

Le jeune homme occupé à mélanger les salades et à mettre à cuire les pizzas est revenu au comptoir au bout de la salle, mais je n'ai pas enlevé la main parce que la serveuse était placée de sorte que le garçon la voyais de dos.

« Vous avez dû complètement perdre la boule, elle dit.

– C'est le mot, je dis. Je viens justement de perdre ma femme et mon travail.

– Et ? elle demanda avec un intérêt méfiant.

– Et je ne sais pas », je dis.

Sauf qu'il s'était tu au milieu de son discours souriant et pas inintelligent. Non pas comme un acteur qui oublie son rôle et reste paniqué, les yeux écarquillés, le cœur battant, la bouche, un trou sec, et ne sachant même pas que le souffleur lui dicte la suite en croyant que l'acteur va se raccrocher à un mot, va rebondir sur un mot magique, se réveiller et se remettre à rouler comme une pierre dans une avalanche. Non, il n'avait pas besoin de souffleur, il avait bien ses notes devant lui, et sur le nez ses lunettes (des demi-verres de lecture par-dessus lesquels il pouvait toujours lorgner de ses beaux yeux verts sous des paupières à demi baissées, même si tout à fait ouvertes), non, il s'était interrompu au milieu de la première feuille. Il s'était arrêté de lire. Il avait le cerveau complètement froid, et complètement vide, comme du verre (comme il me l'a décrit), vide, non par absence de pensée, mais comme est vide une boule de verre remplie d'air, quelque chose entre abaissement et clarté, vide en transparence.

Les visages paresseusement souriants et les visages souriant avec bienveillance (acquis d'avance) cessèrent de sourire, et il sembla que les invités à écouter se faisaient attentifs à son silence, entendaient mieux sa parole coupée et son mutisme qu'ils n'avaient écouté ses paroles, tandis que sa femme au premier rang commençait à se tortiller sur son joli derrière moulé, car, la première, comme toutes les épouses, même celles qui vous trompent, elle avait saisi qu'une chose n'allait pas, et son regard inquiet et ses lèvres dures à demi ouvertes sur des dents blanches se sont mises à exprimer une trouée de peur, serait-il submergé par une crise cardiaque, un débordement annonciateur, une vague annonciatrice d'apoplexie et de paralysie, son silence ne serait-il pas l'écoute d'une mémoire aspirante, d'une vague de chaud suivant une vague de froid, de la glace de l'indifférence qui précède la mort ?

Mais non. Il n'avait même pas rangé les feuilles, ni enlevé ses mi-verres, ni vacillé ou agrippé le pupitre, il était seulement sorti. C'est-à-dire qu'il était descendu de l'estrade, comme saisi d'une envie irrépressible de faire pipi, il n'avait adressé aucun signe entendu à sa femme, ni ne s'était incliné devant le recteur ou devant les doyens, ni marmonné quoi que ce soit qui aurait justifié son comportement, il était seulement passé derrière les sièges du praesidium, derrière leurs dos et les toques et les chaînes et les dossiers interminables des noirs fauteuils, on ne sait pourquoi en style massif de Gdansk, et il était sorti par la petite porte, tandis que les murmures et le brouhaha et le raclement des pieds des gens en train de se lever et l'inquiétude dans la salle gonflaient en une seule aspiration de bouches ouvertes, et la première qu'il perdit de vue fut sa femme dans cette robe provocante qui mettait en valeur sa poitrine et son long cou puissant, et ses grandes mains tenant un bouquet de fleurs et ses cheveux lisses sur sa nuque, et ses hanches harmonieusement insolentes.

C'est ici seulement, en marchant dans la ruelle qui débouchait sur une rue plus large et en plein soleil, et peut-être parce qu'il devait cligner des yeux et diriger son regard sous ses paupières vers un fond de pâte inondé de soleil, que des éclats et des reflets et des taches rouges et une vision désordonnée l'ont entouré comme des haillons qu'il aurait voulu arracher de lui-même, mais il s'agissait de lambeaux de phrases et de mots, des bribes (qu'en fait il ne comprenait pas), et tout ce temps, il sut qu'au moment de la mort (il s'agissait bien d'une mort civile, c'était clair, d'une mort par défection) il n'est pas vrai que la vie – des fragments de vie – traversent la tête à la vitesse de l'éclair et dans l'ordre, c'est le contraire, il n'y a rien et rien dans l'ordre, rien dans le néant froid et propre ne passe à travers la tête pour empêcher de n'être plus qu'un moi, uni au moi pour faire un tout, pour une fois unique, dans un sentiment privé de toute couleur, de toute température, déchargé du fardeau de toute signification. Seule la vie des autres peut être regardée, en brèves images de colère, accolées en désordre et transparentes, par exemple devant la tombe d'un mort récent auquel on pense, auquel on doit penser, auquel on veut penser alors. Il avait compris ça sur la tombe de sa mère, qu'il ne supportait pas, au moment où il avait fallu détacher la plaque de béton sale de la tombe de sa mère à elle, pour glisser par la fente obtenue la boîte neuve en bois jaune clair avec les restes en cendres de sa mère à lui, qu'elle ne repose pas aux côtés de son mari décédé quelques années plus tôt, mais allongé, lui, près de sa propre mère, que détestait sa mère à elle.

Un employé du cimetière (comment l'appeler ? Un maçon ? Un fossoyeur ?), maigre et sale, même pas vraiment saoul, avait introduit une planche sous la dalle et s'y était accroché comme à un levier pour qu'un autre ouvrier, encore plus sale (le pantalon du premier qui s'agitait au-dessus était pourtant inexplicablement crasseux au maximum, comme pénétré ou enduit de gras, de quel gras ?), puisse tirer le morceau de tuyau complètement rouillé, préalablement passé sous ladite dalle, qu'elle puisse rouler dessus et qu'ils puissent, les deux ouvriers, colmater la tombe d'un crépi gluant recueilli sur un tas de saloperies à quelques mètres et qu'ils avaient ramassé à la volée avec un seau en aluminium pareil à ceux pour traire les vaches à la campagne, lui regardait ça, ce grotesque était plutôt agréable, rien de déshumanisé ni d'outrageant, ce n'était que de la bêtise, et c'était un manque de goût face à la vie ou à la mort, le même manque de goût qu'il y a à tenir pendant quinze ans un chien attaché à une chaîne d'un mètre et demi dans un segment de conduit en béton qui lui sert de niche au bout de la cour pourrie, défoncée, encombrée de détritus, d'un immeuble anonyme en béton au milieu de vastes champs boueux – basta. Autant pour ça. Outre la boule du cerveau, il y a les os du crâne, au-delà, incertainement infini, le monde perdu. On ne saute pas plus haut que son cul. On ne saute pas de sa boîte crânienne, de la boîte de Pandore. Être simultanément cause et moyen est une impossibilité. C'était tellement clair, et tellement ne demandait pas de mots, qu'il garda le silence.

Je touche des doigts entre ses cuisses la fente que j'imagine comme sa bouche, sévère et grise. Il y avait dans la serveuse quelque chose de pitoyable, comme l'avant-fin de quelque chose.

« Cela signifie, je dis, que je suis terminé. Ça vient de se passer, c'est-à-dire ici et maintenant. »

Elle lorgna sur ma toge qui pendait de la chaise et recouvrait le plancher comme une cloche.

« Vous êtes acteur ? », elle dit.

Mes doigts trouvèrent la douceur sous la fermeté et s'enfoncèrent plus avant dans la muqueuse délicate. Allais-je percevoir une sécrétion ?

« Professeur, je dis.

– Vous avez picolé, ou quoi ?

– Pas encore », je dis.

Oui, c'était bien mouillé. La moiteur se répandait rapidement, il devenait plus facile à mes doigts de se mouvoir.

« Toujourrrs prrrête », je dis.

Elle s'est troublée, non, pas à cause de mes doigts, mais de ce que je venais de dire.

« Qu'est-ce qui vous prend, l'accent russe ? Que je serais une russka des fois ?

– Et même si..., je dis, c'était un slogan comme ça, quand j'étais jeune. Chez les pionniers, c'est-à-dire les scouts.

– Ça doit faire longtemps.

– Maintenant, toi, tu mouilles », je dis.

C'était risqué. Mais il fallait bien aller plus loin. Un instant, notre relation est restée suspendue à un cheveu. Ses lèvres se contractèrent, ses yeux – froids comme ceux d'un poisson – se mirent à chercher, puis son menton s'est mis à trembler, tandis que mes doigts bougeaient sans peine sur les côtés.

« Sortons d'ici, je dis.

– Je ne peux pas, elle dit.

– Avant que quelqu'un n'entre, je dis. Quelqu'un va forcément venir. Il est midi. Ou ce garçon va se mettre à mater.

– Ce n'est pas mon copain, elle dit.

– Vous avez quelqu'un ? Pourquoi vous me laissez faire, moi, un vieux ? »

C'était encore plus risqué. Mais puisqu'il fallait aller de l'avant.

« C'est le bordel dans ma vie, elle dit. Vous savez, il y a des gens, genre avec qui rien ne marche.

– Qui, lui ou vous ?

– Moi », elle dit.

Je remuais les doigts en elle, adroitement j'espère, et j'espérais que ça lui donnait un plaisir passager.

« Je peux sortir, mais pour un quart d'heure, elle dit.

– Je vous en prie », je dis.

Je regrettais de devoir enlever les doigts. Ils étaient humides et froids maintenant, à l'air.

Elle négocia la sortie avec le garçon près du bar et me fit signe d'un mouvement de la tête de sortir par le fond, un passage étroit où se trouvaient les toilettes. Dehors – dans la cour – il y avait aussi des tables.

« Et maintenant ? », elle dit.

Elle avait l'air un peu plus âgée, un peu plus maigre, elle avait le visage coupé par les rides de la trentaine.

« Il y a ici l'appartement d'une de mes étudiantes qui est partie à Helsinki, je dis. En Finlande, on fait de bonnes études de philosophie, mais la langue ne vaut pas le coup, personne nulle part ne comprend le finnois. Mon étudiante est tombée amoureuse d'un infirmier de maison de fous. Il a une ribambelle d'enfants et une femme exigeante, il l'a donc séduite épistolairement.

– En finnois ? », elle a demandé.

Nous sommes partis par la pelouse à gauche et par un passage étroit entre des immeubles.

« Il doit être aussi Polonais que toi, je dis. Au

moins dans ses lettres. J'ai essayé d'intercepter ces lettres et de les jeter, mais je n'ai pas vraiment réussi. C'est-à-dire que je venais de temps en temps à l'appartement que je louais pour elle, et je les enlevais de la boîte. Je veux dire que, moi aussi, j'étais paumé à l'époque. »

Elle marchait sur des échasses en liège, posant fermement les pieds à la verticale, du haut vers le bas, trottinant non à cause de sa jupe serrée sur ses cuisses – je n'aurais pas pu y passer la main en marchant –, mais parce qu'elle avançait comme ça.

« Et puis c'est ma femme qui est rentrée, je dis, et l'étudiante est partie et m'a laissé les clefs, parce qu'elle ne savait si elle partait pour longtemps ou pour toujours, et la location courait pour l'année.

– Pas la peine d'en faire tout un plat, elle dit, vous l'avez dans l'os. »

« Moi aussi, je suis paumée », elle dit, au moment où je tournai la clef dans la porte.

J'avais imprudemment accroché cette clef avec les miennes, mais autrement je l'aurais perdue.

« Cette étudiante était une bonne philosophe ? elle a demandé.

– Plutôt. Dans ses travaux, elle employait en alternance des gros mots et des concepts philosophiques.

– Quels gros mots ?

– Con, bite, baise, je dis.

– Nous avons dix minutes », dit-elle.

L'appartement n'était composé que d'une pièce avec cuisine où flottaient des odeurs de caoutchouc venant de la salle de bains. Ce qui était accroché aux murs était petit et l'était n'importe comment, le canapé-lit en désordre, des gobelets avec du thé moisi. Cette laideur me repoussait, à l'époque. L'étudiante, quand elle avait épuisé sa réserve d'anecdotes intellectuelles, se taisait, et il ne restait que le mur vide. Elle avait des jambes robustes et droites, et de fortes fesses arrondies, mais pas de poitrine.

La serveuse a remonté sa jupe des hanches jusqu'à la taille, et j'ai vu son slip toujours décalé, collé peut-être à l'aine droite, là où l'avaient glissé mes doigts. Elle a dégrafé son chemisier. Des seins, elle en avait. Était-ce ce qu'elle voulait me montrer ? Saillants vers le haut et l'avant, dans un soutien-gorge blanc en dentelle. Ce slip et ce soutien-gorge me semblèrent ne pas lui appartenir, comme d'une autre vie.

« Je viens de loin », elle dit.

Je pensais que je voulais avec la plus grande des volontés me retrouver à l'intérieur de cette femme vulgaire, plus très jeune, et lui arracher mon âme. Je sentis venir de son corps une odeur ténue de salle de café, et cette odeur ne me rebutait pas, au contraire, en quelque sorte elle m'engageait. Elle n'était pas assez forte, mais il y avait trop peu de tout.

« La philosophie, c'est quoi ? elle a demandé.

– Le cours que je devais faire portait sur la

philosophie dernière du dernier des philosophes, qui d'ailleurs était un Allemand. C'est lui qui a dit que, en définitive, philosopher ne voulait rien dire d'autre qu'on n'en est toujours qu'au début. »

Debout, nue devant moi, elle me faisait perdre patience, mais puisque j'étais maladroit, c'est elle qui me défit la ceinture et me baissa le pantalon sur les chevilles.

« La philosophie démontre avec force extrême et constance combien l'homme est un débutant, écrit Heidegger, je dis.

– Même un vieil homme ? elle dit.

– Tu as deviné.

– Je ne suis pas obligée de deviner. Vous savez que je sais. »

J'ai senti l'élasticité de ses seins, et j'ai pensé que j'allais me mettre à enseigner la philosophie à des tocardes de rencontre.

La serveuse s'appuyait des mains sur le plancher dans une pose de gymnaste, la croupe pointant de mon côté, les seins pendant jusqu'au menton. Elle avait un sexe brun, plié en portefeuille, rose clair au centre, cerné d'un trait presque noir, d'un bronze sombre et net. Des sexes comme ça vont me plaire le plus, je pensais. Je ne chercherai que des sexes de femmes au poil sombre. Les sexes de blondes sont couleur chaume, porcins, d'un dessin pâle ou mal tenu. De longs poils sans couleur qui pendent mollement et droit comme des barbichettes de chèvre. Les sexes sombres s'ouvrent comme la nuit, sur une délicatesse inattendue. On peut admirer leur esthétique avant d'y entrer, et y être à deux avant de s'y retrouver séparément ensemble.

Le sexe de la serveuse était omniscient et excitant, et nous savions tous les deux ce que nous cherchions. Heidegger critiquait toute philosophie qui naissait de la pensée. La philosophie commence à partir d'un état, d'une humeur, d'un étonnement, d'une peur, d'une obscurité, d'une jouissance. Au commencement, la philosophie cherche le passé à venir. Les choses doivent passer une à une par une porte étroite. Par la porte étroite de son sexe, dans un océan qui est le Néant. Son frère exigeait de Heidegger que dans une seule phrase il n'y ait pas deux pensées à la fois. Il était bègue, il prononçait donc le concept de base de la philosophie fraternelle, le *Da-sein*, l'Être-là, en dadaïste, le « *da-da-sein* ». L'Être était dadaïste, surréalisme du Néant.

Je n'avais pas l'intention de rester dans ce studio vide de jeune fille, d'ex-intellectuelle. Je pensais à l'étudiante transportant ses dossiers, ses tampons, ses bazars et son fourbi jusqu'à l'endroit où l'infirmier de la maison de fous l'avait séduite. Elle avait coutume de marcher en péripatéticienne, comme

Heidegger. Elle portait des baskets rouges et se promenait sac au dos. Qu'y avait-il dans le sac ? Un opuscule sur le hamster syrien, de la gelée en tube, un volume de Leibniz, un carnet de notes prises au hasard. Depuis son enfance, Heidegger avait, lui, marché en culottes tyroliennes, petit chapeau à plume. Il arborait une solide petite moustache paysanne qui, le moment venu, s'est révélée hitlérienne.

Autour de lui – il en était originaire – il y avait la Forêt-Noire. La contrée où se rejoignent le pays souabe, l'Alémanie, le Danube, les montagnes suisses. Du début à la fin, Heidegger a été tourmenté par le concept de l'être authentique : rude, fait de labeur, enraciné. Déraciné. Des champs, des sentiers, des chemins forestiers. Des églises et des cloîtres. Il avait séjourné au séminaire chez les jésuites, il était porté sur le noir. La vie inauthentique, rapide, mondaine, citadine et culturelle, était pour lui une facilité répugnante. La philosophie, c'est le transfert de la campagne à la ville : Socrate à moitié nu, Platon et les promenades dans l'Académie bucolique. Ils philosophaient en allant et venant. Titres de Heidegger : *Le Chemin de campagne, Sur de calmes sentiers.*

Je ne rentrerai pas à la maison, je pensais, ma femme m'était indifférente. Comme si je ne la connaissais pas du tout, je la connaissais trop bien. Tête haute, élégante, elle retournerait à ses affaires de cœur. Elle passerait légèrement par-dessus la désertion de son mari philosophe. Le respect pour le mystère de la réalité, c'était ce sur quoi j'avais à faire cours. Et la raison pour laquelle je n'ai pas dit un mot. Bien sûr qu'ils furent déçus. « Nous devons connaître nos limites puisque nous les avons franchies en esprit, mais comme dans un rêve. » Dans cette proposition heideggerienne, le mot intéressant était « comme » : il fallait réfléchir sur lui, faire silence et s'incliner. Incliné, je me taisais dans la salle claire. Le soleil se déversait par les grandes vitres sales, comme givrées de lait après la nuit. En définitive, tout vient de l'ombre, du tâtonnement dans le noir, et tout y retourne si l'on demande « pourquoi ? ».

C'est là seulement que j'ai entendu les coups contre la porte. On devait cogner depuis un long moment. La serveuse a dit « oh, merde ». Elle s'est redressée violemment, j'ai donc dû m'accroupir et elle a dit : « N'aie pas peur, ce n'est pas la mafia, juste des Ukrainiens. » Je regrettais que ça finisse, mais c'était comme ça. Dans ce studio, c'était même un peu comique. Humoristique de la voir tirer son slip sur ses jambes douces. Sur ses fesses, le duvet faisait comme une minuscule brosse, à cause du froid ou de la peur. « Je dirai que tu as filé, elle a dit, avant qu'ils ne défoncent la porte. Je vais prendre des claques, et il va falloir que j'y passe, mais c'est normal. N'aie pas peur », elle a encore dit, alors que c'était elle qui avait peur. Elle ouvrit la fenêtre, jeta un œil et dit : « Sors par là. »

Je suis sorti par la fenêtre sur une corniche et me suis glissé de côté, qu'on ne puisse me voir derrière la vitre. Elle a repoussé la fenêtre. Quand elle a ouvert la porte, elle n'a pris ni coup ni gifle, en tout cas je n'ai rien entendu de tel. C'était peut-être le gamin du bar, jaloux, ou peut-être ceux qui la contrôlaient – elle, une Ukrainienne. Elle est revenue à six heures, m'a rendu la montre et montré une déchirure à son chemisier et un gros bleu, jaune-vert, entre le bras et les côtes, à droite du sein. « Prof de philo », elle a dit, avec sarcasme. Cette fois, elle s'est déshabillée complètement, et une odeur forte de travail et d'activité a émané d'elle, mais ça non plus ne m'a pas dérangé. Quand je me tenais sur la corniche, deux étages au-dessus du trottoir, le dos accolé au mur, un vent léger avait gonflé la toge autour de mes jambes, en faisant claquer les coins contre les briques comme de petites voiles noires. Personne n'avait levé la tête pour me regarder. J'ai remarqué que les passants ne levaient pas la tête en marchant. Ils regardaient devant leurs pieds ou sur les côtés, ils se saluaient, ils attendaient leur chien s'ébattant sur une pelouse. Ils avaient les mains occupées par quelque chose, un panier, une sacoche, un filet, une laisse, une cigarette. La lutte de la science et de la religion n'a pas de sens, puisque à la question « pourquoi ? » la science répond par une action, mais pourquoi seulement y a-t-il action ? La philosophie n'existe que dans les champs de ce à quoi elle n'est pas arrivé, et aujourd'hui elle existe pour s'interroger sur le qu'est-ce que c'est que cette valeur secrète qui s'ajoute toujours, à chaque explication, jusqu'à ce que toute explication reste superficielle comme si son âme la fuyait.

Leibniz, c'est-à-dire l'idéalisme, considérait que le monde est une totalité, et que le cerveau humain qui s'y trouve implanté en saisit ce qu'il peut, tel un récepteur radio ou un téléviseur. Heidegger, c'est-à-dire le matérialisme, se déclarait d'avis que le monde est créé par le cerveau. Je me suis arrêté dernièrement sur la théorie des cadres cinématographiques immobiles qui constitueraient le temps. Un temps immobile mais lié en une durée, en un spectacle, uniquement par les propriétés de notre cerveau, de même qu'un film – suite de clichés fixes – n'est lié dans le flot narratif que par l'inertie de notre œil, qui retient un cinquantième de seconde la vision du dernier cliché, permettant ainsi de couler avec fluidité dans le suivant sans que l'on perçoive de vide entre eux. Au début du siècle, je pensais, au moment où Heidegger était étudiant, la jeunesse voulait paraître âgée. Elle employait des pommades pour se faire pousser le poil plus vite, portait des binocles et des cols en Celluloïd, tandis que les filles s'attachaient les cheveux comme leurs mères. Debout sur la corniche, je pensais : que dire si la notation extérieure se révèle une photocopie du recoin le moins clair de l'âme, de là où le désespoir se mêle à la conscience de l'immobilité tragique de la vie ?

Quand le moment est venu de passer à l'acte amoureux, face contre face, corps dénudés, couchés l'un contre l'autre, quelque chose a cloché. Je n'éprouvais ni honte, ni dégoût. Tout simplement, elle était revenue inutilement. Rien à espérer. Elle était confuse mais, comme je le sentais, contente. C'était bien comme ça, et aucune complication ne menaçait. « Et moi dans ma tête, j'avais déjà déménagé », elle dit. En riant. Le professeur et moi, nous irions disparaître tous les deux, je me disais. Mais qu'est-ce que nous aurions bien pu faire ensemble, si juste après un seul coup, ça ne marche pas ? La vitesse d'éloignement du passé est également aléatoire, je pensais, et seul l'avenir est stable. La forme supérieure du temps, l'éternité, en contient toutes les formes, sauf s'il n'en contient aucune, puisque l'éternité demeure quand tout passe. Cela s'appelle le Néant, je pensais, que certains appellent Dieu. Dieu égale le Néant, des mots comme ça, il faut que j'y revienne. Car l'éternité est imaginée, rien n'en fait la preuve, à commencer par la nature même du vécu du temps. Le temps peut-il cesser d'être ?

Elle me rappelait ma femme. C'est-à-dire, si ma femme avait été une serveuse distribuant bières et pizzas bourrées de graisses. Quand elle était sortie, j'avais regardé le plafond, puis par la fenêtre. La fenêtre était carrée, et on y voyait des maisons carrées. La nuit était, comme toujours en ville, plus pure que le jour. Quelque chose de mauvais flottait dans l'air, quelque chose de mauvais entre des gens invisibles. Je n'éprouvais pas de peur nocturne, c'était une peur claire. Il faisait vide. Je me suis assoupi sur le canapé-lit bas de l'étudiante, et j'ai pensé qu'on ne pouvait pas débrancher l'organisme en dormant : les poumons ne cessent pas de fonctionner, la lymphe, le cœur, les yeux. Les yeux regardent dans l'obscurité des paupières où sautent des images qui se tordent et s'accolent en longs contenus complexes, plus sensés qu'en plein jour. Par chance, difficile de les mémoriser : si elles duraient, elles entreraient en conflit avec la réalité, peut-être en vainqueurs. Perdu, je me serais perdu entre sommeil et veille. Ce que nous rêvons en rêvant n'est pas contrôlé par la veille. Esprit de la pensée, spectre expiant les péchés de la vie.

Au matin, j'ai claqué la porte et je suis descendu rue Tamka, au bureau de l'agence immobilière où j'avais trouvé et ma maison et le logement pour l'étudiante. Dans la salle d'attente, j'ai patienté jusqu'à l'arrivée de la propriétaire de l'agence, que je connaissais. Elle est entrée, petite et large, les cheveux cernant étroitement son visage rond. Elle sentait l'hygiène, mais elle n'était pas maquillée, et j'ai pu plus tard constater qu'elle sentait l'hygiène de partout, jusqu'au sexe aspergé d'un spray ad hoc. Elle avait des lèvres fines, serrées sur des dents blanches et égales, elle était joufflue, et son nez d'oiseau pointait du visage comme un bec pâle. Nous avons regardé ensemble des descriptions et des photos de petites maisons à louer à l'extérieur de la ville, et j'ai vu qu'elle avait l'oreille petite et d'un arrondi élégant. En l'écoutant dans la voiture parler d'elle-même, et d'argent et de son fils et de son mari qui la trompait – un type bien de sa personne qui travaillait dans une agence de voyages –, je pensais qu'elle me faisait peur. J'avais peur des femmes énergiques et entreprenantes, ouvertes au « oui », à la pensée pas compliquée. La serveuse était compliquée, et elle transpirait, tandis que celle-ci ne transpirait pas, de sa nuque montait un parfum à la mode. Je me suis forcé, et j'ai posé une main sur sa cuisse, mais elle a dit avec coquetterie de n'en rien faire sans quoi nous aurions un accident. J'ai donc attendu l'arrêt pour déjeuner dans une bourgade, et elle a découvert ses dents sous ses lèvres tirées, comme ferait un lièvre, et elle m'a regardé, après quoi j'ai dégagé ses petits seins du soutien-gorge, et je me suis étonné de la jeunesse de sa poitrine, parce que la propriétaire de l'agence avait, elle avait dit, passé la quarantaine, puis j'ai cessé de les toucher, je me suis juste efforcé d'être amical, ce qui l'a touchée, parce que c'est avec des rougeurs sur ses joues charnues qu'elle s'est remise à conduire par à-coups jusqu'à la maisonnette que nous avions choisie au bord d'un lac.

Tandis qu'elle ouvrait la porte, je pensais au mot *haecceitas*, « être ici et maintenant », noté la première fois par Duns Scot qui affirmait – comme Heidegger – la pleine présence du monde à seule fin de reconnaître l'absolue qualité d'auteur de Dieu. Je pensais au courant phénoménologique formulé par Husserl comme « allant aux choses ». Et je pensais à la phrase mise dans la bouche de je ne sais plus qui par Hoffmansthal, selon laquelle « nous avons absolument perdu la capacité à nous interroger, ou à parler sensément de quoi que ce soit ». Je sentais le stade suivant de dilution et de clarté et de fluidité de la pensée, de la fluidité du style de la pensée, de la fluidité de l'acte de penser, de la facilité avec laquelle je pensais depuis que je n'y étais plus obligé. Je dis à la propriétaire de l'agence immobilière, debout au centre du plancher gris, pas lavé, que j'allais rester ici. Maintenant ? elle demanda surprise. Et le contrat, la caution, les formalités ? Réglez ça pour moi, je dis, je suis d'accord. À côté, dans la petite chambre à coucher, un lit attendait, et je savais que la propriétaire de l'agence était attirée de ce côté. Comme si ma réticence à son égard avait été une offense à sa féminité.

La conscience est toujours dirigée vers un objet, écrit Husserl, c'est-à-dire qu'elle a une intention. La nuit, le cerveau non débranchable mouline ce qu'il sait, et règle ses affaires sans l'aide d'une logique dirigée. Je n'aurais pas pu m'endormir auprès d'elle, et l'idée d'être couché à côté d'elle me remplissait de dégoût. Elle saurait y faire, elle utilisait des produits d'hygiène, et je n'aurais pas su me mettre à son niveau. Dans *Solaris* de Lem, les astronautes regardent le grand océan qui sait tout sur eux. C'est certainement pour ça que je n'avais pas prononcé le cours qui devait faire de moi un professeur en titre. Les feuilles blanches encore dans la poche de ma veste pouvaient maintenant servir. Ernst Bloch a écrit sur « l'obscurité de l'instant vécu ». « Seul peut l'éclairer, ajoutait-il, le lyrisme philosophique au dernier degré. »

En partant, elle s'était éloignée en roulant des épaules sous l'effet de l'injure, je restais à la fenêtre à regarder vers l'escarpement plus loin, par-delà la forêt, une effilochure – une aile – du lac, et une phrase de Jaspers sur Heidegger m'est revenue : « Le plus excitant de tous les penseurs contemporains, un maître, exigeant, mystérieux – mais qui te laisse aussi les mains vides. » En descendant la courbe de la chaussée contournant le bois et surplombant le lac, je suis allé à la supérette que j'avais remarquée à notre arrivée, en retournant par la chaussée en lacets contournant la forêt au-dessus du lac. Je pensais acheter un peu de quoi manger, de l'alcool, de quoi écrire. Le magasin m'avait l'air trop grand pour la bourgade, une seule vendeuse, une fausse rousse à la peau de miel tavelée, hépatique, laide aussi longtemps qu'elle ne souriait pas. Elle avait un sourire désarmant, elle était gaie, un air ni paysan ni négligé, à ses doigts – ses mains n'étaient pas abîmées – brillaient des bagues en or, mais je ne lui vis pas d'alliance. « Vous vous intéressez à la philosophie ? », je lui demandai, et je vis qu'elle avait les yeux d'un bleu transparent comme la glaçure des vases de Boleslawiec.

La philosophie n'est que l'étonnement devant quelque chose, n'importe quoi, devant ce qui de manière générale existe, et cet étonnement doit se manifester à chaque expérience.

« Comme par exemple, le fait que je sois entré ici », je dis.

Elle hocha posément la tête en prenant la mesure du cinglé.

« On voit de tout par ici », elle dit.

– J'imagine, je répondis.

Comme chez un enfant, chaque « pourquoi ? » est suivi d'un autre « pourquoi ? ».

« Heidegger, sur qui je devais écrire, je dis, utilisait un concept de la vie factuelle. »

Un instant plus tard, elle dit en enveloppant le vin dans un papier :

« Pourquoi, il y en a une autre ?

– Seule la philosophie nous ouvre les yeux sur une situation qui n'est pas une situation mais une chute, je citais. Lui, Heidegger, estimait que lorsque nous tombons, nous tombons précisément dans le néant de la vie concrète.

– À quoi ça vous sert ? elle dit prudemment.

– C'est-à-dire ?

– Pas besoin de tout ça, elle dit. La vie est factuelle, on peut tomber sur le chemin.

– En chemin. »

J'eus la vision que ça ferait un bon titre, « En chemin ». J'avais concocté une note à partir de Wundt, et je me rappelai que « c'est un trait permanent du mystère que le concept se rechange en intuition ».

« Trente-six zlotys et douze groszy, elle dit.

– J'aurais besoin d'un sac.

– Il y a des sacs plastique à cinquante groszy.

– Il ne va pas se déchirer ? je demandai, en enfournant beurre, pain, vin, fromage blanc et sardines.

– Il ne devrait pas, elle dit, en jaugeant des yeux le poids dans le sac.

– Vous n'avez pas de fruits ? je demandai.

– Qui les achèterait ? La saison est passée et, ici, tout le monde en a dans son verger.

– Moi non.

– Vous allez habiter ici ?

– J'espère », je dis.

Elle vit la façon dont je la regardais, et dit :

« Vous pouvez en ramasser chez moi, il n'y a personne pour les manger.

– Volontiers », je dis.

Elle me désigna sa maison par la fenêtre.

« Celle avec un toit gris.

– C'est là que vous avez bronzé, ou vous êtes partie en vacances ?

– L'été a été beau.

– Espérons que l'automne sera pareil, je dis.

– Ça ferait longtemps, elle dit.

– Vous êtes croyante ? », je demandai.

Elle portait au coup une petite chaîne en or enfoncée dans une ride au niveau des clavicules. Une petite croix se dandina à l'extrémité lorsqu'elle me rendit la monnaie, penchée au-dessus de la caisse.

« Comme tout le monde, elle dit.

– "Réjouissez-vous de ma grâce car ma force est grande pour les faibles" a dit le Christ.

– Je ne me souviens pas, elle dit.

– Heidegger, je dis, affirmait que l'on ne peut rien tirer de la philosophie. Tout au plus un peu de clarté concernant ce que l'on fait en général.

– Oh, elle dit, voici venir messieurs les poivrots. »

Je me suis retourné, et j'ai aperçu derrière la vitrine un groupe titubant dans la direction du magasin.

« Ils s'y mettent dès le matin, elle dit.

– Je viendrai chercher des pommes, je dis. À un moment où vous serez en train de bronzer dans le verger. »

Elle eut un bref rire tonique, sans cesser d'être elle-même.

« Le Christ et Heidegger, je dis, furent les philosophes les plus intéressants de tous les temps. »

Revenant avec le sac à provisions, je pensais au mot anglais *wretchedness*, qui peut se traduire par « malheur, misère, tristesse », mais aussi « canaillerie, abjection, crapulerie, scélératesse » ou « engeance du diable ». La bassesse engloberait-elle ces éléments ? La *wretchedness* ontologique de l'homme et sa misère anthropologique qui est une forme de la bêtise. Je pensais à la signification pratique (*implementation meaning*) de la musique, de la religion, du jeu, de l'érotisme, du sexe. Par quoi se manifeste, demande la philosophie, ce que l'homme est ? Par la furie de l'existence, écrit un Heidegger forcené, obtus, soigné, secret. Avec sa moustache proprette. J'écoutais en marchant les effluves monter du lac par la forêt clairsemée. Je n'étais ni pensif ni distrait. La poignée en plastique du sac me cisaillait les doigts, je la fis passer d'une main dans l'autre. L'existence, c'est l'Être accessible à soi-même, affirmait d'emblée Heidegger. Il parlait de la vivacité fondamentale de la vie. De la conscience vigilante que l'existence a d'elle-même. De la philosophie comme – seulement – existence vigilante. De la philosophie qui, pareille à une vie dans la vie, ne dispose que de son temps propre.

Je me suis réjoui de voir s'éclaircir et se couvrir de bleu le ciel ridé de nuages. Le soleil me venait de plus en plus sur le visage. Il faisait chaud. J'étais heureux à l'idée d'aller à la maison de la vendeuse, et de la voir sur une couverture ou dans une chaise longue, sur l'herbe, peut-être sous les pommiers. Je n'avais pas vu ses jambes au magasin derrière le comptoir, maintenant je les verrai. Elle était croyante, je lui exposerai donc comme Heidegger dans son cours, Marburg 1921, que « nous honorons la théologie par le silence à son endroit ». « J'ai gagné la liberté par mon travail, et je peux maintenant poser des questions avec un semblant de certitude et de détermination », écrivait-il quatre ans plus tard, alors qu'il rédigeait *L'Être et le Temps*. Il broyait tout ça entre ses meules. Retiré dans une cabane en forêt, en surplomb d'une vallée, Heidegger écrivait : « Il m'arrive tout simplement de ne pas comprendre qu'on puisse là-bas en bas jouer des rôles aussi étranges. »

Allant chez elle dans cette lumière d'après-midi sombre, d'un vert bleu de céladon sur la transparence ambrée du lac, mais rousse au-dessus des collines derrière la forêt où il allait rougeoyer, je me mis à penser comme un philosophe professionnel, aussi ridicule que cela puisse sonner. Toujours à propos de cette valeur qui, immédiatement, sans exception, s'ajoutait à tout ce que nous découvrons et toujours éloigne de nous ce qui est à découvrir. Une couche de mystère s'approche des choses, s'y colle étroitement, se modelant sur elle comme l'eau sur le corps. De quoi s'agit-il ? En quoi consiste-t-elle ? Elle parle, elle signifie la même chose : ce n'est pas tout, là n'est pas la fin, il y a autre chose, une suite. On peut continuer ainsi à l'infini, car on touche aussitôt avec une *serenitas* sombre à l'infini, à la valeur additionnelle de l'infini : son mystère. Même dans l'Apocalypse ignare et combattante de saint Jean, le mot « mystère » est employé. Le prophète furieux était aussi un philosophe. Je suis curieux de savoir s'il s'occupait des sexes des femmes, sexes toujours si nombreux, tout simplement si abordables.

La maison de l'aînée des vendeuses était plus pauvrement aménagée que celle de la cadette, mais il est vrai que c'était de jour que j'avais vu l'enduit décollé en vesse de loup des murs extérieurs blancs, et le toit recouvert de carton goudronné. Le verger, quelques arbres aux troncs chaulés, était joli, et joli aussi le sourire de la vendeuse qui savait pourquoi j'étais venu.

« J'ai travaillé dans la librairie aussi longtemps qu'elle a existé ici, elle dit, et, pour l'époque, je gagnais mieux. »

Dans la chambre était accroché un chromo rouge et bleu, représentant le Christ, une brebis dans les bras, le cœur sortant des pans de son manteau royal. Le cœur était ceint d'une couronne d'épines, et du sang jaillissait de la paume du Christ. On ne voyait pas les jambes sous l'épais manteau. Je me rappelai de regarder les jambes de la vendeuse. Elles étaient courtes, rondes, des cuisses moins lourdes que molles. Je me suis mordu la langue pour ne pas citer Heidegger, sa phrase : « La philosophie chrétienne est un fer en bois. »

« Je trouve beaucoup de réconfort dans le Christ, elle dit en faisant tourner les bagues en or à ses doigts.

– Vous êtes mariée ? » je demandai.

Elle continuait de sourire, mais différemment, comme se demandant s'il valait la peine de répondre.

« Est-ce que je vous pose la question ? elle demanda.

– Courage face à l'inquiétude, je dis.

– On dit que vous êtes prof de philo, elle dit.

– Ah ah.

– Sauf que personne ici ne sait ce que ça veut dire.

– Et vous ?

– Moi, moins que tous. »

Elle prit une carafe et des verres dans la petite vitrine mate d'un buffet de cuisine blanc écorné. La carafe de cristal gravé avait le col ébréché. Le buffet était un héritage des Allemands, tout comme le lit avec l'ensemble, une commode à miroir dans le coin à gauche, sur des briques, une table de nuit avec une lampe de bureau en métal.

« Une seule fois en ce bas monde et comme plombier à Bécon-les-Bruyères » – une citation.

Elle leva ses sourcils soulignés au crayon.

« C'est d'un autre philosophe, mais aussi un Allemand, Detmold, à propos de la vie, je dis.

– Alors, à la vie, elle dit.

– Pour ça, les Juifs disent *lechajm*.

– À l'avenir, elle dit, *Zukunft*.

– Le christianisme est une religion de la mort, et la mort une chute dans le passé » – une autre citation pour continuer avec l'antisémite Heidegger.

Nous avons grignoté des graines de tournesol, noires, minces, avec une pulpe de noix. Bu la vodka de la carafe. Comment notre humeur, notre cerveau, nos sensations concluent-ils aussitôt que ceci est bien du monde, que le monde est ainsi ? Son corps était bronzé intégralement, elle avait une peau de soleil. Heidegger estimait que le sens de l'Être est le temps, mais ça ne va pas de soi : le temps et l'être ont en général peu à voir ensemble, dans le sexe, les sens, ils sont rarement liés, rarement dépendants l'un de l'autre. Le temps n'existe pas, je pensais, le temps est inhérent, tout est temps et rien n'est temps, il n'est pas lui-même, le temps n'existe pas, le temps est l'existence muette du temps. Ou quelque chose comme ça. Ses seins joliment conservés, qui avaient, on voudrait dire, fait peu d'usage, étaient plus pâles – à peine – que les aisselles et, sous l'arche de leur poids, ni grands, ni petits, en prune avec des tétons pointus. Des seins comme ceux de filles encore à découvrir leur sensualité, alors qu'elle, elle était adulte. Devant sa nudité, je concentrais mon regard sur les petits bijoux scintillants, la chaînette, la croix, les boucles d'oreilles. De l'or brillait dans sa bouche quand elle souriait, là, de biais. Ses cheveux étaient de paille sous le soleil, de miel, plus sombres près de la peau, et de son corps émanait une odeur un peu entêtante, épaisse et rousse. Son sexe poissait et collait dans nos sécrétions mélangées, mon sexe s'est redressé dans le sien, et s'est tendu vers le haut, cherchant de lui-même de nouveaux seuils, des sortes de cercles successifs, jusqu'au dernier. Un mouvement de fourmis obstinées, elle le sentait aussi.

Elle était Allemande et, en tant qu'autochtone, avait été rapatriée avec ses parents dans les années soixante-dix, mais elle était revenue, seule. Ce qu'elle avait fait en Allemagne, ce qui lui était arrivé, elle ne le dit pas. Elle ne parlait pas volontiers d'elle-même. Elle dit :

« Je suis une avant-garde. Les Allemands vont revenir chercher ce qui est à eux.

– À juste titre, je dis. Je voudrais bien que nous puissions aller chercher ce qui est à nous.

– Vous êtes de là-bas ?

– Les Allemands me sont très étrangers.

– Je regrette, elle dit.

– Je voudrais te faire l'amour anal, je dis.

– Oral ?

– Anal.

– Ça vient des anges ?

– Les anges étaient tous des pédés. »

Elle éclata de rire. Je la retournai, elle était à quatre pattes devant moi, et je m'agenouillai aussi. Ovale des hanches. Cratère noir de l'anus. Je frottai sur elle et sur moi les sécrétions gluantes et il ne fut pas trop difficile de pénétrer. Elle était assise droite sur mes genoux.

« Comme ça, je ne peux rien sentir, elle dit.

– C'est plein de caca où je me plonge.

– Je pourrais te faire dessus, elle dit.

– Hitler aurait aimé ça. Ses maîtresses à qui il ordonnait de le faire se suicidaient.

– Chacun son Dieu.

– Il reste que chier et se pisser dessus, et se bouffer, sont des signes d'amour.

– Tu m'aimes ?

– Dans tout *L'Être et le Temps*, pas un mot sur l'amour. Ni sur la joie.

– Dans le trou du cul et le non-être.

– Dans l'être et le temps perdu.

– Et ça parle de quoi ?

– De l'inquiétude.

– C'est ce que tu ressens ?

– Oui », je dis.

Elle se tourna de profil vers moi, et je vis au

Rimmel qui s'était étalé qu'elle avait des larmes dans le coin des yeux.

« Une inquiétude de quoi ? elle demanda.

– "L'inquiétude est la reine de l'ombre", écrit Rudolf Safranski, un Juif, un Allemand et un philosophe.

– Une inquiétude de quoi ? elle demanda.

– De ce que je ne sais pas faire. »

En me lavant, je pensais à Hitler, qu'adorait Heidegger, même s'il ne lui chiait pas dans la bouche. Hitler a accouché d'une crise non seulement militaire, financière et sociale, mais de l'esprit. Une crise de l'esprit. Même Freud a écrit à l'époque *L'Inquiétude de l'Esprit*. L'issue semblait dépendre de mesures extrêmes. Excrémentielles. De la bolchevisation du parti communiste. De la fascisation de l'antisémitisme. De l'occultisme, du végétarianisme, du bouddhisme, de la théosophie, de l'anthropologie, des sectes, des monomanies. *La Banqueroute des religions* de Carl Christian Gray est devenu un best-seller.

« Une inquiétude de quoi ? », elle demanda.

Je voyais sa silhouette sur le lit, dans l'ombre de miel gris qui entourait comme d'un duvet son corps ensoleillé. Heidegger s'exprimait avec mépris sur la légèreté de l'époque : sur le cinéma, la culture de masse, la vulgarisation. Le monde de « ceux-là », grognait-il, où « chacun est un autre, l'autre, le prochain, mais où personne n'est soi-même ».

Cela devait ne pas finir, je pensais. Cela pouvait ne pas finir aussi longtemps qu'il me resterait un peu d'argent et quelques forces. Cela pouvait continuer de la sorte. Il n'y avait que deux philosophies. De troisième, de philosophie polonaise, il n'y avait point. Mais de même que la philosophie ne doit pas être cléricale, la philosophie n'est pas nationale. La philosophie – est. Même si la mienne s'était brisée à Varsovie. Je me suis couché sur le dos dans le lit, et elle a penché sa chaleur rousse sur moi. Il y avait de la transpiration dans son odeur, parce que les efforts amoureux fatiguent. Elle était allongée près de moi, sa tête chaude sur mon épaule. Dans une main, elle tenait une pomme à moitié croquée (elle était toujours en train de grignoter quelque chose), elle tendit l'autre, fine, féminine, couverte de bagues, vers le plafond et dit :

« Tu sais que j'ai des stigmates qui apparaissent.

– Sur la main ?

– Les paumes, les pieds, tous les vendredis.

– Et aujourd'hui, c'est quoi ?

– On est jeudi. Ils cicatrisent le lendemain.

– Sans laisser de traces ?

– Regarde. »

Les mains usées par les lessives et les paumes marquées par le travail ne portaient aucune cicatrice.

« En Allemagne, on me les avait scellées. »

Je ne compris pas.

« Pour vérifier que je ne trichais pas.

– Et ici ?

– Ici, je n'en parle à personne.

– Même pas au curé ?

– Surtout pas au curé.

– Pourquoi ?

– C'est un primitif. Il serait jaloux, elle dit. Cela me donne une grande paix de l'âme.

– Et à moi, tu m'en parles pourquoi ?

– Parce que tu pourrais y réfléchir.

– Les curés ne réfléchissent pas ?

– Non. Toi, tu penses comme un fou de Dieu.

– Ceux qui croient, Max Weber les appelait des virtuoses de la religion. Et tu es vendeuse dans une supérette.

– Le vendredi, je ne peux pas », elle dit, et elle a éclaté de rire.

« En Allemagne, pendant la jeunesse de Hitler, un certain Ludwik Hauser se produisait en Monarque des Âmes, je dis. Une éthique à la Jésus, l'amour libre, quelque chose dans ton genre, et il se qualifiait lui-même de Führer.

– Eh bien, elle dit.

– À Karlsruhe, une secte active vénérait l'Entonnoir Primitif, le tourbillon, la grande aspiration. Une sorte de New Âge, je dis, accompagné d'un délire sur l'énergie cosmique.

– Pourquoi tu me racontes ça ?

– Parce que j'ai étudié la biographie de Heidegger.

– Comment ça devait s'appeler ?

– *Le Dernier Dieu.* »

Elle secoua la tête. Ses cheveux étaient devenus rêches contre ma peau, et s'y étaient collés.

« Il n'y a ni dernier, ni premier, elle dit. Il y a le Fils de l'Homme.

– Le Fils de l'Homme était à Stuttgart, un végétarien, je dis.

– Jésus, elle dit.

– À Düsseldorf. Un Christ nouveau. La fin prochaine du monde, la fuite dans les monts Eifel.

– Ce n'est pas une secte, je suis seule. Je fais l'amour avec toi en privé.

– Oh, homme, disaient les dadaïstes. Sans la moindre emphase. Sous la République des Conseils munichoise, le monde devait se transformer en prairie couverte de fleurs. Les journaux imprimaient en première page Hölderlin et Schiller.

– C'est qui, ceux-là ?

– Des poètes », je dis.

Après un temps, je dis :

« Il y a une seule phrase de Heidegger dont je ne viens pas à bout, qui tantôt me semble proche et profonde, tantôt une ânerie enveloppée dans un costume de banalité.

– C'est quoi ?

– Ça sonne bêtement, je dis. "Les structures fondamentales de l'existence sont définies par le caractère du temps."

– Six mots que je ne comprends pas », elle dit.

À chaque mot, elle avait levé un doigt. Avec ses bagues en or qui étaient toute sa fortune. Maintenant, elle rabaissait la main et enserrait mon sexe. Elle faisait ça avec force, comme un peu plus tôt, quand pendant l'acte d'amour il peut sembler que l'intérieur de la femme est composé d'articulations, de cartilages, de râpes et de duretés.

« Encore, elle dit. Et, je voudrais que tu me frappes.

– Avec la main ?

– Tu peux prendre ta ceinture. »

Je me suis levé, et j'ai tiré la ceinture des boucles de mon pantalon sur la chaise, et elle s'est retournée sur le ventre, et elle a attendu que je la frappe. Ses mains, glissées sous elle, ressortaient entre ses cuisses écartées, et quand je l'ai frappée, j'ai vu ses doigts s'enfoncer vers l'intérieur, entrant dans le vagin jusqu'aux bagues.

« Encore », elle dit.

Plus tard, elle a allumé la lumière, enfilé une robe de chambre et tiré les rideaux pour empêcher les voisins d'observer.

« Tu veux manger quelque chose ? elle m'a demandé.

– Je vais rentrer. »

Elle hocha la tête. Elle avait l'air plus jeune que dans le verger, mais c'était un effet du soir, et des marques sombres, presque noires, descendaient sous ses yeux abattus, depuis le nez vers le bas, et montaient vers les sourcils. « Je me sens comme avant ma période », elle dit.

Sur la tablette du buffet où se trouvaient juste quelques livres plutôt fatigués, elle prit une brochure jaune passé, et me la tendit.

« *Les Stigmates du Père Pio* », je lus.

Je la retournai et consultai la liste des chapitres au revers de la couverture. La plupart sonnaient bien. Des mots bien choisis. Il y en avait beaucoup, la brochure était mince, cela voulait dire que les chapitres étaient brefs, encore un bon point. « Le Mystère de l'Annonce », « L'Éclaircissement », « Les Cercles de la Providence », « La Fureur de Satan », je me suis arrêté là-dessus. Le titre du chapitre suivant était « Les Stigmates Invisibles ».

« Prends-le, elle dit. Tu me le rendras samedi.

– Et demain ?

– Demain, je ne reçois personne », elle dit.

Elle me raccompagna à la porte. Ses seins allongés étaient pointus sous la percale.

« Tu sais faire des photos ? elle me demanda.

– Non, je dis. En amateur. De temps en temps. Ma

femme faisait des photos en professionnelle, alors qu'elle avait de l'argent, des parents et qu'elle n'y était pas obligée.

– Tu devrais, elle dit, photographier les filles avec qui tu couches. Je veux dire, pendant.

– Pourquoi ? je demandai.

– Et moi aussi, dit-elle. Tu devrais me photographier quand j'arrive à l'orgasme.

– Pourquoi ?

– Parce que c'est la même chose. »

La chaussée était sombre, le ciel se couvrait de nuages. Quand je suis arrivé à la supérette, j'ai vu que c'était la rousse qui était de garde aujourd'hui, et que le grillage du guichet était baissé pour éviter qu'on fasse du mal à la fille. Je me suis penché vers le guichet. Elle n'avait pas une expression agréable, ni même avenante, et, quand elle a ouvert la bouche, j'ai vu ses dents moches partant dans tous les sens. Un petit museau d'hippopotame, une bouille ronde, blafarde, jalouse ou hostile, légèrement bouffie, légèrement grêlée, j'ai regardé, sous la lumière de l'ampoule au plafond, j'ai vu le manque de fraîcheur de son visage parce qu'il ne m'excitait pas, et je l'ai aussi regardée de bas en haut et non, comme devant son comptoir ou au lit, de haut en bas. Elle portait un tricot ni noir ni bleu, délavé, effiloché, avec en dessous du cou une fermeture Éclair qu'elle tira de ses doigts aux ongles rongés. Elle se rapprocha pour entendre ce que j'allais dire et dit :

« Vous venez de chez la chef ? »

Je ne savais pas que la stigmatique bronzée – ce qu'elle en disait – était sa chef.

« Je le sens à l'odeur, elle dit. C'était bien ?

– Oui, je dis.

– Moi, vous ne m'aimerez plus jamais ?

– Là n'est pas la question, je dis.

– Non, elle dit. Aimer. Vous m'avez aimée un moment, et c'était beau.

– Oui, je dis.

– Ça arrive très rarement, elle dit.

– Oui.

– Vous n'aimez pas votre femme ?

– Non, je dis.

– Pourquoi ?

– Ma femme ne m'émeut pas, je dis.

– Et moi, je vous émeus ?

– Oui.

– Et la chef ?

– Si elle m'émeut ? Non. C'est une adulte.

– Aujourd'hui, j'ai pensé à la mort », dit la fille aux cheveux roux.

Je m'efforçais de me rappeler comment j'avais pu échanger des caresses avec elle. Cela ne m'est revenu qu'avec le souvenir d'elle allant et venant nue, la nuit, dans la chambre, sous la lumière de la lune, en blanc, dans ses baskets astronomiques, sans visage, sans tête, nimbée de porcelaine luisante et délicate, là, oui.

« Je voudrais acheter un appareil photo, je dis, du genre à jeter après avoir utilisé la pellicule. J'ai vu que vous en aviez ici.

– Kodak ou Fuji ? », elle demanda.

À gauche de l'entrée, il y avait un comptoir avec tout ce qu'il faut pour écrire, des cahiers, de la pâte à modeler, et plus loin une machine à développer et tirer des photos dont je ne sais qui la faisait marcher. La fille aux cheveux roux tendit la main vers une étagère en verre avec des pellicules et me donna un petit appareil en carton.

« Ça ne vaut pas le coup, elle dit. Il vaut mieux en acheter un pas cher, mais qu'on peut garder. Ceux-ci ont même leur objectif en plastique, comme des lentilles pour myopes ou comme des yeux de poisson gélatineux, et on ne voit rien à travers.

– Je n'aurai pas le temps, je dis.

– Avant quoi ?

– Je ne sais pas », je dis.

J'avais passé la tête dans ce guichet, et elle me faisait face avec son ventre plat.

« Parle-moi de la mort avant de t'en aller, elle dit.

– Tu as bu ? je demandai.

– Pas plus que ça, elle dit, et de la bière. J'ai ces nuits en horreur. »

Elle fit descendre la fermeture Éclair de son

sweater, se pencha sur le côté et vers le bas, et je vis entre les dentelures métalliques une partie du contour des seins. Elle ramassa une batte de base-ball cloutée et me la montra.

« J'ai déjà esquinté quelques doigts.

– Ils ne se sont pas vengés ? »

Elle haussa les épaules.

« Un jeu, comme ça. Ils sortent leurs pattes et je cogne dessus.

– Sinon ?

– Justement, elle dit, l'an dernier, ils ont tué une vendeuse.

– La pensée de la mort est la fin de toute pensée. Le rapport à la mort est la fin de tout rapport, je dis.

– C'est de vous, ou de ce Heidemachintruc ?

– Heidemachintruc.

– Vous allez écrire l'essai que vous m'avez causé ? »

Elle avait distinctement prononcé le mot « essai ».

« Évidemment que non, je dis. Mais de ça, je ne suis sûr que depuis aujourd'hui.

– C'est un jour important ?

– Oui, je dis.

– Pour moi aussi, elle dit.

– Un beau jour, à la fin on meurt, mais jusque-là, la mort ne compte pas. Elle fait partie de la vie parce qu'on est au courant. Quand tu veux comprendre la mort, tu comprends la limite de la compréhension.

– Comprendre n'est pas une chose simple.

– C'est ce qu'affirmait Heidegger.

– Et toi ?

– C'est simple », je dis.

La philosophie s'exerce toujours dans le voisinage dangereux de la plus haute incertitude, a écrit Heidegger, « afin de voir toutes choses de façon plus simple, plus vivante, plus intime ».

« À ton âge, on pense beaucoup à la mort, je dis. On découvre la mort. Quel âge as-tu ?

– Dix-neuf.

– Philosophe donc un peu, je dis. Heidegger affirmait que l'extase philosophique existe.

– Vous m'apprendrez à parler.

– J'ai promis.

– C'est bien, elle dit. Je suis tellement ignorante.

– Quand Jaspers a demandé à Heidegger comment un ignorant tel que Hitler pouvait diriger l'Allemagne, celui-ci a répondu : "L'éducation est une foutaise... regarde plutôt ses mains merveilleuses". »

Elle cacha ses mains derrière son dos, sourit et dit :

« Je vais mieux passer cette nuit que les précédentes.

– Viens le matin, je dis, viens me réveiller. Viens me réveiller le matin à la vie. »

Debout face à moi, elle tira son pantalon vers l'avant : la ceinture ne tenait que par un élastique, il était à fleurs, et d'une minceur absurde.

« Je t'ai perdu, elle dit, j'ai pensé que je t'avais perdu. »

Son ventre était rasé, bleuâtre, avec des petits boutons d'urticaire à l'attache des cuisses irritées.

« Quand je t'ai vu partir chez cette Boche.

– Je préférais quand tu avais des poils, je dis.

– Bien sûr, elle dit. Et elle ne va pas rajeunir.

– La vieille et la jeune.

– Et alors, ce n'est pas mieux ? »

Elle restait ainsi, le sexe nu dans le premier enroulement délicat d'où dépassait la languette de la lèvre intérieure pâle. J'ai levé l'appareil jusqu'à mon œil, appuyé les coudes des deux côtés du guichet et j'ai fait une photo de son ventre.

« À jeter », elle a dit.

Cela n'a pas d'importance. Cela n'a aucune importance. Le fil conducteur ne doit pas consister à savoir comment ficeler une anecdote. C'est ce qui me démoralisait dans ce travail. M'amenait dans un non-lieu. Anecdote Heidegger. Anecdotes de rien. Comment dire pour que ça ne fasse pas musée de la citation ? C'est-à-dire ? La question est le but de la question, écrit Heidegger. Ce n'est qu'au soir de sa vie qu'il a bredouillé – lâché huit cents pages de chiures de mouches, un hoquet, *dada* – sur le manque de clarté. Il est mort là-dessus. Je marche dans la bourgade endormie, un village à vrai dire, des murs blancs, un alignement mazurien. J'entends mes propres pas sur l'asphalte, des échos. L'essence de l'esprit, néanmoins, c'est la liberté, écrit Heidegger.

Mais pour patauger jusqu'à elle, comment faire ? En refusant l'ordonnance de la pensée artisanale. Passer de la larve au papillon, au moins à l'insecte, avec des yeux, des antennes, des paires d'ailes multiples, une sorte de vie, une sexualité. Une sexualité, une religion, une didactique, une philosophie. Tout cela a un autre nom, commun, collectif.

J'arrive à la maisonnette que je viens de louer et je vois, accroupie sur le seuil, la même fille délicate, la copine de la rousse que j'ai aperçue la dernière fois sur un banc devant leur maison. Elle fume aussi une cigarette, sans doute pour se réchauffer, car la nuit est devenue fraîche. Elle a sur elle une robe légère, vaporeuse, la même que la veille, mais à ses pieds je vois les grandes baskets technologiques de l'autre. Elles ne lui vont pas, elle se lève, ses gambettes ont un air particulièrement malingre. Une fille fragile.

« Je ne veux pas être moins bien, elle dit.

– Moins bien en quoi ?

– Alors, je ne vous plais pas ?

– Tout au contraire, je dis avec sérieux. C'est en te cherchant…

– Oh, j'ai bien vu comment vous me matez.

– Et alors ?

– Vous n'avez pas honte ? Un vieux comme vous. »

Elle déforme son visage, tire la langue et lape l'air comme un chien.

« Qui salive, je dis.

– Moi aussi, je veux que vous m'appreniez, elle dit.

– À cette heure-ci ?

– Je peux payer.

– Avec quoi, mon enfant ? »

De la même façon que les autres, elle relève sa robe sur son ventre. Ses jambes rejointes par un duvet d'enfant ont un air encore plus absurde. Les baskets lui font comme des fers aux pieds.

« Je vais te faire des photos », je lui dis, et je la fais passer à l'intérieur.

J'apprendrai plus tard que sa tête – ses cheveux – ont toujours la même allure, comme si elle venait juste de se réveiller. Elle a les cheveux ébouriffés, coupés court, slaves, elle y passe et repasse les doigts. Mythologie nationale fondamentale. Les idéologues nazis Kieck et Janusch, ce dernier un psychologue, ont défini Heidegger, dans une dénonciation, comme schizophrène dangereux. Ses travaux comme ceux d'un psychopathe. « Des banalités sous des apparences de profondeur, un charabia. » J'écarte ses jambes sur le fauteuil, les baskets pendent. Je dégrafe son décolleté. Des trois, elle est la seule à avoir une poitrine lourde et pleine. Je lui fais des photos en pose longue. Que va-t-il en sortir dans cette pénombre, ici, là, partout ?

« S'il vous plaît, dites-moi quelque chose, elle dit.

– Je suis fatigué de bavasser, je dis. Fatigué de remuer la queue. Je pourrais te fourrer la langue dans la chatte et m'endormir comme ça. »

Elle sourit. Dans ce visage léger, elle a des lèvres pulpeuses. Ses lèvres, ses seins, ses pieds, son ventre ont grandi plus vite qu'elle. Un nihilisme métaphysique, un besoin de révolution, un athéisme, une décomposition, une pensée talmudique, disaient-ils de Heidegger. Et lui, qui avait renoncé à un poste de recteur parce qu'il estimait que la politique nazie n'était pas assez révolutionnaire ! Conservatrice, même ! Il voulait une transformation totale des universités dans l'esprit national-socialiste ! Au service de la volonté et de la pensée de Hitler ! Ce même Heidegger qui écrira plus tard dans le silence d'avant la mort, et dans un hoquet silencieux, que l'être est un tremblement du *Divin*. Et la quête du silence, une logique de la philosophie.

« L'essence de l'Être est l'énonciation, je dis doucement à la déshabillée.

– C'est de la philosophie ?

– Le dernier philosophe.

– C'est quoi, la philosophie ?

– Tu as écouté, sous la fenêtre ?

– Hier ?

– Cette nuit.

– J'écoutais en cachette.

– Carl Friedrich von Weizsäcker, le père du futur

président de l'Allemagne, a raconté à Heidegger une histoire, je dis, celle d'un vieux Juif qui passe ses journées dans une buvette. "Pourquoi tu restes ici sur une chaise, comme ça ?" lui demande le garçon. "C'est à cause de ma femme" qu'il répond. "Parce que ?". "Elle parle. Elle parle sans arrêt." "Et de quoi ?" demande le garçon. "Ça, justement, elle ne le dit pas", répond le Juif. Oui, oui, renchérit Heidegger, la philosophie, c'est justement ça. »

Un instant passe, elle ne rit pas.

« Fais voir ton cul », je dis.

Elle se retourne, les baskets pointent leurs semelles.

« Heidegger, je dis, tout en faisant une photo avec attention, a dit à son fils Heinrich : *ça* pense en moi. Je ne peux pas m'opposer *à ça*.

– Ça, elle dit.

– Ça, justement. »

Je touche ses cuisses.

« Écarte davantage, et redresse. *Ego cogito i rex extensa*.

– Pardon », elle dit.

Un léger effluve d'air dissolu s'écoule de l'arche inachevée de son vagin.

« *Horror vacui*, je dis.

– Est-ce que vous pouvez m'aimer, et est-ce que vous pouvez aimer qui que ce soit ? Vous n'aimiez pas les autres, puisque vous faites ça avec moi.

– Je peux. Je pense que je peux. »

Son travail de fourmi a conduit Heidegger à une réduction, dont l'expression est un biologisme, boyau et matières fécales, Auschwitz inclus.

« Est-ce que la philosophie est une sagesse ? elle demande.

– Quel besoin as-tu de sagesse ?

– Je suis idiote.

– Si tu étais sage, tu ne serais pas ici.

– Vraiment.

– Vraiment. Pas du tout.

– Alors, nous ne nous serions pas rencontrés », elle dit.

Elle seule construit. La déconstruction conduit au vide, c'est de ça précisément que s'occupe la philosophie. Ce que pensait Heidegger en rapprochant Dieu du Néant. Je suis en arrêt, la pellicule est épuisée, je suis bouche ouverte, elle le con ouvert devant mon visage. Sans pudeur. Il vaut mieux qu'elles soient jeunes. Encore qu'elles pourraient aussi bien être fripées et usées par le travail. La pénombre ajoute alors, je pensais, de la blancheur à leur peau, et la tension amoureuse courbe leurs corps en cous de cygne. Il n'est pas important qu'elles soient réellement belles. Si elles sont belles, on peut éclairer leur visage. Si elles ne le sont pas, le désir leur tire la peau sur les joues, leur lisse les lèvres haletantes. De leur bouche s'écoule un flot coupé de syllabes que je vais écouter en cherchant des mots.

« Est-ce que je peux dormir ? elle demande.

– Ta remplaçante à la supérette va venir ce matin.
– Je me lèverai avant. »

Par bonheur, ce désir n'a pas de fin, car je n'ai pas d'obligations envers quoi que ce soit. Depuis que je n'ai pas prononcé mon cours et ne suis pas devenu professeur, puisque je n'ai pas écrit sur Heidegger, on ne sait pourquoi. Maintenant oui.

« Dieu appelle chacun d'une voix différente », ça, c'est du Heidegger. Sa jeune maîtresse Hannah Arendt a écrit que le fascisme était une alliance de la Plèbe et de l'Élite. Où et quand en va-t-il autrement ? La représentante de la plèbe dormait enroulée sur le lit, le représentant de l'élite était assis à sa table et fixait du regard une feuille de papier blanc, et la liste des chapitres de la brochure sur le père Pio. Si on en éliminait les noms de ceux qu'il avait guéris, comme « Lucio, lève-toi », tous les autres pourraient se rapporter à Heidegger, c'est-à-dire à la philosophie. « Contrôles », « Le Rêche et le Dédaigneux », « Je te laverai moi-même », « Comment cela se passe ». Je pouvais laver moi-même ces filles qui sentaient la sueur et l'ennui de la petite ville. Et le désir d'amour. Et l'Amour. « La Senteur ». « L'Exemple ». « Autres dons charismatiques ».

Je me suis interrompu, et j'ai bu du vin, et je me suis vu dans la fenêtre, me faisant face et buvant du vin. Blanchâtre. C'est comme ça avec tout ce qui pense. La philosophie. Fatigue de tout ce qui est professionnel. Lambeaux amoureux, cris du sexe, oui. La nuit. « Le Don exceptionnel ». « La Guérison ». « Sans pupilles ». Je m'arrête à nouveau. Sans pupilles. En vérité. Ce qui s'est dévoilé est sans regard. La vie une fois passée, on parvient à la cécité. À quoi je m'efforçais. Au matin arriverait la rousse, et dans la supérette il y aurait l'autre fille laiteuse. La souris-papillon couchée dans le lit. L'Allemande serait chez elle, stigmates saignants. On disait autrefois : autodestruction. « Je m'en irai d'ici », avait dit la plus jeune en s'endormant, « avant que l'autre n'arrive de la supérette, pour ne pas la blesser ». « J'irai à Varsovie. Je marcherai avec ces baskets. J'arriverai quelque part. »

Quelqu'un va la rencontrer, je pensais. Ce quelqu'un arrivera d'en face. Elle sur ces trop grands pieds. Une poussière venant de la voie, un mouvement d'air suivant un tramway. Lui, absolument pas fait pour elle, mais nous finissons selon la conscience de l'esprit. Lorsqu'on épuise la mesure qui à chacun est donnée autrement. « Double vue ». J'en étais sûr. « L'Anneau et la Couronne ». « Le Don des larmes ». Oh, cette nuit-là, j'ai eu envie de pleurer. Je ne savais pas pleurer. Sur chaque mot, chaque bribe, chaque lettre, chaque papillon de nuit me battant droit au visage comme à une vitre. « Souffrances », je lus. « L'Art de photographier ». L'appareil était plein d'un contenu vide. Les photos seraient sombres, insupportables, désagréables, bougées. Il ne s'agissait même pas de les développer. Je me suis levé, j'ai couvert l'endormie d'une couverture. J'étais sensible à la beauté lisse et longue de ses bras. Je n'avais pas eu le temps de lui faire des photos d'elle ouverte sous moi, et de moi entrant en elle, et de son visage. Avant de sortir, pour attendre la lumière du matin, sur le couvercle en carton de l'appareil, j'ai écrit « Le Dernier Dieu ».

Je marchais sur l'asphalte mouillé et mon cœur battait sous une grande inquiétude. Je craignais que ne revienne la femme de l'agence, qu'elle n'ait par haine prévenu ma femme. Et peut-être, depuis que je suis descendu de la corniche à l'arrière de la rue du Nouveau-Monde, que le patron de la première serveuse me suit, le brutal, l'Ukrainien pour qui elle travaillait et qui la frappait au visage. J'ai donc obliqué de la chaussée où je marchais, à l'endroit où, quand nous étions arrivés, un panneau indicateur m'avait fait signe en direction d'une autre localité. « Les Tentations », disait le titre suivant dans la brochure. « Les Persécutions diaboliques ». « L'Agonie mystique ». « Le Trésor de la souffrance ». « Ne pas gaspiller les souffrances ». « La Filiation spirituelle ». La philosophie n'est pas une pensée sur la pose de questions, mais la question même. Le jésuite et fasciste Heidegger était pour moi d'une vulgarité répugnante.

« La pensée fondamentale observe les signes lents de l'imprévisible », écrivait-il en 1943. Et en 1950 : « Le questionnement est la piété de la pensée. » Je me suis arrêté sous l'inscription du panneau et j'ai vu qu'elle indiquait : Théologue 2.

Après avoir marché ces deux kilomètres et atteint le lieu-dit Théologue, qui surplombait le même lac, j'ai vu qu'il n'existait pas. Des tracés de maisons en pierre dans l'herbe, des pierres dispersées, des buissons. Un arbre au milieu de ce qui avait été un plancher dans une chambre. Un pan de mur abattu, comme si la guerre n'était pas terminée. J'ai sorti de la poche de ma veste la brochure sur le charlatan des stigmates, le père Pio, et j'ai lu la liste des chapitres restants : « Le Monument vivant », « La Direction d'âme », « Prière de l'Élévation à l'autel ». Dans l'inquiétude qui me serrait la gorge, comme si l'air lui-même avait été mon ennemi, j'ai pensé que si j'avais connu en premier la dernière vendeuse – après tout, c'était pour elle que j'allais à la supérette – j'aurais continué à vivre. J'aurais continué à être. Le biographe de Heidegger, Safranski, a écrit qu'à sa mort s'était élevée dans l'air de la chambre l'idée de Maître Eckhart selon quoi Dieu égale le Néant. Je n'avais pas à rentrer à la maison.

X 1998

CHAPITRE II

Tsunami

« Car toute la terreur de l'enfer était en embuscade dans un cœur qui n'aimait pas. »

Dudley Nichols à Jean Renoir, 1941

Mais vraiment, c'était Artur Kasko qui m'avait donné aux chutes du Niagara la brochure sur le père Pio. Jusque-là, je le connaissais peu et ne l'avais mentionné qu'une fois sous le nom d'*Autokasco*, à l'occasion de la description d'un voyage en Sardaigne avec Tatarak, une intellectuelle varsovienne à qui il s'était passagèrement lié. À Toronto, à proximité des chutes, un ingénieur antisémite obligeant m'avait raconté que le père de Kasko avait été chef de la chancellerie de Bierut pendant ces sanglantes et mauvaises années. L'ingénieur puait de la bouche, et dans la voiture je tournais la tête de côté quand il parlait, et je regardais par la fenêtre le vaste paysage plat et laid. Dans le paysage, les arbres flamboyaient d'automne, et chaque personne que je rencontrais me disait que c'était l'été indien. L'automne doré polonais colorait le Canada, nous roulions dans la vieille voiture plutôt malodorante de l'ingénieur, vers Kleensburg, après Toronto, parce que le gouvernement canadien y avait construit un musée collectif pour ce groupe de peintres unique dans l'histoire du pays où ils s'étaient exercés ensemble. Le groupe avait pour nom le Groupe des Sept, puisqu'ils étaient sept. Leur peinture était, disons, nationale, semblable à celle pratiquée à la même époque en Finlande, un pays aussi à la recherche de son visage propre. Ça m'avait intrigué que les Sept se soient décidés à peindre chacun à sa manière vers 1917, pendant la Première Guerre mondiale. De nombreux Canadiens servaient sur les fronts meurtriers de France. Leur peinture s'était épurée des pâtes épaisses et avait tendu vers l'abstraction. L'un des Sept était devenu théosophe et s'était mis à peindre dans un style transcendantal des sommets de montagnes cristallins aux reflets d'azur spirituel limpide.

La plus aimée à l'intérieur du groupe des Sept (Emily Carr) a peint jusqu'à sa mort des villages indiens avec leurs totems de l'autre côté du continent, dans les forêts marécageuses au-dessus de Vancouver, en s'efforçant de parvenir à un barbouillage primitif, et peut-être même était-elle une barbouilleuse primitive. Mais Artur Kasko m'avait parlé de lui dans la voiture, en route vers le Niagara où il me conduisait, ce dont je lui étais reconnaissant. Il s'occupait de moi avec attention, et avec une politesse prévenante dont je lui étais reconnaissant. Kasko avait l'esprit vif, il était cultivé, et bien de sa personne. Depuis l'époque d'*Autokasco*, il avait un peu grossi, mais son sourire prompt et juvénile avait un charme conquérant. Il avait ma taille, des cheveux sombres et gris. Il avait plus d'argent que les autres émigrés, et il faisait des affaires, il écrivait sur la littérature. Dernièrement, il me dit, il n'avait gardé qu'un poste de consultant, et il avait du temps pour lire et écrire. Il voulait publier un livre sur les écrivains des dernières émigrations écrivant dans une langue étrangère. Quelques mois plus tôt, près de Toronto, l'écrivain Brycht était mort, il y avait eu huit personnes à son enterrement. Quand il était arrivé, Brycht avait menacé de mettre les écrivains canadiens à genoux. Il avait écrit en anglais un livre qui s'était vendu à trois cents exemplaires. La mère de Brycht avait donné à Kasko les lettres qu'il lui avait adressées, à elle sa mère, et Kasko m'avait montré dans l'une d'elles, une lettre interminable, tapée à la machine – écrire à sa mère à la machine –, des paragraphes soignés de maniaque où il exprimait sa haine des Juifs coupables de tout, citant comme exemple le père de Kasko, chef de la chancellerie de Bierut et à qui rien n'était arrivé.

Kasko tenait la lettre de Brycht à la main, et il souriait avec incrédulité, et le temps et les choses roulaient leur boucle fluide, carrée, cassante, et tout était comme c'était. C'est-à-dire, comme c'est toujours. L'appartement de Kasko se trouvait dans un immeuble cossu, bien tenu, en retrait de l'élégante rue principale de Toronto, à l'entrée se tenaient des portiers qui laissaient ou ne laissaient pas entrer. La rue était plantée d'arbres et contenait plusieurs restaurants exotiques à la touche européenne. Chez un italien, les serveuses, peut-être les propriétaires, étaient chinoises, et Kasko m'y avait emmené pour déjeuner. De la fenêtre de son appartement immaculé, on voyait un paysage indéfini d'arbres et de constructions industrielles, fermé par des collines. Kasko avait laissé sa grande et luxueuse maison à sa femme quand il l'avait quittée. « Elle m'a écorché vif », il disait. C'était une fragile Juive américaine qu'il avait, il disait, ramenée de New York. Dans l'appartement, il y avait une chambre avec deux petits lits l'un au-dessus de l'autre, pour les jours que les enfants venaient passer chez lui. Il y avait aussi des étagères avec des livres polonais, sur l'une d'elles tous les miens les uns au-dessus des autres, encore que, dans la conversation avec Kasko, j'aie recueilli l'impression qu'il n'en avait lu que les débuts.

Le plan de Kasko était d'écrire sur Brycht et d'écrire sur Jerzy Kosinski, qu'une photo sur une étagère montrait enjambant le parc avec les deux enfants de Kasko, et sur Nabokov, ce que je ne comprenais pas, étant donné que, à côté des deux éboueurs polonais, le Grand Russe raffiné faisait l'effet d'une dragée blanche à côté d'un préservatif.

J'aurais évidemment préféré que Kasko écrive sur Joseph Conrad, mais en vérité je ne préférais rien, j'admirais pourtant que Kasko, après trente ans de Canada, continuât d'écrire sur la littérature polonaise, pour autant qu'on puisse y compter un Kosinski ou un Brycht rédigeant en anglais leurs impudents volumes d'imitateurs astucieux dans le but de subjuguer le monde occidental, ce qui réussit un temps à Kosinski – qui clouait les becs avec sa judaïté et sa débauche – mais non à Brycht, bouffeur de Juifs et rinçure de Marek Hlasko, qui à son tour n'était qu'une éternelle rinçure adolescente de Hemingway, ça non. De tous ceux-là, Kasko appréciait certainement le plus Nabokov, de même que, dans la littérature polonaise, il révérait le plus Brandys, deux écrivains vertueux et intelligents comme il disait, alors que j'avais en tant que non-intellectuel un avis médiocre sur ces deux confiseurs acides, donc mieux valait ne rien en dire.

Dans l'appartement, contre les murs blancs, il y avait des fauteuils et des canapés, des sortes de meubles de bureau noirs en cuir et des étagères d'un noir tout aussi funèbre et dénuées de goût, mais Kasko était élégant, habillé à grand prix et avec recherche, et il prêtait attention aux vestes et aux blousons des hommes, il dit par exemple à l'organisateur de ma venue, un commerçant au visage grêlé, une mèche en virgule – à moins que cela n'ait été que l'effet de quelques cheveux rebelles collés –, « une belle veste », prenant entre deux doigts, comme pour la pincer, la manchette tachée du blouson de cuir bronze passé du commerçant. Le commerçant était un homme trapu et appliqué, il dirigeait à Missisauga, une localité jouxtant Toronto, une librairie du nom de Chevau-Léger, et il publiait un magazine intitulé *Le Chevau-Léger* sur la couverture duquel une jeune blonde oxygénée, aux traits vulgaires, aux genoux énormes et osseux, ceinte d'une écharpe avec l'inscription « Miss Polonia Missisauga », esquissait une révérence. Missisauga était un lieu où se concentrait la Polonia, c'est-à-dire qu'on y trouvait une banque PKO SA, et à côté, une galerie d'art, divers restaurants et boutiques, des entreprises de pompes funèbres et des charcuteries aux noms polonais, tout ça dans un paysage émaillé de maisonnettes basses, au milieu desquelles le bâtiment le plus haut était une église en briques rouge sombre, à la robuste allure britannique, qui avait reçu le nom de Maximilian Kolbe, et derrière laquelle était située la grande halle basse du foyer polonais, dite aussi salle de lecture. C'était là que l'énergique et entreprenant commerçant avait organisé une foire du livre polonais, associée à une vente d'intéressants cosmétiques polonais.

Les esthéticiennes polonaises qui devaient exposer à la foire ces produits de beauté polonais, graisser de crèmes les visages des émigrées polonaises, et leur suggérer la manière et les moyens de se peindre les yeux, étaient descendues d'avion avec quatre tonnes de caisses et de cartons, et le commerçant devait s'en occuper tandis que Kasko s'occupait de moi, ce dont je lui étais reconnaissant, car, au lieu de courir dans cette ville étrangère encombrée d'ordures et de jeunes campant sur les trottoirs, lèvres, narines et seins percés d'anneaux de métal, et de clous à travers la langue, et avec des chaînes pendant jusqu'au trottoir, fixées à des colliers de chiens autour du cou, tous bottés et vêtus de cuir noir (« un beau petit blouson »), et avec un tatouage apparent sur les bras jaunâtres, je n'avais pas à redouter la solitude, à craindre la vulgarité et la crasse, mais seulement à marcher dans les rues désertes (un dimanche) du quartier des banques, et à me promener sur le campus universitaire, bâti de villas victoriennes anguleuses, grises et massives, dont l'une, vaste et carrée, avec de grands blocs de granit non équarris, me surprit plus que les autres par un panneau arborant en évidence les majuscules d'or de l'inscription : « Faculté de Théologie ».

Je me suis approché pour regarder ce panneau de plus près, lorsque, dans la poche de la veste d'Artur Kasko, le téléphone a sonné, et Kasko a engagé sur le trottoir une conversation en anglais qui ne semblait pas sereine. La grande plaque cerclée de bronze était ornée d'une inscription en latin disant en quelle année Étienne Gilson, philosophe catholique, était venu de la Sorbonne jusqu'ici inaugurer la faculté de théologie avec la bénédiction de son ami le Pape. De la théologie à Toronto, pourquoi pas, même si je n'avais pas l'esprit à me moquer, je ne me sentais pas d'humeur à railler, ni à rechercher les ridicules, les défauts et le provincialisme de ce campus, de la rue, de la ville, de Kasko, du commerçant ou de l'ingénieur qui me conduisait au musée des Sept : ils étaient aimables et généreux, ils me faisaient abondamment cadeau de leur temps et de leur savoir, et ils s'efforçaient de tout faire au mieux, de leur mieux, alors que je ne pouvais leur retourner que ma disponibilité et une compagnie facile, une écoute de leurs biographies, et des conseils mesurés. L'ingénieur qui me conduisait demanda ce qu'il y avait à faire avec les Juifs qui, par esprit de vengeance, crachaient sur la Pologne, il dit, que faire, il posa la question, parce que Kasko lui avait raconté que deux de ses amis bannis de Pologne en 68 s'étaient suicidés, un troisième était devenu fou. « Et alors ? dit l'ingénieur qui puait de la bouche, est-ce que ça ne veut pas dire seulement que ça allait bien pour eux, que là-bas ça allait bien pour eux ? » À quoi, puisque l'ingénieur m'avait demandé un avis en posant la main sur ma cuisse et en se rapprochant désagréablement encore, je répondis sobrement, avec prudence, quelque chose qui exprimait en substance un point de vue mesuré, du genre peut-être bien que oui, peut-être bien que non.

Il n'écoutait de toute façon pas. Ils avaient ce trait en commun, en plus de leur langue polonaise, de ne pas écouter ce qu'on leur disait. Questions et réponses étaient une formalité polie, ils savaient tout mieux, et ils n'écoutaient rien, et ils continuaient à dévider un fil provenant de là-bas, ou bien trouvé ici, dans une mastication sans intérêt de camelote d'émigrés démangés d'ambitions irréalisables. Sur le siège arrière de la voiture pourrie qui empestait au point qu'il me fallait de temps à autre ouvrir discrètement la vitre, une charmante actrice de Cracovie, en chapeau de paille à bords usés et robe à fleurs, reposait dans une odeur de parfums vieillots bon marché, et elle me racontait les aléas de son destin, tandis que l'ingénieur expliquait comment la vie culturelle avait réapparu et s'était animée ici depuis qu'elle – madame Martha – était arrivée, et avec quel grand esprit de sacrifice et de dévouement elle avait monté des récitals d'art poétique, et même des pièces de théâtre entières, dans des conditions défavorables, difficiles, et comment elle avait joué de façon inoubliable le rôle de Modrzejewska à la scène, « et ensuite aussi à l'écran », dit madame Martha, « parce qu'un metteur en scène est venu de Pologne, et nous avons tourné ce film pour la télévision dans la maison de Modrzejewska au Nouveau-Mexique, est-ce que vous connaissez cette maison ? ». Non, je répondis. « L'endroit s'appelle Modjeska, et la maison s'appelle Modjeska, et le magasin en contrebas s'appelle Modjeska, et la pompe à essence et l'hôtel, mais alors que nous avons tourné dans ces conditions si modestes et le plus vite possible, les voisins sont allés se plaindre à la police que les projecteurs blancs leur faisaient de la lumière dans les fenêtres, et que les cris les empêchaient de dormir, et comment aurions-nous dû, chéri, tourner dans le noir et sans rien dire, en particulier les dialogues ? »

« L'ingénieur est un mécène, elle dit. L'ingénieur est un homme bon, et il aide tout le monde, et quand ma fille a débarqué ici avec son mari et les enfants, c'est l'ingénieur d'abord qui leur a offert son propre appartement en attendant qu'ils retombent sur leurs jambes. Une fois sur leurs jambes, ils ont divorcé. Mon mari et moi sommes alors venus de Cracovie pour nous occuper de leurs enfants, qu'on ne pouvait pas laisser se gâcher, et c'est ici seulement que ma fille a senti qu'elle était actrice, même si à Cracovie elle avait fait l'école de théâtre et s'était mariée à un metteur en scène slovaque, sauf qu'elle lui a donné trois enfants à la file, mais Jean vient maintenant de passer son bac, tandis que Magdalena et Tomek sont encore à l'école. » « Des enfants merveilleux », dit l'ingénieur, « et c'est grâce à madame Martha, son meilleur rôle », il dit, « des enfants magnifiques et qui l'adorent », il dit, et je pensais qu'il allait ajouter « comme nous tous », mais madame Martha éclata d'un rire charmant et se rajusta le petit foulard de soie autour du cou, et elle confirma avec insistance « oui, oui », et elle dit : « Ah, mais nous devons sûrement vous ennuyer. »

J'étais content que ce soit elle qui parle et moi qui écoute, je dis donc : « Mais je vous en prie, racontez-moi tout ça depuis le début. » La voiture roulait entre des potagers indéfinissables et la pluie s'annonçait, la première pluie depuis que j'étais ici, parce que, jusque-là, les deux premières journées avaient été radieuses, « les gens s'imaginent qu'ici règne un hiver éternel », dit l'ingénieur « alors que nous sommes à la latitude de Milan ». « Voulez-vous baisser la vitre, monsieur l'ingénieur », dit madame Martha d'un ton qui ne souffrait pas la contradiction, et un peu agacé même, faisant comprendre qu'elle pouvait régner sur son petit monde, et on s'est aperçu alors que le système de ventilation de la voiture (« nous avons même ici la climatisation », avait dit l'ingénieur en tripotant les boutons) était débranché, car à quoi bon ? « Ça s'est donc passé comme ça, dit madame Martha, que ma fille Beata a eu ses enfants, et que nous habitions avec mon mari dans notre appartement de trois pièces à Cracovie, mais, quand je suis arrivée en visite à Toronto, il se trouve que le théâtre Slowacki où j'avais mon emploi a brûlé, je pouvais donc rester, et mon mari nous a rejoints, et lui qui à Cracovie était un architecte de renom, il se contente ici de dessiner dans un bureau d'architecte des maquettes de bâtiments futurs, ce qui le rajeunit, elle dit en riant, de sorte que nous sommes tous les deux revenus à nos points de départ, moi comme actrice débutante, et lui comme à la fin des études, à un premier travail. » « Madame Martha, vous exagérez », dit l'ingénieur. Il avait pris cette route spécialement, il dit, pour me montrer l'endroit où se déroulaient les représentations de madame Martha, « et là où aura lieu le mariage de Beata », dit madame Martha.

J'ai fait la connaissance de Beata et de son fiancé (le mari slovaque dirigeait à Toronto un studio de télévision polonaise, l'un des deux, et il occupait l'écran une fois la semaine pendant une heure, ce qui suffisait pour le faire vivre, mais pas les enfants) lors d'une soirée organisée deux jours plus tôt dans la jolie galerie moderne de peinture, adjacente à la banque PKO SA de Missauda. C'était le soir, et il y avait une assez grande assemblée, et on m'a posé des questions sur les Juifs et la politique, et Artur Kasko qui m'introduisait auprès du public (j'étais assis à une petite table) dit qu'il y avait une énigme, que mon nom ne figurait dans aucune étude sur la littérature contemporaine, que personne n'avait écrit ni n'écrivait sur moi, qu'aucune histoire des livres polonais d'après-guerre ne prenait en considération les miens. Ce qui m'était bien égal. Le lendemain, à la foire près de l'église, je devais signer au moins ceux de mes livres que le commerçant avait fait venir, je devais répéter cette activité deux jours de suite, me lever de temps à autre de la table et passer dans la salle remplie d'acheteurs endimanchés – après la messe – et regarder les esthéticiennes appliquer les cosmétiques importés à cet effet sur les visages, les ongles et les paupières des dames. Pendant les pauses entre les signatures se déroulaient un concours de récitation et un concours de musique que gagna une jeune femme au teint olivâtre, aux cheveux africains crépus, qui n'avait en rien l'air polonaise, parce qu'elle était une Créole de Québec, dit le commerçant, mais elle était venue exprès à ce concours avec son fiancé, et elle s'était mise d'autorité à jouer outrageusement et sans hésitation, et faire toutes les trois secondes des fausses notes horribles. Après, ou avant, eut lieu l'élection de Miss Foire, le prix consistait en un séjour de deux semaines à Krynica, et une dizaine de filles sont montées sur scène, certaines courtes sur pattes et rebondies, les autres élancées et, comme la pianiste Czerny-Stefanska se trouvait à ma table, nous avons recommandé tous les deux d'attribuer le prix à la plus mince et la plus blonde, même si c'est une autre, à l'accent anglais plus léger et au comportement plus déluré qui avait gagné, en revanche nous avions décidé de donner le prix de récitation à une toute petite fille qui avait déclamé un long passage de *Pan Tadeusz* rempli de mots incompréhensibles pour elle, mais qu'elle avait tous retenus, et de bout en bout de sa récitation, elle avait fixé des yeux un point, l'endroit où se trouvaient ses parents, son père la filmant avec une caméra vidéo et sa mère croisant les doigts pour elle.

Pendant ces journées de signature, je n'ai pas vu Artur Kasko, parce qu'il était parti pour New York où sa fiancée bénéficiait d'une bourse Kosciuszko d'un semestre, pour écrire, il me dit, un livre, *Le Mur*, sur le mur, le mur en tant que mur, dans le ghetto ou à Berlin, et le mur en tant que symbole, il dit, mais il n'était pas exclu que cela dépasse ses capacités, car elle était en principe journaliste-née, il dit, et elle écrivait en même temps un livre sur Irena Krzywicka, la féministe d'avant-guerre, maîtresse de Boy Zelenski [1], puis communiste d'après-guerre travaillant à l'ambassade de la République populaire à Paris, où elle eut, affirmait ma mère, une aventure avec mon père. « Elle dit du mal de ton père dans ses mémoires », dit Artur Kasko comme pour me mettre en garde, il le dit avec sévérité et, moi, je me remémorai comment j'avais conduit par l'intermédiaire de mon père à faire attribuer à Irena Krzywicka le prix du livre féminin de l'année du magazine *C'est bien toi*, quand elle avait écrit ses *Souvenirs d'une scandaleuse*, encore qu'une moitié seulement avait été

1. Personnalité du monde des lettres polonais et traducteur légendaire de la littérature française (ndt).

rédigée, l'autre dictée – ça se sentait –, Irena Krzywicka ayant perdu la vue en l'écrivant, elle avait reçu le prix la veille de sa mort, et je n'avais eu le temps de la féliciter qu'au téléphone. Elle était amorale, et elle était morte, et son fils Andrzej, un physicien paralysé par la polio, venait chez moi quand j'avais une maison près de Paris, et que je venais d'être expulsé de Pologne, mais c'est une autre histoire, je le connaissais depuis le temps où nous étions enfants, et puis d'Obory, près de Varsovie, et je voyais l'étang mort où il se baignait la nuit, et je savais qui il avait souhaité éblouir en nageant dans cet étang, en faisant briller son corps, nu malgré les moustiques, et que c'était en amoureux qu'il avait contracté la polio après cette baignade.

Kasko cessa de parler dans son téléphone portable et parut soucieux et préoccupé, et il dit qu'un ami proche avait eu un ennui, mais il ne dit pas lequel, je n'avais donc pas posé de question. Nous marchions à travers le labyrinthe des maisonnettes du campus, des pelouses et des cours émaillées de statues en bronze grandeur surnaturelle, par exemple d'un homme en redingote et chapeau melon chevauchant à cru un immense cheval, et ce fut une belle promenade. Kasko dit : « Je pense qu'ils ne savent pas quoi faire de toi ni que penser, et je pense qu'ils ne savent pas comment s'en tirer, comment classer ce que tu fais, je pense, il dit, je pense qu'il n'y a pas chez nous cette tradition d'écriture, peut-être en France », il dit, et j'ai, moi, fouillé dans ma mémoire sans trouver qui rattacher en France à ce genre d'écriture. Nous sommes arrivés jusqu'à l'appartement de Kasko, puis au restaurant sino-italien, puis à l'hôtel, Kasko vit en chemin une veste sobre en cachemire noir dans la vitrine d'un magasin de luxe, et il s'est arrêté un instant devant, puis il a pris congé après m'avoir raccompagné, et moi, je suis resté un moment à l'hôtel à regarder par la fenêtre le port et l'eau du lac entre les gratte-ciel, sur le côté de la plus haute tour de télévision du monde, puis je suis sorti et j'ai marché dans la ville et je ne cessais d'avoir peur, au-delà du centre de verre et de métal s'étendaient des quartiers de misère et de crasse, des boutiques porno avec accessoires pour battre et dominer, des gargotes chinoises et des éventaires de soutiens-gorge bon marché en tas sales, tous made in China.

Je ne supportais pas Nabokov et ses livres méprisants, alors que Kasko le tenait pour un écrivain brillant, civilisé, mais Nabokov ne supportait pas Dostoïevski, qu'il tenait pour un rat, pour une faute de goût, pour une épilepsie, pour une fripe, et dont il refusait de commenter les œuvres de Dostoïevski dans son cours de littérature russe, car lui-même était blanc-blanc, les mains blanches, même si son premier et unique succès lui était venu en écrivant un livre de sexe sur les tourments dostoïevskiens de l'âme souterraine et les tourments de l'Amérique, *Lolita*. Et *Le Feu pâle*, ajouta Kasko chez lui, et je suis tombé d'accord. *Le Feu pâle* était un reflet scintillant d'érudition embrasée, un reflet d'intelligence froide et – oui – de talent, *a gem* avait écrit Mary McCarthy, un joyau – avait cité Kasko –, *a gem*, c'est-à-dire un joyau, un éclat non tant de diamant que de verre, un éclat de verre glacé et de supériorité de l'intelligence sur la non-intelligence, un éclat de mépris rond comme un ballon alcoolique à froid, Nabokov avait inséré (dans le cours du livre) un long poème écrit par un auteur qui n'existait pas, et il avait commenté ce poème, il avait concocté et arrangé une biographie imaginaire, y compris les ambitions du poète et ses propres ambitions. Tout Nabokov était comme ça, comme un feu pâle, et il chaussait des cothurnes, même assis à sa table pour écrire de la quasi-pornographie, mais son ambition restait de tuer la plus grande quantité possible de papillons, de les enfiler sur des aiguilles par le centre de l'abdomen, et d'étaler leurs ailes mortes, et quand il n'attrapait pas le papillon de ses rêves, il se posait sur une pierre et pleurait.

Nous allions sortir de l'appartement d'Artur Kasko quand le fax s'est mis à grésiller, et Kasko m'a montré la feuille qui venait de s'imprimer dans la machine, un avis de recherche venant des îles Caïmans concernant l'ami proche de Kasko, le nom de cet ami était un pseudonyme, et la photo de l'ami proche était encrassée, indistincte, c'est peut-être pour ça qu'il me l'a montrée. J'ai échangé avec Kasko cent dollars américains contre des canadiens, parce que le commerçant avait oublié de me demander si j'avais ce qu'il fallait pour mes dépenses. En revanche, sur le chemin de l'aéroport à l'hôtel, il m'avait donné un sac en plastique où il y avait une bouteille de Martell et une boîte de chocolats. Il était difficile de boire du Martell dès le matin, mais je le faisais, et je tremblais, la chambre retenue par le commerçant m'est apparue petite, sombre et puante, elle puait la cigarette et la sueur et le désinfectant, elle puait comme un hôtel puant, et impossible d'ouvrir la fenêtre, elle était scellée, et le climatiseur sous la fenêtre était déglingué, le couvercle déboîté et le mécanisme ronflant. Je me suis allongé sur le lit sale et j'ai essayé de m'endormir, le soir même devait avoir lieu une projection de mon film *Première partie de la nuit*, mais la panique montait en moi, j'ai téléphoné à la réception (il s'agissait d'un grand hôtel d'hommes d'affaires plein de restaurants et de portiers transportant des montagnes de valises dans des chariots qui bloquaient les ascenseurs), et j'ai dit que si je ne changeais pas pour une chambre où la fenêtre s'ouvrait, j'allais casser celle qui était scellée et sauter, même si ce ne serait pas facile puisqu'elle donnait sur un mur, un mur semblable à celui qu'avait à décrire la fiancée de Kasko, un mur à un mètre de la fenêtre, obscurcissant le monde obscur.

La voix de la fille au téléphone s'est tue, puis a dit, un peu plus tard, que je descende prendre la clef d'une autre chambre, j'ai donc bu un cognac et je suis descendu, mais je suis remonté refaire ma valise en pagaille, j'ai laissé le lit en pagaille, ce qui m'est revenu plus tard, car je suis du genre à faire les lits et à entretenir l'ordre et la propreté, et je suis monté au vingt-deuxième étage dans une chambre spacieuse et claire, la fille avait promis que la porte donnant sur le balcon resterait ouverte – un spécialiste que je n'ai pas vu était venu l'ouvrir – tout le temps de mon séjour. Alors, j'ai téléphoné à Kasko, et Kasko est arrivé en Mercedes rouge, et nous avons marché dans les rues ensoleillées, et le soir nous nous sommes retrouvés à la projection. Kasko était assis de côté, et Kasko regardait le film, le film parlait de mes parents jeunes, et de l'Occupation, et de Lwow et des poux. Je ne suis pas resté à la présentation, j'ai attendu les premières images pour vérifier l'état de dégradation de la copie, c'était mon premier film, tourné il y a vingt-huit ans, mais une semaine plus tôt je l'avais vu à Londres, de même que j'y avais vu quelques autres de mes films, et alors il m'avait été difficile de sortir de la salle de cinéma, ces films m'avaient surpris comme s'ils avaient été réalisés la veille et non trente ans plus tôt.

La discussion avec les spectateurs eut lieu avant la séance, ce que j'avais demandé, je n'aurais pas tenu sur mes jambes après dix heures de vol et deux heures de projection, le film était aussi tel que je n'avais pas envie de parler après, plus tard peut-être, éventuellement, ce que j'ai tenté d'expliquer au demi-cercle de spectateurs en amphithéâtre. Le cinéma ressemblait à un amphi de fac, comme réduit à un seul balcon, le public était amical et plus jeune que je ne l'avais attendu, et j'ai pensé que c'était une erreur d'orienter les éditeurs de mes livres vers des histoires de famille policées, qu'on lirait peut-être plus volontiers des livres plus difficiles et nouveaux, et il est apparu aussi que ce sont les livres récents qui ont disparu des éventaires de la foire, quand les morceaux de la saga familiale sont restés. Le lendemain, la foire a débuté, et Kasko est parti, mais je me souviens toujours que nous nous sommes raconté nos deux biographies, qui se sont clarifiées dans la conversation quand nous arpentions les rues lumineuses, sans nuages, de Toronto, et les pelouses du campus, en voulant chercher une bonne librairie, et même si Kasko m'a dit qu'il n'y avait pas de bonne librairie à Toronto, il m'a accompagné dans la rue chic principale jusqu'à ce qui paraissait être la meilleure librairie, où étaient exposés les derniers ouvrages à la mode, mais où je n'ai rien pu trouver que j'aurais pu lire. Je rêvais d'acheter quelque chose sur les Indiens et les guerres entre les Indiens, mais il n'y avait rien de tel ici, et j'avais déjà acheté le seul livre sur le sujet, et je l'avais à Varsovie, c'est-à-dire que je l'avais bien déniché six mois plus tôt à Rome où ma femme jouait dans un mauvais film français, sauf qu'à Rome le livre était trop cher, et j'avais attendu que ma femme aille jouer dans un mauvais film américain, et là, à Los Angeles, je l'avais acheté.

Dans ce but, je suis parti à pied à travers les vastes espaces déserts de Manhattan Beach, suivant une coulée large d'automobiles métalliques, et à droite suivant la coulée large de l'autoroute Rozencranz, j'avais peur de rouler avec la voiture que ma femme – on venait la chercher pour les prises – laissait au garage, j'avais aussi peur de marcher, j'avais peur de mes pas, et j'écoutais ma respiration, il n'y avait rien, à peu près rien, tout du long de cette marche de plusieurs heures, la librairie était minable, mais sur un rayon se trouvait le livre sur l'expédition de Lewis et Clark qui avaient traversé les terres sauvages jusqu'au Pacifique, et je l'ai l'acheté, même si je ne l'ai pas lu, j'ai lu la biographie de Heidegger par Rudolf Safranski, et l'essai de Ron Rosenbaum *Pourquoi Hitler*, et j'écrivais sur la table de la cuisine un texte sur qui j'étais, et d'où je venais et ce que je pensais, ce que je devais penser et comment je devais être, j'ai donc écrit sur mes parents et sur leur mort, et j'ai écrit sur mon père au parti communiste, et par la force des choses sur les Juifs, sur les Juifs aussi qui sont une partie de la pensée polonaise, sur les Juifs dans le communisme et le parti, et sur le pogrom de Kielce, sur les Juifs qu'Artur Kasko défendait de façon si vigilante, et dont le père pour ce qui est d'être Juif, lui, l'était, car ainsi que je devais l'apprendre de la bouche puante de l'ingénieur, il avait été secrétaire de la chancellerie de Bierut, vice-roi soviétique de la Pologne de la terreur et de la mort.

Le commerçant m'a ramené à l'hôtel, puis il est retourné voir la deuxième partie du film, mais moi, je n'ai pas pu entrer dans l'ascenseur devant lequel il y avait foule, les ascenseurs transportaient des bagages, et les gens attendaient que l'un d'eux se libère, il y avait parmi eux de nombreux Japonais en chapeaux comme en portent les archéologues ou peut-être les pêcheurs qui vont pêcher le saumon dans les torrents, accompagnés de leurs épouses frêles qui marchaient avec difficulté, et des Anglo-Saxons rougeauds et gonflés de muscles. Personne n'adressait la parole à personne, ni ne saluait personne, les ascenseurs avaient des portes et des encadrements métalliques satinés, et la plupart des ascenseurs étaient bloqués dans les étages supérieurs, parce que au-dessus des portes clignotaient les ampoules des chiffres 27, 24 ou 11. La salle d'attente des ascenseurs se trouvait à gauche du hall principal, rempli d'excursionnistes, une salle plus sombre que le hall, enfumée ou empoussiérée, une poussière d'ombre en suspension dans l'air, et on n'entendait que la conversation de jeunes hommes minces en costume bleu sombre, cheveux noirs et élégants, et quand j'ai tourné mon regard vers eux, j'ai vu qu'ils étaient chinois, même s'ils parlaient en anglais. « Professor », disait justement un Chinois ému à un homme qui arrivait du hall, vêtu d'un costume, identique, même si mieux coupé et de meilleure qualité, « professor », avec un sourire de respect, de surprise et de plaisir, et l'homme qui entrait, mince et grand lui aussi, mais beaucoup plus âgé, s'est écrié avec un sourire retenu « Greg ! ». Greg s'est approché pour saluer le professeur, et il a présenté ses collègues, « nous sommes arrivés hier », dit le professeur, et il a présenté à son tour une jeune femme qu'il tenait pas la main, bien plus jeune que lui, de l'âge de Greg, en disant « Kathleen ». Kathleen avait des cheveux asiatiques noirs et lisses, et un visage délicat et triangulaire, je n'avais pas vu de plus beau visage depuis mon arrivée à Toronto, et je n'en avais pas vu depuis de nombreuses années, je n'avais jamais vu un aussi beau visage, avec un nez – je la voyais de trois quarts – plus japonais que chinois, cintré comme un arc taillé dans l'ivoire (le nez recourbé de Kasko, au bout duquel poussait une verrue comme une bosse supplémentaire à mi-hauteur de l'os, aurait été brutal comparé à ce nez en filigrane). Elle était raffinée et bien vêtue, et frêle, et calme lorsqu'elle a tendu la main que le professeur ne tenait pas.

Kathleen était faite d'argent, de calme, de bonne éducation, de calcul et d'une rencontre avec le professeur aux cheveux longs – la famille avait accepté la différence d'âge, car, a) il était célèbre, b) présentable, c) élégant –, et elle était belle, tout sur elle était de prix, impeccable, lisse comme ses cheveux, je pensais, les yeux, le teint, sa réserve fine. L'ascenseur est arrivé, et je suis monté avec des Allemands en culottes courtes et un couple de vieux Japonais avec des appareils photo qui leur pendouillaient au cou. La jeune femme – Kathleen – et le professeur sont montés, Greg et les autres les ont salués joyeusement à grand bruit sur le seuil, ils se verraient le lendemain à la conférence, et l'ascenseur a démarré. Il y avait dans cet ascenseur des miroirs avec des photos publicitaires pour les suites de l'hôtel avec vue sur la ville, et des photos du restaurant, et je voyais dans la glace de ces publicités Kathleen, tournée de côté vers le professeur qui lui expliquait sereinement à voix basse sans doute qui était Greg, mais ce qui m'a étonné est qu'il ne lui parlait pas en chinois mais en anglais. Je voyais mon visage dans le reflet de son visage, et ma silhouette muette au milieu des Allemands jacassants, en sueur malgré l'heure tardive, et tenant entre leurs cuisses des sacs à dos débordants de partout, mais je ne sais si elle me regardait, ses yeux bridés et brillants et fendus comme une lame noire sur un vernis pâle étaient dirigés vers la glace. Le professeur et elle sont sortis à je ne sais quel étage, puis les Allemands, puis les Japonais et moi. Dans la chambre, j'ai bu du cognac, puis je suis redescendu encore une fois sans savoir quoi faire, et je suis entré dans le kiosque à journaux, qui vendait des produits marqués « Canada », des coupes, des T-shirts, des petits drapeaux en métal et des revues pornographiques, et j'en ai cherché une avec des sexes d'hommes pénétrant bien en vue des vulves de femmes réunies au-dessus d'eux, et j'en ai choisi une comme ça, et la fille à la caisse a regardé la revue, et elle m'a regardé d'un air moqueur comme si elle voulait demander : vous ne préféreriez pas passer la soirée avec moi, mais elle n'a rien dit, moi non plus, j'ai pris la monnaie, je suis remonté, je me suis endormi, mais je me suis réveillé dans la nuit avec mes frayeurs et je n'ai pas pu me rendormir.

Les journaux du matin étaient disposés sur une tablette à la réception, sous un miroir devant la salle du petit déjeuner, il suffisait de descendre suffisamment tôt, avant qu'ils n'aient été emportés, et le premier – ou le deuxième – jour après mon arrivée, j'ai lu dans le *Toronto Globe and Mail* un article sur un homme sorti en liberté conditionnelle de la prison où il attendait un procès pour le meurtre de sa femme, il était parti à la pointe sud du triangle que des collines boisées enfoncent entre les lacs de l'extrême sud du Canada et, une fois là, il s'était fait sauter avec la cabane en bois où il avait vécu trente-cinq ans avec sa femme. Il avait publié à l'avance dans le journal une annonce disant qu'il l'aimait, qu'elle avait été la seule fille dans sa vie (elle avait une bonne soixantaine), et que le jour où il l'avait connue, quarante-cinq ans plus tôt, avait été pour lui un miracle. On avait retrouvé dans la forêt au bord du lac le corps de l'épouse, la tête fracassée d'une balle de son fusil. Quand il s'était fait sauter, des éclats d'arbres et des débris de planches et le contenu de son réfrigérateur moisi et des morceaux du réfrigérateur avaient volé haut et loin dans la forêt, pour retomber dans l'eau du lac, paresseuse et ridée, qu'une brise gris-noir faisait écumer ce jour-là. C'était deux jours plus tôt, et dans le journal que je lisais maintenant, il y avait la suite de l'histoire, c'est-à-dire le commentaire de la fille du couple, selon qui on n'aurait jamais dû laisser une seule seconde son père sortir de prison. « Un maniaque de l'homicide », disait la fille au journaliste, « et qui menaçait de se tuer, lui ou quelqu'un d'autre, ou nous ses enfants », elle disait, même si le juge – madame la juge qui s'occupait de l'affaire – avait dit qu'elle maintenait le bien-fondé de sa décision de le relâcher, et qu'elle était pleinement responsable de sa – de leur mort. Plus loin dans le journal, il y avait un reportage sur des Esquimaux qui implantaient avec succès des casinos, et une tribu indienne qui projetait dans le cadre de la protection gouvernementale du retour aux coutumes tribales de chasser la baleine sur les côtes du Labrador, comme elle l'avait pratiqué pendant des millénaires, avec cette fois des barques à moteur et des fusils-harpons à tête explosive.

Je suis sorti après le petit déjeuner, et j'ai marché en ville, je suis passé d'abord par le même chemin que la veille avec Kasko, mais, cette fois, j'ai remarqué la villa massive de granit surmontée d'un toit immense de la faculté d'histoire médiévale, qui me fit penser au Canada du Moyen Âge, aux innombrables pistes d'animaux autour du lac et dans la forêt, et aux Indiens à la chasse, cavalant en mocassins souples sur l'humus humide de la forêt. Je suis retourné à la librairie, et j'y ai vu un livre sur le nouvel Hollywood, le nouvel Hollywood du sexe et des stupéfiants et du rock and roll, comme disait la couverture, et dont m'avait parlé au cours d'un dîner le producteur du film de ma femme, un petit homme à tête ronde qui articulait tous les mots – la bouche en rond – avec une application excessive. Pour ce dîner dans le restaurant le plus en vogue de Manhattan Beach, il était venu accompagné de sa collaboratrice, qui était sa maîtresse, et que moi, j'avais prise pour sa femme, et donc lorsque j'ai demandé s'ils ne voulaient pas avoir d'enfants, j'ai vu un malaise sous sa beauté à quatre épingles, et lui, il lui a donné un baiser sur l'épaule, le seul endroit qu'assis il pouvait atteindre de sa tête ronde. C'est un livre fascinant sur ces jeunes qui ont changé le cours de Hollywood, sauvé Hollywood de la sclérose du toc, dit le jeune producteur, SCLE-ro-se, TO-OC, et dont les talents scintillants ont pourri dans une démence de mégalomanie, d'alcool, d'héroïne et de putasserie, Friedkin, Coppola, Cimino, Schrader, Scorsese, Ashby et, pliant l'un après l'autre sur la nappe ses doigts gras comme du jambon, il énuméra ceux qui avaient rejeté la forme d'intelligence qui prévalait jusque-là au cinéma, et l'avaient échangée pour quelques superhits express, pour de jeunes superhits sportifs, un Lucas et un Spielberg qui ne se droguaient jamais, ne buvaient jamais, malingres, frêles, de santé fragile, mais qui, dans leurs familles juives, avaient tourné des films dès l'âge de quatre ans, il dit, avec une expression gourmande de ses lèvres violacées toujours ouvertes sur la lettre « o ».

Il promit de m'envoyer le livre, donc je ne l'ai pas acheté alors, je ne l'ai pas acheté maintenant, j'ai acheté alors une épaisse biographie de John Wayne intitulée *John Wayne, l'Américain*, et je l'ai lue dans l'avion, et je l'ai lue dans mes moments de liberté à l'hôtel, en particulier le matin, dos à la fenêtre ouverte sur le balcon, en buvant le café de la machine à expresso près du téléviseur, et après les deux premiers jours, j'ai remplacé le petit déjeuner par les chocolats du commerçant, arrosés de winiak apporté de Varsovie plutôt que de son cognac que je lui ai rendu à mon départ, dans la bouteille aux trois quarts pleine. Je ne me rappelle donc plus quand j'ai raconté à Kasko la suite de l'histoire de ma famille, de mon père, et de ma mère et de son frère expédié à Auschwitz après une rafle dans une rue de Lwow quand il avait quinze ans. Il marchait dans cette rue avec une cage (il faisait chaud, il était en culottes courtes et il portait une chemisette retaillée dans une de celles de son père qui était mort), dans laquelle se balançait et piaillait un jeune épervier roux apeuré. Je n'eus pas à raconter à Kasko le destin de mon oncle (ils n'ont pas emmené l'épervier à Auschwitz, peut-être qu'un des Allemands l'aura apporté à son cantonnement, et peut-être l'aura-t-on tué, ou peut-être que l'un de ces jeunes Allemands, lui aussi en chemisette ouverte, l'aura relâché par un dimanche ensoleillé, d'en haut d'un escarpement, clignant des yeux brûlants pour essayer de suivre l'ombre de son vol fondant sur la forêt sombre), j'avais décrit ça dans mon livre *La Forêt meurtrière*, mais peut-être aurais-je dû, car je me rendais compte qu'Artur Kasko lisait mes livres par fragments, ou seulement jusqu'à la moitié. Auschwitz avait fait l'éducation de mon oncle. L'oncle avait survécu. Il était revenu, il avait terminé sa médecine, l'armée l'avait attrapé et n'avait plus voulu le relâcher. Il était médecin de garnison à Olsztyn, où il s'est marié. Je suis allé, encore petit garçon, avec mon père à son mariage, sur le chemin du retour la voiture est tombée dans le fossé. À la noce, la fiancée, une artiste d'opérette d'Olsztyn, a dansé tout en rougeur un solo du *Lac des Cygnes* au milieu des salades de harengs balancées sur le plancher dans une séance d'ivrognerie. Les officiers qui balançaient ça. La petite danseuse a donné un fils à mon oncle, l'oncle lui a donné le prénom idéal d'Émile, d'après *L'Éducation* de Jean-Jacques Rousseau, qui, lui, avait mis ses propres enfants en nourrice. Je répète ça parce que Kasko n'avait pas lu *La Forêt meurtrière*. Combien as-tu de frères ? il me demandait. Ou bien : combien de fils ? Ses fils à lui portaient des noms juifs.

La danseuse avait pris Émile et disparu de la vie de mon oncle. Les temps changèrent, l'armée relâcha mon oncle, mon oncle partit prendre la direction de l'hôpital de Szczecin, et là, il se suicida. Il était alcoolique et drogué, il avait des cils duveteux et, comme Kasko, le nez légèrement recourbé, mais délié, plus délicat. Il écrivait des poèmes gênants où tout était lilas, comme chez Wertynski. Ça, je l'ai lu, dit Kasko dans la rue. Et tu n'as jamais plus revu Émile ? Non, je dis. Son père était bien le frère cadet de ta mère, l'oncle Waldemar ? Oui, je dis. Et ta mère est morte, il dit. Quand je suis rentré à Varsovie, c'était la Toussaint, et Kasko m'a envoyé un fax où il écrivait que les dernières Toussaint avaient dû être pénibles pour moi, mais, moi, je n'étais pas sûr qu'elles aient été plus pénibles que les autres jours. Il faisait frais et il tombait une pluie persistante. Au Canada, la pluie n'était tombée qu'au moment où j'étais parti pour Kleensburg avec madame Martha et l'ingénieur. Je voyais par les baies vitrées du musée la pluie imbiber l'épaisseur de la forêt ondulée. Avant d'aller voir le Groupe des Sept, j'ai fait un crochet par une exposition à l'intitulé prometteur : « Le canoë dans l'art canadien ». Le canoë est une embarcation indienne creusée ou ajustée, et recouverte de peaux d'élans ou d'écorces d'arbres. À l'exposition, il y avait des tableaux représentant des canoës franchissant des rapides et des vues de villages indiens peintes sur le vif, et il y avait une immense toile contemporaine, dans des bruns brillants, œuvre prétentieuse et répugnante de barbouilleur, et l'ingénieur s'est arrêté devant ce tableau et a dit : « Ça, c'est de la peinture. »

Pendant tout le temps du voyage, l'ingénieur n'a pas enlevé la casquette de base-ball de sa tête, et quand nous avons fait une halte sur la route, devant un hôtel de style néo-victorien, engoncé dans la forêt au bord d'un cours d'eau, et à côté d'un pont de pierre d'où l'on voyait une grande quantité de gens dans l'eau jusqu'aux cuisses au milieu du courant rapide, attrapant à mains nues des saumons exténués par leur longue remontée haut dans les montagnes pour aller déposer leur frai aux sources de la vie, et mourir, l'ingénieur a ouvert le coffre de sa guimbarde et il a sorti de l'intérieur puant un sac en Nylon préparé à mon intention. Dans le sac, il y avait une casquette de base-ball et un guide des lacs de l'État de l'Ontario. La casquette avait été noire, mais elle était maintenant couverte de petites boules de feutre curieusement blanches, et le guide était du type de ceux qu'on distribue contre des coupons dans les pompes à essence. Sur la casquette, il était écrit « The Golf Club of Canada », en lettres d'or, ce qui m'a rappelé que le deuxième ingénieur, celui qui s'était occupé de moi la veille à la foire, sentait aussi mauvais de la bouche, m'avait offert en cadeau un souvenir emballé dans une boîte en carton qui, une fois ouverte, s'était révélé être une assiette ronde en faïence à bordure dorée (« de l'or véritable », avait dit l'ingénieur, l'autre), au centre de laquelle était gravée l'inscription « Courses de chevaux 1976 », j'ai donc offert cette assiette à Kasko à son retour de New York, pour que cette assiette absurde trône chez lui sur une des étagères noires ou sur son bureau noir.

L'hôtel était noir à l'intérieur, l'accumulation chargée de poutres charbonneuses comme après un incendie donnait cette impression de noirceur, et il contenait de nombreuses salles pour noces et banquets. « C'est ici qu'aura lieu le mariage de ma petite Beata », dit madame Martha en ouvrant la porte d'une salle froide dont la pluie froissait les nombreuses fenêtres en hauteur, et je me souviens de rideaux aux fenêtres de plusieurs mètres de long, velours sombres et bruns, ou peut-être vert foncé comme la forêt, et tristes. « C'est ici que nous montons nos spectacles », poursuivit madame Martha en poussant un encadrement massif donnant vers une autre salle triste, « et », elle dit, alors que nous suivions le couloir menant au restaurant désert : « facile de mettre ici la main sur des fauteuils et des chandeliers ou même des armures pour les besoins du spectacle », et elle dit « parce que nous devons nous bagarrer dans des conditions difficiles », puis il fut impossible d'avancer plus loin, car des ouvriers avaient fixé quelque chose sur les marches et le plancher, de nouvelles dalles de pierre, sur quoi madame Martha dit qu'elle n'était plus aussi bondissante qu'autrefois. Dehors, il pleuvait, et nous sommes partis sous cette pluie pour Kleensburg, et je n'ai pas mis la casquette de golf sur la tête, quant au sac en Nylon qui adhérait à mes doigts, il s'est collé, et après son retour de New York, Kasko me dit que ce n'était encore rien, qu'au moment où les lourdes chaleurs humides d'été s'abattaient sur Toronto, l'ingénieur, il dit, ne puait pas seulement des deux trous, d'en bas et d'en haut, il dit, mais tout entier, me dit Kasko qui vivait à Toronto depuis trente ans.

Au musée des Sept à Kleensburg, je me suis interrogé sur la façon dont on avait pu s'y prendre pour réunir et entasser autant de tableaux de ces Sept, probablement la majorité des toiles qu'ils avaient dû peindre au cours de leur vie (certains étaient morts jeunes, d'autres avaient connu un âge avancé), peut-être personne donc n'avait acheté leurs tableaux de leur vivant, et peut-être ces tableaux avaient-ils été offerts, mais aucune indication n'en témoignait. Comme d'habitude dans les musées, je me suis vite senti nauséeux, j'ai commencé à étouffer, une panique s'est emparée de mon corps, l'oreille interne ou je ne sais quel autre organe de la perception a repoussé l'affluence de formes, de couleurs et de signes, j'ai donc tourné dans un passage latéral, et dans un escalier latéral, et je me suis retrouvé dans les salles d'exposition sur le canoë dans l'art canadien, mais cette fois de l'autre côté, et accompagné par le regard étonné d'une gardienne, je me suis arrêté dans le local contenant des objets de l'art des Inuits, comme l'annonçait une inscription. Les Inuits et les Indiens, ce n'est pas la même chose, les Inuits sont une tribu arctique comme les Samis, mais j'en savais plus sur les Indiens et leurs forêts, et je me suis souvenu même du nom du lac au bord duquel se trouvait la cabane de ce vieil homme qui avait tué sa femme et s'était fait sauter, et je me suis souvenu de ce que sa fille et de lointains voisins avaient dit dans l'article sur ce couple qui avait passé trente-cinq ans ensemble, et élevé ses enfants dans un isolement primitif, de ce que le vieil homme avait juré de ne jamais quitter cette retraite, peut-être avait-il tué sa femme parce que, dans un accès de démence terminale, elle avait voulu partir de là comme si elle était restée jeune, comme si l'avait attendue une deuxième vie de jeunesse, qu'elle eût éprouvé la nostalgie d'un nouveau mariage, de nouvelles fiançailles printanières, d'un deuxième et puissant espoir de rencontre, d'une évasion donc légère, un châle vaporeux passé sur ses épaules, tremblant de désir et de promesses, d'un tremblement sexuel naïf et juvénile, d'un tremblement amoureux, et je me suis souvenu que ce lac s'appelait, comme dans *Le Dernier des Mohicans* ou dans *Le Tueur de daims*, le lac Huron.

Il pleut, il pleut, bergère. La bergère est psychopathe, je pensais, et je pensais que je devais noter ça sur un bout de papier à l'hôtel dès que je rentrerais, tout comme j'avais recopié ce matin une brève de journal sur l'huile de l'antilope *ému* qui allait envahir l'Amérique parce qu'il s'était avéré qu'elle guérissait de tout, des brûlures d'estomac à l'excès de tension en passant par l'eczéma, mais déjà les éleveurs d'antilopes s'arrachaient les cheveux de la tête et faisaient faillite, parce que la viande d'ému, en fait trop chère, trop grasse et trop dure, ne se vendait pas, alors qu'ils avaient investi leurs économies dans l'élevage de ces animaux importés jusque des Andes, comme d'autres dans des troupeaux de lamas et de vigognes ou d'autruches d'Australie, même si l'ému avait plus de goût que l'autruche. Et comme j'avais noté dans le livre *John Wayne l'Américain* que l'année 1939 avait été financièrement la meilleure pour Hollywood, et noté que le train d'où Hitler avait surveillé l'invasion allemande de la Pologne portait le nom d'*Amerika*, un lien absurde de plus entre Hitler et Kafka. Ron Rosenbaum a parlé de ces liens dans son livre fatigant *Pourquoi Hitler*, fatigant car ramenant tout le mal hitlérien au massacre des Juifs. Un judéocentrisme qui brouillait aussi le travail honnête de Daniel Jonas Goldhagen sur *Les Bourreaux volontaires de Hitler*, et Ron Rosenbaum avait même trouvé dans la jeunesse de Hitler un médecin juif, parent de Kafka, qui avait mal soigné le cancer de la mère de Hitler, morte dans d'abominables souffrances, de même qu'il avait déniché un Kafka locataire, successeur en 1945 de Hitler, d'un appartement de Munich, parce que Kafka avait décrit *La Métamorphose* d'un homme en insecte, *Le Procès* et *La Colonie pénitentiaire*, c'est-à-dire précisément ce qui devait se produire dans notre siècle dès que Hitler, Staline et Mao Zedong passeraient à l'action. Avant mon départ de Varsovie, j'ai lu l'épais roman de William Gass, *Le Tunnel*, l'histoire d'un écrivain rêvant d'un tunnel s'ouvrant sous le bureau où il s'est enfermé pour écrire son roman, fuyant par ce tunnel pour disparaître et se retrouver à l'air libre dans la forêt, tout ça en six cent cinquante pages grand format, pour écrire ça, peut-être qu'une demie aurait suffi, voire deux lignes, et là, je pensais, ça aurait été de la littérature.

La littérature, c'est un catalogue, j'ai noté, la littérature, c'est une encyclopédie, un inventaire, un percement acharné de tunnel de térébrant rampant sous des cernes apparemment chaotiques, liés les uns aux autres, il suffit de s'y atteler, il suffit de s'intéresser aux catalogues qui vous tombent par hasard entre les mains : par exemple, j'avais laissé ouvert à Varsovie l'atlas animalier qui passionnait ma fille de trois ans, elle m'obligeait à lire les noms les plus tarabiscotés, et même ici, au Canada, je me suis souvenu de créatures qui me poursuivaient, comme le didelphe, le monodelphe, le mandrill ou le chirogale velu, pour citer au hasard, je pensais, le chacma, le talapoint, l'entelle à pieds noirs ou l'opossum, qui pourraient procurer de grands profits aux éleveurs, avec ou sans huile, et je pensais avec impatience qu'en rentrant je noterais absolument tous ces noms frivoles et saugrenus, capricieux et chaotiques et définissant le monde, comme de l'acrobate naine ou du hocheur blanc-nez, de l'ondine, ou gargouillis, ou spectre, marmouset, tamarin, miko, tiki, roxelane, ou de ce cercopithèque diadème qui, par exemple, aurait si bien été à la forme sombre de l'âme putassière de la princesse récemment tuée dans un tunnel avec son playboy-amant égyptien. Une marée de fleurs, je pensais. Coin coin, je pensais, va faire du petit point :

on tire sur le fil. Monsieur Verde et sa fille Aloe, parce que c'était le nom du shampooing dans la salle de bains de l'hôtel. Je pensais au verbe « dégonder » et au nom Gondewski, parce que je me suis rappelé ce photographe polonais rencontré quelque part, et qui élevait seul son fils gentil depuis que sa femme les avait quittés, moi, j'étais venu à un festival de films abstraits avec une actrice brune que je connaissais peu, avec qui j'avais rendez-vous à l'aéroport, mais quand je l'avais vue, j'avais voulu m'enfuir parce qu'elle traînait derrière elle une gigantesque valise à roulettes, et c'était trop, j'avais pensé. À l'hôtel, j'étais resté allongé à côté de sa grande beauté jeune, et après j'étais sorti en ville pour marcher dans les rues sales et sombres, pour ne pas rester couché à côté d'elle, une petite vague de simplification plate s'était levée et m'avait léché les pieds, transparente, impondérable, ici tout paraissait de la même étoffe.

J'ai lu le livre sur John Wayne et sur la désespérance de sa vie, et qu'il avait joué dans deux cents westerns, la majorité d'entre eux tournés en quelques journées, sous la poussière et sous la canicule, de dix-huit heures chacune, et qu'il avait appris à marcher comme Marilyn Monroe, en vacillant et en se balançant comme s'il allait tomber, comme s'il s'enlisait dans le sable sur des chaussures à hauts talons, comme s'il était ivre, et je lisais sur les rapports qui le liaient, lui, grand et beau dans sa jeunesse, à la pédérastie cachée de ce psychopathe de John Ford, et sur les dépressions noires de John Ford, sa cruauté irrationnelle et son courage à la guerre, dont John Wayne avait passé les années à Hollywood, pour enfin faire carrière puisque les stars étaient enrôlées dans l'armée, et lui s'était défilé, et sur les *restrictions meurtrières* contre lesquelles Hollywood se battait, parce que les militaires réquisitionnaient le Celluloïd pour les fenêtres d'avions, et les poils de castor des pinceaux de maquillage utilisés pour la production de batteries électriques alimentant par exemple les chars. Je n'écrivis rien de plus, et je n'eus pas envie de revenir en arrière, ni de revivre quoi que ce soit, un air frais passait sur le balcon et j'ai bu du vin, et plus tard du whisky acheté sur les cent dollars de Kasko, et quand on est venu me chercher, j'étais devenu disert, calme, de bonne humeur et attentif, et je ne savais pas où j'étais, ce que je faisais là, et je pensais que ce séjour inutile passerait ainsi, et je comptais les jours.

La salle des Inuits était brillamment éclairée, sur des présentoirs distants l'un de l'autre, dispersés car peu nombreux, étaient disposées des vitrines rectangulaires à angles vifs, illuminées spécifiquement d'en haut, contenant chacune une statue de pierre grise ou blanche, veinée ou lisse, polie, patinée, même les plus grandes étaient de petite taille, et les petites vraiment toutes petites. Le paysage au milieu duquel les Inuits avaient sculpté devait être dur et nu, rocheux et balayé par les vents, j'imagine qu'ils sculptaient dans la pierre qui les entourait au printemps et à l'été, à ce moment où la sculpture de la pierre en plein air, même à l'aide d'instruments primitifs, et le polissage, produisent une poussière sèche, irritante, que dispersent des vents plus doux et délicats quand la pierre se couvre comme d'une transpiration, d'une floraison de mousses comme une sorte d'eczéma, de taches multicolores de tons rouille, jaunes, bleus et sang, où donc on peut sculpter plus vite, et comme avec le sourire, des animaux dressés sur leurs pattes de derrière et des hommes, des chamans, des hermaphrodites à têtes d'enfants douloureuses qui s'arrachent de leur ventre, finement taillées dans un ivoire de morse et enchâssées dans le marbre poli du torse. Ces sculptures mystiques mais utilitaires étaient belles, je pensais, elles reflétaient une pensée profonde et secrète, et d'où aurais-je pu savoir ce qu'elles représentaient, elles se représentaient elles-mêmes, elles étaient de l'art, car l'art, même quand il sait ce qu'il représente, représente tout à fait autre chose, même les croûtes épaisses et colorées des Sept dans les salles d'à côté représentaient une chose autre, pénible, oppressante, condensée, désespérée, ainsi l'art dans cette salle de pierre froide représentait-il son autre chose, une chose comme une mer indifférente mais sensible, glacée, familière, à la chaleur consolante.

J'ai eu envie d'aller regarder cette mer, et de plisser les yeux dans l'éclat assassin de la lumière entre les nuages sombres, dans la danse de la lumière sur le vernis noir de l'océan, l'eau noire d'en dessous la glace blanche dans un rayonnement d'or, avant que se ferment les ténèbres, que le soleil titube sous l'horizon du pas charnel et féminin d'un John Wayne ivre, et que vienne le grand froid. J'ai passé peut-être une heure à sculpter, peut-être une et demie, que faire des vingt-trois restantes, comment les décapiter, les assourdir, de sommeil, de sexe ou de cinéma, on peut pratiquer le cinéma dix-huit heures par jour et s'abrutir dix-huit heures par jour dans un jeu étourdissant, mais de la littérature – non, la littérature, comme la pierre, vit et pèse même pendant le sommeil, pendant le sexe et dans l'alcool, car l'alcool et le sommeil et le sexe contiennent une grande réserve de mémoire inutilisée, et ils nous rejettent stérilisés sur la rive d'on ne sait quoi, on ne sait où, avec un livre à moitié lu – de quoi parlait-il ? – une femme à moitié connue – comment s'en débarrasser ? – et la volonté de fuir après s'en être labouré, pour amputer d'un coup du premier couteau venu cette tumeur absolue.

Je suis sorti de la salle et j'ai rejoint l'ingénieur et madame Martha, et nous sommes entrés dans la boutique où il y avait des imitations de ce qui était en haut, des calendriers avec des reproductions des tableaux du Groupe des Sept qui ne ressemblaient pas plus aux tableaux du Groupe des Sept que si elles étaient passées dans une essoreuse à couleurs, des casquettes et des phoques et des ours, rien qui fût le produit de mains sensibles et pensantes, à peine des sortes de presse-papiers de bureau, et madame Martha m'a tendu une enveloppe avec une carte postale représentant une reproduction d'un tableau des Sept. Il s'agissait de la montagne rocheuse azurée du théosophe déiste. Nous avons traversé sur le chemin du retour la petite ville touristique de Kleensburg, fait halte dans un café à touristes où madame Martha a mangé un petit gâteau peu appétissant, ce qu'elle a dit, mais que l'ingénieur a trouvé bon, ce qu'il a dit, puis nous sommes passés dans Toronto jusqu'à un quartier de maisons modestes, accrochées en retrait à des escarpes automnales. C'était là qu'habitait Beata, la fille de madame Martha, avec son fiancé et ses trois enfants. L'ingénieur s'est garé dans la cour derrière la maison, et nous avons monté l'escalier et, en traversant l'entrée et le corridor, j'ai été étonné de voir une quantité d'immenses baskets usagées sur des étagères, et j'ai réalisé que les enfants de Beata Tipilichowska étaient adultes, les baskets étaient de dimensions impressionnantes, et j'ai compris que le fiancé était un culturiste sportif qui entretenait la santé et l'aspect de son corps plus très jeune enserré dans un T-shirt noir, ventre plat et gros muscles.

Le fiancé m'avait abordé lors d'une rencontre dans la jolie galerie de peinture adjacente à la banque PKO SA, et dit que nous nous connaissions, que nous avions l'habitude de déjeuner ensemble à la cantine des gens de lettres sur le faubourg de Cracovie, et il m'a tutoyé, et moi je voyais ses cheveux qui étaient, bien que clairsemés, colorés au henné contre le grisonnement, et lui descendaient sur les épaules, et plus tard madame Martha m'a raconté dans la voiture que Beata Tipilichowska, revenant en Amérique au métier « auquel elle s'est enfin identifiée », était partie en tournée avec la *Pastorale* de Schiller à Chicago, où son fiancé actuel, maintenant comme dans le temps chanteur de rock and roll, s'activait dans la communauté polonaise sous le nom de guerre de Sidor, et c'est là que je me suis rappelé qu'en effet Sidor chantait trente ans plus tôt en Pologne quand Karen Soutif avait chanté et quand avait chanté Niemen Wydrzycki, dont c'était maintenant le tour de la fille de chanter. Tipilichowska était longiforme et mince, maquillée, jolie, je pensais plutôt presque jolie, elle devait paraître jolie et subtile sur la scène polonaise de Chicago où elle jouait la Vierge dans la *Pastorale*, où pour le rôle du Diable on avait engagé un Sidor au bouc satanique dissimulant tant bien que mal les sillons et les trous de son visage qui en avait vu d'autres. Par la suite, Artur Kasko m'a raconté que Tipilichowska et Sidor vivaient en miséreux, il m'a dit, qu'ils vivaient d'assistance, et quand j'ai demandé à madame Martha, dans la voiture de l'ingénieur, de quoi vivait Sidor, s'il vendait des disques, s'il chantait, elle a détourné les yeux sous le rond de paille de son chapeau pour répondre « de rien, c'est un artiste », elle a dit, et que l'argent pour le mariage, il l'avait parce qu'il avait été renversé par une voiture, et qu'il avait été commotionné, et qu'il avait reçu une indemnité.

Beata sera en blanc avec le voile, dit gaillardement Sidor, Beata s'est blottie furtivement contre sa poitrine, « j'ai un fiancé romantique », elle dit, avant de retourner aider madame Martha à sortir le déjeuner du four, tandis que Sidor peinait à ouvrir le vin du déjeuner, parce qu'il avait glissé le matin dans une boutique, il dit, il avait accroché à la renverse un clou avec le pouce, et il s'était tordu le pouce, « j'ai fait appeler le gérant et exigé qu'on rédige un protocole, et peut-être qu'on va pouvoir sucer quelque chose de ce pouce », il dit, en considérant son pouce. Le déjeuner se réduisait à de petites tartines réchauffées au four et recouvertes d'une chose que je n'ai pas identifiée, « du thon », dit madame Martha, alors que je pensais, moi, que c'était de l'ému, alors que la veille au soir, à l'hôtel, on m'avait apporté des sandwichs au thon au moment où je n'avais envie ni de dormir ni de descendre, je n'avais que le souvenir du visage de Kathleen, diaphane, les sandwichs l'étaient tout autant. Puis l'ingénieur m'a emmené à un endroit où m'attendait un personnage grand et fort, le rédacteur du journal polonais, et nous sommes partis ensemble à la direction du festival de cinéma de Toronto où l'on projetait cette année-là quatre cents films, nous avons donc dû bavarder un instant de manière ennuyeuse et forcée dans le cabinet du directeur, un brun plutôt jeune mais qui connaissait tout le monde, puis nous sommes descendus par l'ascenseur pour regarder, dans la filmothèque aux murs décorés de portraits photos de metteurs en scène canadiens, une collection constituée au hasard d'ouvrages sur le cinéma et les réalisateurs, mais il manquait le portrait de Henryk Bujajski, qui avait tourné deux films à Toronto quand il avait été expulsé de Pologne pour avoir réalisé *Le Délit*, mais qui avait le don infaillible de se mettre en conflit avec tout et tout le monde, de sorte que des acteurs canadiens en vogue l'avaient invectivé au micro lors de la première, au lieu de se souhaiter du succès à eux-mêmes comme à lui, Bujajski est reparti du Canada se brouiller dans la nouvelle Pologne capitaliste, mais il a laissé derrière lui sa femme qui gérait une boutique. Je me souvenais de Henryk Bujajski à Varsovie, quand nous habitions allée de l'Indépendance, deux appartements sans numéro ni statut, séparés par une cloison, illégaux parce que rajoutés dans l'entrée d'un immense bloc réservé aux employés de la police secrète et de la milice – ce que naïvement nous ne savions pas –, mais où Henryk Bujajski avait reçu le téléphone, il avait obtenu le téléphone dans cet univers irréel, j'allais de temps en temps chez lui pour téléphoner, et j'écrivais un livre, un de mes premiers livres, probablement sur le gnostique juif Jakub Frank et sa secte, j'ai raconté ça quelque part.

Henryk Bujajski n'était pas accroché au mur, mais par contre séjournait à Toronto Agnieszka Niderland, dont le père Juif et journaliste avait été défenestré par la police secrète. Agnieszka Niderland devait tourner ici un film *indie*, me dit Artur Kasko qui savait tout, indie veut dire indépendant, une petite production moins coûteuse au Canada qu'aux États-Unis, il dit. Agnieszka Niderland habitait un étage élevé de la même maison, dans la rue élégante où Artur Kasko avait déniché la veste de cachemire noir, avant de me dire le lendemain qu'elle coûtait – la veste – trois mille dollars, ce qui était trop. Ce jour-là – c'était après le retour de Kasko de New York – Kasko m'a demandé si j'avais téléphoné à Agnieszka Niderland, dont il m'avait laissé le numéro de téléphone, et j'ai dit que non, par contre le soir, il m'a emmené dans un grand Mövenpick en compagnie du couple d'architectes, les auteurs de la galerie de peinture adjacente à la banque PKO SA, un intérieur conçu avec goût et une simplicité de bon aloi, j'ai donc mangé un tartare aux champignons salés qui n'étaient pas bons et avaient acidifié la viande, et à côté de moi mangeait la fille encore jeune des architectes, toute bavarde et excitée parce qu'elle venait de finir l'école de cinéma, et qu'elle devait rencontrer le lendemain Agnieszka Niderland, dont elle espérait qu'elle la prendrait comme assistante pour son film indie. Les architectes étaient de Cracovie, et intelligents et agréables, lui une tête ronde, lunettes rondes et souriant, elle, j'ai oublié, tout comme j'ai à peu près oublié la fille, même si nous avons fait une promenade dans les rues nocturnes en direction de mon hôtel, je me souviens qu'elle était jeune, qu'elle avait des mains aux doigts courts, et je me souviens que j'aurais pu me marier avec elle, et je me souviens de leur nom, Vogel, et je me souviens que m'avait plu la conjonction du prénom de leur fille et de leur nom, Kaja Vogel, toi Caïus tu seras mon mari, moi Caïa, je serai ton épouse, et c'est pourquoi ce sont les seuls nom et prénom que j'ai retenus de toutes les personnes dont je me souviens, Kaja Vogel.

Le lendemain, j'étais à ma petite table dans la grande halle accolée à l'église, et je mangeais des pierogis provenant de la cantine et je ne sais quelle charcuterie pas vraiment fraîche mais polonaise, arrangée sur une assiette par le deuxième ingénieur qui prenait soin de moi sur la recommandation du commerçant. Je me demandais pourquoi Artur Kasko avait raccourci son nom, probablement long au départ, en une diphtongue sonnant faux, tout à fait comme Rambo, qui devait lui s'appeler Rambotynski ou Rambowski, mieux aurait valu Artur Falko, Artur Falcon, car la tête d'Artur Falco faisait penser à un faucon, et il parlait sèchement et juste, c'est comme ça que parlent les faucons, c'est comme ça que je l'aurais appelé si j'avais eu à écrire sur lui. Kasko avait une consonance ukrainienne, et encore, le suffixe *ko* comportait l'en-tête ironique de kommunism, ko, et *Fall* en allemand, c'est aussi le plan ou le hasard, le hasard communiste du père d'Artur dont lui-même m'avait parlé sur la route des chutes du Niagara, son agonie longue et douloureuse, suite à un cancer du cerveau, se décomposant et s'abêtissant, mais gardant la foi jusqu'à la fin, me dit Artur, et lui avait reçu avant sa mort l'autorisation de rentrer quelques jours en Pologne pour le revoir une dernière fois. Le matin, j'ai attendu que Kasko vienne me chercher, parce qu'il avait un rendez-vous d'affaires en ville, et il avait prévenu qu'il passerait chez lui se changer, et quand il est arrivé dans sa Mercedes rouge, il était en chemise de sport et blouson (un joli blouson) et jeans noirs, aux pieds les baskets marron en Goretex qui lui avaient changé la vie grâce à leur légèreté imperméable, il dit. Nous avons roulé dans une région de vignobles, il pleuvait. Le Niagara s'est révélé, collines boisées, bétonnées de grands hôtels et de tours d'observation semblables à celle de la télévision de Toronto, en contrebas des parkings d'autobus et de touristes, Kasko a donc garé la voiture dans le parking le plus éloigné, en lisière de la forêt, et nous sommes revenus sous une bruine vers les chutes, qui étaient un trou, dans ce trou moins que grand se déversaient deux cascades, l'une ici canadienne et l'autre, de biais, américaine. Celle-ci naissait du courant noir et sale d'une rivière plate et nordique émaillée d'un éparpillement de pierres et de roches, d'une sorte d'épave rouillée, et de fourrés sur les rives basses, et seule était belle la crête vert transparent d'eau tombant au-dessus de la masse du courant gris-blanc, une crête de cristal plus forte que l'obscurité et le fracas de l'eau, aussi longtemps qu'il y avait de la lumière, au-dessus de tout ça se maintenait une vapeur d'eau, et par en dessous arrivaient sous le grondement de la chute des vedettes de touristes en imperméables bleus que Kasko appelait les préservatifs.

Les touristes étaient principalement des Jaunes, des autobus pleins de Japonais stationnaient sur les parkings, et l'hôtel où je résidais était dès le matin plein d'Asiatiques qui se rendaient en excursion ici, sinon où ? Quand je sortais pour de longues promenades pénibles et ardues, je traversais obligatoirement le quartier chinois, et quand, le deuxième jour de signature de livres à la foire, j'ai refusé de manger les charcuteries encore moins fraîches que la veille, l'ingénieur chaperon m'a trimbalé dans sa voiture chercher un restaurant proche et ouvert ce dimanche, et nous avons aperçu un porche chinois rouge et or avec des dragons et des avant-toits de pagode, comme une porte de paradis, et nous sommes entrés par là dans une ville chinoise aux boutiques plus riches que le Chinatown voisin de mon hôtel, et plusieurs restaurants, parmi lesquels nous avons choisi le plus grand, un hall chinois pour plusieurs milliers de personnes, avec des serveuses poussant des chariots de plats entre les rangées de tables. Ces plats n'avaient pas de goût, la pâte de raviolis trop épaisse et dure, et toutes les viandes avaient un fort goût de soja, mais l'ingénieur me dit que, dorénavant, il saurait où inviter. L'addition n'était vraiment pas lourde, il y avait tant de nourriture qu'il a demandé un *doggy bag*, un sac pour chien, et nous avons apporté aux vendeuses et aux maquilleuses de la halle polonaise un sac énorme pour chien affamé de nourriture chinoise, mais je pense qu'elles n'y ont pas touché, car quand je suis parti vers le soir, le sac était toujours contre le mur, et ce qui était dedans avait refroidi et ranci.

Nous buvions du whisky d'un sac en Nylon placé entre nous sous la table, et des gens venaient et je signais, un jeune couple s'est approché et a dit que tous les mois ils se réunissaient avec un groupe pour lire à voix haute ma chronique mensuelle dans le magazine *C'est bien elle*, où je publiais depuis la mort de mon père et un peu à sa place, cela ne pouvait pas m'être désagréable, certains sont venus me dire qu'ils lisaient mes livres, puis un jeune costaud, recruté par le commerçant pour l'organisation de la foire, a surgi pour me dire qu'il avait vu en cassette mon film *La Graphomane*, et qu'il n'y avait rien compris. Cela aussi m'était bien égal, je faisais rarement des films, et de plus en plus rarement, je n'allais plus du tout au cinéma, et à la télévision, la nuit, je regardais des films de moins en moins sensés et les moins ambitieux possible, je n'avais pas vu les films de Bujajski, et je n'avais vu aucun des films d'Agnieszka Niderland, à quoi bon, sauf un par obligation au festival de Torun, s'agissait-il de *Times Square* ou d'un autre tout aussi inepte, j'ai oublié, je me souviens seulement d'une actrice trop vieille qui jouait une vierge, et j'avais retenu qu'un acteur avenant répondait au nom de Chaplin sans être Chaplin. Aux murs de la bibliothèque du festival de Toronto était par contre accrochée la photo du dernier enfant chéri des festivals, Atom Niquoyan si je ne me trompe, ou quelque chose comme ça, et quand elle a vu la photo, la femme qui me faisait visiter eut le visage éclairé par un sourire de ravissement, il était charmant, il était brillant, et talentueux et charmant, je me suis mis donc à sourire aussi, même si dans le monde du cinéma je ne m'intéressais plus qu'aux biographies perdues et aux destins dégondés, retour des autres mondes, comme de tous les mondes qui ne forment qu'un seul et même monde.

Le plus intéressant au Niagara était une petite chute glissant non vers le trou collectif, mais en amont du courant, près du parking où dormait une centrale abandonnée, une chose qui a enchanté Kasko. Il tournait autour, et il passait l'œil par les grandes baies poussiéreuses, et il disait que toutes les machines immobilisées s'y trouvaient encore, et en bordure de la centrale, un seuil en béton courait sous la surface le long de la berge murée, quelque chose dans le genre d'une terrasse ou d'un balcon dans le courant, de sorte que le flot y courait vers la chute principale en formant une courte glisse semi-circulaire épaisse et lisse et dense, permanente, noire, le poids de l'eau était comme le poids de cheveux dont la course incessante donnait une impression d'immobilité, de corps figé mais opulent et permanent dans son néant matériel, un corps d'amour, je pensais, de même que je pensais que le thème de toutes mes notes ne seraient que les trahisons, l'écriture et le chier, je pensais, mais je ne l'ai noté qu'une fois rentré à Varsovie. En rentrant, il y avait un fax à moitié jauni à force d'être resté pendu à la lumière du soleil ou de la fenêtre nuageuse, c'était un fax de Kasko qui m'informait que le mariage de Beata Tipilichowska et de Sidor avait eu lieu et qu'au banquet, alors que tout le monde était en train de manger le gâteau, un inconnu encagoulé était arrivé du côté des fenêtres, il s'était approché de la petite Tipilichowska, âgée de douze ans, il s'était penché et l'avait mordue violemment et sexuellement au cou, après quoi il était ressorti. C'était beaucoup plus tard, mais pour le moment je restais à regarder le métal liquide de cette eau noire et fuyante, propre et fraîche comparée au déversoir délabré, tourbillonnant et désordonné de la rivière qui s'abattait derrière moi dans un trou, et j'ai raconté à Kasko ce qui était arrivé la veille et dont je ne pouvais m'extraire, et qui passait à mon annulaire l'alliance de mon séjour ici.

C'était le deuxième jour de signature à la foire, dans l'après-midi je me levais de plus en plus souvent de la table pour me dégourdir les os, et j'allais regarder les couvertures de la grande quantité de titres réunis, car il y avait moins de monde autour des stands et les concours étaient terminés. Le solide personnage qui parlait au micro sur l'estrade, et qui m'avait annoncé en même temps que les concours, avait l'air fatigué, « rien d'étonnant », dit le deuxième ingénieur, « il travaille de nuit en usine à visser des sièges de voitures », il dit, et c'est là que s'est approchée de la table une femme jeune et pauvrement vêtue, d'un gris pauvre, imprégnée d'un gris pauvre passé, quelque chose comme des mites et des papillons de nuit, elle s'est approchée en faisant avancer devant elle une poussette avec un enfant auquel je n'ai pas prêté attention, parce qu'elle m'a demandé en me fixant de ses yeux noirs – à ce qu'il m'a semblé – dans un visage gris et légèrement effilé, des yeux enfoncés vers l'intérieur sous l'effet de je ne sais quelle méfiance, savoir ou secret important pour elle, elle m'a demandé si le nom d'Émile Swiderski me disait quelque chose, à quoi j'ai répondu sans peine, sans réfléchir, comme s'il s'agissait d'une évidence, que c'était le nom du fils de mon oncle Waldemar, le frère de ma mère. Elle a hoché la tête et, sans changer l'expression de son visage ni le ton de sa voix aussi sourde que son visage était fané, elle a dit qu'elle était la demi-sœur d'Émile, c'est-à-dire la fille de la mère qui avait alors quitté Olsztyn et vécu toutes ces années comme actrice à Zielona Gora ou Jelenia Gora, elle dit, sous un nom qu'elle m'a donné, mais que je n'ai pas retenu.

Je suis resté un temps silencieux, tout comme elle se taisait en me regardant sans autre expression que de silence ou de rancune : une rancune indéfinie ou une peine ou une distance qui durait à mon égard, et elle a dit qu'Émile voudrait savoir quelque chose à propos de son père, qu'il voudrait contacter cette famille, elle a dit qu'il voulait quelque chose, et moi, j'ai répondu que nous étions dans l'annuaire téléphonique et que nous avions des adresses, mais elle a très légèrement tourné la tête et dit qu'Émile ne travaillait pas, qu'il avait un cancer de l'intestin et qu'il était en fait en train de mourir, et quand j'ai demandé ce qu'il faisait, elle a répondu qu'il était musicien. J'ai écrit mon adresse sur une feuille de papier et je la lui ai donnée, et elle a hoché la tête, et elle n'a pas dit au revoir, elle est juste repartie, grise, usée, hostile et pâle, faisant demi-tour avec la poussette, et je savais pourquoi j'étais venu à Toronto et quel sens il y avait à mon voyage, le même que toujours, ce sens se contenait dans un nœud, un cercle, un méandre, dans le temps, une surprise, donc il n'y avait rien d'inattendu, puisque ce qui était attendu ne se produisait pas, c'était le contraire qui se produisait. Un couple plus très jeune et propret s'est approché de la petite table, elle avec des lunettes de corne, lui gaillard et coiffé en brosse, tous deux plutôt grands et solidement charpentés, ils venaient pour la deuxième fois, la première avec un livre à signer, maintenant pour me demander s'ils pouvaient m'inviter à dîner. « Je me souviens de vous et de votre famille de Leba », dit le mari coiffé en brosse, « je veux dire que vous étiez un garçon, vos frères encore petits, je me souviens de votre père et de votre mère, et je me souviens que nous étions jaloux de vous, nous de Leba, parce que vous aviez des jeans », il dit, et moi je pensais que c'était le premier ou le deuxième été, quand j'ai aimé pour la première fois de ma vie, et si c'était le deuxième été, il est possible que se soit trouvé avec nous l'oncle Waldemar, libéré de la garnison d'Olsztyn avant son suicide, silencieux et maigre, et aux cheveux délicatement bouclés, déjà plus rares.

Le couple est venu me chercher le soir à l'hôtel avec sa fourgonnette, et nous avons assez longtemps roulé pour traverser des banlieues plates où – entre le bord du lac et le bloc où ils habitaient – il y avait les baraques d'une usine Ford et les cheminées d'une cimenterie. On voyait du balcon de leur appartement l'arc que forme aux chutes du Niagara la rive du lac, me dit l'homme coiffé en brosse, et il me tendit des jumelles pour que je regarde d'un côté cette courbe étirée dans le demi-jour bleu sombre, et de l'autre la masse des gratte-ciel neufs du centre de Toronto encore lumineux dans l'enveloppe embrumée du couchant. Le bloc ressemblait aux blocs polonais, écaillé, délabré, miteux, sale, le logement petit et bas de plafond, et rempli de fleurs séchées et de reproductions bon marché, la fille laide à tête massive de ce couple avait hérité de la carrure de son père, et quand j'ai demandé ce qu'elle faisait, ils ont répondu qu'elle travaillait pour le moment comme caissière dans un cinéma, parce qu'ils avaient dû la retirer de l'université quand il s'était avéré que tout coûtait deux fois plus que prévu, et qu'ils n'en avaient pas les moyens. Ils coupaient en parlant leurs phrases à la moitié, l'un finissant pour l'autre, mais sans se bousculer ni s'entrecouper, ils parlaient comme un seul automate bien rodé, ou ils disaient : toi, continue, ou bien : toi, réponds, ils racontaient la même chose de la même manière, « nous travaillons même ensemble », ils dirent, et quand je leur ai demandé ce qu'ils faisaient, ils se sont regardés – toi, raconte – et ils ont dit qu'ils faisaient des ménages, qu'ils nettoyaient des appartements et des villas même, des bureaux et des immeubles. « Nous avons des clients fidèles et nous sommes des gens libres », dit le mari, « notre firme AetB est enregistrée », dit l'épouse, A c'était l'épouse, et B le mari, « et quand nous avons fini de nettoyer, nous nous changeons pour aller à l'opéra ou au théâtre ou au cinéma, on a construit ici une grande bibliothèque et un centre culturel avec des cinémas, et c'est là que travaille notre fille ».

Sur le chemin du retour, ils m'ont montré ce centre de verre et de néon, la nuit était noire, cristalline et infinie, et nous avons retraversé le quartier chinois, cette fois dans une localité plate et vide à cette heure, c'était la nuit de Thanksgiving après la journée de Thanksgiving, dit A qui conduisait la fourgonnette, parce que B ne savait pas conduire. « Nous faisons des voyages comme ça dans tout le Canada, il dit, ma femme conduit, et moi je fais le navigateur, dès que nous pouvons, nous fuyons la ville et nous partons avec la tente dans ce beau et vaste pays, et dernièrement nous avons découvert la beauté et la sauvagerie de l'Amérique de l'autre côté de la frontière, il dit, sauf que nous montons plus volontiers vers le nord, plus on va au nord, plus c'est beau et encore plus beau », il dit, et ils dirent qu'ils m'emmèneraient volontiers aux chutes du Niagara par la belle route des vignobles, mais j'y étais passé avec Artur Kasko, et à lui j'ai parlé d'Émile et de cette femme à la foire. Je ne savais pas bien raconter ça, je ne savais pas encore le raconter, je n'ai pas parlé de ce couple de braves gens de ménage qui m'avaient invité à partager la dinde dans leur modeste logement, puisque le jour de Thanksgiving, qui est un jour de fête, on mange ici comme aux États-Unis de la dinde en souvenir des dindes sauvages qui ont dû sauver de la famine les premiers colonisateurs, appelés pèlerins, quand ils sont venus ici fonder un monde meilleur, plus moral, plus juste et plus strict.

À l'hôtel non plus, je n'ai pas su noter ça. Seul est pensé ce qui est mis en mots, or, moi, j'écrivais des fragments et des mots de moins en moins lisibles, lisibles seulement dans ma tête, mais que la main ne dessinait pas, la main codait d'un mouvement autonome un menu zigzag sur le papier, un mille-pattes de signes indéchiffrables, un noir entrelacs de lettres à la va-comme-je-te-pousse, mais de crocs pointus et dentelés sur la feuille, j'en extrayais ici et là je ne sais comment, les plus lisibles – parce que peut-être les plus brèves – des formulations, telles que « à tâtons », « l'Amérique à tâtons », « Kathleen », « Greg », ou « ascenseur », « califourchon », « à califourchon », « à rebours » ou « Émile ». Je pensais, si tant est que je pensais, au récit en plan et torturé laissé à Varsovie sur mon bureau, l'histoire du prof de philo baisant serveuses et vendeuses, autochtones de ceci ou de cela, je pensais à Heidegger qui, au moment de mourir, avait poussé le bouchon jusqu'à déclarer que « Dieu a besoin de la philosophie », phrase dont chaque mot à lui seul relève du délire, et qui tous bout à bout forment – comme tout ce qu'a écrit Heidegger – une pyramide délirante d'arrogance, même si la lecture à Los Angeles de sa biographie m'avait aidé à écrire ce texte sur qui j'étais et comment je devais être, tout comme la lecture du livre de Ron Rosenbaum, lancinant et seulement cocasse par endroits, *Pourquoi Hitler*, ce n'étaient pas là des livres exempts de rhétorique ni assez bons pour m'engager dès le matin sur les voies de la pensée, l'au-delà de l'écriture, sur la terre de la notation qui est la pensée la moins sûre, la moins évidente, mais parfois, dans sa transe, délivre de la réalité dégradante.

Je téléphonais au moins une fois par jour de l'hôtel à Toronto, à Danièle et à ma fille à Los Angeles, même si la petite refusait de parler au téléphone, elle ne reconnaissait pas les téléphones et ne comprenait ni le sens ni l'intérêt d'une voix désincarnée dans un écouteur, donc je parlais d'elle avec Danièle, et de la carrière de Danièle et de ses tromperies. Il était difficile d'appeler où que ce soit de l'hôtel, le bien-être canadien régnait, chacun disposait d'une carte dont il communiquait le numéro, et moi je n'en avais pas, j'avais donc à me bagarrer avec les standardistes, mais je n'ai pas parlé non plus d'Émile à Danièle, et quand nous sommes arrivés à la voiture rouge de Kasko sous la pluie, au milieu des sapins pointus aux gouttes de pluie vitreuses, suspendues à leurs aiguilles s'assombrissant, Kasko a sorti du coffre la brochure marron sur le père Pio et me l'a donnée, les titres des chapitres de cette brochure m'ont surpris, et quand je suis rentré à Varsovie un si long temps plus tard, ils m'ont aidé à terminer le récit en plan sur mon ami le philosophe, encore que je ne comprenais toujours pas ce récit, sauf que j'ai lu dans un volume de correspondance de Czeslaw Milosz avec ses amis, fraîchement publié par Czytelnik, le fragment du *Traité de Morale* expurgé de la version définitive qu'il avait adressée au *Tigre* Kronski, son mentor, un doctrinaire communiste enragé et de goût déplorable, que lui, Milosz, adorait, dont il prenait les conseils, qu'il écoutait, et le passage sur Heidegger m'a paru être l'exergue ironique qu'il fallait pour un récit sur la philosophie et l'Allemagne et les filles autochtones.

Le Tigre était un surnom courant, Blake le mystique a écrit sur un Tigre, et moi j'ai écrit un livre *Dans les griffes du tigre*, sur moi-même pendant ces années de maturation où je faisais du cinéma au milieu de paranoïaques – de paranoïdes, j'ai noté –, de sadiques, de drogués et de nymphomanes, mais je n'ai compris que plus tard où j'avais mis les pieds, maintenant, le jour de mon départ présumé où Kasko m'a donné un livre, *Sexe, drogues et rock and roll*, sur la génération qui a démoli le vieil Hollywood et en a construit un nouveau en se néantisant efficacement elle-même. J'étais parmi eux, et je copulais avec quelques-uns, et je ne savais pas par exemple quel sadique, gangster et salopard était le plus riche d'entre eux, avec la fille jeune de qui je copulais, je me souvenais seulement comme très blanc était son corps, un corps de clair-obscur, de duvet et de porcelaine, un corps de Juive sans défaut, sans taches ni rugosités, un corps totalement lisse et glissant, sans le savoir j'étais à un doigt d'entrer dans le nouvel Hollywood si j'étais resté avec elle, mais de quoi aurais-je pu lui parler, de quoi aurais-je dû parler puisque l'amour n'est pas, si j'en crois ce que m'a écrit dans une lettre impudente un des amants de ma femme, le langage du corps, mais une complicité ? Kronski le Tigre était pareillement un imbécile insupportable, je me contentais donc de suivre, dans le volume pompeusement édité (avec pompe) de la correspondance du vieux nobliau, comment Milosz caméléon changeait, selon le destinataire, de ton et de personnalité et de style et de caractère, de même que dans la liste des chapitres de la brochure sur le père

Pio j'ai trouvé un titre qui aurait tout éclairé d'ironie, n'eût été la difficulté de vérifier, car j'avais oublié où, après avoir écrit le récit « Théologue 2 », j'avais fourré la brochure devenue inutile, je l'ai retrouvée entre le livre de René Girard, *La Route antique des hommes pervers*, et le livre de Jaroslav Pelikan, *La Mélodie de la théologie*.

« Sans pupilles » aurait été un bon titre pour ce que je cherchais, encore que « Ce que dit le docteur », sans parler de « Ne pas gaspiller les souffrances », même si m'avait le plus frappé le titre « Tentations », pertinent, même si je ne savais pas exactement ce que je cherchais, un cercle, un nœud, un fil, une traînée d'or pour racheter Heidegger, Milosz, Le Tigre, le Groupe des Sept, Toronto, certainement pas Artur Kasko qui était rationnellement explicatif et expliqué. En réponse à son fax, je lui avais envoyé un fax citant l'opinion de Hanna Arendt sur Nabokov et ses livres vernissés, selon quoi Nabokov écrivait pour prouver qu'il était le plus intelligent de tous – quand il parlait, Kasko disait un peu la même chose –, à quoi Kasko m'avait répondu que les Juives qui baisaient avec des hitlériens ne devraient pas s'exprimer sur la perception littéraire du mauvais goût. L'hitlérien dans ce cas précis étant le professeur Heidegger de l'étudiante Hanna Arendt, dont l'aveuglement devant celui-ci dans les années précédant l'accession de Hitler à un quelconque pouvoir était un aveuglement de fille amoureuse, passionnée, au regard sombre, donc d'amour, de frénésie sexuelle, l'aveuglement même, Arendt jusqu'à la fin de sa vie a aimé Heidegger, connaissant sa vulgarité, connaissant sa vulgarité philosophique et son vulgaire aveuglement philosophique.

Kasko ne m'avait pas offert la brochure sur le père Pio aux chutes du Niagara, en liaison avec une quelconque conversation sur Heidegger, mais parce que, la veille au soir, il était venu me reprendre dans la maison d'une belle femme en noir chez qui le commerçant m'avait amené dîner. Le commerçant ne pouvait rester au dîner, car il devait surveiller le dédouanement des caisses de produits de maquillage polonais pendant toute la nuit, il tournicotait donc entre les murs noirs et rouges de la maison et regardait les tableaux accrochés, « exclusivement des tableaux de Beksinski », avait dit la belle femme en noir qui adorait l'univers de Beksinski et vivait par Beksinski, elle l'avait dit quand elle était arrivée à la petite table derrière laquelle je signais des livres. On lui donnait une petite trentaine, elle était grande, elle avait une poitrine forte et une croix en métal travaillé qui me rappelait je ne sais pourquoi la barrière d'un portail, une grande croix noire qui se balançait entre ses seins volumineux quand elle s'était penchée vers moi sur la table en me demandant si je connaissais la peinture de Beksinski. Je connaissais cette horrible peinture d'une galerie parisienne qui m'invitait, quand j'habitais Paris, aux vernissages fréquents de Beksinski, même si je ne suis allé qu'une fois voir la peinture nécrophile de Beksinski, je lui ai donc dit que je n'avais aucun goût pour la peinture de Beksinski. Elle parut surprise, et elle s'est éloignée, mais je la vis s'éloigner entre les livres exposés pour revenir, se pencher sur moi et me dire de sa grande bouche peinte de façon criarde, ses grandes dents serrées, « et pourquoi donc ? ». « Et aimez-vous seulement la peinture ? » Je répondis donc que oui, mais que la graphomanie de Beksinski n'était pas de la peinture, c'était une mauvaise littérature, je dis. « *But the message* ? », elle dit.

Son corps était grand et fort, et enserré du bas dans quelque chose d'un genre de collant noir brillant, et il était vulgaire, et elle hochait légèrement la tête d'un air sentencieux, en souriant, me scrutant ou cherchant à découvrir ce que contenait mon regard sur elle. La conversation de l'ingénieur, qui ne me lâchait pas à cette table, m'ennuyait, et j'appréhendais le dîner auquel il m'avait invité, j'aurais plus volontiers passé la soirée avec cette femme Beksinski vulgairement sexuelle, d'autant que je l'entendais tutoyer le commerçant, donc c'est le commerçant qui m'avait emmené dîner chez la femme et son mari, parce qu'il les connaissait du temps précédant leur réussite, celui où tous les deux travaillaient à l'usine Ford de montage de sièges d'automobiles. Le mari était nerveux, la maison plutôt grande, devant celle-ci stationnaient dans la nuit des voitures américaines éclatantes de nouveauté, et à l'intérieur, le couloir était rouge, le salon aussi était rouge, aux murs – rouges – étaient accrochés des tableaux de Beksinski que je ne voulais pas regarder, je voulais m'épargner ça. Et seulement quand la femme, toujours habillée pareil, en collant lisse et provocant, m'a interrogé sur la bonne et la mauvaise littérature en peinture, j'ai dit que la bonne donnait des peintres, au hasard comme Goya ou Breughel, Manet, Max Ernst, et elle a dit : « Et aujourd'hui ? », et j'ai énuméré les exemples de Hockney et de Jackson Pollock et de Mark Rothko et de Jasper Johns, je parlais très doucement, et calmement, et je ne voulais pas dire tout ce qu'aurait voulu entendre la laide amie de l'autre vulgaire qui fumait cigarette sur cigarette, jusqu'à ce qu'elle aussi me demande « *but the message* ? ».

Une musique à message jouait très fort dans les haut-parleurs, les maîtres de maison se sont mis ostensiblement à fumer une marijuana émancipée, l'amie m'a dit combien l'avait déçue mon film *La Graphomane*, sur une fille sexuelle primitive qui déguste à la petite cuillère la cervelle de son amant au moment où celui-ci veut se réfugier dans la prêtrise, Varsovie, l'ennui, la saleté et la misère. Je l'avais déçue parce qu'il n'y avait pas de spiritualité dans ce film, elle dit, donc il n'y avait pas suffisamment de chamanisme ni de chamans, à quoi je dis qu'on pouvait avoir des stigmates aux mains et aux pieds rien qu'en se créant des mythes, que l'hystérie à elle seule pouvait faire saigner, je dis, et Artur Kasko qui était venu me chercher et qui faisait le passage obligatoire devant les Beksinski a souri avant de me dire dans la voiture, en rentrant à l'hôtel, qu'il ne s'agissait pas de tableaux de Beksinski, ni même de reproductions, juste des copies, des copies à l'huile expédiées par tel ou tel de ces innombrables peintres de Pologne qui tiraient ici le diable par la queue, il dit, mais le lendemain il m'a donné aux chutes du Niagara la brochure sur Pio, le père aux stigmates, à qui des années plus tôt mes parents avaient rendu visite à l'occasion de vacances en Italie, mon père était, lui, au parti communiste POUP, et ma mère une coquette.

De la soirée dans cette famille spectrale, je n'ai retenu que le tout jeune fils, un blondinet tranquille qui grimpait tantôt ici, tantôt là, puis qui est retourné dans sa chambre, où il s'est endormi tel quel, tout habillé, il s'est couché en travers de son lit et endormi, dit la femme vulgaire et sexuelle, comme si elle en était fière, comme fière d'elle-même et de Beksinski et de la musique bruyante et de l'extraordinaire de cette existence préférable à toute autre, tandis que dans son jeune mari hystérique bouillonnait, grondait une exigence avide de reconnaissance, de confirmation ou d'admiration pour leur extraordinaire, de quelque chose en lui qui aurait pu se dresser et menacer, frapper au visage, de quelque chose de vulgairement agressif, de quelque chose où il y avait un danger. Dans la voiture, nous sommes convenus avec Kasko, qui était revenu dans l'après-midi de New York, de chez sa fiancée qui écrivait l'essai intitulé *Le Mur*, que nous irions le lendemain aux chutes du Niagara, et je me suis couché sur le lit, et je n'arrivais pas à m'endormir, j'ai donc allumé le téléviseur, et j'ai regardé l'épisode en cours de la série intitulée *Escale Alaska*. Mon père avait suivi la première série avec intérêt, il vivait encore, et cette série se caractérisait par ce que tout et tous étaient beaux et gentils et bienveillants envers les éléments et envers eux-mêmes, le truchement principal en était un ardent et grand jeune Indien aux cheveux ballant sur les épaules, amoureux du cinéma et des films, les secondaires étant un jeune médecin juif envoyé dans cette obscure et froide affectation sombre et neigeuse, ainsi qu'une jeune intello nymphomane qui analysait ses sentiments changeants et ses violentes copulations.

Il ne me restait plus qu'une journée à l'escale Toronto, le lendemain du retour du Niagara je devais prendre l'avion pour Varsovie, je m'étais donc mis d'accord avec Artur Kasko pour rentrer d'excursion suffisamment tôt afin de faire des achats, j'avais pensé à une parka en duvet contre le gel à Varsovie, et je voulais aussi acheter pour la maison de Varsovie, en fait pour la table où j'écris, une sculpture inuit ne provenant pas des boutiques à touristes, Artur Kasko me conduisit donc d'abord dans un magasin de surplus militaires, où je m'achetai une parka vert clair à capuchon à pourtour en fourrure de coyote et à liseré folklorique à hauteur des genoux, garantie fourrée de plumes de canards canadiens, après quoi il – Kasko – me conduisit au centre où s'allumaient lampadaires et vitrines, et dans une ruelle élégante il me montra un magasin d'art d'État où on vendait des œuvres d'art inuit avec des certificats. Il était tard, la boutique allait fermer, je venais, moi, de boire une flasque de whisky canadien achetée en route dans la petite ville de Niagara-On-The-Lake, et même si Artur Kasko m'avait signalé un Chivas écossais de prix, j'avais acheté du whisky canadien au meilleur marché dans le premier débit du monopole, parce que la vente d'alcool est réglementée au Canada, et quand j'ouvris la flasque dans la voiture, Kasko dit qu'on n'avait pas le droit de faire ça, que l'on n'avait pas le droit de transporter en voiture une bouteille ouverte sur le territoire canadien, c'était puni d'une amende et du retrait du permis de conduire, j'ai donc demandé à Kasko s'il était terrorisé par la police canadienne, et lui a répondu « oui, en effet », j'ai donc vidé tout le whisky pour ne pas transporter de bouteille entamée.

J'étais dans cette boutique inuit, excité, et je discutais avec les vendeuses, qui m'expliquaient d'où venaient les sculptures et les objets, qui les avait faites et quand, elles faisaient pour ça preuve de grande compétence et d'amour, depuis le début des années cinquante un bon nombre d'Inuits exécutent des œuvres d'art sous le contrôle de l'État, et en vivent. J'ai remarqué une statuette de chaman, avec une tête d'oiseau et un visage d'homme à l'endroit du sexe, et Kasko m'a montré en la soulevant entre deux doigts, comme il avait fait de la flasque de Chivas à Niagara-On-The-Lake, une figurine de pierre, un peu phoque, un peu sirène, de rusalka, une femme à tête ronde, joufflue, nageant ses bras courts tendus, et s'appuyant de ses seins gonflés sur le courant comme sur un dessus-de-table. C'était une belle sculpture en pierre veinée de vert que j'ai aussi achetée, mais il était trop tard pour passer à la librairie où je voulais encore acheter le livre sur le nouvel Hollywood, les vendeuses avaient à moitié baissé les rideaux dans le magasin inuit, attendant que nous sortions, et toutes les boutiques de la rue étaient fermées et brillaient d'une lumière pure, car l'hiver se préparait et le froid perçait dans l'air du soir.

Ce dernier soir, le commerçant s'est senti obligé de m'inviter à un dîner d'adieu, nous sommes donc partis avec sa voiture au restaurant appelé Honest-Eddy.

C'était un capharnaüm à étages encombré de statues en plâtre et de vases chinois de deux mètres de haut, et d'une quantité de salles, de passages et d'objets sur lesquels l'œil n'avait pas envie de s'arrêter, mais, avant qu'il m'emmène, je suis monté dans l'ascenseur du hall de l'hôtel, pour aller me rafraîchir dans la chambre et me changer, et boire un winiak, je suis entré sans regarder parce que je regardais les objets achetés dans la boutique inuit, je les soupesais dans ma main, je les palpais, le chaman délicat, taillé dans un ivoire rose pâle, et l'ondine rebondie, et sous le miroir de l'ascenseur est venue se placer cette belle et frêle Chinoise, Kathleen, et quand j'ai appuyé sur le bouton de mon étage, elle a regardé la figurine dans ma paume et dit « Sedna ». Nous étions seuls à monter dans l'ascenseur, il n'y avait aucun affairement dans le hall exceptionnellement désert et, voyant que je ne comprenais pas, la jeune fille m'a désigné de son menton triangulaire l'ondine, et elle a dit : « C'est elle qui s'appelle Sedna. » Ah, oui, je dis, car j'avais oublié ce qui était écrit sur le certificat d'authenticité qu'on m'avait donné dans la boutique avec une brochure sur l'art des Inuits et sur la provenance artistique des deux sculptures et une petite carte des confins du Grand Nord canadien où était indiqué l'endroit où et par qui les deux avaient été réalisées. On m'avait donné ces papiers avec une série de formulaires qu'il fallait remplir pour récupérer une somme d'argent, appelée TVA, un impôt ou quelque chose comme ça, puisque je devais rapporter ces sculptures en Pologne, même si je savais que je ne saurais pas remplir ces formulaires, « je vais t'aider », dit Kasko, efficace, car il était homme d'affaires, et il est arrivé effectivement avant l'heure de mon départ pour l'aéroport afin de m'aider. C'est là, dans le café, que je lui ai laissé l'assiette dorée avec l'inscription « Courses de chevaux », et lui, d'un geste joyeux et triomphant, a sorti du coffre le livre sur le nouvel Hollywood, et il m'en a fait cadeau.

« C'est Sedna, la déesse de la mer, dit la fille aux cheveux noirs dans l'ascenseur, une des déesses et, sculptée ainsi dans cette pierre, elle n'a pu être exécutée que sur l'île de Baffin », elle dit, et moi, je regardais la vague lisse de ses cheveux noirs, et je pensais qu'elle me rappelait la vague volante d'eau noire de la chute du Niagara, et elle était si douloureusement belle que sa beauté me paralysait. J'ai donc tendu la main qui tenait la statuette de Sedna, mais elle a refusé d'un geste de la tête en souriant, ses cheveux vinrent battre contre sa joue, j'ai donc retiré la main pour lui toucher les cheveux, je serrais même ses cheveux et la statuette de pierre jusqu'à faire mal, me faire mal, lui disant que j'avais faim, combien j'étais affamé depuis que je l'avais vue en bas deux jours plus tôt, le soir dans le hall, elle a incliné légèrement la tête, « nous n'avons rien à nous dire, elle dit, nous venons de mondes certainement si éloignés l'un de l'autre que si l'un de nous était vivant, l'autre serait mort».

L'ascenseur s'est immobilisé, les portes se sont ouvertes, la jeune fille a secoué la tête pour libérer ses cheveux de mes doigts, et moi je n'ai pas dit « pardon», je suis resté avec les deux statuettes dans les deux mains, comme si le plomb noir de la peur ou du désespoir s'était remis à couler en moi, et j'ai vu par la porte qui se refermait sur elle que la fille restait dans le couloir, j'ai réappuyé sur le bouton d'ouverture, et quand la porte s'est rouverte, j'ai vu qu'elle n'avait pas bougé, et que ses épaules frêles étaient prises de mouvements comme si elle pleurait sans voix de tout son être. Je suis sorti de l'ascenseur et j'ai fait un pas vers elle dans le couloir désert, elle s'est retournée vers moi, elle avait les mains dans son sac – des doigts blancs, osseux, souples, des doigts sans ombre – et elles en ont sorti une chose qui était un spray de gaz paralysant, lacrymogène, ou peut-être brûlant, vomitif, et elles ont tendu ce flacon devant elle dans ma direction, et elle a dit «*don't*», arrêtez. Elle a reculé dans le couloir, et je n'ai pas pu m'empêcher d'éclater de rire, je ne savais pas qui elle était, je ne pouvais pas ne pas rire, mais une heure plus tard, au restaurant Honest-Eddy, j'ai revu cette fille, Kathleen, passer entre les vases, accompagnée de l'élégant docteur Lee et d'un groupe de Japonais ou de Chinois ou, j'ai pensé, d'Inuits, se dirigeant vers la salle de banquet rouge et or. Kathleen est passée en feignant de ne pas me voir, son visage blanc était pur et silencieux sous l'aile de ses noirs cheveux lisses.

J'ai dit au commerçant que j'étais fatigué et que je voulais me coucher tôt, ce qu'il a accueilli avec soulagement, j'ai vu, il a donc tiré de dessous la table le cadeau qu'il avait préparé pour moi, c'était un album de photos intitulé « Bords de mer », avec une dédicace. À l'hôtel, j'ai regardé les photos des côtes septentrionales du Canada et des photos de l'île de Baffin, rocheuse, or et orangée, grise et tombant en pierres dans une mer d'un noir brillant, d'un noir friselé qui avait l'air de se soulever jusqu'aux sommets mêmes de ces montagnes ou de ces volcans, et j'ai lu que *inuit* voulait dire « humanité », alors que jusqu'ici ce mot s'était associé pour moi au mot français « inouï ». J'ai sorti de l'enveloppe les certificats des deux sculptures et j'ai lu le nom de l'endroit où Sedna avait été faite, et j'ai recopié ce nom sur le papier à lettres de l'hôtel, Cape Dorset. J'ai glissé ce papier dans l'enveloppe, et je l'ai ressorti, et j'ai écrit mon nom et mon numéro de chambre, et j'ai écrit en bas encore une fois en lettres majuscules CAPE DORSET. J'ai remis le papier dans l'enveloppe, je suis sorti de la chambre, je suis allé à l'ascenseur et j'ai attendu, puis je suis allé à l'étage où Kathleen était descendue, et j'ai poussé l'enveloppe sous la porte de la chambre où elle était entrée après avoir cessé de me viser avec le flacon de gaz lacrymogène. Je suis revenu dans ma chambre et j'ai regardé la carte postale que madame Martha m'avait donnée au musée des Sept, et j'ai vu qu'elle représentait le sommet d'une montagne de glace dépassant à peine de la mer, ou de la brume, d'un océan épais, et j'ai pensé que je savais pourquoi j'avais acheté une parka de duvet à liseré eskimo dans le bas, la carte représentait l'île de Baffin, et la mer autour de l'île était d'or.

Dans l'album offert par le commerçant, il y avait des photos en noir et blanc de la vie sur les côtes des îles arctiques et des ports et des villages et des bateaux du passé, il y avait là des photos de Chinois employés à nettoyer le poisson sur les chalutiers, et des photos d'équipages japonais de baleinières, et d'Inuits sous des tentes, fixant l'objectif. Je regardais ces photos avec attention pour en retenir les traits des visages, et quand à la porte Kathleen a frappé, je savais que c'était Kathleen. Son visage était transparent comme si elle était morte, alors que c'était moi, le mort, Kathleen tenait ma lettre à la main, et elle dit que le docteur Lee était resté pour un moment au bar en bas, c'est un homme très élégant et doué, elle dit, je suis honorée qu'il s'occupe de moi. Elle a raconté que sa mère était née dans un camp où, pendant la guerre, on avait enfermé tous les Japonais, mais qu'elle voulait avoir un enfant japonais, elle dit, elle était donc partie sur la glace jusqu'à un navire météorologique japonais qui s'était laissé prendre dans les glaces au cours de l'hiver soixante-dix-neuf, et quand elle était revenue, elle était à nouveau enceinte. « C'est mon demi-frère », elle dit, en montrant sur l'écran muet du téléviseur le jeune Indien ou Inuit aux longs cheveux noirs comme les siens, parce qu'à la télévision passait *Escale Alaska*, que je regardais en pensant à mon père, et sans savoir ce que je voyais. « Le docteur Lee a inventé *lee* dans Kathleen », elle dit, « comme pour s'approprier de moi », car, elle dit, « ma mère m'avait donné le nom de Tsunami, du nom de ce raz-de-marée japonais qui surgit du fond des mers en vague haute de plusieurs étages, elle dit, et qui emporte tout ce qu'elle rencontre sur son passage ».

Quand Artur Kasko est arrivé, nous sommes allés prendre un café, et juste avant, je m'étais allongé sur le lit un instant, le visage dans les draps pour retrouver son odeur, et j'ai donné les formulaires à Kasko, et lui m'a donné le livre sur le nouvel Hollywood, même si ce n'est qu'après l'avoir lu à Varsovie que j'ai pensé au mot *shitpeople*, « les gens de merde », mais je lui ai dit alors que je ne faisais que semblant de rentrer à Varsovie, pour ne pas inquiéter le commerçant. « Mais où vas-tu ? » a demandé sèchement Artur Kasko, et avec étonnement. « À l'île de Baffin », je dis. « Des hydravions volent pour Cape Dorset aussi longtemps que l'hiver ne bloque pas la baie », dit Kasko pragmatique, qui savait tout, et quand nous avons rejoint l'hôtel, Artur Kasko vit Kathleen et dit « oh, mon Dieu », et il dit « c'est un milieu très dangereux, et vraiment prêt à tout ». « Je ne sais pas », je dis, et Artur Kasko m'a regardé, il est revenu des yeux vers Kathleen qui marchait vers nous en traversant la chaussée, et derrière elle couraient les grands jeunes Chinois élégants parmi lesquels se trouvait Greg, et Artur Kasko a souri de son plus joli sourire d'adolescent et dit « je ne peux pas te laisser seul », Kathleen a atteint la Mercedes rouge et Kasko lui a ouvert la portière, « je vais seulement me changer », il a dit en démarrant.

1998

CHAPITRE III

Sacagawea

« Quelque chose de l'ordre de la laideur entre en l'homme à Hollywood. »
Dudley Nichols à Jean Renoir, 1944

Je suis on ne peut plus à l'extrémité de l'horizon occidental. Nous migrons intérieurement sans cesse, et nous plantons nos tentes toujours plus près de l'horizon occidental, j'ai lu chez Henri David Thoreau. Plus loin, il y a l'Océan. C'est un océan froid, immobile et pâle, sous un perpétuel soleil d'acier. On l'appelle le Pacifique, mais c'est plutôt la ville étendue sur sa rive qui est pacifique, de la paix de la mort. Rien ici ne bouge, ni les voitures mouvantes en lave de corps métalliques, ni les athlètes à moitié nus courant de nulle part vers nulle part dans d'immenses baskets, l'air de rendre leur dernier souffle en bordure des routes, des rues, en bordure de la mer. Des gangs de furieux vaguent par là, les plus riches dans des limousines aux feux éteints la nuit. Si on leur fait de sa voiture un appel de phares, pour leur signaler qu'ils roulent à l'aveuglette, on en devient (on a choisi d'en devenir) la victime : le gang vous suit, vous attaque devant votre maison, sur un parking, vous torture et vous poignarde. C'est la manière dont se déroule l'initiation du nouvel adepte, de celui qui devait prouver cette nuit-là la cruauté de son courage.

Les gens de merde (les *shit-people*) : pas seulement des gangs, des assassins, des violeurs, mais des pervers. Les gens de merde de Hollywood – les *freaks* – sont des monstres. Même Jurek Skolimowski n'est pas assez monstrueux pour rivaliser. Monstrueux, Romek Polanski, lui, l'était. Il était au centre de la crème *freak*, et il adorait. La *freakocratie* à Los Angeles est sexuelle, elle est la force motrice des talents. Le talent de Hollywwod est sexuel. Il n'a de rapports qu'à la mort. La femme de Polanski a été lardée à coups de fourchettes à rôti. Elle était enceinte. Lardée par une secte. Personne ne s'en est étonné. C'est dans l'ordre froid immuable des choses. Excitation, haine, sexualité, indifférence, mort. En même temps que Sharon (comment déjà ? Stone ? Pierre ? Tate ?), une *heiresse* (héritière) facile et droguée a été poignardée, et un copain de Polanski, Frykowski, de Lodz, qu'on appelait en Pologne déjà Fryko, c'est-à-dire *freak*.

Les monstres ont même – enfin – pu s'offrir une librairie où les auteurs dédicacent leurs livres. La librairie s'appelle *La Soupe aux Livres* (« Book Soup ») et se trouve à Hollywood ouest (nous plantons nos tentes). Elle est pédérastique, le choix y est à la mode et tout comme il faut. Et c'est tant mieux, parce qu'à Los Angeles (la ville qui tient son nom des anges) n'existaient jusqu'ici que des sortes de librairies de gares pour vendre la dernière camelote imbécile haute en couleur (celle de l'or). Les livres sur Hollywood y ont leurs rayons. Hollywood est une part de l'histoire américaine, au même titre que les batailles de rues, la police, les narcotiques, le massacre et le mauvais traitement des Indiens, la guerre de Sécession, la mort de Kennedy (22 XI 63) ou la poussée des empires du hamburger. Sur les rayons du bas, on trouve des albums figés, avec des photos, sur ceux du haut, des biographies. Les biographies sont reliées de gris-noir, comme si elles savaient ce qu'elles ont de commun avec la mort.

Ce qu'elles ont de commun avec la tristesse de la mort. Quand je me suis trouvé ici, il y a vingt ans, je suis tombé, en face du théâtre chinois de Graumann, sur une librairie bourrée de hollywooderies des pieds à la tête. J'achetais des livres drolatiques sur les Juifs et les Autrichiens, les nains et les géants, les aristocrates de New York et les analphabètes sexuels qui créaient, avaient créé, propulsé et malmené Hollywood. Ils étaient surtout amusants, ils avaient imaginé une industrie sans pitié – des écrivains enfermés dans des cages à écrivains, des acteurs dans une écurie, des metteurs en scène qui apparaissaient le premier jour du tournage pour le plan du film qu'on leur avait désigné et recevaient une feuille de papier avec les dialogues : les metteurs en scène ignoraient la suite, le sujet du film, pourquoi et comment avaient été choisis les acteurs, les extérieurs, les décors. Les metteurs en scène étaient comme le reste, des employés, et ils étaient payés à la semaine. Les films étaient classés en A et B, on tournait les A et les B dix-huit heures par jour, on dormait sous la tente et on cuisait au soleil. Le sable entrait dans les yeux, la poussière s'accumulait sur les meubles, on pouvait tomber dans son lit sur un serpent à sonnette, ou des scorpions dans ses bottes.

La librairie était pouilleuse, et maintenant elle n'existe plus. Il y a le théâtre chinois de Graumann où, pendant *l'âge d'or* de Hollywood, se sont déroulées des premières de masse. C'est ici que les stars enfoncent l'empreinte de leurs mains dans du ciment. Le théâtre de Graumann (il avait pour prénom Sid, et il était incroyablement vulgaire : un acteur comme Bogart lui a envoyé un télégramme : « Ne meurs pas avant que je te tue », oui, mais l'acteur Bogart, qui pendant quarante ans avait joué les gangsters et s'était spécialisé dans les morts violentes, sanglantes, une balle dans le ventre, s'appelait Humphrey DeForest Bogart, c'est-à-dire qu'il était issu de la caste atlantique supérieure – de la sphère – de la fortune), le cinéma de Graumann donc était rouge et pouilleux aussi. Hollywood était pouilleux. L'humidité du climat et le soleil toujours trompeur font que maisons et gens vieillissent ici plus vite que partout ailleurs où je me suis trouvé. Les façades se décomposent et pourrissent, les rhumatismes déforment les hommes, et les femmes arthritiques ont toutes, sans exception, l'air de folles ou de putes de bas étage.

J'en ai vu une dans le genre hier dans une épicerie – une épicerie immense. Dans tous les magasins, on trouve plus ou moins les mêmes choses à acheter. Ça s'appelle l'agro-industrie, un petit nombre de firmes qui se sont partagé le monopole de l'absence de goût sous plastique. Dernièrement s'est répandue une folie pour les produits sans graisse. Zéro calorie. *Low fat.* Et les graines. On mange des graines. Les graines sont pleines de protéines, les pépins de raisin par exemple, ceux-ci se vendent en pharmacie. Cette femme était grosse, la majorité de celles-là sont des obèses. Elle avait les épaules nues et un décolleté profond. Son petit T-shirt avait l'air de puer. La peau sur la poitrine portait des taches, des mouchetures, des piqûres de soleil malignes, le soleil provoque le cancer de la peau. Aux poignets, des bracelets en or, plutôt en toc. Les lèvres peinturlurées à l'orange, les yeux barbouillés de suie grasse. Les cheveux mal colorés en jaune, noirs à la base, mal peignés ou sales. Cette femme était sale. Elle sanglait son vieux derrière dans un pantalon, une ceinture bouclait son ventre proéminent. Elle ne renonçait pas. Elle ne renonçait pas. Quand elle perçut que je la regardais – elle avait senti une attention portée sur elle comme à travers une vitre trouble, un mirage ou des larmes –, elle m'a renvoyé un regard indécent, sexuel, gourmand mais délicat.

Aujourd'hui, je ne lis pas de livres drolatiques sur les miséreux qui se sont enrichis ici. Les livres maintenant racontent des histoires d'alcooliques et de drogués, qui tous ont été trahis. Cette ville est une ville de folie et de trahison, et elle donne ses couleurs au monde entier. C'est la raison pour laquelle je ne veux rien écrire sur ma femme que cette ville a possédée, ou qu'elle-même a possédée, comme on voudra. Ma femme ne veut pas être malheureuse, elle ne veut pas que quoi que ce soit, quelqu'un, moi, la restreigne. Elle est à l'âge où on se dit : maintenant ou jamais. Avant d'arriver ici, je me demandais pourquoi j'étais saisi devant elle d'un tremblement si effroyable, si ridiculement effrayé (par quoi ?). De quoi ai-je tellement peur ? Après deux jours à Hollywood dans sa maison louée, dans sa voiture achetée, dans son lit, à côté d'elle dans la rue, je ne cesse d'avoir peur. Une peur indélébile : c'est comme ça qu'on peut avoir peur de la mort, car je ne m'imagine pas la vie sans elle. C'est la force de Hollywood : ici, on ne peut imaginer la vie sans Hollywood. La seule chose mobile ici qui traverse le désert de la mort, ce sont les films avec des cadavres pour t'exciter.

En 1985, un chimiste de l'Université de Colombie-Britannique, David Delphin (Dauphin) a découvert une maladie qu'il a appelée la porfiria. Porfiria sonne comme un prénom féminin, un prénom féminin de star de cinéma. Quand on a la porfiria (quand on est malade de la porfiria, quand on a la maladie d'une star de cinéma), la peau devient sensible à la lumière, elle ne supporte plus la lumière. La peau – la sienne certainement pas, puisque les stars vivent dans la lumière, les stars sont éclairées violemment (même si c'est d'une lumière sépulcrale, une lumière de l'au-delà, une lumière de cercueil) – souffre, malade, tu évites l'éclat du jour pour vivre la nuit. La porfiria provoque le déchaussement des dents, une sorte de parodontose, canines et incisives paraissent plus longues et débordent des mâchoires. Et elle libère le rouge dans le sang, l'urine devient rouge comme après avoir bu à la curée, ou saigné à mort dans cette lumière. On tourne toujours à Hollywood des films de vampires. Les vampires ont des canines et sucent la nuit du sang humain, si possible d'une vierge, transformant l'élue en cadavre assoiffé, couché le jour dans un cercueil, debout la nuit pour chercher des victimes. Ici, la femme se transforme en porfiria. La porfiria est le mal contagieux de cette ville de mort. Le mogul, le producteur, le metteur en scène, l'amant, le freak sont des vampires.

Dont j'ai peur. J'ai peur parce que Danièle m'a dressé sur un froid piédestal. Je suis intellectualisé, noble, droit, honnête, donc éloigné de la vie. La température de la vie réside dans la pourriture de la vie. Le compost, l'humus, l'intérieur d'une meule de foin humide respirent une chaleur étouffante. La fermentation s'autogénère, elle se nourrit d'elle-même, elle est la vie. Danièle me regarde avec indulgence ou avec colère, et elle crie violemment. Je la dégoûte. Les gens de merde la réjouissent. Les gens de merde se comprennent d'un clignement de l'œil, d'un ricanement, d'une familiarité. Les gens de merde lui disent « tu » sans hésiter. Les gens de merde sont familiers et insistants, prévenants et courtois et jeunes. C'est-à-dire : plus jeunes. Ils font semblant de l'admirer, mais ce qu'ils admirent, ce sont ses dents, sa croupe, son cou. Les hommes de merde veulent du sexe avec elle, ils lui font donc croire que c'est elle, la reine du sexe.

Je ne sais pas lui expliquer que je ne suis pas une pureté d'intellectuel. C'est-à-dire que, rassasié de la vie, je n'ai pas besoin de la vie. Je n'aime personne, j'ai du désir (rarement) pour quelques paillasses joyeuses, faciles, bien en chair. J'ai peur d'être seul. J'ai peur près d'elle, j'ai peur d'elle, j'ai peur de ce qui dégoise par elle. Le neurologue espagnol Juan Gomez-Alonso a formulé une théorie de la rage comme source du personnage du vampire. Quand on a la rage, on ne dort pas, on ne supporte pas les miroirs et les odeurs fortes, celle de l'ail moins que toutes, et on est mû par un désir toujours croissant. On devient sexe et on mord. En mordant, on peut se transformer en *lycanthrope*. L'homme changé en loup. La rage du loup peut engendrer le loup-garou. Au dernier stade de la rage, comme de la syphilis, survient la folie qui déforme le visage en masque de bête, et le corps en gnome.

La veille de mon arrivée, les habitants de Hollywood fêtaient avec une ivresse particulière Halloween, la nuit des cadavres, des spectres, des loups-garous, des apparitions, des esprits, des démons et des fantômes. Ils ne font même pas semblant que la fête soit pour les enfants. Les adultes se déguisent en costumes de squelettes et, parce qu'ils n'ont aucune honte, ils permettent aux enfants pareillement déguisés de passer de maison en maison, une bougie à la main. Des pédérastes ou des millionnaires déguisés en squelettes ouvrent leurs maisons et donnent aux enfants des bonbons. Les bougies sont cachées dans des citrouilles évidées avec des trous pour les orbites, le nez pourri et la bouche sans dents du macchabée venu te bouffer. Danièle passait de maison en maison avec notre enfant dans la rue de la ville opulente, et l'enfant répétait « *trick or treat* » tandis que les adultes se croisaient et se saluaient, et riaient toujours du même rire.

Ma façon de vivre (ma non-vie), mes standards, mon savoir sont plus tristes que je ne peux le lui dire, puisqu'elle ne veut pas s'assombrir. Donc elle est Porfiria aussi parce que nous évitons la vérité. A.M. Sperber et Eric Lax ont écrit dans la biographie de Bogart que « son charme (*appeal*) résidait dans la volonté, malgré tout ce qu'il savait, de se battre pour de l'amour, de la loyauté, sentir qu'il se maintenait (se retenait) dans l'amour ». Je comprends ça. J'écris sur l'amour. Je découvre que j'écris ici sur l'amour. Qu'est venu le temps d'écrire sur l'amour. Paul Théroux, dans un livre sur la fascination qu'exerçait sur lui l'écrivain Naipaul, écrit : « Je ne peux pas améliorer ce récit car Naipaul disait toujours : ne l'enjolive pas. » Il disait que la plus grande écriture est une vision dérangeante (*disturbing*) donnée d'une position de force – tends vers ça. Et obstinément : « Dis la vérité. » Puis Théroux écrit : « Les éperviers tournoyaient au-dessus du feu d'herbes pour fondre sur les souris et les serpents et autres petites créatures réveillées et effrayées par les flammes. Le ciel enfumé était rempli d'éperviers. Quelque chose de ces feux sauvages et de ces oiseaux tournoyants et de ces souris en fuite me parlait du sexe et de ses conséquences. » Je note ça.

Être seul est une mort privée, et être avec quelqu'un qu'on n'aime pas c'est la mort de personne. Ça serait sa mort à elle, c'est pourquoi elle fuit cette mort dans une autre mort. La mort hollywoodienne est plus épaisse que le goudron de l'enfer, elle est durcie comme l'asphalte, grise et froide. Hollywood a tué la plus sexuelle de ses Porfiria, même si en pratique ce sont les Kennedy avec qui elle a successivement couché qui l'ont zigouillée (elle couchait avec tout le monde, du policier au joueur de base-ball – il y a un sport comme ça – jusqu'au Président). La cité des anges l'avait déboîtée des faibles ancrages de morale qu'elle pouvait encore avoir. Elle faisait ce qu'il fallait pour exister à Hollywood. Elle était solitaire dans tous ces lits. Elle a connu tous les secrets. Elle était déjà incapable de travailler. On l'a expulsée à la moitié du dernier tournage. Elle s'était mise au chantage. Elle prenait des notes dans un petit carnet qui a disparu après sa mort.

L'intellectuel Arthur Miller, qu'elle avait dressé sur un piédestal amer, aurait-il pu la sauver ? Elle lui baisait les mains, tandis que lui l'abandonnait à elle-même. Il était tombé amoureux d'elle et tremblait de peur. Il ne fut jamais plus seul qu'auprès d'elle. Il voulait écrire pour elle, contrôler ses films, veiller sur elle, il l'entourait d'admiration et d'attention. Il n'avait pas honte d'elle, il croyait en elle, croyait qu'ils étaient à chacun le salut de l'autre. Elle était déglinguée. Elle dormait vingt heures d'affilée, ne se montrait pas sur le plateau. Elle le trompait. Elle se rendait en perruque noire à la Maison Blanche où le beau John Kennedy la baisait en passant. Elle trompait Miller avec un étalon français, chanteur et prolo. Elle le trompait. Il dormait sur un canapé, enroulé comme un chien. Il était un chien bâtard. Au lieu de contracter la rage, il a découvert comme elle était constellée de morsures. Elle le provoquait en public, elle crachait le mépris. Lui n'était rien. C'était elle qui faisait de l'argent. Elle qui faisait les quatre cents coups. Elle qui avait le pouvoir sur lui.

Il s'est retiré usé, fripé, épuisé, une chiffe. Il est redevenu ennuyeux et caustique. Il a tenté d'écrire une pièce de théâtre sur elle – après tout, il était dramaturge –, même cela ne lui a pas réussi. On l'a trouvée nue et morte, au lit, au lit bien sûr. Autant pour ça. La colère qui me remue est aussi froide et impuissante que Hollywood. C'est moi qui ai la rage. Je ne suis pas un chien malade, je suis un chien malade qui mord. Je suis un loup. Un loup blessé de la Pologne froide, rapace, triste et furieuse. Mais, à ce point, je ne supporte pas, par exemple, un Redlinski et son roman *Les Ratons polonais*, même pour de l'argent je ne lirais pas une seule phrase d'un de ces romans (pièce, scénario) dont il fait ses choux gras.

*

« Elle semblait davantage en quête de l'abstraction appelée un amant passionné que de n'importe quel amant particulier », écrit Thomas Hardy dans *Le Roman d'un indigène*. Plus loin : « Elle y pensait avec la conscience croissante d'une cruauté engendrant des actes dépassant toutes conventions, destinés à susciter la passion pour un an, une semaine ou ne serait-ce qu'une heure, pourvu seulement d'y parvenir. Ce désir la faisait chanter sans joie, posséder sans plaisir, briller sans triomphe. » Et « la solitude renforçait son désir ». Après un grand énervement ne coule qu'une grande tristesse.

*

L'odeur affreuse de ce panier que nous avons acheté. Que Danièle a acheté. Le même jour, elle a aussi acheté une lampe en bronze dont le pied s'est avéré être en carton. Ce panier était destiné aux jouets, et il avait la forme d'une petite maison à toit rouge. Nous avons posé le panier dans un coin de la chambre de l'enfant. L'odeur a commencé à sortir un peu plus tard, le lendemain elle était insupportable. Une odeur de pourri, nauséabonde, une odeur de corps putréfié, une odeur de cadavre. Un animal avait dû mourir dans ce panier, on y avait oublié de la chair. De la viande. Un fragment de chair, une patte, un pied arraché, un sexe castré. Cette puanteur de décomposition est devenue si insoutenable que nous avons porté le panier dehors, au jardin. Aucun nettoyage n'y fit. Aucun produit chimique n'a pu éliminer l'infection intenable. Quand j'ai ouvert la fenêtre devant laquelle était le panier, la maison s'est remplie de son abomination. L'odeur s'est installée comme à jamais dans la chambre de l'enfant.

Au marché aux puces, nous nous sommes promenés avec une femme trapue qui travaillait à la distribution de rôles (*casting director*). La femme avait des fausses dents et vivait seule. Elle déconseillait à Danièle de tourner des essais pour un *James Bond*. Un de ces films-là. Elle nous montra une femme solitaire, fanée, penchée sur de petits tapis. La femme fanée avait un chien beige. La *casting director* dit : « Elle s'appelle Maud Adams et, elle aussi, a joué dans un James Bond. Et personne ne s'en souvient. » Comme pour dire : si ça vous tente. Je dis que je me souvenais d'elle, car Maud Adams avait aussi joué chez Charles Chaplin dans *Un roi à New York*. Elle était belle et bien faite et danseuse, mais elle était une actrice médiocre, tout simplement peu douée. C'est à cause de ça, je dis. Une de mes connaissances de quarante ans se trouvait avec nous, l'anniversaire tout rond de notre rencontre tombait justement cette année-là. Cette connaissance était un Américain et un Juif, et il avait joué dans mon premier film d'école. À l'époque, il était bel homme et ressemblait à Montgomery Clift. Montgomery Clift était un pédéraste sensible, alcoolique et star. Il avait été défiguré dans un accident de voiture, et le visage qu'il avait retrouvé après de nombreuses opérations était figé et à moitié mort. Les tissus morts interdisaient à ses traits de nombreuses expressions, à l'exception de tics de souris nerveux et pathétiques. Cette connaissance était teinte en brun, lourde et sans travail. Sa famille lui versait une pension. Il a acheté au marché aux puces une théière rose des années cinquante, parce qu'il se rendait à la réception de mariage d'une autre connaissance. Ses deux enfants étaient des demeurés, la fille mariée à un facteur, moins marquée, le fils complètement. Le fils était un chauve aux yeux de grenouille exorbités, un nœud papillon au cou.

« Épouse une femme qui saura gagner quelques sous, dit Vidia à Paul Théroux, que tu puisses t'occuper d'écrire. » Vidia était le diminutif du prénom hindou compliqué de Naipaul. Naipaul était un Hindou anglicisé de Trinidad, et Théroux, un Américain. « Avec son air de fou, il se disait seulement triste », avait noté Théroux de Vidia. Je flânais dans le marché aux puces en suivant (en surveillant) des yeux Danièle, à qui les achats ne venaient pas ce jour-là. Je la surveillais en tremblant (intérieurement) sous la force brûlante des éclats d'un soleil de glace. Danièle sait combien je bois, mais dit que cela ne la dérange pas, car elle a de la compréhension, de l'indulgence et de la bienveillance envers tout ce qui est mauvais, pour tout ce qui est vulgaire ou commun. La boisson me perturbe dans ma vie érotique, même si je pense sans cesse au sexe de Danièle, à m'y trouver à l'intérieur. Mon sexe se dresse alors comme un croc, comme s'il avait un cerveau à lui et son propre centre d'intérêt, et ne pensait qu'à ça.

On a encensé ici la jeune actrice Cameron Diaz comme intelligence brillante parce qu'elle a joué dans un film dont le contenu est plus ou moins le suivant : un ami d'ami dit à celui-ci de bien se branler avant sa première rencontre avec Cameron Diaz, ça va lui permettre de rester calme, maître impassible de la situation, et de pouvoir ainsi la séduire. L'ami se branle, le sperme gicle, il cherche désespérément où le laver et ne trouve pas. Cameron Diaz entre et dit : quel beau gel pour les cheveux vous avez là. Je peux essayer ? Elle passe les doigts dans les cheveux de l'ami et se fixe une mèche en pointe avec ce sperme. Elle joue avec ce sperme jusqu'à la fin du film. Ou encore : Cameron Diaz entre, le sperme lui tombe du plafond sur la tête, et l'ami n'ose pas l'enlever, et Cameron Diaz se promène avec du sperme dans les cheveux jusqu'à la fin du film.

Les textes les plus triviaux sur les femmes, les plus stupides comme « la donna è mobile » ou « femme, oh, duvet misérable », sont les plus pertinents. On ne dompte pas la mer changeante autrement que par des grossesses successives, ou l'enfermement sous un tchador noir à peine de lapidation. Je haïssais chaque instant de la déambulation dans le marché aux puces de Hollywood, chaque objet, chaque emplette. La *casting director* dit qu'il y avait des jours comme ça, car elle non plus ne savait trouver quoi acheter. Elle est repartie vers sa Lexus noire. Elle portait au poignet une montre en or incrustée de diamants. Moi, j'ai acheté quatre gobelets en verre de couleurs mates pour la salle de bains : jaune, bleu, rose et vert. Je les ai posés par paires de chaque côté du lavabo, j'y ai mis les brosses à dents, le dentifrice et des rasoirs en plastique. Nous avons mis dans le panier les livres de l'enfant descendus de l'étagère en hauteur qu'il ne pouvait atteindre. Il fallut ensuite les enlever quand l'odeur épouvantable de pourriture a commencé à éclore du panier.

*

Quand j'ai quitté la Pologne, j'étais au bord du précipice, qui me paraissait être le lendemain. J'ai écrit deux romans à la file et je savais que personne n'en dirait un mot. Cela avait été le cas avec les autres, avec tous mes autres livres. Ils ne m'ont pas rapporté d'argent et personne n'en a rien dit, mais je savais pourquoi, par quoi et comment ils étaient bons. Ils étaient bons. Je déambulais dans la maison et j'hésitais entre deux phrases. L'une disait : « Rares, ceux qui ont un tel courage. » L'autre : « Personne n'a un tel courage. » De plus en plus souvent, la réalité se reflétait pour moi en phrases décousues, parfois en un seul mot. Les *gens de merde* en étaient, comme « à tâtons ». L'Amérique à tâtons. Ou bien : « La dernière fois que tu as eu l'air jeune. » Ou : « Un flot de plaisir coulait de son cul. » Ou : « Entre rêve et incurie. » « Un de ces récits méandreux. » Ou : « Je m'achèterai ce livre à Los Angeles. » Mes derniers livres composaient une chronique du rêve et de l'incurie. Ou bien « vulgarité ». Qu'est-ce que la vulgarité ? Dostoïevski et Kafka ont le mieux pressenti ce que nous allions devenir. Kafka n'a pas terminé le roman intitulé *Amerika*. Le train d'où Hitler commandait l'attaque de la Pologne portait le nom *Amerika*. « Ne pas arriver jusqu'ici », j'ai noté après mon arrivée ici, pas plus que le héros de *Amerika* n'est arrivé en Amérique, arriver-ne pas arriver serait la même chose. La Première Guerre mondiale a partagé les marchés (du film) en deux, une ligne de front a séparé les pays. Il n'y avait pas de films allemands en France, ni d'anglais en Allemagne. Par contre, les films américains circulaient librement et là. L'Amérique est entrée dans la guerre européenne tout à fait à la fin, et l'a d'ailleurs gagnée. La guerre a posé en ce temps les bases de la puissance de Hollywood. Dans ses quarante-cinq premiers films, Bogart est huit fois pendu ou grillé sur la chaise électrique, neuf fois condamné à perpétuité, et pour le reste, criblé de balles. Je pense à la notion d'*à tâtons*. Je pense à la raison pour laquelle les enfants acquièrent à l'école polonaise une écriture laide. En Pologne, tous écrivent plus tard de la même manière, des gribouillis arrondis, maladroits, penchés vers la gauche.

*

« Tu ne comprends pas le monde, c'est tout le problème avec toi. Tu devrais voyager. Ainsi donc, ils ont voyagé, l'ombre en tant que maître toujours côte à côte, le maître en tant qu'ombre », écrit Hans Christian Andersen. Le littoral à Hollywood s'appelle la Côte Ouest. Un horizon occidental, j'ai noté. J'étais auparavant dans la région des lacs de Kartuzy, et j'écrivais sur Heidegger. Puis au Canada. Puis au Canada sur une île avant l'arrivée de l'hiver. Les Inuits aux mains gelées sculptaient dans des pierres vertes, bleu marine et noires, assis dehors devant leurs maisons de planches et de tôle ondulée. La poussière de ces pierres était très fine et épaisse, et se déposait partout. Puis le docteur Lee est arrivé en hélicoptère pour chercher Kathleen et moi, je me demandais dans quel aéroport il avait loué cet hélicoptère. Quatre Chinois musclés qui n'avaient pas l'air d'étudiants sont descendus avec lui. Artur Kasko me retenait par les coudes, mais je ne cherchais pas à me dégager. La fatigue m'était tombée dessus, c'est-à-dire l'indifférence. Autant pour ça. Ici comme là, je ne comprenais pas ma propre souffrance. Pourquoi fais-je tant pour tenir – retenir dans le couple – Porfiria ? Les freaks les plus vrais de vrais à Hollywood sont les producteurs. Ils freakent (tabassent) les plus petits qu'eux, les petits freaks, les metteurs en scène et les actrices. Ceux-ci sont de la chair à canon à côté d'eux, du menu fretin, une petite monnaie de folie scintillante.

Entre les deux, je suis resté seul à la maison à Varsovie. Je prolongeais mon séjour, alors que le voisin me chicanait en m'interdisant de remplacer par un mur le grillage qui séparait nos jardins. Son jardin était grand, le mien, petit. D'affreuses caravanes de camping stationnaient sur son terrain, et l'été était dressée une tente en plastique, une sorte de baldaquin sous lequel la famille et les amis du voisin prenaient leurs repas. L'hiver, les grands enfants du voisin versaient de l'eau sur la pelouse, l'eau gelait, ce qui faisait une patinoire. Les garçons avec leurs luges faisaient briller cette flaque gelée d'un éclat gris. Le voisin avait défoncé les soubassements du mur à coups de botte à travers le grillage, et menacé les maçons employés au noir. Le lendemain à l'aube, il était arrivé avec la police municipale, et il avait fait à travers le grillage des photos du trou dans la terre où les ouvriers avaient osé couper à la hache une racine d'un des nombreux pins. Le voisin criait à la défense de la nature, et que je n'étais rien. Pour ça, j'étais d'accord. Dans le sable, un pin a un vaste système horizontal de racines sur lesquelles il tient comme sur une pieuvre ou un parapluie. Le voisin s'appelait M. Petitfil, et sa femme Mme Petitfil. J'ai rendu visite à Mme Petitfil, qui était dans sa cuisine avec sa fille Mlle Petitfil. Mme Petitfil me dit en pleurant que son mari les battait toutes les deux, Mlle Petitfil acquiesça de la tête, qu'elle avait brune et luisante. Un autre voisin, un ingénieur qui avait perdu les reins (simplement plus de reins, même les greffes n'avaient pas pris, nécrosées par la prolifération douloureuse des tumeurs cancéreuses), me dit qu'on enfermait de temps à autre Petitfil dans un hôpital pour malades des nerfs, parce qu'il ne tenait pas le coup.

*

En restant aussi longtemps seul dans la maison, je comprenais que Danièle s'exposait à Hollywood à des liaisons dangereuses, à de mauvaises rencontres. M'était-ce égal ? Restais-je en connaissance de cause ? N'y prêtais-je attention qu'à contrecœur ? Une femme jeune, avec qui j'avais tourné mon dernier film deux ans plus tôt, était passée dans cette maison. Ce n'était même pas mon film, c'était le film de quelqu'un d'autre, je ne m'intéressais même pas à savoir de quoi il parlait. Ce qu'il racontait. J'ai tourné le film, j'ai rencontré cette jeune femme dans la rue, ce fut sans doute la cause. Elle était déséquilibrée, comme on dit, anormale. Elle avait un tout petit nez, plus court de profil que de face. De face, l'aplatissement de ce nez au milieu formait un losange. Elle avait une cicatrice à la lèvre, blanchâtre. Les lèvres de son sexe étaient asymétriques (un bec-de-lièvre), et l'une d'elles ressortait comme un corps qui aurait repoussé en plus grand sur la cicatrice d'une blessure. Humphrey Bogart avait la lèvre supérieure comme ça, malgré de nombreuses opérations plastiques. Il zozotait, la cicatrice s'était figée, un tissu mort sous le nez. La jeune femme s'est serrée contre moi sur le seuil. Elle avait maigri, ses seins avaient rapetissé, la bordure du sexe était humide. Elle ne portait pas de culotte sous son pantalon à fleurs trop léger, une camelote comme toujours, elle marchait pieds nus dans des bottines pareilles à des sabots noirs. Elle est allée au magasin chercher de la viande et mangea la viande. Avant, elle était végétarienne. Elle arrivait de New York, elle allait à Paris avec son nouveau fiancé. Il devait passer la prendre deux heures plus tard. Quand je suis entré dans la maison après mon dernier voyage, un fax de vingt pages pendait au télécopieur. Chaque page contenait un poème. Des poèmes de graphomane, débordants de grandes phrases et de poncifs. Maintenant, tout en mangeant la viande, elle tirait de son sac les feuillets originaux et me demandait si ce jeune homme avait du talent. Puis elle dit qu'elle avait lu mon dernier livre et qu'il lui avait plu. Elle n'avait pas supporté les précédents, elle dit. Elle avait mangé la viande, et lu mon livre.

Le fiancé, quand il est arrivé pour la prendre – le taxi attendait derrière le grillage et le mur inachevé – est apparu gonflé d'importance. De longs cheveux noirs, coiffés avec une raie de côté, s'échappaient autour de son crâne comme des ailes laineuses. Il était artiste. Il n'avait rien à dire. Il disait « moi, je », de tout son être. Il en voulait à tout le monde. Il gagnait sa vie comme guide. Ils s'en allèrent. La jeune femme téléphona de Marseille, puis de Paris. Elle disait qu'elle allait bien, que tout était O.-K. Dans la maison est arrivée une Russe robuste à qui j'avais temporairement fait faire le ménage un an plus tôt. Cette fois-ci, elle ne sentait pas la sueur. Elle portait un joli petit manteau, s'était laissé pousser les cheveux. Son visage en triangle était toujours aussi uniment joufflu. Un menton pointu, des petits yeux bridés, pâles comme une boue. Son corps était encore plus beau que l'année d'avant. Quand elle s'est déshabillée, sous son sweater est apparu une sorte de corset comme en portaient les stars de cinéma il y a des années. Le corset se dégrafait dans l'entrecuisse. Quand je l'ai défait, elle s'est mis les mains derrière la tête. Elle avait des épaules massives, les aisselles rasées et pleines de chairs. L'entrée de son sexe était la plus harmonieuse que j'aie jamais vue. Presque circulaire, sans excroissance de lèvres, nue, d'un rouge délicat. Les épaules étaient musclées à force de porter des caisses de bière, elle dit. Elle dit n'avoir enfin que maintenant compris la valeur des diplômes et de l'éducation. Elle parlait tout le temps. Un flot de paroles sur les diplômes et le voyage en Russie, et la validation des diplômes, et le fait d'avoir repeint la chambre chez ses beaux-parents prolétaires. Ses doigts rétrécissaient aux ongles jusqu'à faire un bouquet hystérique, tandis qu'elle avait les paumes larges.

« L'unique consolation du métier d'écrivain est dans sa droiture », dit Naipaul dans le livre de Paul Théroux. Je ne croyais pas aux films et ne voulais pas en faire. Les films étaient de l'histoire ancienne. Théroux citait la phrase de Benedetto Croce selon quoi « toute histoire est contemporaine ». Je n'admirais ni Benedetto Croce ni son écriture, ni sa religion, ni sa pensée, et tout aussi peu le fait que Gustaw Herling-Grudzinski ait épousé sa fille. Mais impossible de ne pas lui reconnaître de l'intelligence. Les films étaient de l'histoire ancienne. Dans mon histoire d'amour, Hollywood avait définitivement contaminé Danièle. De ses petits mensonges et de son indifférence colérique, et de son sexe mécanique, je comprenais finalement qu'un producteur de vent et d'illusion l'ait freakée, un producteur de jouissance, un producteur de déserts et d'orgies solitaires. « Je suis tellement fatigué par l'autodramatisation de l'âme féminine », disait Naipaul dans le livre de Paul Théroux. « En vérité, ce n'est qu'un truc pour donner du plaisir au corps. »

*

Et encore : « Les femmes ont besoin de témoins, c'est tout. Des témoins de leurs plaisirs et de leurs désespoirs. » Il était écrivain, de dix ans l'aîné de Paul Théroux. Il insistait pour que Théroux ne tienne pas de journal. Qu'il n'*archive* pas. « Dis la vérité », il répétait obstinément. Ce « dis la vérité » revient à de nombreuses reprises dans le livre. De Hemingway, de Fitzgerald et d'autres qui selon lui étaient *hors du monde*, Vidia disait qu'ils étaient de mauvais écrivains, car incapables de regarder plus loin que leur carrière d'écrivain. Le jour où il a entendu ça, Théroux avait reçu une lettre de Londres qui lui apprenait que B.S. Johnson (« Souviens-toi, je suis avant tout poète ») s'était suicidé. « Dans un accès de dépression, il s'est assis devant une glace, il s'est entaillé les poignets et les a regardés se vider de sang jusqu'à la mort. Il était, écrit Théroux, à peine plus âgé de quelques années que moi, et un des écrivains les plus optimistes que j'aie connus. » Naipaul dit : « L'écriture renferme un élément fort, presque bouddhiste, en ceci que la bonne écriture biffe (annule) ce qui existait avant. Même la deuxième partie de son livre biffe la première, chaque livre biffe (annule) le précédent et n'existe que comme réincarnation de l'œuvre antérieure. » Le livre de Théroux est un bon livre. Il occupe mon temps. C'est un livre sur deux écrivains, sur l'écriture, une littérature sur la littérature. Les critiques l'ont démoli, un jeune qui charge son aîné. Qui en fait l'inventaire. « Écris la vérité », insistait Naipaul. À Hollywood, je peux parler avec ce livre. Je le comprends. Il retient de sombrer dans les hommes de merde, les douleurs de merde, les désirs de merde.

*

Au zoo, le cœur a commencé à me faire mal. Mes jambes ont fléchi sous moi, l'appareil photo est devenu lourd. J'ai dû m'asseoir, puis faire une pause. J'avais envie de pleurer de tout, sur tout. J'étais totalement sans défense, et mon corps se refusait. Théroux a employé une expression (une locution) américaine : « J'avais tout le temps le cœur dans la bouche. » Il a écrit ailleurs qu'une femme lui avait rempli la bouche de sa langue. Mais les descriptions érotiques de Théroux ne sont pas bonnes. Il est bon quand il écrit sur Vidia. Quand ils se sont rencontrés, ils avaient chacun publié dix romans, imprimé des centaines d'articles et d'essais, et ils n'avaient pas un rond. C'est son premier livre de voyage qui a apporté à Paul un soulagement financier, et la renommée. Je ne savais pas que je tomberais ici – à la *Book Soup* – sur son livre sur Naipaul. C'est devenu une rencontre importante, aussi importante que le retour de la peur devant les agissements de Danièle. Nous étions allés un dimanche au zoo pour que l'enfant puisse regarder les animaux qu'elle aimait. Elle aimait les serpents, les gorilles, le rhinocéros, les flamants. Les crocodiles aplatis sous leur carapace de cuir étaient à faire peur. Pareil pour la gueule du cobra, totalement étrangère, impavide, le regard incompréhensible des yeux pâles. La nuit, Danièle et moi, nous nous unissions furtivement, un contrechoc survenait. Je me réveillais au petit matin, à quatre heures, de ce qui n'était pas un sommeil, et je lui racontais mes frayeurs.

Que j'aie peur d'elle, oui, c'est vrai. Mais j'ai peur depuis le tout début, depuis cette rue de Lwow à moitié ensoleillée, à moitié plongée dans l'ombre, qui montait à droite du balcon et finissait sur une pente herbeuse, noir épinard. Et de ce qui s'y passait. Ici, là. La peur ne m'a jamais quitté, elle a été mon ennemie la plus fidèle. Tout au long de ma vie, je m'efforce de définir, palper, assimiler ma peur. Mais je ne sais pas faire. La peur est plus forte que le caractère. Au zoo, il y avait du soleil, mais froid. Danièle me tenait par la main. Le matin, au petit déjeuner, elle m'avait pris dans ses bras et dit pardon. J'ai oublié si elle a dit « pardonne-moi », ou seulement « pardon ».

Au zoo, elle portait mon appareil photo et insistait pour que je mange quelque chose avec du sucre. Des coyotes névrosés piétinaient fébrilement dans une trop petite cage. Toute cage est trop petite. La palissade des lions était encadrée de rochers africains orangés en trompe-l'œil. Quand elle le veut, Danièle a un sourire rayonnant, un charme juvénile, une grande beauté, vraiment. C'est pour ça qu'elle est ici. Pour ça que nous sommes ici. Et nous n'avons pas où retourner.

Je suis parti de Pologne avec cette peur, une peur riche : la peur est la plus proche définition de l'âme, et décrire la peur est un retour obsessionnel sur la seule réalité que je connaisse. Naipaul d'ailleurs estimait que, passé la cinquantaine, un écrivain ne sait plus rien donner de neuf de lui-même. J'ai écrit douze livres, et ils se sont serrés comme mon cœur en un petit nœud d'obsessions. Naipaul coassait : « Obtient-on jamais une satisfaction dans ce métier ? Rarement. » « Écris la vérité. » Comme s'il ignorait qu'il usait de deux contradictions : « Une chose mélancolique en ce monde est qu'il est rempli de gens stupides et vulgaires et qu'il tourne (est mis en mouvement) pour le profit de gens vulgaires et stupides. » « C'est un continent obscène adapté aux seules personnes de deuxième zone », ça, sur l'Amérique. Je le recopie à Hollywood. Pour Danièle qui désire tant faire carrière ici. Elle a loué des meubles, de la vaisselle, inscrit l'enfant à l'école, acheté une voiture. Elle a tendu au mur une grande étoffe noire que nous avons achetée ensemble un jour à Bubenashwar, Inde. L'étoffe est fixée aux coins supérieurs par des punaises, le milieu pend un peu. Cela fait comme une grande aile d'oiseau noir. Un gros oiseau noir a étendu ses ailes lugubres au-dessus de nous. Dans un des plus beaux paragraphes de son livre (l'écrivain parlant d'un écrivain), Théroux écrit : « Nous sommes tous partis chacun de notre côté, et c'était comme si, hors de portée de nos regards et séparés dans les ténèbres, nous rapetissions dans nos destins, nous séparant pour devenir déloyaux, nous désagréger et mourir. »

Puis il a ajouté : « Le temps s'est occupé aussi de nous. » La séparation est intervenue à l'issue d'une réception chez Naipaul, voici ce qui s'est passé avec les hôtes : « Lady Antonia a abandonné son mari et épousé le dramaturge Harold Pinter. Hugh Frazer (son mari), malade de chagrin, a quitté la maison familiale pour aller habiter chez des amis qui ont raconté par la suite qu'il était mort d'une rupture cardiaque (le cœur brisé). On a découvert chez Pat Naipaul (l'épouse de l'écrivain) un cancer. Elle a subi une ablation de l'utérus. Cela n'a pas aidé. Elle aussi est morte. J'ai quitté ma femme, perdu ma famille. Jeeves s'est suicidé d'un mélange de vodka et de cachets. » C'est un bon livre, même si c'est un livre triste. Triste, lumineux. Un peu plus loin, Théroux écrit : « Les biographies littéraires étaient une chose que Vidia lisait souvent comme en lorgnant par la fenêtre pour comparer sa vie à celle de ses compagnons de souffrance. » Je tremblais en regardant ces coyotes désemparés et sans défense dans la cage grillagée. Ils étaient menus et légers comme des renards, et ils avaient des gueules inquiètes de loups. Nous tremblions face à face de la même peur.

*

Laide, à la limite de l'immonde (ravalements, humiliations, avilissements, dévalorisation par Hollywood), la biographie de Humphrey Bogart qui n'a été jusqu'à sa quarante-cinquième année qu'un acteur et a joué ce qu'on lui a demandé, n'importe quoi, toujours la même chose, et qui est et était un lâche, et qui dans ses couples alcoolisés se battait à coups de poing avec ses épouses vulgaires, ivre lui-même et alors vulgaire. Lui aussi mort de cancer alors qu'il était la star la mieux payée de Hollywood. À l'âge de cinquante-huit ans, le mien. Le metteur en scène le mieux payé était John Ford. Il avait tourné son premier film en 1917. Il avait signé un contrat à long terme avec la Compagnie universelle de manufacture de films et reçu un mémorandum qui décrivait ce que Universal ne souhaitait pas dans les films de la manufacture. Extrait de la liste : « Histoires ayant à faire avec la déchéance de jeunes filles. Jeux de hasard et de roulette. Consommation excessive de cigarettes, sauts périlleux dans les scènes de bagarre. Plaisanteries sur les cow-boys accréditant l'idée que les cow-boys sont saouls en permanence, ou toujours en train de se saouler, se battent en ivrognes ou cherchent la bagarre. Scénarios multipliant les planches de textes (le cinéma était muet) et de longues explications écrites. Dénigrement ironique du patriotisme. La folie. Les bossus. Les coups de poing au visage frappés de près. Les rats. Les serpents. Les petits chats. Les batailles de tartes à la crème. Les sermons. La propagande. Les scènes d'ivrognerie. Les bagarres dans les bars. Les tantouses. Les femmes obèses. » Et ainsi de suite. John Ford avait vingt-deux ans. En 1965, on a retrouvé une copie du plus ancien de ses films connus. Retrouvée comme le Golem à Prague.

Le 2 septembre 1939, John Ford était à bord de son yacht au large de Hollywood, en train de jouer aux cartes, quand la radio a annoncé la nouvelle que Hitler (à bord du train *Amerika*) venait d'attaquer la Pologne. John se soignait du surmenage, de l'alcoolisme et d'une dépression. Quand il dirigeait, il suçotait simultanément sa pipe et un mouchoir, tout blanc, délicat. Au lieu d'une ceinture, il utilisait une vieille cravate pour tenir son pantalon. Tout ce qu'il portait était vieux, usé, fripé et sale. Il avait des instincts sadiques, il était brutal et malfaisant. Il s'efforçait de tourner les scènes en une seule prise, une prise synthèse après un seul clap. Il ordonnait de détruire les restes d'autres prises éventuelles, que personne ne puisse rien changer dans son film, de monter différemment, ajouter, couper ou modifier. Il est parti de ce yacht pour la guerre. Il a créé un groupe d'opérateurs incorporés par l'armée quand les États-Unis ont été agressés par le Japon. Ford adorait l'armée. Il s'est appuyé un jour sur la poignée du sabre dont on l'avait équipé pour un cérémonial (une parade) et il est tombé sur le menton quand le sabre s'est enfoncé jusqu'à la garde dans la terre meuble. Il a passé les quatre années de la guerre sur les champs de bataille (Midway, le débarquement en Normandie), au front, en Chine, partout où cela fut possible. Il était très courageux. La guerre le fascinait. Vers la fin de sa vie, alors qu'il était devenu le plus demandé des metteurs en scène de Hollywood et qu'on lui donnait les meilleurs scénarios, les meilleures stars, il a commencé à se désintéresser de ses films à la moitié. Il tournait le dos et regardait ailleurs, vers les côtés, le désert, un mur. Les yeux lui faisaient mal, la lumière lui grattait les globes oculaires, il a été opéré à plusieurs reprises de la cataracte. Il a commencé à porter un bandeau de deuil noir à un œil. Il est mort de solitude, de tristesse, d'alcoolisme et de cancer.

Comment différencier une chose d'une autre, Porfiria du coyote, moi de la cage, Bogart de sa biographie, John Ford de Hollywood ? La schizophrénie de la schizophrénie de Los Angeles, Lwow de la plage, l'océan du froid ? *La Chevauchée fantastique, Les Raisins de la colère, My darling Clementine, La Prisonnière du désert*, sont de beaux films. Si le cinéma est beau. La réalité n'est pas belle, elle permet donc l'irréalité. Elle s'en nourrit. Elle en a besoin. Les histoires d'amour viennent de l'irréel. Chaque amour est une abstraction, et chaque tentative de le justifier, un mensonge. Ce à quoi je pense au zoo. Puis nous rentrons à la maison, et pendant quelques jours, Porfiria est tendre et calme. Puis elle s'envole pour des bouts d'essai à Londres, et elle appelle de Londres, se dit fatiguée de nous. Qu'elle est fatiguée de nous depuis Pétersbourg, depuis Anna Karénine, qu'elle a jouée deux fois, une dans la réalité, une dans le film. Maintenant, il y a Hollywood, et Hollywood est un cimetière. Les cendres que je porte en moi tapissent les entrailles où se loge la peur, l'âme comme on dit. Le cœur souffre-t-il d'amour ou de peur, lorsque se dérobe la cause de la peur et ne reste que la peur, aussi désincarnée qu'un film sans acteur, une pellicule vide ?

*

Je lui dis au téléphone que non, je ne déteste pas cette ville, c'est-à-dire pas plus que Pétersbourg. Je déteste aussi Varsovie, on déteste chaque ville pour autre chose. Elle dit « je t'aime », ou « je t'aime beaucoup », alors que je m'efforce de ne pas reconnaître là les avancées d'une stratégie, les mouvements d'un acharnement à détruire, d'une avancée entêtée vers une déconstruction sentimentale douce et le point final. Cela prendra le temps qu'il faut. Je me souviens d'une autre actrice, d'une autre star, française elle aussi, Adjani, qui pleurait à chaque pas, chaque pas un peu plus loin que le précédent, une distance croissante entre les pas, des temps plus longs, elle pleurait. Elle était méchante et sentimentale. Les méchants sont sentimentaux. C'est de façon rationnelle et méthodique que ces actrices méchantes et sentimentales ont conduit leur séparation d'avec le fou hors normes que j'étais.

Dans une maisonnette, au centre d'un cimetière immense (palmiers, parterres fleuris, gazons), je termine le livre de Paul Théroux sur Naipaul. « Autour des livres », « à tâtons », « autour des mots ». Les mots valent mieux que le vide. Une bonne chose que je finisse ce livre, une bonne chose que ce soit un bon livre, dommage, au revoir, ciao, ciao. À la revoyure dans le néant, dans l'intrigue de la mort et du sexe. « J'ai craché entre ses jambes (je lui ai craché entre les jambes) jusqu'à ce que la salive me vienne à manquer », écrit Naipaul. « Les problèmes sont bons. Tu es écrivain. Tu vas en faire quelque chose », dit

Naipaul à Paul. « Sa règle était : ne donne jamais de deuxième chance à personne », écrit Théroux sur Vidia. Vidia était un homme mauvais, concentré sur lui-même. Il était un nain sans ombre, finit par écrire Théroux. Il était une ombre. Le livre est intitulé *L'Ombre de sir Vidia*, puisque pour sa littérature, Naipaul fut anobli. « Mais tandis que je m'éloignais sur un chemin de campagne au crépuscule, je pensais : les problèmes ne sont pas bons. Je n'en ai pas besoin. Je n'en veux pas. J'ai eu assez de problèmes », écrit Théroux. On peut être sentimental sans être mauvais.

« Depuis mes plus précoces velléités d'écriture, j'ai aussi voulu la sécurité », avait noté Théroux. « Je savais quand j'en avais assez. *Pas trop n'en faut* fut la réaction de mon père. Et il répétait toujours : sois bon. » Mon père ne disait pas cela, mais il le pensait tout comme moi aussi je le pense. De la femme de Vidia, Théroux écrit : « Il avait peut-être besoin qu'elle soit à la maison, de même que certains hommes ne peuvent être actifs sexuellement que lorsqu'ils sont infidèles. » Je pense : de qui a-t-il écrit cela ? De qui surtout, de moi, ou d'elle ou de Danièle ? Qui fera croire à qui que la destruction est une construction, que la littérature est amour, qu'amour et littérature sont une même chose, des abstractions qui construisent un mur de vent pour se défendre de la réalité ? « La facilité sexuelle m'est venue très tard », dit Vidia lors d'une interview, dans le livre que je finis, « et elle m'est venue comme une immense passion. » Il y a chez Conrad une phrase (charmante) : « L'homme en qui l'amour est venu sur le tard, non comme la plus éclatante des illusions, mais comme une illumination et un inestimable malheur. » « Les femmes échangeaient leurs secrets comme un enterrement heureux », écrit le poète Philip Larkin. Naipaul écrit : « Être victime, c'est être absurde. » Et Théroux : « Au Zambèze inférieur, j'ai vu l'empreinte d'une patte de lion dans la poussière de la berge. L'animal s'était arrêté pour uriner.

– Une femelle, dis-je.

Ma remarque fut contestée par une de ces Australiennes agressivement sceptiques que l'on rencontre dans ce genre d'endroits.

– Qu'en savez-vous ?

– Les femelles font de la rétromiction. Vous aussi, sans doute.

– Et ça voudrait dire quoi ?

– Qu'elles pissent vers l'arrière. »

*

« La littérature n'est pas pour les jeunes. La littérature est pour les vieux, ceux qui ont de l'expérience, les blessés, les infirmes, ceux qui lisent la littérature pour y trouver l'écho de leur propre expérience et une sorte de baume. » Naipaul. Et encore :

« Tous les grands écrivains sont nouveaux. Ils ne sont pas comme les autres hommes. » Théroux cite avec ironie Daniel Defoe, qui a écrit à propos de l'écriture : « C'est une forme de mensonge qui creuse dans le cœur un énorme trou par lequel progressivement s'infiltre l'habitude du mensonge. » Theroux n'est pas d'accord avec ça, pas plus que – vers la fin du livre – il n'est d'accord avec Naipaul. Au lieu de lire attentivement les derniers ouvrages de Vidia, il saute les pages. « Si quelqu'un veut disparaître de ta vie, écrit-il dans le dernier chapitre de *L'Ombre de sir Vidia*, il n'existe en vérité aucun miracle que tu serais à même de fabriquer pour récupérer cette personne. » Je me sépare de ce livre comme on se sépare d'un ami proche et sensible et qui penserait à la même chose, mais qui serait juste un peu secondaire. La chose s'est tarie.

Notant cela, je n'arrive pas à me relire, tant j'ai les mains qui tremblent. Le troisième dans un couple est soit l'amant (ou la maîtresse), soit l'erreur ou l'alcool, soit tous ces personnages à la fois. Une foule ambitieuse flaire un corps, l'emporte dans la nuit, pour la nuit, toujours de nuit. Dans la nuit de la ville, des lumières brillent, et la foule, avant de mordre, rit joyeusement, conquérante, séductrice. Des jeux de séduction se jouent, la femme et l'homme étudient leurs visages, les commissures de leurs lèvres, leurs oreilles, leurs cous. Cela se termine au lit, où les jambes s'agitent et les hanches humides s'entrechoquent. Les veines, les nerfs, les souffles, le sang aveugle battent en chacun avec une force électrique annonciatrice de la mort, de juste avant la mort. Le corps crie. Et crie encore. Et crie tant de fois, toujours autrement, et toujours pareil. Le corps impatient et qui, assouvi, ne peut s'assouvir, puis se souvenant, se souvenir, et quand il formule, emploie le mot amour.

Qu'est-ce qui est stratégie, et qu'est-ce qui est – je cherche le mot – naïveté ? Distant (ici) est ce mot. La volonté de vérité est chez Porfiria à peine une volonté de réalité, une volonté de demeurer dans le réel, de s'écarter du dément. Rien ne tourmente, n'ennuie, ne pèse (on peut survivre même à un cancer) comme le malheur de l'autre. Au milieu de la nuit, entre d'autres appels, on me téléphone de Moscou. (J'ai laissé à Varsovie un numéro de téléphone.) La voix parle en bon polonais. La voix – haute, féminine, russe, gazouillante, même si je pense que cette femme est lourde et mûre, et qu'elle fume une cigarette en soufflant la fumée dans l'écouteur – dit que je suis convié à Moscou. Nikita Mikhalkov, le conseiller de Eltsine, metteur en scène et acteur reconnu dans le milieu et dans les festivals, fils de l'auteur de l'hymne national de l'URSS, et maintenant président de l'Union des cinéastes de la Russie mafieuse, organise un symposium auquel il convie des metteurs en scène du monde entier. Le thème du symposium doit être « la spiritualité dans le cinéma ». Dans cette Russie mendiante, pourrissante, mortifère, pestiférée, malade de misère et de saleté et de vodka et de mensonge, on va débattre de la valeur spirituelle du cinéma. Tels deux spectres de Halloween, deux cadavres se sont rencontrés face à face, les yeux dans les yeux, la Russie et Hollywood. La voix perchée qui parle polonais ironise sur la proposition. « Nous, en Russie, quand nous nous arrachons, c'est vers les sommets les plus hauts. » Une grosse délégation doit venir de Pologne, Wajda, Zanussi, avec le ban et l'arrière-ban. « Des gens comme vous, qui s'occupent de spiritualité, il y en a peu, nous le voyons bien. Nous avons besoin de vous. » Et aussi : « Mikhalkov reçoit *comme un tsar.* »

De ce qui m'arrive ici, ou de la folie que j'entends, qu'est-ce qui m'est le plus étranger ? De qui Naipaul parlait-il lorsqu'à la question de Paul Théroux « pourquoi font-ils cela ? » il a répondu : « Ils font ça parce qu'ils sont communs, menteurs, de vile substance et d'esprit futile » ? Qu'ont à faire ensemble des metteurs en scène spiritualisés, des Russes spiritualisés ? En buvant, je note : trouver dans ses provisions spirituelles la force d'une humilité. Et d'une rouerie. Cacher la prétention de ses ambitions, les aspirations malingres de son art, l'incapacité à mettre en scène sa vie : de moins en moins de spectateurs y viennent puiser des profits de plus en plus ténus. Cacher l'intelligence, cacher la vérité, cacher l'orgueil, cacher même la dignité. Devenir, être tel que je suis ici à Hollywood. Regagner ce qui peut être regagné, secouer la poussière, ne pas avoir peur, une fois enfin ne pas avoir peur.

*

C'est-à-dire perdre la mémoire. La mémoire est exactement ce qui en nous ne reste pas après nous. La littérature est pour les infirmes, pour les blessés, dit Naipaul qui a laissé sa femme mourir solitaire d'un cancer, quand lui s'affichait avec sa maîtresse en accordant des interviews sur l'amour passionné qui venait de l'habiter. Je n'ai pas envie de comparer Naipaul, Danièle, les catégories de la mémoire, les catégories d'intransigeance sentimentale et hargneuse. Je sais en quoi j'ai vieilli, alors que Hollywood est éternellement jeune. Le climat tant vanté ici est comme si tu plongeais un couteau ébouillanté dans une glace froide sous un soleil mouillé, mais d'acier. Non seulement les murs pourrissent, les crépis se défont, les tables se gondolent, mais les visages aussi. Les gens meurent jeunes, de morts extravagantes. Danièle ne voit-elle pas que je vois se friper la fraîcheur de son corps, comme si on froissait entre les doigts un papier délicat ? Une de ces femmes qui passaient dernièrement par ma maison près de Varsovie avait (après deux enfants) un ventre fripé et des seins vides et flasques. Mais elle avait de fortes épaules charnues et, entre les cuisses, un sombre buisson foisonnant qui lui remontait jusqu'au ventre. Elle dressait cette touffe vers le plafond et se tendait comme un arc, car elle aimait l'amour. Étant donné qu'elle était arrivée de Moscou, nous parlions russe. Quelle que soit l'heure, si je lui glissais la main entre les cuisses, elle mouillait. Je lui disais «*vsiegda gotowa*» («toujours prête»), et elle enchaînait «*kak pioniery*»(«comme les pionniers»). Je tirais son pantalon au milieu de la cuisine ou de la chambre, je la déshabillais dans l'escalier. Je la couchais sur un lit. Les gerçures et les cicatrices de la vie ne me gênaient pas. Elle courbait son long corps blanc, sa tête menue, avec grâce. Un sourire de plaisir, elle se retrouvait, venait se loger sur ses lèvres. Dans la fourrure épaisse et douce de son bas-ventre qui s'élevait en l'air, je trouvais beaucoup de bon.

Hollywood est un leurre, c'est pourquoi il me fait penser aux cimetières. Le nom lui-même parle de la nostalgie d'une chose ici peu présente : à la fin du siècle dernier, la femme d'un boiteux qui venait d'acheter des sables déserts au-dessus de la ville a eu la nostalgie de la verdure de la Côte Est et, en souvenir d'une forêt qu'elle aimait, elle a donné au désert le nom de Hollywood. Le premier film a été tourné ici en 1907, on n'a ensuite jamais cessé, à cause du climat bien sûr, mais surtout pour être le plus loin possible de New York, où l'irascible Thomas Edison poursuivait les cinéastes de citations à comparaître pour viol de brevets de son invention. Rien n'est plus éloigné de New York que Los Angeles, dont le nom complet est El Pueblo de Nostra Senora la Reina de Los Angeles de Porcinciela. Reine des Anges de Porcinciela, mot fabriqué à partir de *porc*. Les catastrophes, tremblements de terre, incendies, glissements de terrains glaiseux, le gargouillement de la lave soufrée qui mijote dans les trous du boulevard La Brea viennent de ce que La Reine est située sur la ligne de faute de la croûte terrestre, qui a pour nom Le Péché de Saint André, et c'est là que hier, j'ai célébré ma fête.

*

« Une sinistre ville industrielle contrôlée par des brigands à la fortune colossale », a écrit S.J. Perelman de Hollywood quand il est arrivé ici afin d'adapter ses pièces pour les frères Marx. J'aime encore davantage l'anecdote sur Nathanael West, un écrivain brillant et extravagant (nouveau) dont les livres ne se vendaient pas, et qui s'est donc attelé à l'écriture rentable de scénarios à Hollywood : il s'est tout de suite lancé dans la composition de l'histoire de trois Esquimaux que l'on avait fait venir pour jouer dans un film hollywoodien et qui se sont retrouvés – au sens figuré – sur la glace, le producteur en effet venait de remarquer qu'il « devait s'agir d'un film sur les Esquimaux, mais qui s'intéresse aux Esquimaux ? ». Très bien. Le plus riche des producteurs de Hollywood, l'année de l'*Amerika* et de l'attaque de la Pologne par Hitler, la meilleure année de l'histoire de l'industrie du cinéma (cinq millions d'Américains chaque semaine dans les salles), le capitaliste donc le mieux payé des USA, Louis Mayer, né à Minsk sous le nom de Lazar Mejr, a refusé Mickey Mouse en disant que les femmes ont peur des souris, c'est-à-dire qu'aucune famille ne mettrait les pieds dans un cinéma pour un Mickey Mouse. Lazar avait commencé sa carrière en faisant de la récupération de frusques de seconde main au Canada. Il faisait un mètre soixante-trois. La majorité des titans de Hollywood est composée de nains, Romek Polanski inclus. Mayer ne croyait pas à Clark Gable parce que Gable avait les oreilles décollées, et il n'avait pas non plus voulu produire *Autant en emporte le vent*, le plus grand succès de tous les temps pour l'époque. Qui plus est, le producteur de *Autant en emporte le vent*, Lewis Selznick, a reconnu devant la commission du Sénat qui démantelait le monopole de Hollywood, c'est-à-dire le système de studio auquel tout et tous appartenaient, auteurs, acteurs, metteurs en scène, salles de cinéma, halls de tournage, pellicules, équipes de travail, que « l'industrie du cinéma était, de toutes, celle qui réclamait le moins de matière cérébrale ».

C'est pourquoi personne d'ici ne se rendra à une réunion de spiritualité dans la Moscou des brigands, personne de l'Ouest, personne de la Côte Ouest où j'avais planté ma tente. La légende des primates juifs incultes qui ont créé Hollywood n'est pas entièrement justifiée : à peine cinq pour cent de primaires parmi les ébranleurs de l'industrie cinématographique. Le reste, comme Selznik, a suivi des études supérieures. Ce qui n'était pas une aide pour autant. Le génie de l'année d'*Amerika*, Irving Thalberg, le bras droit de Mayer, un intellectuel new-yorkais phtisique dorloté, a décrété du cinéma parlant qu'il s'agissait d'une mode passagère. En 1939, on a produit, Dieu sait pourquoi, quatre cents films, et ça continue pareil. Il faut être un idiot de bas étage pour, dans cette ville de façades vides et d'esprits ignorants de l'âme, cette ville de sectes, de corps et de dépravation, garder la foi. Danièle est dans l'avion, elle est dans le vol de Londres, elle va bientôt ouvrir la porte. J'ai peur de voir comment elle sera quand elle va entrer. J'ai peur de ce qui va se passer. J'ai peur de lui dire qu'elle peut se laisser aller à ses passades de hasard. J'ai toujours eu peur. J'ai eu mes propres aventures, intéressantes, primitives, indiscrètes, toutes nées d'une peur défensive. Que je les aie eues ou non, j'aurais eu peur de la même manière. Au moins, je les ai eues, elles n'ont rien changé. Les femmes ne sont pas des hommes, le voudraient-elles. Ses aventures à elle, ses histoires, ses accouplements irréparables ont changé le monde.

Ai-je le droit d'écrire ça ? D'écrire ainsi ? Quel sera le prix à payer ? Le châtiment ? Il ne pourra être plus lourd que ce qui est déjà. Le pire ne peut pas être plus pire. Ceux qui écrivent que Hollywood est une fabrique de mort, un lieu de songe, irréel, qui n'existe pas, que cet endroit n'existe en aucune manière, se trompent du tout au tout. Rien n'est plus réel que Hollywood, rien n'est plus réel que son rêve : rien n'est plus lucide que la mort. Kafka n'avait pas besoin de venir jusqu'ici pour écrire la métamorphose d'un homme changé en insecte. Le livre le plus intéressant de Nathanael West, son roman sur Hollywood, a pour titre *L'Incendie de Los Angeles*. Dans un de mes livres, j'ai décrit un assistant pathétique qui rêve de faire son propre film et construit de ses propres mains une gigantesque fourmi pour prouver aux producteurs qu'une fourmi peut faire l'héroïne d'une œuvre. L'assistant est mort d'insuccès et d'alcool, c'était il y a des années, quand je réalisais des films en Europe : c'était en Europe. Au moment où j'écris ça, le succès du moment à Hollywood est *Antz*, un film sur une fourmi. Le deuxième, c'est un film de Disney sur les insectes, des insectes anthropomorphes qui aiment et qui luttent. Comme s'il était devenu impossible, pour un temps, de regarder les hommes. Comme si de honte et de fatigue il fallait, un moment pour le moins, détourner le visage.

C'est une menace. Le danger est sous la surface, juste en dessous. C'est un état de menace. Achète, fais, sois, trahis, baise ou disparais. C'est comme regarder le diable dans les yeux, j'ai noté. Est-ce que j'ai peur du diable ? De quoi que ce soit, de qui que ce soit ? D'elle ? Niqueniquerage, j'ai noté, littérature de bonne femme. Mais c'est parce que, après le livre de Paul Théroux, je me suis mis au livre de Joyce Maynard, *At home in the world*. Les deux livres ont été identiquement vomis par les critiques, probablement les mêmes. Les deux ont été définis comme des vengeances : un auteur se venge de l'autre parce qu'il a été rejeté. L'amitié de Paul Théroux a été rejetée par Naipaul. L'amour de Joyce Maynard a été rejeté par J.D. Salinger. Joyce Maynard est une femme d'environ, je suppose, quarante-cinq ans. J.D. Salinger est l'auteur des bouquins-cultes les plus en vue de la littérature américaine, parmi lesquels le plus culte est *L'Attrape-Cœur* (*The catcher in the rye*).

Un matériau, disait la mère de Joyce Maynard à sa fille : ce qui t'arrive est un matériau. La mère écrivait, et elle a éduqué sa fille pour en faire une écrivaine. Le père enseignait la littérature à l'université et, la nuit, il buvait. Il venait d'une famille où on tenait l'Armée du Salut pour trop dissolue. Il voulait peindre, il voulait devenir peintre, pour ses bêtises la famille lui a mis ses crayons de couleur sous clef quand il avait dix ans. Il enseignait la littérature et il peignait la nuit en amateur, et il buvait. Encore jeune, au Canada, il s'est lié avec la peintre célèbre et déjà avancée en âge, la mentor du Groupe des Sept, Emily Carr, et cela aussi m'a frappé. Joyce Maynard a dit à sa fille qu'elle avait été conçue la dernière fois qu'elle avait fait l'amour avec son père. De son père, Joyce Maynard a écrit qu'il était une personne irrésistiblement attirée par l'impossible, le tragique, l'inaccessible. Dans l'écriture de Joyce Maynard, je déchiffre d'emblée, dès la première phrase, la médiocritude de la littérature que savent écrire les femmes. De petites pattes féminines de mouches qui palpent les hommes dans l'obscurité. Une littérature comme en fabriquent Annie Dillard, Joan Didion, Gretkowska, toutes celles-là.

Je reviens à la question, a-t-on le droit ? Que vaut-il mieux, en mourir ou l'écrire ? Qu'est-ce que ça veut dire, « un matériau » ? Un jeu, quand il est sérieux, se joue entre la littérature et la vie, et, en vérité, la mort. Et les crimes de l'amour. On joue à Eros et Ethos, et à l'art de durer, et à l'art de l'art. Si l'on veut mourir le cœur brisé, on peut l'archiver, cette mort. Et comme je ne sais pas croire à la psychanalyse et que Hollywood veut me tuer, je veux savoir qui me tue. Puisque mes peurs les plus sombres remontent au temps d'*Amerika*, qu'étaient pour mon meurtrier ces peurs, ces années, ces mêmes années ? Qu'y avait-il ici quand, moi, je me faisais là-bas ? Qu'est donc le gigantesque cimetière blanc de cette ville (les cadavres sortis des tombes se promènent sur les boulevards) face à la nécropole noire dont je suis sorti, et auquel il me semble que je ne sais comment survivre ?

Fatiguée de nous, Danièle entre, et on remet ça. Le cadeau qu'elle m'a acheté pour mon anniversaire est derrière un fauteuil, toujours pas défait. Ce n'était pas un anniversaire, ce n'était pas un cadeau. Le cadeau était une mouche en métal, un insecte sur pattes à ressort : on remonte la mouche, et la mouche sautille comme une folle sur ses pattes rigides, frénétiques. La nuit, je demande à Danièle qui cette mouche symbolise-t-elle, ce qu'elle signifie ? Au milieu de la nuit, Porfiria a dit à voix haute et claire dans son sommeil : « Tu ne peux pas t'empêcher d'être un petit garçon. » Sauf qu'elle l'a dit en anglais. En même temps, sa main m'a caressé le torse, puis elle a fait un geste comme pour entortiller les poils sur ma poitrine, alors que je ne suis pas poilu. Danièle riait dans son sommeil, et elle a dit tout aussi distinctement : « En ce qui me concerne, moi, je suis en transit. » En américain. Quand, un instant plus tard, je l'ai réveillée, couché sur le dos dans l'obscurité, regardant les branches se balancer derrière la fenêtre dans le jardin (le vent de la nuit succédait à une journée fraîche et ensoleillée, de la lumière bruinait de la maison voisine, une lumière de nuit d'été cillait sous un ballet de feuilles et de leurs ombres, le vent bruissait, j'attendais la prochaine pluie glacée), quand je l'ai réveillée et lui ai demandé avec qui elle me confondait, Danièle m'a dit qu'elle ne savait pas, qu'elle ne savait pas de quoi je parlais, qu'elle ne savait vraiment pas. Elle était allongée dans l'obscurité et dans le silence et les sautes de vents qui poussaient les grandes vitres de la chambre à coucher, puis elle a dit : « J'ai joué avec cette mouche toute la journée aujourd'hui, je pense que j'ai dû la garder en mémoire, que c'est à elle que je parlais. *Little one*, ça peut vouloir dire « petit garçon » aussi bien que « petite fille », ou même n'importe quoi de petit. *You can't help yourself being a little one.* » L'intelligence de la nuit était aussi pénétrante que l'intelligence du jour, et Danièle mentait.

La mère de Joyce Maynard était une Juive dont les parents avaient émigré de Pologne au Canada. Cette piste me parut proche ici, après mon Canada. Le lendemain, Danièle me dit qu'elle ne resterait pas à Los Angeles, que cela nous dévorerait, que c'était une vie mauvaise et une mauvaise ville. Elle s'est mise à liquider ses comptes par téléphone, à organiser l'hivernage de la maison, qui devait rester vide quelque temps. Nous sommes partis en suivant l'Océan jusqu'à Santa Barbara, à Santa Barbara nous avons mangé du poisson dans un restaurant au bout d'un long môle rongé par le sel marin et le vent. Des chalutiers rentraient dans le port, des pélicans d'un gris sale, repoussant, se laissaient tomber à la verticale dans l'eau. Ils refaisaient surface, embarrassés du poids de leur gosier membraneux à demi transparent, gonflé sous leur long bec. Des corps de phoques ou de lions de mer lisses et sauteurs apparurent entre des bouées rouges. L'enfant ne voulait pas manger, l'enfant ne veut rien manger en dehors de la maison, ni chez ses copines, ni au restaurant. Nous sommes arrivés au pied de la colline de la Mission de Santa Barbara, la dixième des missions religieuses californiennes qui ont évangélisé les Indiens. La mission était une église d'un beige rosacé à tours rectangulaires. Elle avait été fondée par des Espagnols au dix-huitième siècle. L'intérieur de l'église avait été peint de forêts tropicales abstraites, d'un vert puissant, dans des rouges, beiges et bronzes de terre, par des Indiens. On avait installé un musée dans la sacristie. On avait recréé une cellule de moine avec un télescope passé dans la fenêtre et un grand chapeau noir à bord circulaire protégeant du soleil (un sombrero) sur un lit plutôt large. Des objets ayant appartenu au premier évêque étaient exposés dans une vitrine. Ils n'étaient pas nombreux, quatre ou cinq, et le plus grand était une poupée. Une fillette au visage de porcelaine, en robe claire indécente. La poupée était couchée sur le dos. Quand nous sommes sortis, la grande place devant la mission était déserte et braisée de soleil froid. Sur la route du retour, les montagnes à main gauche, face à l'océan, les bandes effilochées de sommets et de nuages superposées qui s'étiraient les unes après les autres se figeaient dans un éclat rose lilas de poussière, lugubre, nuageux et sombre, tandis que nous roulions par en dessous dans l'obscurité qui montait de la vallée.

Va définir la médiocritude. Va définir le mensonge. Danièle sort et revient. Va définir le désir. Je ne suis ici que depuis dix jours, en dix jours Danièle a eu peu d'occasions de le rencontrer. Il suffit d'un peu pour ne pas se rencontrer, la vague enfle. Ce qui est, est. Je rêve que je suis allongé dans la chambre obscure de la nuit sous cette couverture, ce drap. Mais je n'ai pas de pieds, je me suis sectionné les pieds. Comment est-il possible que je ne saigne pas, je l'ignore. Je me suis aussi sectionné les mains. Danièle entre dans la chambre, elle n'allume pas la lumière, elle contourne le lit. Je crains d'abord qu'elle ne soulève le drap sur mes jambes et ne voie que je suis là sans pieds. Sans se faire de souci, Danièle s'approche de la tête du lit. Je ne peux rien y faire, je ne peux pas arranger le drap sur mon visage, je n'ai pas de mains. Elle va bientôt s'apercevoir que je n'ai pas de mains, je dois cacher ça. Je lève le regard, et je la vois juste au-dessus de moi. Son visage est sombre sur le fond du plafond, elle a les mains tendues sur moi, vers moi, assassines. Je me réveille en criant. Pour la première fois depuis de nombreuses années, un demi-siècle, c'est mon propre cri de peur qui me réveille. Puis, quand je réussis à m'endormir, je rêve plus paisiblement que j'étale de la pâte dentifrice sur mon rasoir et me passe le Gillette à l'intérieur de la bouche.

*

De l'écriture, Salinger disait à Joyce Maynard que c'était une occupation malheureuse, gênante. Il y avait trente-cinq ans de différence entre eux, entre Danièle et moi, il y en a autant. Joyce Maynard voulait devenir actrice, paraître à la télévision, être célèbre. Comme toutes les écrivaines maigres que j'ai connues, elle s'enlevait les yeux pour la nuit. Elle les déposait dans un liquide désinfectant. Leur histoire d'amour tenait à ce que Salinger ne pouvait pas la pénétrer. Lui donnait des maux de tête paralysants, son vagin se fermait comme une huître. Le vagin de Danièle ne se referme pas de peur ou devant le malheur. Il est rempli de chairs épaisses qui n'ont rien de commun avec la température de l'huître. Danièle glisse le long de mon corps et prend mon désir dans sa bouche. Plus tard, quand je la prends, je ne veux pas lui donner ma semence. Tout simplement, je ne veux pas. Elle ne la mérite pas, elle n'y a aucun droit, son sexe appartient à un autre homme, à de trop nombreuses convoitises. Quand Freud est mort, l'année où je suis né à Lwow, le cancer lui avait rongé un trou dans la joue. Ce trou – cette blessure – puait horriblement. Même son chien ne pouvait plus supporter la puanteur. Arnold Schoenberg, lorsqu'il a fui Hitler et quitté Berlin et s'est retrouvé comme épave, ici à Hollywood, à mendier, car personne dans toute l'Amérique ne voulait de lui, fut appelé par le *génial* Thalberg pour écrire la musique chinoise du film tiré de je ne sais plus quel livre de la Nobel Pearl Buck. Petit, chauve, armé d'un parapluie, les yeux en colère toujours hors de la tête, Schoenberg à Thalberg : « Vous voulez me tuer pour m'empêcher de mourir de faim ? » Dans quelques jours, je vais partir, et Danièle restera quelques jours seule et libre, et moi, je sais ce qui va alors se passer.

Le prénom Danièle est comme tiré d'un récit d'Adolf Rudnicki, n'est-ce pas ? Il avait le goût de ce genre de prénoms, de titres. Blanche. Baguette. C'est lui sans doute qui a écrit *Danièle nue*. Danièle va et vient nue dans la chambre au petit matin. Elle a une grande tête et un corps mince, même si elle ne peut se défaire de ses cuisses fermement rebondies ni de la rondeur douce qui recouvre ses muscles forts au pli des hanches et du sexe. Ses seins ont beaucoup diminué depuis qu'ici elle a maigri, mais ils ne se sont pas affaissés. Danièle fait de la gymnastique tous les matins pendant une heure, cette gymnastique est une danse érotique. La danse est pour Danièle une affaire sexuelle, tout est sexuel, les jeux comme les distractions. Son derrière rond et rebondi est devenu son plus puissant attribut érotique. L'enfant va à la petite école pour millionnaires français, et pour ceux des millionnaires américains qui ont le snobisme de l'école française. Les millionnaires ont des maisons à plusieurs millions en surplomb de Malibu, sur les collines où il fait plus frais l'été, et où il y a des serpents à sonnette. Difficile de trouver plus répugnant qu'un serpent à sonnette, ses couleurs terreuses, argileuses, son corps épais, sa gueule de corne aplatie, coupée comme le fil d'un rasoir noir. Notre enfant s'est entichée d'un gamin pleurétique, en sueur, couvert de vestes et de sweaters et de morves pendantes, épaisses et vertes, sur le menton. Le menton de ce gamin est couvert de boutons et de croûtes dus au fiel de la morve, au manque de soins. Les habits dont il est vêtu sont chers et trop grands. Le gamin est menu, cheveux noirs, et il bredouille quand il parle, parce que personne ne le corrige.

Je prends l'enfant à l'école et le ramène chez nous pour que notre enfant puisse continuer à jouer avec lui. Notre enfant devient hystérique en jouant, elle ne veut plus rester avec l'autre enfant, l'autre enfant est un intrus. L'intrus introduit dans notre maison un danger. Les deux enfants sont couchés dans notre lit et sifflent le lait de deux bouteilles munies de tétines. Nous partons à la plage, la mer s'est retirée, il fait un soleil hivernal. Les enfants trouvent deux ballons accrochés à un morceau de bois rejeté par la mer. Un des ballons est maculé, l'autre argenté. Le ballon argenté s'échappe des mains du gamin pleurétique et disparaît en l'air rapidement. Le gamin pleure. Il faut le porter tout le chemin jusqu'à la voiture. Lorsque nous arrivons devant la maison, sa nounou arrive justement dans une autre voiture. C'est une très grande Américaine au beau et grand visage. Elle dit qu'elle veut maigrir, et que les parents millionnaires de l'enfant lui demandent de payer l'essence de la voiture dans laquelle elle transporte l'enfant. Elle se tient au centre du salon, elle a des seins énormes qui pointent, et de grandes fesses dans un pantalon serré. Je comprends en un instant que ce qui est nouveau, jeune, plus frais et sexuel attire Danièle de manière irrésistible. Va définir l'amour.

*

Le soir, nous sortons dans un restaurant japonais chercher des sushi (à emporter) et du vin. Il fait sombre. En route, Danièle répète qu'elle perd son temps. Trois semaines ici, c'est le maximum, elle dit. Qu'ai-je fait cette année ? Elle commence à compter, mais le décompte se prolonge à table, à la maison. Tous les dix jours dans un avion, ici, là, ailleurs. Elle a joué dans deux films. Elle a écrit deux petits livres pour enfants (Danièle écrit). Je dis que j'en ai écrit trois à moi, puis je me ravise et vérifie d'après les dates dans les cahiers que j'ai apportés avec moi. J'en ai écrit un entier, auparavant j'ai terminé le précédent, je viens de commencer le nouveau. Je suis au milieu du nouveau, quelque part à la moitié. Nous n'avons pas paressé. Nous ne savons pas paresser. Quand je lui dis que nous avons placé la barre trop haut, Danièle explose : alors quoi, ça me fera des poches pleines de médailles ? Tu ne comprends pas, je dis. Trop haut veut dire intellectuellement trop haut. Fautivement haut. Haut de façon inhumaine, irréaliste. D'une telle ambition, d'une telle exigence d'absolu ne peut sortir que le mensonge. C'est peut-être un moyen, dit Danièle, pour nous de parler. C'est peut-être un moyen. Je ne veux pas te perdre. Je t'aime, dit Danièle, et je réponds : moi aussi, je t'aime. Je ne serais pas ici si je ne t'aimais pas. L'amour et la peur sont une seule et même chose. La peur est le masque de l'amour, l'amour existe parce qu'il y a la peur, et la peur gouverne le masque de l'amour. Va définir la peur.

« Une écriturc honnête met immanquablement les gens sur les nerfs, ce qui les amène à imaginer les moyens les plus divers pour te rendre la vie infernale », dit J.D. Salinger à Joyce Maynard dans *At home in the world*. Il ne veut pas qu'elle soit dans le monde comme à la maison. Il méprise l'existence *in the world*, il méprise le monde, il n'accepte pas ce dont le monde est fait, ce qui du monde devient enchanteur. « Un jour lointain viendra où tu cesseras de te soucier de savoir si tu plais et qui dit quoi de toi. C'est alors seulement que tu accoucheras l'œuvre dont tu es capable. » Pourquoi les critiques écrivent-ils qu'elle a écrit son livre contre lui, comme un pamphlet, une exploitation ? C'est lui qui avait raison, et cette raison a provoqué chez elle une vaginite, une contraction du vagin, l'impossibilité de l'ouverture. Il lui faudra tomber sur un connard ordinaire pour que son vagin éclose. Je vais forcément finir par arriver à ce passage : j'en suis à la moitié. À la moitié ici, à la moitié de tout. Le mot *Occident* a si longtemps signifié tant pour nous, il continue d'ailleurs. Mais ici aussi, en Occident, ils ont leur Est et leur Ouest. Trouver le chemin d'Est en Ouest a été pour eux une longue obsession. Nous entendons toujours parler de ceux qui ont traversé (remonté les fleuves, escaladé les montagnes) des bords de l'Atlantique jusqu'au Pacifique, de l'expédition de Lewis et Clark. Des années durant, le slogan national a été « *Go West, young man* », « Route à l'ouest, jeune homme ». Ou bien « *Westward ho !* », « Hé, à l'ouest, route à l'ouest ! ». Le western, le film de l'ouest, c'est leur cinéma.

Sur le Hollywood des années de mon cauchemar, je lis avec attention, sans apprendre grand-chose de plus, que Billy Wilder est né dans une bourgade juive de Galicie, et qu'on lui a donné le nom de Billy parce que sa mère raffolait des westerns de cirque de Bill le Sauvage Cody, appelé Buffalo Bill. Que les buffalos – les bisons – saisis d'un amok incompréhensible se précipitent de temps à autre par milliers dans le vide du haut d'un escarpement. Ce phénomène s'appelle le *pishkin*. Que l'année d'*Amerika*, tous se soient retrouvés ici, Allemands fuyant Hitler, Arnold Schoenberg sans travail, Stravinski écrivant aimablement pour le cinéma des musiques jamais exécutées. Thomas Mann s'était construit ici une villa, l'Amérique s'était entichée de son Joseph ennuyeux (pédant), sans parler de ses frères. Ou que Franz Werfel, un Juif retenu dans des prisons et centres de détention à Lourdes par les Français collabos, avait juré que, s'il réussissait à se tirer de cette chausse-trape, il écrirait un livre sur Bernadette Soubirous, celle des visions dans la grotte. Et qu'à peine sur le bateau voguant vers l'Amérique, il a commencé à bricoler le livre, et que le livre est devenu un best-seller, et que Werfel a touché le gros lot quand le producteur juif Selznick l'a acheté pour lancer sa nouvelle femme (celle à grosse poitrine, Jennifer Jones). Et qu'Anna la femme de Werfel, primo voto Mahler (celui des symphonies juives), secundo Gropius (celui des gratte-ciel), avait une poitrine encore plus grosse et une voix de stentor, et qu'elle avait quinze ans de plus que Werfel. Et que Hollywood trouvait son intérêt à payer la mafia qui régentait le personnel, les équipes, les figurants, les projectionnistes dans les salles. En tant que créateur de la puissance financière de Hollywood, Schenk a été mis en prison pour avoir surpayé les gangsters avant de mourir en épave, reclus dans un appartement de luxe au dernier étage de l'hôtel Beverly-Hills. Et que Raymond Chandler, qui était un véritable écrivain, a écrit : « *The riffraff* (« la pourriture ») de la grande ville tannée en cuir à la personnalité pas plus grande qu'un gobelet en papier. » Et aussi que Louis Lepke Buchhalter (j'aime ce nom, « comptable » en allemand), chef de l'organisation dénommée Murder Incorporated, certifiait les comptes criminels de Hollywood.

Et tout cela ne veut rien dire. Me suis-je leurré de croire que cela voudrait dire quelque chose ? La vérité de Los Angeles, la vérité de Hollywood est qu'il n'y avait rien à dire. Il en sort tout juste des films. San Francisco, à proximité, n'est pas devenu une ville du cinéma, bien qu'elle soit plus joliment située, plus gracieuse, parce qu'à San Francisco il y avait un orchestre exceptionnel, un opéra, des théâtres, des écrivains. Il fallait se porter au désert, et plus près de la frontière mexicaine, vers où on pourrait toujours se carapater en cas de traquenard, pour construire dans un néant la ville du Néant. Raffinée et cynique, Dorothy Parker a écrit sur « le côté vraiment merdeux de Hollywood ». Sur les écrivains venus (pour le pognon), que l'on qualifiait d'« auteurs juniors », même si, comme dans le cas de Heinrich Mann, frère de Thomas, ils avaient soixante-dix ans passés. Heinrich, comme les autres juniors, pointait au travail tous les matins à neuf heures, il s'enfermait dans une cabine à côté d'autres cabines, tandis que les surveillants surveillaient si de chaque cabine sortait bien le crépitement des machines à écrire, c'est-à-dire que les auteurs phosphoraient. Les auteurs étaient alignés au niveau des starlettes, trente-cinq dollars par semaine, ou moins. Comme la fête de Thanksgiving tombe toujours un jeudi, on les virait le mercredi, et on les réembauchait le vendredi pour ne pas avoir à leur payer une journée chômée. En 1940 – l'année où je suis né – les producteurs ont (temporairement) accepté, après une résistance de plusieurs années, de payer les auteurs cinquante dollars par semaine. La majorité des auteurs étaient membres du parti communiste ou sympathisants, et ils buvaient. Le crépitement des machines à écrire – d'une seule main – couvrait le glouglou du whisky ou du gin directement versé dans les gosiers des auteurs bafoués. Moi, je cache des bouteilles dans des placards ou dans le garde-manger.

*

C'est Hollywood qui a enseigné aux gangsters leur manière de parler, de mépriser, leur dégaine, leur look. La Commission Hayes (la censure) exigeait en contrepartie que les gangsters meurent avant la fin du film. Une mort de gangster pouvait toutefois fabriquer une carrière d'acteur, car elle pouvait prendre l'expression de la mort de Macbeth ou de Richard III. Ses morts d'acteur ont fait une star d'un Humphrey Bogart fripé. Saoul, sa femme lui a planté un couteau dans le dos, « peu profond » selon la police, et Bogart a survécu. « Une des dernières choses à se rappeler est que les écrivains sont toujours en avance sur quelqu'un », écrit une Joan Didion toujours prompte et amère. Cela sur le thème de la trahison, de la vérité et de la vocation. « Moi qui vis à Los Angeles », écrit Bertolt Brecht (oui, oui, lui aussi est arrivé jusqu'ici), « quand je pense à l'Enfer, je pense qu'il doit être comme Los Angeles. Dans l'enfer ici, il y a des fleurs grandes comme des arbres, et la procession des automobiles plus rapides que des idées folles est sans fin, les maisons sont bâties pour des gens heureux et donc sont vides, même lorsque quelqu'un les habite. » Après une soirée passée chez la scénariste Salka Viertel (celle de Greta Garbo), en larmes de n'avoir pas réussi à extraire sa famille d'un ghetto de la Pologne assassine (le *General Gouvernement*), Brecht est venu lui glisser sous sa porte un poème écrit la nuit. Le poème disait : « Bien sûr, je sais. Je n'ai eu que la chance / De survivre à tant d'amis. Mais cette nuit en rêve / Ils sont venus me dire *a survécu le plus adroit*, / et je me suis haï. »

La nuit, Danièle dit qu'elle n'a pas envie, et nous revoici couchés, immobiles dans l'obscurité venteuse. Une porte bat, impossible de fermer cette porte, je ne trouve pas quelle porte c'est. Le vent s'acharne sur les fenêtres. Le temps frais est à la pluie, le soleil est là. On peut aller et venir en chemise et chandail léger. Dans dix jours, c'est Noël. Je pense avec effroi à la venue de Danièle en Pologne, que ça va continuer encore et encore. Je pense avec effroi que ça aurait pu finir. Peu connaissent l'intelligence de Porfiria, sa vivacité et ses contradictions. Je m'efforce de faire sentir à Danièle sur quoi portent mes livres. Quelques fragments, quelques chapitres. Raconter l'anecdote, et quand elle s'arrache à la réalité, et qu'elle devient un livre. Et là seulement, qu'elle devient vérité. Danièle ne lit pas le polonais, elle échange des mots en polonais avec notre enfant. Il ne convient pas de mentir quand on écrit. Ni d'aimer dans le même temps. Ce chapitre est sur un amour non aimé, non aimé jusqu'à terme, impossible. Si l'amour est durable, c'est parce que la littérature est durable. Écrire, boire, regarder, voilà l'ordre d'importance. Le sexe ne vient qu'à la quatrième place, ou peut-être plus loin. Les endroits de merde s'ajoutent aux gens de merde. Je comprends ce que voulait accomplir l'exquis (sirupeux) Brandys écrivant ses *Carnets* : trois tomes sur l'amour. Sauf qu'il n'avait ni la femme, ni la biographie adéquates.

Il n'avait qu'un sous-Paris à mettre dans sa pâte sans levure, et la laide et bruyante M. Et pourtant. Je pense qu'il est plus facile d'écrire de la poésie que de la prose, si tant est qu'on puisse parler de facilité, car on s'en tient à des bribes. On ne rêve plus d'un solide bloc de texte avec des notes en bas de page. On rêve d'effets, c'est-à-dire de fragments. Au matin, Danièle pose la tête sur mon épaule nue, elle soupire et elle s'immobilise. Elle me caresse le visage. Je vois de près son œil d'amande, vert, qui dissimule tout. Au long de la journée, sa voix sera légère et douce. Danièle va ourdir des plans.

Au matin, nous partons pour le désert. Los Angeles est entouré à l'est, au nord et au sud de déserts qui se partagent entre hauts et bas. À l'ouest bien sûr, il y a l'océan Glacial. Les déserts sont escarpés, friables, cactus, roses et bronze, noirs, beigeasses, calottés de neige, jaunes et enfoncés, voire forestiers. Ce désert s'appelle le désert des Arbres de Josué. Les arbres de Josué ont des airs de singes velus, maigres et entortillés, avec des houppes de feuillage épinard au bout des mains, des mains multiples, embrouillées, et sur la tête. Les feuilles sur la tête poussent comme des touffes d'ananas très vertes. Le paysage est vaste. Un vent glacé souffle à travers la sierra, le soleil cuit. Nous voyons un coyote. Le coyote maigre (tous les coyotes sont maigres) s'engage sur la chaussée râpeuse, vide, dont je distingue à l'horizon, au-delà de l'asphalte noir, mais plus clair que le désert gris alentour, l'extrémité qui serpente vers le haut. Le coyote soit n'entend pas la voiture (le vent), soit n'a pas peur parce qu'il a faim. Il se rapproche en biais d'un trot léger, s'arrête, puis repart sur le côté et dans les sablières. Il est le même que les coyotes du zoo, mais il est libre. Sa gueule n'exprime ni la peur, ni même un énervement. Lui, c'est moi. Non, il n'est pas Danièle. Il est moi et me représente, comme le loup me représentait en Pologne.

Sur la route du retour, Danièle allume son téléphone portable, lequel ne fonctionne pas au milieu du désert. Elle pousse des cris de ravissement. Elle ne se tient plus de joie. Les bouts d'essai à Londres pour le *James Bond* ont réussi. « *You've got the picture* », lui dit son agent – « tu as le film ». Danièle va jouer un rôle important dans un film stupide à millions d'entrées garanties. Elle va gagner *un million* de dollars. Pendant six mois, elle va être sur des rails, guidée par un rail, elle va savoir qu'elle roule. Un rail d'acier doit maintenir sa trajectoire flexible, traîtresse, incertaine. L'argent aussi est sexuel. Que dire de l'art de l'acteur lui-même ? Le soleil embrasé d'or se couche à l'ouest dans la mer noire derrière la ville. Il m'aveugle à travers la vitre. Je sais maintenant pourquoi la féminité de Joyce Maynard, la féminité littéraire, est désagréable, parce qu'elle l'est, aucune perspective autre que « moi, moi, moi ». C'est moi, donc aimez-moi. Ce que Joyce Maynard écrit de Salinger veut être désagréable, la fille de vingt ans est évidemment victime du solitaire de cinquante, du végétarien qui hait le monde entier. C'est Salinger qui écrit, et non pas elle : malgré les efforts entêtés de Joyce Maynard, c'est Salinger qui a raison, pas elle. Le « moi » doit concerner le fait d'être acteur dans ce monde : pas « moi » dans ce monde, mais moi acteur dans ce monde, qui n'est pas un sujet, mais n'est que lui, lui-même seulement, et sans réserve. « J'ai besoin de drames et de crises et de problèmes et de larmes et de compréhension pour comprendre », dit Danièle la nuit précédant le voyage au désert. Et moi je comprends pourquoi je n'aime que les actrices. Ce que décrit Joyce Maynard de la tristesse de sa liaison avec l'écrivain Salinger est caoutchouteux, mal bouclé, insignifiant comparé à l'intensité du drame que, moi, je vis.

Artur Kasko téléphone de Toronto. Nous allons nous croiser. Il doit venir pour quelques jours à Noël, louer une voiture et partir dans le désert de Las Vegas avec la fiancée pour laquelle il a plaqué sa femme. Il a proposé que nous partions à quatre, mais, moi, je rentre à Varsovie. Brandys est l'écrivain préféré d'Artur, à l'égal de Nabokov, tous deux élégants et manucurés, indépendamment de la camelote qu'ils écrivent. Pendant la guerre, je lis, pendant ma guerre, deux mille sept cents employés de Hollywood, douze pour cent des cadres, sont partis à l'armée. Les stars s'enrôlaient comme volontaires : James Stewart, Henry Fonda, Robert Montgomery, William Holden. Les hommes restés à l'arrière sont devenus des stars à leur place. La guerre, ma guerre, fut bonne pour Los Angeles. Pour remplacer les appelés au front, sept cent quatre-vingt mille nouveaux immigrants ont afflué en Californie. Avant la guerre, Los Angeles était la septième ville industrielle d'Amérique, pendant la guerre elle est devenue la deuxième, juste après Détroit. « Une société qui était en partie une usine, en partie technologie, partie style et qualité intellectuelle, partie négation de tout ça, partie soif exclusive d'argent et de succès. La guerre a engendré de grosses rentrées, de grands profits », écrit l'historien Otto Friederich dans son livre sur Hollywood intitulé *La Ville araignée*.

Même si le sucre au travers duquel sautaient les cascadeurs, pour faire croire que c'étaient des vitres, a été rationné. Le balsa, un bois léger dans lequel on fabriquait les meubles (les tabourets de bar) à se fracasser sur la tête dans les scènes de bagarres, provenait des Philippines, maintenant sous occupation japonaise. Les bouteilles de whisky inoffensives, utilisées pour les mêmes bagarres, étaient faites en résine réquisitionnée pour la production militaire. Le Celluloïd, c'est-à-dire la pellicule des films, était un composant d'explosif. Même les mouvements d'argent ont été rognés. La Commission de production militaire a interdit de dépenser plus de cinquante mille dollars par décor. Résultat ? Les cinéastes ont commencé à sortir des studios, à filmer dehors, en extérieur. Le nombre de films est tombé de cinq cent trois en 1942, année de l'entrée en guerre de l'*Amerika*, à trois cent soixante-dix en 1945. Les restrictions ont fait que l'on a tourné plus sérieusement et qu'on a davantage répété les scènes avec les comédiens. Résultat ? Les plus mauvais des films ont disparu, les films B, attachés à un tournage rapide en décors artificiels éclairés vingt-quatre heures sur vingt-quatre. Hollywood s'améliora. La qualité de la production monta. Ma guerre et ma peur sombre ont décrotté Hollywood d'une partie de sa merde. J'ai servi à quelque chose. Un peu plus haut que Los Angeles, à Santa Barbara, un sous-marin japonais a fait surface et bombardé (sans succès) des tankers dans le port. Le seul résultat fut qu'un William Randolph Hearst épouvanté s'est enfui de son abracadabrantesque château voisin à San Siméon. Hearst était un magnat de la presse qui servait de la crotte et a servi de premier modèle au citoyen Kane pour le film *Citizen Kane* d'Orson Welles, où San Siméon a été dépeint (sans sous-marin, mais avec la luge de l'enfance) comme son Xanadu. *Citizen Kane* a été élu (après l'expulsion de Welles de Hollywood et sa mort démente, alcoolique, noyé dans la graisse) meilleur film américain de tous les temps.

*

C'est-à-dire qu'à l'époque où ma mère pesait quarante kilos, et où mon père nourrissait des poux infectés par le typhus, tandis que, moi, je restais sur le balcon de l'appartement à Lwow à regarder comment on fusille les gens, et que Waldemar, le frère de ma mère, faisait son éducation à Auschwitz, et qu'on jetait le corps de mon grand-père, du père de mon père, d'un transport à bestiaux mortel en route vers la Sibérie, et que ma sœur venait de mourir de faim, que produisait Hollywood ? *Casablanca* et *Être ou ne pas être*, et je ne sais plus quoi encore. Des militaires ivres se rassemblaient en bandes de plusieurs dizaines pour massacrer des Mexicains dans les rues. Il y avait trop peu de Noirs à Los Angeles, il y en a encore peu au jour d'aujourd'hui. On en tirait un d'un tramway, et on lui arrachait les yeux au couteau. C'étaient des soldats qui faisaient cela. On ne savait pas, d'un point de vue juridique, si les Mexicains étaient blancs ou non. Dans le quartier mexicain, les rues n'étaient même pas pavées. Les Mexicains ont organisé des groupes d'autodéfense désespérés, comme le gang de la Barrière Blanche, pour repousser les faiseurs de pogroms. Le Mexique était néanmoins – politiquement et militairement – utile aux Américains, on vit donc apparaître dans les films des danseuses et des orchestres de rumba. La rumba devint à la mode, tout comme une danseuse judéo-mexicaine dont la mère avait pour nom Volga. La danseuse s'appelait Cancini, elle avait le corps haut en beauté et, sur le front, des cheveux jusqu'aux sourcils. L'épilation prit deux ans. Un trafiquant douteux payait, un mari de vingt ans son aîné. Les abondantes boucles restantes furent teintes en roux, et la danseuse devint Rita Hayworth. On faisait encore et encore des films de divertissement, car l'objet de Hollywood semble être le divertissement. Fred Astraire dansait avec Rita Hayworth. Orson Welles l'a épousée, mais dans *Les Enfants du Capitaine Grant*, la star n'était pas John Wayne, mais une énorme *squid*, autrement dit une pieuvre. Dans la partie la plus pauvre de Hollywood, Fritz Lang (celui de *Metropolis*, un film qu'estimait beaucoup Hitler) a interdit à Brecht d'écrire quoi que ce soit sur les persécutions des Juifs par les Allemands. Lang était juif, Brecht allemand. C'est au moment où ils ont écrit leur scénario qu'à Auschwitz on a édifié quatre chambres à gaz.

Brecht avait interdiction de sortir de chez lui après huit heures, et de s'éloigner pendant la journée de plus de huit kilomètres. Il était étranger. Il a sérieusement essayé d'écrire pour Hollywood. Pas très loin, un autre étranger, Faulkner, se noyait dans l'alcool et travaillait à son quarantième et quelques scénario. Dont au total deux ont été tournés. Lorsqu'on le mettait à la porte, il retournait chez lui à la campagne et écrivait par exemple *Les Palmiers sauvages*. Le producteur schizophrène Howard Hugues mettait au point un soutien-gorge technologique pour la star bovine Jane Russell, et des avions pour l'Air Force. Jusque-là, Jane Russel avait fait tremper les pieds des patients d'un cabinet de pédicure, tandis que les bombardiers bombardaient. Lorsque le célèbre acteur John Barrymore est mort, les acteurs new-yorkais restés à Hollywood ont racheté son corps à la morgue, ils l'ont transporté jusqu'à la villa du réfractaire Errol Flynn, chez qui Barrymore avait séjourné dans un coma alcoolique, et ils l'ont installé dans un fauteuil en attendant que Flynn revienne de ses libations. Flynn ne voulait pas de guerre, il voulait du sexe. On lui a intenté un procès pour viol de mineures, comme plus tard à Polanski. Les stars baisaient avec des gangsters que l'on retrouvait ensuite flingués sur les canapés (Bugsy Siegel). « Ici, on prie la mort », dit Faulkner. « Leur religion, c'est la mort, pas l'argent. » Ma religion n'est pas la mort, même pas la mort de ce couple, car j'ai rencontré la mort (j'avais rendez-vous), il y a si longtemps. Tu sais quoi, dit Danièle, Adolf Rudnicki enfermait à clef sa femme de vingt-six ans plus jeune. C'est ce que tu voudrais, elle dit, au moment où je comprends que maintenant, demain, ici, à Londres, là où elle va tourner sa jamesbonderie, attend déjà le bellâtre suivant, qui déjà se prépare, déjà s'entraîne.

Bien sûr, ce livre de Maynard, détaillé, qui n'oublie rien, buté, n'est pas bon. Mais pas parce qu'on l'accuse de trahison. Comme tout ce qui est d'écriture féminine, il est inverti. Dans un mouvement de folie, Salinger s'était pris une fille dépravée, ambitieuse, belle et ouverte à tous les appétits et il s'est efforcé d'en faire une jeune sage. Comme si on pouvait sauter par-dessus. Impossible. Les temps doivent – mais doivent-ils – se remplir, s'accomplir jusqu'à faire apparaître que le temps est perdu. Gaspillé, liquidé comme un condamné à mort. Nous sommes condamnés à mort, pensent-elles, pour plus tard, moi je sais que c'est depuis le début, depuis l'aube. J'aurai très peur de mourir, car je sais à quoi j'ai à faire. Il reste deux jours. Le troisième, je rentre à Varsovie. « À ses yeux, je suis celle à qui on a montré le chemin », écrit Joyce Maynard à propos de Salinger. Il l'a chassée pour la trivialité, c'est-à-dire pour son Hollywood. Les chemins s'entremêlent, les cercles font la chaîne, le serpent s'enroule dans sa peau douloureuse. Dans l'avion qui m'amenait ici, je pensais tenter de comprendre quelque chose de l'Amérique. Je m'étais préparé à Varsovie en faisant des lectures, justement sur cette expédition, la première qui partant de l'océan est, a atteint la limite de l'Ouest. L'expédition de Lewis et Clark a réussi de manière inattendue, si ce n'est qu'elle a mis un terme aux rêves de découverte d'une voie fluviale traversant le continent : l'immense massif inconnu, vertigineux, des montagnes Rocheuses barrait la route. C'était en 1804, quand Bonaparte vendait au président Jackson la totalité du cœur de l'Amérique, immense et désert (si on ne compte pas les Indiens et les bisons). De l'autre côté des montagnes campaient quelques Russes, trappeurs et chercheurs d'or et pêcheurs. L'expédition a décrit la flore, la faune, le climat, les conditions, les tribus indiennes. L'expédition a été sauvée par une Indienne, Sacagawea.

Elle était la femme (une parmi plusieurs épouses indiennes) d'un trappeur français, Georges Toussaint (tous les saints) Charbonneux. Elle portait son nourrisson sur le dos. Le garçon s'appelait Pump. Elle appartenait à la tribu des Showshow, mais avait été enlevée, enfant, par les Indiens Montanee. Charbonneux avait été recruté par Lewis et Clark comme *bas-de-cuir* : il connaissait les langues indigènes et lisait dans les traces. Un danger mortel attendait l'expédition au moment où elle s'est heurtée à un puissant groupe de Showshows. Ceux-ci n'avaient encore jamais vu d'hommes blancs, mais ils voulaient des armes à feu. Dans leur chef, Sacagawea a reconnu son frère. Une amitié s'est installée. Puis Charbonneux s'est mêlé à d'autres voyageurs et explorateurs, et même à l'expédition du Prince de Wurtenberg en

1828. Puis on dit que Charbonneux a disparu et que Sacagawea, qui l'attendait, est morte dans des fièvres puerpérales au fort Manuel. Gretkowska a Manuela pour prénom. Sauf que celle-ci n'est pas morte. Les années qui ont suivi, Sacagawea a traîné – erré – de tribu indienne en tribu indienne. On dit qu'elle a épousé un chef et qu'elle eut même des enfants de lui. Puis elle a traîné – erré – seule. Son nom d'origine, Sacagawea, signifiait *La Femme Oiseau*. Le nom qu'ont donné les Indiens à la femme errante et solitaire était « La Femme Perdue ».

*

Aujourd'hui, en me préparant au départ (emballer des riens dans la valise, un cahier, des livres usagés), je lis dans le journal que les Américains ont l'intention de changer le billet vert d'un dollar contre une pièce en métal. Sur la face du nouveau dollar, on doit voir Sacagawea. Je ne finis aucun des livres sur Hollywood en temps de guerre, je les referme tous. Entre les pages, je glisse des photos de mon enfant. Artur Kasko m'a dit au téléphone qu'il avait fait l'acquisition pour moi d'un ouvrage sur la vie spirituelle des Inuits. Il m'a demandé où l'envoyer. À Varsovie, je lui ai dit, tout en sachant que je ne lirai pas ce livre. Je ne lirai pas, je ne penserai pas, je n'attendrai pas. Les comédiens américains passaient pendant la guerre d'unité en unité à l'arrière du front et distrayaient les soldats. Le préféré de la troupe était Bob l'Espoir (Hope). À la centième et quelques, un soldat dans le public a crié de la salle : pourquoi tu n'es pas en uniforme, pourquoi tu te défiles ? Hope lui renvoya : et alors, tu ne sais pas qu'il y a la guerre ? Qu'encore un type (moi) pourrait se faire mal ? L'année où je suis né, un reporter de Hollywood inventif mesurait la température dans les salles de cinéma où on projetait *Pour qui sonne le glas*. Lorsque arrivait la scène où Ingrid Bergman et Gary Cooper font l'amour dans le sac de couchage, cette scène pendant laquelle (écrit Hemingway) la terre tremble sous leurs corps, la température montait de quelques degrés dans les salles.

1998

CHAPITRE IV

L'île des Boffins

« Il adorait citer ce précepte sévère, lu sur une tombe dans un cimetière anglais : Évite la Honte ! »

Michael Ignatieff, *Isaiah Berlin*

Un boffin, c'est un savant. Longtemps, j'ai cru par erreur que l'île de Baffin, c'était l'île des Boffins, ça aurait donné plus de sens. Mais ce n'est pas cette île inuit, mais l'Angleterre qui est l'île des boffins. Les dernières notes que m'a adressées de Los Angeles en Angleterre mon ami le boffin étaient désarmantes. Voici un malheureux, conduit par une volonté abstraite (abracadabrantesque) de tout faire de travers, à l'envers, à contre-courant, malgré, contre, sans égard, comme si la saveur et le poids et la nature de son âme ne pouvaient s'exprimer qu'ainsi, esprit de contradiction en place de civilité, particularisme contre *tourisme* (c'est moi qui souligne), qui avait emporté à Hollywood une esquisse à laquelle il avait l'intention de travailler (il avait un poste à l'Institut de recherches littéraires de Varsovie), ainsi qu'un paquet de ces livres qui avaient déferlé quand le bicentenaire de la naissance de Pouchkine – non, non, pas *pishkin* – avait ravivé les recherches sur lui

(Pouchkine), son époque et son œuvre, et sa mort en duel avec l'amant de sa ravissante écervelée d'épouse, un écervelé d'officier de la garde, le Français d'Anthès, aussi vide d'esprit et inculte qu'elle-même, étalon à la mode, égaillé dans le tourbillon des bals et des fêtes parmi toutes ces juments, et devenu le mari – en définitive pour gommer les traces – de la sœur de la femme de Pouchkine.

Voici ce que contenaient les dernières feuilles du manuscrit de mon ami de Los Angeles : des citations mêlées de reproches. Des citations sur Pouchkine, bien sûr, mais choisies par son cerveau martelé, fiévreux, glacé par la peur (le manuscrit entier était sur la peur), de manière à trouver une confirmation, même négative, du refus, de la douleur, d'un parallèle, d'une ressemblance. Mon ami les avait rassemblées sur le poète de cette période plus qu'épouvantable, où, chassé de la Cour par son propre snobisme, ayant épousé une beauté pauvre qui avait une paille dans le cerveau (une jument), mais sans avoir pour autant assouvi ses stupides envies de brillance et de sexualité malgré les quelques enfants qu'il lui avait faits, Pouchkine était à Pétersbourg témoin de la vague montante de son aventure avec un jeune gandin, un traîne-savates adopté par l'ambassadeur de Hollande, un vieillard pédéraste (la définition est de lui-même), cette pourriture intrigante de Heeckeren. Heeckeren était un porc, d'Anthès lui offrait son cul en l'appelant « père », et la femme de Pouchkine lui aurait bien donné (à d'Anthès) son cul (elle le lui avait peut-être bien donné, comme d'Anthès, des années plus tard, s'en est vanté auprès de son témoin, une fois devenu – sans avoir lu de sa vie un seul livre – sénateur en France). Tout le monde offrait son cul à tout le monde, c'était le Hollywood de l'époque, avec ses stars et ses producteurs, et Pouchkine souffrait. La douleur fut le thème unique de ces années, mois, semaines, la douleur et la colère, la douleur est le thème de la prose de mon ami, mais qui se soucie de la douleur quand elle n'est pas drôle, ou ne finit pas tragiquement comme par la mort en duel du poète ?

« Tout ceci arrive avec la symétrie absolue et la banalité impitoyable de la vie », relevait mon ami dans le texte de Serena Vitale, professeure de littérature russe à l'Université de Padoue. Sur Pouchkine, d'accord, sur soi-même, soi-même ! À l'occasion d'*Anna Karénine*, mon ami notait que « Tolstoï projetait en fait un roman sur les décabristes ». Et les décabristes, c'est Pouchkine. Et Pouchkine, c'est la mort en duel avec l'amant de sa femme. Parallèle frappant entre l'amour *ordinaire* (c'est mon ami qui souligne) de d'Anthès et de Nathalie, et l'amour ordinaire (sensuel) de Vronski et d'Anna. Je me souviens qu'un jour, dans l'un de *mes* travaux (c'est moi qui souligne), j'ai noté : étalon Vronski, jument

Anna, hongre Karénine. Échine rouge de Vronski, cou blanc d'Anna, articulations de Karénine se déplaçant sous une peau maigre avec un craquement sec. Craquement de ses doigts osseux, la baratte d'Anna, le pilon de Vronski.

« Alarmantes découvertes récentes sur les femmes », écrit mon ami, sans logique dirait-on, mais logique. Deux chromosomes X, contre un pour nous. La vaginite, le sexe qui se ferme comme une huître devant l'homme non désiré. Rupture de l'équilibre du pH dans le vagin, causée par une moindre absorption de sperme. « Une autre race. Non pas différente, mais autre, complètement. Encore conviendrait-il peut-être de penser (au nom du fair-play) que ce sont nous, les hommes, qui sommes déviants ? » « Il jouait sur le temps, provoquant en fait le destin par un désir caché (secret) de lui prouver *à elle* (c'est mon ami qui souligne) qu'il était unique et différent, même comme époux, vacciné contre les risques pris par les maris confrontés à des épouses trop jeunes et trop belles. » « La froidure d'une âme froide », notait mon ami. Peut-être le sentait-il ainsi, parfois, par instants. Mais plutôt, je pensais, un vœu pieux (*wishful thinking*). Ce qui devrait être, mais n'est pas. Un grand cœur est un cœur petit, chaque seconde est pour lui une absinthe. D'ailleurs, je pensais – à mi-voix sur le balcon au crépuscule, au-dessus de la pelouse vert épinard, face au reflet en miroir (omniscient) de la lumière céladon sur la façade de la maison où habitait *ma* femme, en face –, de quoi s'agit-il ? Où est-il dit, où est-il écrit (mis à part le serment prononcé à l'autel au moment du mariage, mais qui croit aux serments, qui respecte un serment ?) qu'un couple doit être un couple, des époux fidèles, que des personnes s'unissant par deux (un homme et une femme) liquident leurs appétits d'autre chose, de quelqu'un d'autre (je me suis corrigé), que la curiosité et l'envie, et l'autre fraîcheur des autres ne sont pas justement *normales* ?

« Elle ne peut être ni recherchée, ni écoutée, ni aimée, seule *son* espèce de contemplation *à lui* est permise », notait de façon critique mon ami secoué (c'est moi qui souligne). Quoi ? Quel état, quelle abstraction, quelle conscience obligeante, quel savoir ? Peut-on parler de la mort comme de « ça » (*it*) ? « Moins nous aimons les femmes, plus nous serons aimés d'elles », lançait légèrement Don Juan-Pouchkine dans *Onéguine* (Eugène). Putain de vérité. Don Juan expirait dans la neige, éventré, la balle de l'amant, bouillant dans les tripes. « Quand une personne (une femme) refuse la nourriture par en haut, et ne mange pas (gourmande), alors qu'elle est goinfre de nature (elle ne le trahissait pas tant qu'elle était grasse), et commence à se charger (à la place) par en bas pour se remplir le ventre vide, affamé, avec une bite salée (son sperme) », notait plus loin mon ami. Ça, c'est pour elle, j'ai reconnu. Elle avait seize ans quand il a fait sa connaissance, et elle était corpulente. Elle avait maigri de façon squelettique, inquiétante, quand je l'ai vue à Los Angeles. Elle s'était brûlée, étuvée, elle était adulte, elle avait un autre rire, épais, bas, hollywoodien, et elle disait sans gêne des obscénités. Le monde n'avait pas de secret pour elle, je pensais, le monde était à vivre. À jouir. À être. Le monde de Danièle était un lieu et un champ d'action, et elle savait tout de ses membres.

« Par amour pour d'Anthès, par peur devant son mari, étrange conception de la vertu et de sa propre petitesse fondamentale, sa femme... », notait le boffin. Il avait voulu la clouer avec ça, je pensais. Toutes les épouses médiocres, voraces, rapaces, toutes les épouses vaines et sans âme étaient son épouse. « On voudrait baisser le rideau sur les événements où l'Amour – sous toutes ses variantes, permissivités, déviances – n'a semé que de la Laideur », écrit Serena Vitale, professeure, vertueuse. D'esprit supérieur. Mensongère à soi-même, parce que ? Et alors ? Pouchkine, souffrant, ne baisait-il pas sous le toit conjugal la sœur de Nathalie, qui boitait légèrement, et jusqu'à lui faire perdre sa petite croix dans le lit ? Et qui encore (combien) d'entre les serves, jeunettes, femmes de paysans enrôlés à l'armée pour un demi-siècle. Il était en manque ? Et alors, qui n'est pas en manque ? Je sens la colère me dresser les cheveux sur les tempes, me brûler la nuque tendue, le rhumatisme se perdre dans mes bras furieux. Je serre fort la balustrade noire du balcon, mes articulations blanchissent. « Pas une peur de la mort, face à laquelle Pouchkine fit front avec une détermination glacée, mais un regret de la vie, qui l'obligeait à chaque pause à regarder en arrière avec horreur et dégoût la route qu'il venait de parcourir. » La tension s'allège, oui, c'est plus près de la vérité. « La vie elle-même est le péché originel qui ronge la conscience des poètes rompus à la légèreté et à la pureté du Rien (du néant). » Je me sens flatté agréablement par cette phrase, hosanna, roublarde. Mon ami la rapportait certainement encore plus à lui-même que moi. Bon, il n'était pas poète, le poète est ici (dans la phrase) l'artiste au figuré, le savant, le penseur, l'écrivain. Mon ami est philosophe et essayiste. L'essayiste et le philosophe gaspillent leur talent au milieu de gigolos et de gigolettes du demi-monde cinématographique. Ils se font racler. « Avec une force quasi surnaturelle, et pour ainsi dire palpable, il s'est envoûté de la mort. »

J'ai attentivement prêté l'oreille à cette phrase, la dernière sur la feuille. Elle présageait mal. Elle soufflait un froid élégiaque, celui même que Pouchkine cherchait à la fin. Elle soufflait la résignation et la pitié sur soi-même. C'était une phrase sentimentale médiocre, finalement cette femme – *Serena* Vitale –

était une petite madame, que peut-on attendre des femmes ? Du bon goût ? Inquiet et refroidi, j'ai retourné la feuille. De l'autre côté, je lus : « Il avait perdu son équilibre, troublé, faisant peine à voir. Pire : il était ridicule. » Atchoum. Santé. L'ironie, pas complètement étouffée, ressortait, surgissait, diablotin dissimulé sous des décharges d'amour, étincelle dans un poêle bourré de suie, nain de la mine d'un cœur incendié. Qu'importe si mon ami notait plus bas (comme se reprenant) : « Pire que la douleur, disait-il, était la peur effroyable qui l'étouffait et lui broyait le cœur. » Je n'y croyais déjà plus vraiment, ne croyais plus vraiment à sa souffrance. Mon ami ne s'était pas suicidé, ça aurait été dans le journal. Il n'était pas parti se battre en duel dans la neige. À Hollywood, il n'y a pas de neige. L'avant-dernière note me rassura complètement, me mit carrément en joie : « Avez-vous jamais eu l'occasion de voir Pouchkine ? Était-il possible de l'aimer, en particulier quand il buvait ? » Extrait d'une lettre de Fadieï Boulgakov, qui était l'ennemi de Pouchkine, censeur et Polonais, à Alekseï Stojenko, qui était qui ? Serena n'a pas relevé. Ce trait d'humour était vraiment dostoïevskien : Pouchkine venait de mourir après deux jours d'agonie, le bassin fracassé et les intestins broyés, et l'anus emporté, par où s'écoulait comme un excrément d'amour, un excrément de trahison, l'excrément venimeux de l'intransigeance féminine, la balle assassine tirée sur le poète par un salaud.

Sauf que, plus bas, mon ami a ajouté à la main des pattes de mouches, quelques mots à peine lisibles qui, en retour, m'ont alarmé : « Tous ceux qui la voudront, la posséderont. » Impassibilité. Froideur ultime. Résignation. Ce n'était déjà plus la peur ni la guerre avec elle, la guerre des sexes, mais une guerre perdue. Mon ami avait subi une défaite de sa propre main d'écrivain. Son texte était fallacieux, embrouillé, une erreur, non tant parce que, dans sa lutte ennuyeuse contre sa médiocritude à elle, sa femme, contre la fripouille qu'elle avait introduit dans son corps, dans leur lit, dans sa souffrance (celle de mon ami), éclairait (comme une mèche de cierge) ses souffrances, mais parce qu'elle montrait à quoi est condamnée la race des littérateurs en ce temps exempt de guerre (la guerre des sexes est en vérité plus médiocre que la guerre militaire, même si elle ne la remplace en rien, Bosnie, Sarajevo, Kosovo, Israël, Indonésie, Algérie, tous ces massacres), de quoi souffrent donc les plus lumineux des écrivains qui décrivent ce qui est *eux*, qui se décrivent dans leurs rencontres, leurs unions, leurs hasards : tout selon eux deviendrait (se transformerait en) littérature. Or, voilà que la transformation ne se fait pas. Manque de fond, de couvercle, de centre : la boîte de l'art (de l'écriture, le plumier) doit être un fond ouvert, c'est en dessous seulement que se découvre le chaos, le vide, la noirceur, la chute, même pas un marécage mais le rien, la nuit, le rien. Par exemple ici, j'ai lu les deux derniers *items* (c'est moi qui souligne) d'Updike, des opuscules sur lui-même dans le costume d'un autre homme de lettres, un sosie du nom de Bech : ce qui est arrivé à Bech s'est déroulé autour de guéguerres littéraires, c'est-à-dire de rien, point final. Depuis vingt ans, Updike rêve du prix Nobel, rédige laborieusement tous ses livres littéraires, mais même en lui, c'est le lutin qui frétille (si on peut dire qu'un bonbon frétille). Updike est futile, Bech est donc futile, tous les deux en sont conscients. Le dernier récit *Bech at bay* (Bech en panique, Bech à l'écart) relate comment le méprisé Updike-Bech reçoit le prix Nobel à la place d'Updike. Ce qu'Updike a pu cogiter, se torturer, fantasmer à ce sujet ! Le futile Bech, relégué comme Nobel mineur (à l'image des Szymborska, Milosz, Saramango ou Fo, ou Pfou, ou je ne sais plus qui était le dernier), à soixante-quatorze ans (Updike en a soixante-deux), se donne donc encore un peu de temps, devient simultanément père d'une fillette qu'il a avec une jeune, très jeune épouse qui l'assiste dans la liquidation des critiques hostiles qui l'accablent depuis des années, littéralement, en ajoutant de l'arsenic à la colle d'enveloppes à renvoyer avec un autographe, ou en précipitant le critique sous les roues d'un métro qui arrive. Chez l'homme de lettres (Updike), un miracle se produit à la fin d'un texte *mineur* sur la littérature. Updike est un bon écrivain, il suffit à un écrivain dans sa biographie de sortir (donner) de lui-même un de ces miracles, les hommes seront plus beaux, ils s'élèveront, seront meilleurs : n'ayant pas rédigé son discours de Stockholm, l'élucubration prétentieuse mais de haute portée d'où doivent jaillir *humanitas*, importance et richesse supérieure, un diamant de littérature sous des couches de cendres, de sueur sous les bras, de meurtre, de violence, de déchets quotidiens et de lutte avec Dieu et les divinités, le vieux monte sans notes sur le podium du Nobel, mais avec un bébé dans les bras, à qui « il murmure dans la chaude et chère et douce conformation de sa petite oreille : *dis bonjour* ».

« *Bonjour*, articula Golda avec une expressivité aussitôt sonorisée jusqu'au fond de la belle salle interminable. Puis elle leva sa menotte droite pour que tous la voient, et elle exécuta de ses petits doigts un geste doux d'ouverture et de fermeture signifiant *salut.* » Eh bien voilà. Je fus ému en lisant ça, enfin, j'ai presque lâché une larme d'attendrissement et de ravissement et de surprise et de plénitude (*fulfillment*). Puis, avec cette larme, je suis allé à la porte, parce que quelqu'un appelait de l'interphone en bas, et j'ai vu dans l'écran du téléviseur de contrôle dont tous les appartements sont équipés l'ombre obscure (la tache) de la tête d'un homme arrivé à scooter avec un paquet, qui m'apportait le texte de mon ami de Los Angeles, mais, après avoir lu ce texte (maintenant), je suis sorti sur le balcon allumer un joint maladroitement roulé dans un papier difforme, parce que je suis maladroit et qu'au contraire de ma femme je ne sais pas façonner le mélange blanc compact qui devrait s'élargir en cône, ni le remplir exactement de hasch et de tabac, ni fixer adroitement à son extrémité le bout de carton arraché au paquet doré de cigarettes et enroulé en cornet pour faire un filtre.

Aux premières pages, il m'a semblé que les deux textes (d'Updike et de mon ami) étaient parallèles, idiosyncrasiques, informés, s'efforçant à l'humour, mais l'amour, ou plutôt son ombre épaisse et sa nuit obscure, ont brouillé comme une panique, une main ennemie, mauvaise, le sang chaud de mon ami, et traversé le papier, aspirant sa capacité de distance diminuée, diminuant à chaque page, sa capacité d'échapper à la micro-importance de son sujet, de se railler de ses propres souffrances sexuelles, d'indifférence à la dimension des événements décrits, et c'est pourquoi la colère s'est figée et tendue en moi. Je suis donc sorti, oh, pas loin, sur le balcon et, dans la fraîcheur du soir, j'ai vu (humé) le froid de la mort. Non, je n'exagère pas : c'est lui qui exagérait. La pelouse était comme d'habitude tiède, la pénombre du soir bienveillante, le ciel d'une transparence marine. Je suis retourné dans la chambre, et je me suis mis à téléphoner là où je pouvais, aux numéros que mon ami m'avait laissés, mais, malgré le bon décalage horaire (là-bas, c'était le matin), personne nulle part ne répondait. Sa Danièle à lui était sur le tournage, je pensais, mais où, et lui ? Et leur enfant ? Mort ? Je n'avais pas le numéro de son agent. Au consulat de Pologne, à Los Angeles, où officiait maternellement notre ancienne étoile érotique, amatrice de chair étrangère, de préférence fortunée et en pantalon (sans pantalon), personne bien sûr ne savait rien. J'étais condamné à mes nerfs et aux pressentiments, et je ne voulais pas téléphoner en Pologne, je ne voulais absolument pas téléphoner en Pologne, je ne voulais rien avoir en commun avec la Pologne, je voulais oublier le trou polonais, la mare polonaise, la mare, oui, c'était ça, la Pologne dont je m'étais arraché en utilisant adroitement mes contacts, non pas avec l'argent de ma femme (elle était en vogue), mais le mien propre.

Je lui en ai voulu presque (sur ce balcon frais, dans la nuit londonienne) de m'avoir envoyé ça, de m'avoir pris dans la confidence, de la peine pour sa servilité obstinée à son égard (son arrogance à elle), mais j'ai senti aussi le venin de la mort dans sa confession. Cet adulte (nous sommes des adultes) ne tenait pas le coup, ou bien a-t-il tenu le coup ? Peut-on se flinguer pour un cul ? Qu'offre, qu'est, que signifie, qu'est-ce qui se cache derrière un cul, au travers d'un cul, à l'intérieur d'un sexe, quoi, la métaphysique ? La métaphysique du sexe, qui est une physique du néant, baratte à battre le beurre, fonction d'orgasme, d'arrachement à soi-même (envol, illusion), jaillissement de semence par le haut du crâne, de l'âme par le pénis (déluge de spermatozoïdes), un cri, je dis à voix haute sur le balcon face à l'obscurité de la nuit, l'épaisseur du feuillage, le vol des nuages pressés, que faisons-nous ici ? Dans les mauvais laboratoires, les animaux sombrent dans un état appelé de *détresse acquise* quand on leur administre coup sur coup un stress trop douloureux. Deux adolescents se sont introduits dans un lycée général de Denver, Colorado, ils ont tiré et tué vingt-cinq de leurs camarades. En riant. Puis ils ont retourné l'arme contre eux, et ils se sont tués eux-mêmes. En manteaux noirs jusqu'aux chevilles. Ils étaient les jeunes assidus les plus intelligents dans une école où les athlètes, en particulier les Noirs (les Noirs font de meilleurs athlètes), ainsi que les riches bourgeois, tenaient le haut du pavé. Eux n'étaient pas riches, ils étaient intellectuels et n'avaient pas leur place. Ils vénéraient Hitler. Ils ont fait ça le jour de l'anniversaire de Hitler. Ils écoutaient les braillements suicidaires du chanteur dénommé Marilyn Manson. Marilyn pour Monroe, Manson pour le chef de secte qui, aidé de son harem drogué, avait à Hollywood saigné à coups de couteaux et de fourchettes quelques riches épouses de riches cinéastes. Des modèles à suivre. Des égarements. Hier, à Sindon (pas loin), un automobiliste qui se hâtait vers son travail a remarqué une femme marchant dans la rue déserte au petit matin, et qui s'approchait de l'arrière béant d'un camion-poubelle, là où on jette les sacs de détritus (là où on broie ces sacs), et qui jetait (la femme) d'un geste tranquille son fils de trois ans dans le ventre du camion. Par chance, le ventre ne broyait pas, il était débranché, l'automobiliste a arrêté le camion, la police a arrêté la femme, l'enfant était (est) en état de choc catatonique, l'enfant ne s'en remettra pas, il survivra sans survivre.

Ne pas se couvrir de merde, j'ai crié à mi-voix, ne pas regarder en arrière ! Regarder la pelouse ! Vaginite. Recherches sur les bonnes femmes. Oui, un domaine nouveau s'est ouvert, je suis au courant. Moyennement cultivé, fureteur, lecteur. Lorsque Koestler, sur qui *je travaille,* avait douze ans, il a indiqué – en réponse à une question sur ce qu'il voulait devenir – « vagabond et auteur ». Douleur à l'épaule sur le balcon, étirement insupportable et pression, une douleur tout simplement, ce n'est pas un rhumatisme, pas l'humidité (les pluies, le vent, l'île, l'Angleterre, il fait bon ici être rhododendron), tout ça avec mon vieil organisme, mes tendons, veines, adhérences, os, ma calvitie, ma constitution, le ravalement, la décoration, l'échafaudage qui soutient verticalement ma maigre échine, la douleur au cœur, comment appeler cela, douleur de la douleur, douleur de Pouchkine, douleur qui transperce. Je veux téléphoner à mon jeune ami, lui dire que ce n'est pas la peine de se donner la mort, elle viendra (surviendra) d'elle-même. On ne peut pas être auteur jusqu'au bout, mieux vaut s'observer soi-même, et qu'advienne ce que tu sais avoir fabriqué toi-même. Dans le secret d'un cœur qui se taquine et excite et abrutit et cogne comme chez un animal en cage malheureux. Tant de choses à noter ! Je souffle. Doucement, chaudement, je souffle et je me rafraîchis. Pourquoi ai-je pensé (supposé) qu'il s'était détruit ? Qu'il lui était arrivé quelque chose ? Un pressentiment, d'habitude, est un pressentiment amoureux, cela se vérifie (réalise) toujours. Se tuer demande une certaine, disons, dimension. Une certaine, pour dire, hauteur. Tu ne peux pas te tuer si tu as choisi de vivre dans un cocon. Dans un cocon chaud et juteux de bonne femme. À l'endroit où, si quelque chose arrive, c'est une inflammation du cocon. Bactérienne. Une bourre d'ouate retient une microculture, on cultive les miasmes, ils se multiplient pour aller détraquer, agressivement. La vie avec une actrice de cinéma, jolie et gâtée, libertine, repose sur quoi : sa propre décomposition. Comme si tu reniflais tes chaussettes, pressais tes boutons, te rasais le pubis en barbichettes toujours plus raffinées, plus étroites, affilées. C'est ce qu'elle faisait. Elle se rasait aussi les jambes, il entendait le raclement du Gillette sur la peau. Quand Danièle se dressait, elle tenait ses grands doigts longs près, à hauteur, en bas de son pubis qui la démangeait. Des doigts rouges de prolétaire, des veines gonflées, des articulations rhumatismales. Les actrices viennent du prolétariat, je dis au boffin, et lui de me répondre : et alors ?

Et alors , je disais ? La démocratie ! Une vie démocratique dans la vermine et la merde qu'on accueille au lit en série, tous au lit, tout ce monde barbotant dans le caniveau, enragé comme de sales gosses jouant avec leurs organes génitaux. Et jouant, se délectant des organes génitaux des autres ! La normalité, je pense, sur le balcon. Qu'est-ce que la normalité ? La normalité, c'est le désir ? La curiosité ? La gourmandise ? Le sexe ? L'assouvissement ? Les amusements et les jeux dits amoureux, les jeux et les amusements génitaux, génétiques, puisqu'on s'en est fait une raison ? Puisqu'on se donne raison ? Des cohortes perdues, marchant au pas, qui se couchent, en rangs dans les cinémas, qui s'arrachent la peau du dos en copulant sur le tapis, comme elle fait en lui mentant, disant que ça lui est arrivé en faisant sa gym ? Le tapis – râpeux –, il l'a lui-même acheté quand il est arrivé, parce que le plancher du salon de l'appartement qu'elle avait loué était nu. Avec un argent qu'il n'avait pas. Il s'était fait mousser. Jaloux. Dans un magasin à plusieurs étages, immense comme une halle, avec des vieilleries. Un tapis afghan, en fait un kilim un peu passé. Mille dollars (plus tard, il piquait dans son portefeuille pour sa vodka). Un écrivain et une actrice, ça ne peut pas être. Je lui ai dit : maîtrise-toi. Mais elle est si belle. La mienne aussi est belle, ça dépend du point de vue, et alors ? Le soleil le brûlait derrière ses lunettes noires. Nous étions assis sur la terrasse. *Starbuck Café*. J'étais de passage, lui, avait jeté l'ancre. Mais chaloupant, léger comme un ballon rempli d'air vicié. Chaque fois qu'il ouvrait la bouche, il respirait l'inquiétude. Et quand il ne l'ouvrait pas, c'était par la peau, les narines, les doigts qui tambourinaient sur la table, à travers l'obscurité de ses lunettes de nuit noires derrière lesquelles il était aveugle, il n'était pas aveugle.

Pouchkine s'est tué en duel en se battant contre le baiseur de sa femme. Il a longtemps visé (plus d'une minute), effondré dans la neige, appuyé sur un coude. Il voulait faire mouche. D'Anthès s'est placé de côté, s'est glissé une main derrière un bouton sur la poitrine. C'est cette main et ce bouton que la balle de Pouchkine a fracassés, rien de plus. Pouchkine a rendu la vie par le cul, et il rêvait de livres. Il se rêvait en train d'escalader jusqu'au ciel avec son ami (Danzas) les rayons d'une bibliothèque jusqu'au ciel. Qu'il tombait. Tombait dans la mort. Les livres nous unissent. Lui écrit, et moi j'écris. Nous ne réfléchissons cependant pas sur la littérature (il écrit une chose, moi une autre), mais sur ce que nous nous battons pareillement pour une existence sans justification, une liberté quotidienne, un métier libre qui, comme tous les métiers, comporte en soi un esclavage. Nous sommes unis par un esclavage vis-à-vis de femmes, d'actrices, l'une plus jeune (et plus mauvaise), l'autre plus âgée (et plus – je voudrais écrire – déchaînée, mais non, plus expérimentée), et vieillissant mieux.

Une enfant vieillissante, douée d'une sexualité vorace et d'un petit cerveau agile, une enfant quand même, et souffrant comme une enfant, et dissimulant son discernement (étroit) avec hypocrisie. De laquelle s'agit-il, de la sienne ou de la mienne, ou des deux ? Toutes deux ont pour prénom Danièle. Artur Koestler a affirmé avoir toute sa vie cherché une Danièle, idéal de la femme. « Dans son sein comme en Utopie, comme en Perfection, la torture cessait, la flèche trouvait le repos. » Tellement bien qu'il a conduit cette dernière (ultime) femme au suicide, lorsque lui-même a décidé de se régler son compte. Sa jeune, toujours jeune épouse, pleine de vitalité (ce qu'elle lui cachait pour ne pas faire de concurrence à sa propre vitalité), s'est tuée avec lui, pour lui. Ce n'est pas non plus une méthode, j'ai pensé sur le balcon, avant de retourner dans la chambre attraper le téléphone.

Qu'est-ce qui pouvait tuer le boffin, mon ami ? Oh non, on ne se tue jamais *en général*, c'est un détail, une vétille, une bagatelle qui tue. Le sérieux de la vérité ne se cache que dans des bagatelles. La réalité est fragment, le reste, théorie. Où dois-je téléphoner ? À son agent, mais elle a changé d'agent, elle m'a dit que, mécontente de son agent lesbienne, elle l'avait changée pour un agent pédéraste. L'autre fois, à Hollywood. Ça m'est revenu (un éclair), tandis que je cherchais dans ma tête, elle avait permuté les agents à l'intérieur de la même agence, en fait je connaissais cette agence (la section littéraire, c'est-à-dire d'écriture de scénarios), c'était par eux que j'avais signé le contrat grâce auquel j'étais ici. (C'est encore plus compliqué, pour ça plus tard.) À ce moment-là, mon jeune ami m'avait aidé, lui-même enroué à force d'avoir essayé de la retrouver, d'atteindre son cerveau, son entrecuisse, ses appétits de pute à visage plat de chatte ébouillantée d'obscénité. Il s'était lancé dans l'écriture d'une foutaise, il avait besoin d'aide. Il avait besoin d'un *nègre*, car il ne savait plus ce qu'il écrivait, son attention s'envolait. L'océan étincelait de reflets d'ombres, impitoyablement vaste, l'air en dessus métallique, scintillant sous le froid salin, comme un sourire sans humour, plutôt comme une faim, comme une mort de faim sous un soleil en apparence bienveillant, mais indifférent. Il écrivait un scénario, avec elle dissimulée bien sûr dans le titre, *Sexuelle*. *Sexual* contient la lettre X, le chromosome qui signale les films interdits jusqu'à dix-huit ans, donc qui excitent (titillent) le bas-ventre (à l'intérieur), et le titillement supplémentaire (l'astuce) devait être que sexuelle, n'était pas sexuelle, donc : fidèle. Fidèle à son mari, elle lui est restée fidèle, même après la mort, fidèle parce que personne n'est fidèle, que tous se décomposent et baisent, trompent et mentent et s'unissent dans de transpirantes liaisons d'amour et de mal, il dit. Elle non. Le film intelligemment inversé devait porter là-dessus.

Je le regardais comme un fou, mais il m'était sympathique. Plus jeune, il se bagarrait encore. Il croyait encore à quelque chose de masculin-féminin, à quelque chose d'humain, au cœur humain (féminin). Évidemment, il se trompait, il voulait se tromper, il savait et ne voulait pas savoir, il prenait connaissance, mais ne voulait pas se laisser avoir. Elle, je ne la supportais pas. Je ne pouvais pas regarder son état sexuel, ses yeux troubles, voilés par le désir, sa douceur féminine et sa musculature athlétique, ses grands pieds. Il me semblait qu'elle émettait une odeur : qu'elle puait, alors qu'elle se lavait et se frictionnait, et à coup sûr sentait l'agréable et le joli. Elle était de ces personnes autour de qui se lève une bruine de particules malodorantes, de sortes d'insectes petits mais collants, de moucherons ou de moustiques piqueurs, de punaises volantes, que sais-je encore. J'étais sûr que ses pieds (et ses chaussettes) puaient dans ses immenses baskets, après les prises de vues. Oh, quand saoul, il ne pouvait pas la baiser, il lui bouffait le cul en sanglotant. Ça coulait de son menton sur le drap, le tout mélangé. C'est ce qu'il m'a raconté en marmonnant dans un moment unique de confession sobre, tourné de profil vers le mur de l'océan : je n'en peux plus. J'aurais dû m'inquiéter alors : il était au bout de la route, à l'horizon final, une chiffe, et moi, j'ai pris ça à la légère, comme on fait de toutes les souffrances amoureuses.

J'aurais dû comprendre avec plus d'attention pourquoi mon ami m'avait envoyé ce qu'il avait écrit, non pas pour porter un jugement, mais pour lire. Pourquoi le mari meurt-il d'un infarctus prématuré quand il apprend, quand il se convainc (dans le scénario) de la trahison de sa femme ? Pourquoi l'épouse était-elle, dans le scénario bien sûr, amoureuse d'un autre, entraînée mais malgré tout fidèle *à lui*, son mari ? Fidèle à quoi ? À l'honneur. En voilà un mot sur la rive de l'océan Glacial, dans la capitale du mensonge, le lieu de tous les dérèglements appelés norme ! D'où avait-il pris cela, pourquoi voulait-il tant que soit ce qui ne pouvait pas être ? Pendant que j'écrivais (pour lui), il s'est goulûment lancé sur Pouchkine. On le payait pour ça (quelques sous misérables) en Pologne. Puisqu'il était avec elle (Danièle) en Russie, quand elle avait tourné *Anna Karénine* avec Schwarzeneier (celui aux couilles noires) et que, là, il l'avait veillée (il la suivait comme un chien, montait la garde dans les hôtels), à Pétersbourg, il les a tous cherchés, Pouchkine, Dostoïevski,

Akhmatova, leurs traces et leurs traits, leurs destins dans l'air perpétué, leurs destins. Pouchkine l'a accroché, Pouchkine parce que le jour (par hasard) où on l'a pris comme consultant pour un film, et *elle* l'a suivi, par exemple à Belgrade, il s'est trouvé que c'était un film adapté d'un opéra dont Pouchkine avait écrit le livret (le livret était tiré de Pouchkine), et il avait accepté (il y avait un risque) parce qu'il y avait dedans un acte polonais, un acte Renaissance en opposition à l'arriération pathologique russe des ténèbres de la miséricorde et des tortures, des convulsions de la cruauté, du crime et du pouvoir, comme ça se passe en Russie. Il adorait (alors) la musique, maintenant il n'en écoutait plus du tout. Après quelques instants de sonorités, il se levait, il sortait. Avec la musique, la tension en lui empirait, la musique troublait son attention et son écoute de la vie par l'oreille intérieure où sa femme logeait comme un ver.

En tout cas, c'était comme ça que je le voyais. Je suis resté brièvement chez eux. Les temps avaient changé, qui aurait pu supposer que deux Polonais seraient utiles à quoi que ce soit au bord du pacifique océan, à *Tinseltown* ? Huit ou dix opérateurs polonais de la nouvelle génération opéraient ici, pourquoi pas nous ? Lui (mon ami), appartenait à la génération précédente, de ceux qui écrivaient, mais ce n'était pas grâce à eux que je m'étais retrouvé ici, c'était grâce à elle (Danièle). On l'avait remarquée pour ses tétons. Des tétons, une agence. Je fouille dans mon carnet. Mais peut-être le nouvel agent est-il son nouveau type, celui qui la baise (elle aussi). Je me fige. S'il la baise, il ne dira rien, encore que – un éclair de bonheur passe devant moi – l'agent (le nouveau) est pédéraste. Gominé, pomponné. Important. Ses pitoyables connaissances (qu'elle appelait des amis) l'entouraient, le collaient, tout ouïe, le buvaient des yeux tandis qu'il pérorait sur le canapé où il *pontifiait*. Un scénariste criard qui après dix ans avait vendu (enfin) son premier scénario à une chaîne, dit : j'adore l'écriture de scénario. Sa grosse épouse produisait. Celle-là vraiment sentait la sueur mal lavée ! Des psychanalystes de San Francisco, un couple de souris, fragile, pas à sa place, donc meilleur certainement, mais pourquoi meilleur, puisqu'ils se trouvaient ici, comparés aux autres couples (productrice-scénariste) en cure depuis vingt ans, jacassant allongés sur le divan de cuir, le soleil à travers les jalousies, une avide sueur d'inaccomplissement (de frustration) dans les plis de Nylon de leur chemise imperméable ? Allergies. Rougissements. « Quel plaisir d'entendre votre voix », dit l'amant dans l'écouteur, quand il est arrivé, mais lui ne savait pas, il ne voulait pas savoir que c'était l'amant. La même voix enregistrée dans tant de répondeurs en tant d'endroits dans les tout derniers temps, « c'est juste pour savoir comment ça va ». J'ai trouvé ici les personnes les plus agréables, elle dit radieuse. C'est ce qu'il m'a (un ami à un ami) dit alors à la terrasse d'un café au bord de la plage.

Ce n'était pas cet amant-là, c'était un autre amant, mais est-ce que cela a une signification ? Non, je pensais, en tenant l'écouteur du téléphone, mais seul un détail (une bite par-ci, une bite par-là) livrera (livre) la clef. La vérité n'est vérité que lorsqu'elle zigouille. J'ai appelé. En bas, de l'autre côté de la pelouse, avec qui est ce soir ma Danièle ? J'ai vu le précédent. Il était de petite taille, de dix ans plus jeune que moi. Dans un costume élégant. Fleurant certainement l'après-rasage, il se rasait pour la visite du soir (de la nuit). Pour ne pas gratter Danièle de sa joue râpeuse, le grenat de ses poils. Qui a écrit que le monde était une grenade ? Ah ah, Koestler, je m'en souviens, le combiné du téléphone dans ma main immobile. Et pourquoi donc mon malheureux ami était-il allé jusqu'à Hollywood chercher des cornes ? Chercher l'explosion qui (la grenade) lui avait fait exploser le cœur, à le rendre idiot ? N'aurait-il pas mieux valu rester subir des cornes (des blessures, une raclée) à Bécon-les-Bruyères ? Moins cher, non ? Le brillant l'avait peut-être attiré, le brillant l'avait aveuglé, tout comme le scintillement océanique dans les yeux qu'on cligne comme on cligne de surprise, de douleur ou d'extase ? Une sensation océanique, je me suis souvenu (avec le combiné). Qui a dit ça ? De nouveau Koestler, cette fois en Espagne. Quand il était en Espagne et que les franquistes (non, pas les franquistes polonais de Jakub Frank, mais les fascistes, les coupeurs de couilles, les violeurs, les Marocains de Franco) l'ont attrapé et voulu fusiller. À bon escient, puisqu'il les injuriait abominablement dans ses articles, les traitant de criminels. Et qu'il avait décrit les pilotes hitlériens en train de boire des cocktails dans un hôtel de luxe après les bombardements de villages civils comme Guernica. Koestler, enfermé donc, attend dans cette prison de Cordoue pleine d'arabesques arabes. Après le désespoir, le calme de la renonciation. Koestler, allongé sur un bat-flanc, attend et éprouve un sentiment océanique. Comme s'il flottait sur le dos, suivant le courant d'une rivière, tandis que les ponts au-dessus de lui (l'ombre des ponts, car il ne pleuvait certainement pas et il faisait soleil, sinon l'abstraction n'aurait pas voulu s'exprimer et serait restée la mouillure) étaient les ponts du temps, il écrit. Ou quelque chose comme ça. Si mon malheureux ami souffre encore là-bas, en Amérique, d'où je suis prudemment parti, et si je l'entends dans le combiné, si seulement, alors, je vais le lui dire, avec la voix du bon sens, la voix de l'initiation à la pouffiasserie et à ses cris braillards et à sa platitude déséquilibrante, que la sagesse commande de prendre femmes a) stupides, car de toute manière toutes sont stupides, autrement dit le point le plus facile, b) laides, ce qui est plus difficile, parce qu'il faut se convaincre qu'avec une laide, non seulement on peut, mais on doit, c) et d'attendre en ricanant qu'elles vieillissent.

Ma femme Danièle possède toutes ces vertus. Quand, en Amérique, Danièle et elle se regardent, même pas de biais, même pas en cachette, pour saisir les défauts et les impostures de leur beauté réparée : dans le cas de ma Danièle à moi, tout est évident, que dis-je, gros comme une montagne, brut de décoffrage. Ma Danièle à moi est velue (mais la délicieuse Liz Taylor était, paraît-il, aussi velue qu'une guenon depuis son enfance), Danièle est corpulente, Danièle n'est pas jeune, elle est laide, très laide, Danièle est une horreur. Ce que Danièle (la sienne) ne sait pas, c'est que Danièle gicle (pisse) le sexe, que Danièle pète le sexe, que Danièle attire les mouches, c'est-à-dire les hommes comme une viande pourrie (pardon, un fruit pourri), quand elle va, elle va sous une auréole, un air magnétique, douceâtre et collant, mais parfumé, l'enveloppe, la lumière autour d'elle est palpable, plus claire ou plus sombre que l'environnement, comme on voudra. Je tape le numéro et j'entends la secrétaire de l'agent, puis l'agent lui-même, et l'agent me dit que Danièle a téléphoné, quand même inquiète malgré sa répugnance dédaigneuse envers ses obsessions (celles de mon ami), l'agent me dit qu'elle se sentait inquiète. Mon ami a filé (disparu), sa voiture à elle aussi a disparu (c'est un inconvénient), vingt-quatre heures ont passé depuis cette disparition, la police a été prévenue et, depuis, c'est le silence. J'ai reposé le combiné et, avec une certaine hésitation, j'ai composé le numéro de Danièle. Elle a répondu aussitôt et moi, sans introduction ni détours, je (moi, le vieil ami de son mari nerveux, malade d'amour) lui ai demandé si aussi avait disparu, si s'était simultanément (dans le même temps) volatilisé son amant ?

Quel amant ? s'est-elle exclamée, comme elle sait le faire. Eh bien, celui qu'il s'est imaginé, puisque vous lui avez menti à son propos, je dis. Silence dans l'écouteur. J'ai lu son texte (comment appeler ça, chapitre, essai, confession, récit), cette chose dans le genre journal des dernières semaines, j'ai dit, et j'ai lu ce que vous, madame, lui avez fait rentrer dans l'esprit quand vous avez enfin avoué (pourquoi avez-vous avoué ? Par légèreté, j'avais la réponse au bout de la langue) que cette personne était âgée, respectable, et portait le nom exotique d'Avvakum ou Abraham. Ananias, elle dit doucement. Parce que c'est vrai ? je demandai. Et c'est important ? elle demanda. Il est important qu'Ananias n'ait pas disparu, je dis, en appréciant la logique de ce que je disais. Non, pas Ananias, elle dit. Un autre, elle dit. Celui qu'il soupçonnait ? j'ai demandé. Il soupçonnait à tort, elle s'est exclamée d'une façon plutôt impolie, comme en explosant. Que s'est-il passé ? je demandai. Il a découvert que j'ai payé sept cent vingt dollars dans un hôtel et demandé pour quoi. Et alors ? j'ai demandé. Elle baisait à l'hôtel. Cet homme était marié et ne pouvait pas chez lui, au bureau ce n'était pas romantique et elle, peut-être – un instant poussée par un reste de *decency* ordinaire –, n'était pas encline à le faire dans sa maison, la maison de mon ami trompé et de leur enfant. Elle ne voulait pas. Plus tard, elle a voulu, la maison a été souillée de ses sécrétions, mais ce qui était était. Sept cent vingt dollars, je dis, et alors, il n'a pas payé, et en plus c'est vous ? Elle a raccroché (peut-être jeté) le combiné, et moi, je suis resté avec ce gros morceau de Bakélite à l'oreille, jusqu'à ce qu'il se mette à lancer des sonorités électroniques impatientes, et là j'ai dit : pute, pute, espèce de foutue connasse, espèce de pourriture, roulure.

Puisque tout trouve sa place dans la vulgarité considérée comme norme. Qu'est-ce que c'est, putain de merde, la normalité ? Je me suis mis à crier d'une voix forte, le lustre a commencé à osciller (style anglais, couvert de poussière, d'avant le déluge), mais s'il vous plaît, oui, justement, ce n'est que le thème nocturne du jour, de chaque jour. Le millenium, la fin du siècle, des enfants qui font irruption dans des classes et tirent sur les athlètes, des enfants en adoration devant Hitler, parce qu'il faut adorer quelqu'un, se retrouver dans un groupe voyou, bien à soi, chaleureux, face à la démission des adultes, face au tapage électronique du monde, face à ce qui n'a pas de sens, et quel sens pourrait-il avoir, et que doit dire le mot sens ? *Normalité* ? Désir, arrogance, bite, trahison infligée, tu te tortilles comme un ver dans des douleurs inarticulées, élémentaires, knock-out sur le plancher ? Pendant un temps, j'ai frappé ma Danièle à moi à toute volée, ou à coups de poing sur l'oreille, ou sur sa cuisse musculeuse. Ça n'a pas aidé non plus. Elle aimait même ça. Après des fontaines de pleurs, une voix douce, différente, qui demandait en tremblant : ne me bats plus, l'amour (le sexe) était encore meilleur, j'oserais dire enivrant. Pourquoi mon jeune ami ne tabassait-il pas, ne cognait-il pas, ne fracassait-il pas la tête de la sombre et perfide Danièle *normale* ? Ah, je m'écriai, là je le tenais. Mon jeune ami croyait en sa beauté, il croyait en sa fraîcheur, il croyait même en sa carrière, il croyait au cinéma. Combien de fois nous sommes nous disputés, savoir si c'était en bien ou en mal que le cinéma était passé à la littérature, avait imprégné les écrivains, était devenu un moyen discret (honteux, mais pourquoi ?) de leur style, un instrument de leur pensée, une doublure de leur savoir ? Rien que les troglodytes de petits-bourgeois, s'est fâché mon ami, font semblant que la littérature est sérieuse, qu'elle n'a donc rien de commun avec le cinéma, il n'y a que les béotiens pour se méfier du cinéma, se moquer du cinéma, et ce n'est pas la littérature qui est l'incarnation du rêve ultime de l'humanité, qui n'est pas de couvrir le papier de signes abstraits, mais de regarder ! Le rêve ultime du regard est de débrancher l'hémisphère (gauche) du cerveau, l'abstrait, là où naît l'abstraction, et donc régente l'écriture, au profit du droit, sentimental et intuitif et qui regarde, regarde tout, voit tout, féminin ! Victoire des femmes sur les hommes après des siècles d'écriture, ce rêve de se défaire victorieusement de la supériorité masculine, c'est la victoire du cinéma et de sa déconstruction sur le récit ! Seul le vieux Singer affirmait encore que n'importe quel récit, n'importe quel événement raconté, était plus important et plus sage que n'importe quelle analyse de cet événement, de n'importe quel commentaire ! Nous sommes restés des faits, j'ai crié à la fin, et en ce qui me concerne, sur ce bord de mer salopement propre, Venice, California, au milieu de cette foule de vers sur leurs patins, langue percée, clouée, pénis percé, de l'héroïne dans les veines et une banane sur leur tête vide comme le vent, nous sommes restés des événements. Elles sont une impression, je hurlais, car je ne trouvais pas le mot propre, une impression carnivore, dit doucement mon ami le dos rond sur la petite plaque et remuant du doigt des bulles d'eau gazeuse. Ici, on buvait de l'eau dès le matin pour soigner l'apparence saine du corps.

Le détail, c'étaient les sept cent vingt dollars, la note de l'hôtel : peut-être même pas pour la chambre, mais pour le minibar (ces minibars sont vertigineusement chers), ou un souper fin à deux (aux chandelles) à côté du lit défait. Séduction, niaiserie légère, cœur battant dans les tempes, explosion du sexe, gras postérieurs hyéneux. Désirs, volupté, je pensais. Je regardai avec attention Danièle sur une chaise longue (nous travaillions à nos machines à écrire) en train de lire *La Fonction de l'orgasme* de Wilhelm Reich. Mon naïf ami voulait la cultiver, l'éduquer, la culturer. Elle était déjà faite. À côté, ma Danièle à moi était paresseusement allongée sur une couverture dans l'herbe (le jardinet de la villa qu'ils avaient louée), et je m'émerveillais devant son effervescence perceptible à quelques mètres, depuis l'intérieur froid de la chambre intellectuelle (nous travaillions principalement dans la cuisine, où il y avait une table suffisamment grande pour étaler toutes les versions de ce scénario débile), sa masse ample et douce, sa nudité vêtue. Elle avait les cheveux noirs (récemment colorés) à côté de sa peau blanche comme un plastique élastique vivant, et elle respirait : ses seins confortables et son ventre d'amour doucement arrondi se soulevaient alors. Un duvet brillant sur les avant-bras, et de longs poils odorants qu'elle ne rasait pas sous les bras. Elle vivait d'une vie exubérante propre, animale mais botanique aussi, d'une vie qui se hérissait au moindre souffle, se renfrognait quand passait sur le soleil un nuage inopiné.

J'étais trop déconcentré, trop abattu, trop tendu pour sortir de la maison ou travailler. D'ailleurs, appeler cela un travail était un de mes évitements coutumiers devant la censure de la normalité. J'emmerde la normalité. Ou plutôt, je me corrige, j'emmerde l'anormalité. Ce qui passe (platement) pour la normalité est anormal au degré le plus haut, autrement dit anormal, car le plus concrètement abstrait. Que signifie la normalité ? Est-il normal que mon jeune ami gaspille son temps et ses forces, se ronge l'âme, se martyrise le corps même, en se privant de boire pour plaire comme un chien, pour se targuer de normalité, de sa normalité à elle, sans boire, sans écrire, c'est-à-dire en écrivant pour une foutue merde filmique, portant pour elle des tricots de corps et des chaussures de sport blanches, lui qui n'est pas sportif, et les portant même avec le sourire ? Que tout soit clair, propre, serein, que tous aillent avec tous, qu'on dise en dormant « je t'aime » à un rêve concret de carême, mais pas à celui qui est couché près de soi ? Qui était-il, que voulait-il, quel cauchemar, quel spectre, quelle gargouille l'ont-ils trompé, pourquoi s'est-il rendu, l'intelligence ne sert-elle à rien quand l'amour – le plus abominable des mots – te tient par la gorge, par les glandes, par ton cerveau tremblant désarmé, par l'inquiétude ? La part mauvaise du cerveau féminin triomphe de la modestie de la pensée, je pensais. Du savoir et de l'enseignement, de la sagesse. Mon malheureux ami ne la méritait pas, ne méritait tout simplement pas la vie, puisque la vie s'était confondue pour lui avec une idiote adultère déchaînée, aux flux et reflux comme d'un océan passionné mais indifférent, à une viscosité animale absurde et irréversible. Les guenons dans la jungle s'échappent en cachette, la nuit, de leurs partenaires endormis, mâles dominants et soumis, alfa et omega, pour offrir leur cul aux mâles de la tribu voisine, identiques mais combien plus attractifs, car nouveaux. Les boffins de la fin du siècle reconnaissent pour tâche numéro un, comme activité privilégiée, la plus importante, le renouveau des études les plus intimes (possibles) de la féminitude. À l'occasion de leurs recherches, ils ont découvert que le clitoris est un arbre. Un baobab qui se développe à partir du petit bouton entre les plis des lèvres internes (de gris éléphant, écrit Updike) en un tronc planté par ses racines jusqu'à l'aine et, plus loin, jusqu'aux cuisses. Seule la pointe de la lance se dresse et se titille, mais l'arbre sensible et musclé et gorgé de sang de la jouissance est sans doute l'organe féminin le plus étendu. Avec stupeur, des savants s'en aperçoivent, après des millénaires de relations intimes avec l'arbre, les savants du déclin des temps.

Qu'il aille se faire voir. Il est bien savant lui-même. Même son scénario hollywoodien était tiré de la littérature, et pas d'une mauvaise, encore que (un signe ! un signe !) d'une littérature de bonne femme.

C'est Madame de Lafayette qui a écrit *La Princesse de Clèves.* Il ne savait faire autrement, la boffinerie le tenait, cela m'avait rapproché de lui, même si notre relation était née au travers des bonnes femmes. Hollywood employait sa Danièle à lui et ma Danièle à moi, ou encore : elles servaient Hollywood chacune à sa manière, l'une par sa jeunesse, son éclat, ses dents et son cul, l'autre par son besoin mûri de bestialité et de talent, c'est-à-dire son cul. Elles s'étaient rencontrées chez l'agent (le précédent), avaient commencé à papoter. De fil en aiguille, les maris s'étaient rencontrés. Et puis les enfants ont besoin d'enfants pour jouer, les enfants parlaient polonais à la maison, les enfants nous ont rapprochés. Je ne posais pas de questions, que fait ma Danièle à moi après des heures, entre les heures, lui se tourmentait pour une minute de retard de la sienne, jusqu'à ne plus remarquer l'abîme d'humiliations où il était tombé, je cite (son manuscrit) : « Elle m'a dit qu'elle n'avait pas envie de moi. Que c'était physique, elle a dit. » « Je suis une traîtresse parce que je pense à un autre homme. » Ou bien : « Je fais la chienne » (avec lui, avec l'autre). Où allait-il arriver, descendre, dégringoler de la sorte ? « Et peut-être que tu aimes ça ? », elle avait demandé. « C'est peut-être justement ce qui t'excite ? » Nous les baisons quand nous apprenons leurs trahisons, dit mon ami largué dans un éclat crétin du soleil. En lunettes noires, comme si la nuit était tombée.

J'ai raflé l'argent du scénario, et je suis parti pour Londres chercher Danièle. C'est-à-dire que Danièle avait obtenu un rôle dans un énième *James Bond*, un rôle sexuel et bovin, le rôle animal de celle qui tue. Bien sûr, un rôle stupide, pourquoi donc un Bond bellâtre et pomponné (un ancien mannequin) aurait-il dû s'amouracher, même en passant, d'une Danièle laide, velue, à grosse poitrine ? Voilà pourquoi. Un joli Bond, saisi entre les cuisses puissantes de cette femelle amorale et même laide, c'est comme Coca-Cola, c'est ça. Nous avions emménagé dans quatre pièces au niveau de la pelouse, c'est-à-dire que trois d'entre elles (les chambres) étaient en dessous de la pelouse, sur le modèle londonien, une seule – le salon – donnait directement (quatre petites marches ajourées en fonte noire) sur une herbe élastique parfaite. J'ai acheté une quantité de livres. Je suis revenu avec plaisir à mes occupations, c'est-à-dire à la pensée : j'avais suspendu mes cours à l'université de Varsovie pour une demi-année (un semestre), j'étais libre. Mais ça me tenait quand même. Profitant de mon séjour à Londres, j'avais projeté un essai sur ces intellectuels qui avaient concocté, ciselé, mis en évidence les traits de la morale anglaise de cette moitié finissante du siècle, alors qu'aucun d'entre eux n'était anglais. Wittgenstein était autrichien, Koestler hongrois et Isaiah Berlin juif. Ah ah, Wittgenstein et Koestler aussi étaient juifs. Mais c'était juste pour dire (l'essai) qu'aucun Polonais n'a jamais façonné la vie intellectuelle des Anglais, de la guerre jusqu'au millenium, aucun Polonais n'a jamais rien façonné, les Polonais sont bien sûr comme les Juifs, ils se haïssent entre eux, mais les Juifs, quand ils écrivent sur eux-mêmes (portent des jugements) avec de la haine et du mépris, avec commisération ou impatience, ils restent entre eux des Juifs. Je pensais vendre ce thème abstrait à l'éditrice qui s'occupait de mes œuvres et, la sondant délicatement au téléphone sur la possibilité de publier un tel ouvrage aux Éditions Scientifiques d'État récemment rachetées par des Anglais (ce qui était un hasard favorable), j'ai compris de la conversation que mon éditrice était également éditrice de mon ami de Hollywood, qu'elle considérait comme le meilleur des Polonais qui écrivent (ce qui m'a piqué), même si peu de gens (personne, je me réconfortai) lisaient la prose de mon malheureux ami. D'où les scénarios, Hollywood, son accrochage à la vie nomade aux côtés d'une étoile, l'idée m'a traversé la tête. Mais quel prix ce malheureux devait-il payer ? Est-ce que ça en valait la peine ? À savoir ? Un non-sens, je pensai. Mon ami, en plus, était plutôt beau (la star ne lui aurait jamais prêté attention, en tout cas pas alors, avant de se pervertir comme tout le reste, ce qui à son tour permettait à ma Danièle à moi de grimper avec succès les échelons d'une carrière, étant donné qu'elle avait un regard, une vue fluide pierreuse sur le tréfonds viscéral, sur ce que nous appelons l'âme et qui n'est que l'entonnoir de l'utérus), quand moi, depuis l'enfance, j'étais laid. La laide Danièle et moi, laid (mais grand), nous étions accouplés par nos organes qui ne portaient pas le fardeau de la comédie des mœurs. Après chaque trahison, un enfant. C'est-à-dire : après chaque nouvel homme (en comptant plus ou moins), Danièle en récompense, pour compenser, tombait enceinte. Dans l'herbe, là, en bas, une troupe blondasse (autrefois, j'avais les cheveux clairs, quand j'avais des cheveux) d'enfants d'âges et de tailles divers. Avec satisfaction, je les regardais d'en haut. À distance, avant d'y retourner, et avant que Danièle ne retombe enceinte (sans doute pour la dernière fois, les années s'accumulaient en dépit des miracles de la médecine liés à la recherche des limites de la féminitude, la ménopause, tout comme la mort, gardait par bonheur des droits obscurs qui reculaient un peu, mais restaient inexorables) et ne devienne à nouveau lourde comme un fruit, transformée (le mouvement lent des épaules, les bras qui ramènent les cheveux noirs du cou vers le haut, vers le soleil, la chaleur des aisselles, l'écartement des jambes de la femme gravide qui se tient debout), aspirant paresseusement la vie par les pores de la peau, de toute sa personne importante et alourdie et alors, et alors seulement, bonne pour moi.

J'étais assis au milieu de la nuit, incapable de quoi que ce soit de sensé, juste bon à téléphoner à une jeune femme corpulente (trop corpulente) du nom de Hoffman (un nom masculin qui ne s'accordait pas à sa petite voix monotone, à ses hanches ni à ses seins pas grands mais présents, à sa féminité de souris – énormes sont ces souris), que non, ce soir je ne pourrais pas la rencontrer professionnellement. Je ne me justifiais pas beaucoup, Hoffman était du genre victime du destin. Elle accueillait rejets et malheurs, des plus insignifiants aux fondamentaux, comme un dû, et y trouvait peut-être même une satisfaction sublimante, mortifiante. Je craignais que, pendant mon appel, quelqu'un essaye de me joindre d'Amérique, que la femme de mon ami me fasse signe de Hollywood dont le biographe de Koestler (Cesarini) écrit – Koestler s'était vite carapaté de Los Angeles – : « Semblable à la vague du Centre-Europe qui l'avait précédée à Hollywood, Koestler avait trouvé cet endroit fascinant et répugnant. » Je tournais précipitamment les pages du manuscrit de mon ami pour trouver ce qu'il avait écrit sur Meyer, le *boss* le plus riche d'Amérique et chef de la firme MGM qui *était* Hollywood, et je ne trouvai pas, par contre je retrouvai dans le livre de Cesarini, intitulé *La Pensée sans domicile,* une description de ce Meyer par Koestler : « Il a un air tout à fait invraisemblable : un visage quasi humain modelé dans de la merde. » Cela m'a ragaillardi. Mon ami n'était pas complètement dans l'erreur dans sa terreur devant Hollywood et ce qui arrivait à sa Danièle à Hollywood.

Ce serait arrivé pareil, n'importe quand, n'importe où, je voulais crier ! Avant ou après, pareil, la même chose ! Ainsi va le destin, ainsi va le temps, ainsi vont les vecteurs du sexe et de la liberté, compris, disposés de la manière la plus libre ! Mais Koestler n'était pas un fou, oh non ! Il était écrivain, c'était un écrivain érudit, il était un boffin (*quack*-boffin), charlatan ridiculisé et raillé par les professionnels de l'érudition, par les philosophes à diplômes de philosophie, parce qu'il avait raison ! Il a passé toute la deuxième partie de sa vie à *avoir* raison, il avait tellement raison que – ici, je me fige encore – il s'est suicidé !

Je feuillette nerveusement les notes disposées sur la table. Un certain Albert Camus a écrit dans une lettre à Mamaine Paget, la première femme de Koestler (à l'époque pas encore marié) et avec laquelle il s'était lancé dans une aventure sentimentale et érotique : « Je ne peux pas t'arracher à cet *autre cœur* que tu ne juges pas bon pour autant » (c'est moi qui souligne). Si j'avais su, aurais-je fait quelque chose pour prévenir, si j'avais su ? Selon quel critère, quelle morale ? Je fixe des yeux le téléphone et, puisqu'il ne sonne pas, c'est moi qui appelle. Je ne regarde pas ma montre, puisque j'appelle Varsovie. C'est la voix endormie de l'éditrice qui répond. J'écoute. Son mari atomiste, deux fois plus petit qu'elle, dort à côté d'un sommeil de juste. Attendez, je vais passer à l'autre téléphone. Elle passe. Elle traîne les pieds, je l'entends. Elle décroche l'autre combiné. Un instant. Elle retourne au premier, le raccroche, mais comme ça j'ai entendu le sombre ronflement de l'ingénieur. Voilà. Oui, j'ai reçu son manuscrit. Pourquoi ? L'éditrice est prudente dans une conversation avec un auteur sur un autre auteur. Bon, elle dit, je ne sais pas, à moi, il m'a plu. Il a disparu, je dis, pour orienter l'éditrice. Où ça, disparu ? elle demande. Elle s'appelle Édith, ce qui va à ses fonctions éditoriales. Il a bu, elle dit de Varsovie. Il se saoule de manière que personne ne voie qu'il est saoul. Je vois, dit Édith l'éditrice. Elle a la voix plus réveillée. Oui, je lui ai parlé la semaine dernière. Bien sûr qu'il compte, tout comme vous aussi, vous comptez. Le malheur, c'est que cette pute se permet tout, dit Édith l'éditrice. Danièle ? je demande. Elle a fait de lui une risée, dit l'éditrice. Lui, n'a fait qu'embellir une chose ordinaire, ou même pire, vulgaire. Qui a ri ? Dieu le Père, elle dit, le vent. Je suis allée chez eux, elle ajoute. Après votre départ. J'ai profité de ce qu'une folle m'avait fait venir à New York, la femme d'un dentiste de Green Point qui au long de sa vie tumultueuse – c'était son avis – avait dilapidé dans les casinos la fortune de plusieurs maris. Et alors ? j'ai demandé. Rien, a répondu Édith dans le combiné. Elle veut que je l'aide à mettre ses mémoires sur le papier. Puis je suis partie pour Los Angeles pour la voir, je veux dire, les voir. Ce qui veut dire ? je demandai en espérant que ce serait la dernière fois. Rien, elle dit. Elle a cessé de parler. Je me souvenais de quoi elle avait l'air. Grande, plutôt longiforme, osseuse. Cinquante ans, la peau tavelée, et pourtant. L'écouteur soufflait (je l'ai écarté de mon oreille) le froid et le soupçon. Normalement. Une dans la norme. L'éditrice Édith me faisait comprendre que ce qui s'était passé était normal. Bienvenu dans le monde des adultes, elle dit, après un temps. Vous êtes aussi allée avec lui ? je demandai. Et après, elle dit. Comme si ça avait été aussi sa vocation. Il était à bout de nerfs, il n'avait plus ses pensées. Et alors ? je demandai, une fois de trop. Quoi, quoi ? elle répondit. Faiblement. Mais c'était sans importance. L'important était que s'était nouée entre nous une intimité matinale, elle dit. Sans maquillage, au petit déjeuner.

Ce qui m'a piqué n'était pas une jalousie professionnelle, mais la nostalgie de quelque chose que je ne connaissais pas. La normale Édith à une table normale. Un petit déjeuner normal. Fromage, bacon, œufs. Sans doute du thé. Son visage osseux luisant de la toilette du matin. Les cheveux d'ordinaire étroitement tirés, maintenant relâchés en désordre, pour ne pas dire négligés. Ou ramassés en chignon bouffant. Une lumière latérale de la fenêtre. La découverte que la gaucherie plus très jeune de son corps lui fait une peau comme un vernis de douceur transcendantale. Pourquoi m'a-t-il envoyé ce manuscrit ? Pour une conversation, une communication, un échange ? Puisqu'il l'a envoyé, il n'était pas trop tard. Et maintenant ? je demandai. Rien, elle dit. J'ai reçu le manuscrit hier, je l'ai lu toute la journée. Je lui dirai ce que j'en pense après avoir réfléchi, quand il rappellera, dit Édith, son éditrice. Il ne rappellera pas, je dis. Il ne téléphonera pas, parce qu'il est mort, il n'y a pas de téléphone dans l'au-delà. Je parle avec une irritation croissante, renouvelée. Est-ce que « chez vous », on ne comprend jamais rien à rien ? Qu'est-ce que c'est que ce chez vous, elle répond, glacée. Chez vous, je dis, les femmes malhonnêtes. Et qui parle ici d'honnêteté, elle siffle dans le combiné. Vous ? Pourquoi est-ce que vous vous êtes attelé, j'entends, à ce sujet-là ? Quel sujet, ce n'est pas un sujet, je crie, ce n'est pas le Talmud, c'est de la philosophie, l'enseignement du comment être, qui être, quoi aimer ! Qui aimer, elle corrige hors de propos. Hein, je crie, hein ? Fais quelque chose et meurs, écrit Ian McEwan dans le roman *Amsterdam* qui a reçu ici, à Londres, le prix le plus en vue. Je l'ai lu avec attention, puisque je suis en Angleterre. Une seule et unique fois, je me suis permis de donner un conseil à cette Édith. Quand elle m'a raconté qu'enceinte en 68 elle avait été abandonnée par un Juif expulsé de Pologne. L'atomiste s'est marié avec elle, l'enfant est né. Il y a un an, ce Juif est revenu, il a remonté la trace, il a retrouvé. C'était un vieil homme fortuné qu'Édith n'a pas reconnu. Il voulait son fils. Le fils l'a repoussé, lui, cet inconnu. Il a insisté. Il était prêt à faire un scandale. « Vous n'avez qu'à le flinguer », j'ai dit, et Édith a ri.

J'ai reposé le combiné au milieu de son gloussement, et à peine l'avais-je reposé que le téléphone a sonné. Danièle, qui appelait de Hollywood. Elle avait obtenu mon numéro de téléphone par l'agent. Elle n'appelle pas parce qu'elle attend ou qu'elle pleure, elle téléphone d'une distance surréelle, du fond d'une brutalité technologique, d'une métaphysique glacée où son cerveau sûr de lui (« ah, tout ce que je me permets ») la gêne plus qu'il ne s'étend, se répand, assimile : oui, il est mort. On l'a trouvé dans le désert au sud. Il est parti – là, elle hésite – chez l'autre, il l'a menacé d'une arme, il l'a fait sortir du bureau. Ici, tout le monde a une arme. Il a ouvert le tiroir de l'autre, a sorti l'arme de l'autre, se l'est fourrée dans la poche. Le canon de son pistolet enfoncé dans les côtes de l'autre, il l'a conduit jusqu'à la voiture. Ils sont partis. Il a dit qu'il voulait (seulement) discuter. Pourquoi pas dans le bureau, demanda (elle hésite) l'autre ? Là où tout est propre, répondit mon ami. Où il n'y a rien. Là où vous deux n'êtes pas. Arrivé dans le désert, il mesura une distance en allongeant des pas, marqua une barrière de pierres, infranchissable. Il s'est épousseté les mains. Il a reculé, jeté à l'autre son pistolet. Ramassez. Je vais tirer pour de bon. L'autre a tiré le premier. Il a été

– il est – honnête au point de l'avoir reconnu. Il m'a téléphoné. Ils vont le relâcher. Il a tiré en légitime défense contre un fou meurtrier armé. Du reste (à nouveau, mais plus légère, une hésitation), il est riche. Riche, viril, il possédait Danièle quand il voulait, comme il voulait, où il voulait, il a tué mon ami. Mon ami a-t-il longuement visé, tandis que l'autre, immobile, s'est tenu en ombre de cendre sur le fond du ciel embrasé sans faire un geste ? A-t-il fui tandis que mon ami perdait son sang ? Des lézards, des serpents hideux, de gras vautours fossoyeurs sont-ils venus le lécher, le mordre en se dandinant, le tirant de droite et de gauche, avant les coyotes ?

Pardon, elle dit. Elle a dit : pardon. Elle repose doucement, lentement, délicatement, le combiné. C'était le calme de la mort, le calme approprié. Un temps. Ce qui allait advenir, je l'ignorais. Elle m'était on ne peut plus indifférente. Ses grands doigts, familiers de membres virils et de son propre con, sur le combiné. Son museau. Son mufle. Sa futilité repoussante. Son charme. Sa jeune beauté solaire. Sa lutte contre la laideur de la vieillesse montante. Sa gloutonnerie sexuelle et l'excitation du succès qui se plaquent sur sa tête comme un suaire, comme un voile de veuve, comme une eau. Seule, elle n'en sera que davantage ce couteau noir, effilé, explicite, tranchant le souffle du monde. Les hommes n'en vont que davantage se pétrifier à sa vue, elle fera moins le choix. Je lui téléphone une deuxième fois. Elle reprend aussitôt l'écouteur comme si elle montait la garde devant le téléphone. Peut-être va-t-elle monter la garde jusqu'à ce que l'autre appelle du commissariat ou de chez lui. Je demande : c'est celui-là ou un autre ? Il s'est trompé, elle dit calmement. Ses pommettes, ses lèvres, ses yeux fuyants. Ce n'est pas celui-là, c'était l'autre. Du reste, est-ce que ça a encore de l'importance ? Faut-il lui dire d'appeler l'éditrice Édith qui logeait chez eux, et qui était devenue sa maîtresse larmoyante sur fond de nerfs et de tension et de frustration, alors qu'elle, elle se vautrait dans le film et dans les draps, des draps d'hôtel (Hyatt Regency B, sept cent vingt dollars). Une maîtresse osseuse, le cheval qu'il chevauchait farouchement à cru, vers nulle part, vers le désert. Jument dure, balançoire de bas-ventre, fente sur le néant ?

« Clown, carriériste, philosophe », écrit Peter Quennell de Koestler dans un compte rendu du premier tome de son autobiographie. « Tous ces jours-ci, je suis tendu, note Koestler, une tension qui remonte, une douleur, une obsession, c'est tout simplement insupportable. » C'était quand il était tombé amoureux d'une femme qui le rejetait. J'avais lu jusque-là. C'est ce que j'aurais lu dans le combiné à mon ami s'il m'avait téléphoné pour une question timide ou fanfaronne sur son texte. Parallèles. « Excité seulement lorsque rejeté, lui aurais-je lu de

Koestler, en réalité ou en imagination. » Et qu'en 1950 (j'avais lu jusque-là), par désespoir et manque d'argent (heureusement passager), il avait voulu s'abaisser, écrire un scénario de film tantôt sur Freud, tantôt à partir de son célèbre roman *Darkness at noon*. Cela se passait en France (Danièle est française), où le livre a été traduit (pompeusement) par *Le Zéro et l'Infini*. Que Koestler avait profité de la venue d'un producteur intéressé par le script pour adroitement copuler avec sa riche épouse. Et ça concordait aussi. Alors qu'il souffrait, Koestler écrivait de lui-même : « Tout cela est du pseudo-amour, en réalité, un ego blessé (*hurt*). » C'est ce que je lui aurais dit. C'est ce que je lui aurais hurlé dans l'oreille à travers le combiné. Écoute, fumier ! Prends ce qu'elles donnent ! Prends ce qu'elles donnent ! Je veux m'arracher de là, furieux, le combiné et son fil tendu me retiennent. À l'autre bout, silence. De la main gauche, je feuillette fébrilement l'unique livre russe, l'unique livre que j'aie ici sur la Russie. Il ne colle pas avec l'époque de Pouchkine (*lui*, s'occupait de Pouchkine, scientifiquement), mais, tout de même, il s'agit de Pierre Ier qui a déchaîné dans leur histoire le divorce Asie-Europe, par la contrainte, tout par la contrainte, la violence sous une forme ou une autre. Lorsque le tsar visitait l'Europe sous un pseudonyme de marin, sans se soucier des cours royales, il portait, selon la lettre d'un diplomate français dégoûté, « *un habit de farouche* ». Un costume, un vêtement de provocation, de colère, bravache, révolté. Sa tenue de veuve sera un habit *de farouche*, je pense. Je dis au revoir, et elle dit au revoir. Je ne lui dirai rien d'Édith, alors qu'il y a un instant je voulais lui faire mal : Danièle fait partie des femmes qui ne souffrent jamais. De celles qui s'attendriront devant un chien abandonné ou sur soi-même, jamais devant celui qu'elles auront poussé dans les bras de la faucheuse. Fais signe quand tu seras à L.A. Fais signe quand tu seras à Varsovie.

Je m'étais programmé cette nuit pour la lecture. Cette Hoffmann, quand elle a appris ma venue, elle s'est manifestée avec une proposition de conférence. Au Goethe Institut, éventuellement en anglais, moi je ne vais pas me répandre en allemand. Ça m'a flatté. Considéré en Pologne comme un paria (le compte rendu sur Koestler dans le *New Statesman* : « Nous refusons de le prendre au sérieux »), un écho de mes travaux via un canal allemand etc., d'autant que je dis (son marmonnement monocorde dans l'écouteur) que, le sujet de mes recherches ici, ce sont trois Anglais du monde germanique, deux par la langue, un au moins – Berlin – par le nom (c'était une plaisanterie). Si le sujet est trop large, elle répondit discrètement, pourrait-on le limiter à Koestler ? Oui, je l'assurai. J'en étais au début. Commençant à peine. C'est-à-dire que je dirigeais en Pologne un séminaire de doctorat sur Wittgenstein, sauf que j'avais oublié mes notes à la maison. Je me rappelais principalement que les frères de Wittgenstein, tous deux aussi pédérastes, avaient fait des suicides spectaculaires, l'un ne serait-ce qu'en se jetant dans une roue de vapeur composée de pales qui faisaient avancer un bateau sur le Mississipi. Et que Wittgenstein voulait construire un avion. Oui, et qu'il était allé à l'école à Linz avec Hitler. Il y a même une photo de groupe où on distingue les garçons à un rang de distance. Il y a une théorie selon laquelle Hitler s'est mis à haïr le judaïsme à cause de Wittgenstein, qui venait d'une des familles autrichiennes les plus riches. Et aussi parce que le Juif Wittgenstein était devenu à Oxford le recruteur de Blunt, Philby, Burgess et Julian Bell (celui de Bloomsbury) pour le parti communiste et l'espionnage au profit des Soviets. Et dont l'un a été la cause de la mort de Sikorski dans un accident d'avion (une bombe) à Gibraltar. Oh, s'il vous plaît, ne vous y trompez pas ! Hitler lisait Platon et Schopenhauer dans les tranchées de la Première Guerre mondiale avant de perdre la vue en se faisant gazer ! Il ne s'est jamais séparé de l'édition de poche (Reklam), et jusqu'à la fin de sa vie il en a su des passages entiers par cœur.

Qu'avaient-ils en commun, à part la haine envers soi-même ? La théorie d'Emerson qui, brièvement résumée, dit : « Il existe un esprit commun à tous les individus » ? La théorie de la non-propriété de l'esprit, qui conduit à ne voir que des masses ? L'*Anima Mundi* de Platon, l'esprit du monde Hitler dirait : un réservoir. Wittgenstein : « Il n'existe en vérité qu'une seule âme du monde, que je préfère appeler mon âme, et que je comprends comme ce que j'appelle l'âme des autres. » Koestler a gaspillé l'autre moitié de sa vie à la recherche de l'âme mystique du monde, de la face rayonnante, tandis que Staline étudiait la théosophie à Tbilissi, où habitait la célèbre madame Blavatsky, née à Ekaterinoslav, et c'est pour cela, et non pour son esprit révolutionnaire, qu'il (Joseph) fut le plus vraisemblablement mis à la porte du séminaire. « Maintenant, je crois qu'il serait approprié de commencer mon livre par des remarques sur la métaphysique comme une sorte de magie », écrit Wittgenstein dans *Remarques sur le Rameau d'Or de Frazer*.

Je reste paralysé. J'ai la gorge serrée, quelque chose de douloureux et de dur bouge à l'intérieur comme une balle de ping-pong affolée. Graham Reed a observé un schizophrène qui regardait battre un tapis et demandait : « Pourquoi me battez-vous ? » Je vais lire jusqu'au matin. Malheur et désolation sous différentes configurations. « Le plan divin ». Édith l'éditrice a dit à mon ami qu'entre lui et sa Danièle existait un plan divin, c'est lui qui s'en est vanté devant moi à Los Angeles. Avec à peine un sourire. Comme s'il y croyait. *Elle s'est moquée de lui.* Rien de plus.

Plutôt. « Elle est devenue une femme belle de trente ans, au moindre coût possible », dit mon ami dans la cuisine à Hollywood, en regardant sa sombre épouse solaire traverser le salon (marcher sur le tapis qu'il avait acheté et sur lequel elle se frottait le cul avec ses amants) pour aller jusqu'à la sortie. Après tout, je le connaissais trop peu, je le comprenais trop peu pour simplement l'appeler un ami. Maintenant, ces feuillets qui confessaient une schizophrénie, une obsession, une dégringolade. Dégringolade dans une bonne femme, chute dans un cloaque. Saint Augustin (« *saccus stectoris* ») déjà. « Je ne suis pas sûr qu'existe ce que les philosophes appellent des absolus éthiques, mais je suis sûr que nous devons agir comme s'ils existaient », ironisait Koestler dans une causerie pour la BBC (1949). Son anglais erratique avait fait entendre : « Mais je suis sûr que nous devons agir comme si *eux* existaient. » Nous, les boffins. Je me relève. Je sors sur le balcon, cette fois avec une cigarette bourrée de hasch, une de celles que la nounou de mes enfants m'a laborieusement roulée, là en bas, de l'autre côté de la pelouse. J'y vais au moins une fois par jour, quand la grosse Danièle n'y est pas, mais que s'y trouvent quelques-uns des enfants et, avec les enfants, il faut passer du temps. Ce qui est un plaisir, rien que leur odeur, l'humidité de leurs petites têtes en sueur. Je comprends ce qu'a écrit Updike. Quand j'embrasse la cadette des petites, sa nounou apathique me roule un pétard de marijuana, préférable à l'alcool (plus rapide) et qui ne libère ni colère, ni clarté dans la pensée.

Il ne me restait qu'un seul pétard. Je le fume sur le balcon. La lumière de céladon blanchit en face de la maison de Danièle, lourde, plus très jeune, avec des aisselles. Ses épaules m'étourdissent toujours, dans ses bras, je ne pense ni à la bassesse, ni à la trahison. Il n'y a aucun autre homme, il y a moi. Puis je ne suis plus là non plus, c'est une arrivée au port, méticuleuse et irrésistible, un atterrissage dans l'absence de dimension. Là où c'est nulle part, là où c'est. Dois-je me limiter à Koestler ? « Le monde comme grenade », il écrit, titre d'un chapitre. Il était fils de marchands. Tous les trois (les boffins) étaient riches. Nés avec le siècle. Ils ont traversé le siècle, Koestler au parti communiste (qui l'a porté jusque en Russie), en France, à Berlin, en Espagne où il s'en est fallu de peu qu'on ne le fusille, en Israël où il s'est retrouvé Juif, et il s'est mis à haïr la judaïté, dans l'anticommunisme combattant (il travaillait pour l'Intelligence Service et la CIA), organisateur du congrès de la culture anticommuniste auquel attachaient un si grand poids Giedroyc, le tsadik, et Czapski[1], l'échassier. Trempant dans toutes les convulsions. Oublié aujourd'hui,

1. Jerzy Giedroyc et Jozef Czapski, fondateurs et animateurs de l'Institut Littéraire, foyer de l'intelligentsia polonaise en émigration pendant la période communiste.

alors que le siècle n'est même pas fini. Notre siècle aurait-il été sans importance ? Le plus épouvantable de tous les siècles, écrit Berlin, « et moi, je suis saisi de surprise de voir comment j'ai su le traverser tranquille et de façon agréable ». Berlin, Isaiah. D'une famille de mystiques hassidiques Loubavitch, parent lointain du saint rabbin Sznorrer. De négociants en bois et de millionnaires qui flottaient sur la Dvina des troncs abattus dans leurs immenses forêts par des bûcherons vieux-croyants. Arbres, trains de bois, bateliers juifs, le port de Riga. Le centre de la fortune se trouvait à Andréapol.

Et Wittgenstein, mystique, obstiné, solitaire, qui déniait (tel Hitler) aux gens la pensée individuelle. Pensées et sentiments sont vécus par les vivants comme identiques, les mêmes ! Tuer une personne, en tuer plusieurs, quelle différence ? « La tyrannie ne me révolte pas », dit en 1944 Koestler à Rush Rees, en s'efforçant de formuler une théorie homogène de la politique, de la science, de l'art, de la parapsychologie, de la lévitation. Sur Berlin, dans *La Poursuite de l'Idéal*, « le moins politique des hommes défendait la nécessité de la politique ; ce moins conflictuel des hommes insistait sur l'inévitabilité du conflit moral ; et ce moins tragique des hommes enseignait la nécessité du choix tragique », je le tire d'une notice de son biographe, Ignatieff. Yoga, commissaire et qui ? Et ce ne serait que par la seule lecture que nous parviendrions à la conclusion que l'esprit d'autodestruction, c'est dire de la destruction des autres, prédomine en l'homme ? Suffit pour Berlin. Je regarde l'émeraude nocturne de la pelouse, le mirage des arbres, telles des méduses dans l'encre de la nuit, et une main glacée m'enserre le cou. Chaque lettre, chaque page du siècle est arrosée de sang, la maison de chaque mot est imprégnée d'une mort sans importance, avait chuchoté un rabbin à Isaiah. La mort n'est pas importante, l'important, c'est la trahison. La trahison peut-elle être le sujet, l'unique sujet. Non ? Et la femme ? Dans la brume de l'obscurité, j'entends un bruit dans la maison d'en face, comme un rire bref ou un aboiement. Deux silhouettes sortent (descendent les marches) sur la pelouse. L'une boursouflée et courte, dans un flou blanc de petit lait, une largeur de hanches et de taille, des jambes en colonne, comme faite d'une pâte phosphorescente. Pâte à cuire nocturne, attendant la cuisson. Mais qui n'attend pas dans le silence aigre et dans l'obscurité, juste mouvante, chaude sans doute, je pense, en regardant Danièle nue. Ce rire, c'est son rire. Le mouvement des mains, les cheveux rejetés sur les bras. La brillance d'un genou, oui, épais. Son visage obtus, pour lequel on la prend pour des rôles qu'elle joue sans effort. La fourrure de son bas-ventre comme une pelouse sombre, humide tout autant. À côté d'elle, difficile de saisir le contour de son partenaire, c'est bien son partenaire, je pense, plus indistinct qu'il n'aurait pu paraître. En chemise sombre ouverte, ça je vois, tous ces boutons à défaire quand elle les dégrafe. Je ne vois pas le corps. Entre les pans de la chemise de soie luisante, je ne vois pas la présence de la peau, il n'y a pas de peau, il n'y a personne. Danièle se penche, s'agenouille devant personne, devant une chemise nue qui embrasse quoi ? Des mains noires se posent sur ses épaules blanches de velours. L'entrejambe noir de jambes noires, les troncs noirs des jambes gomment la pureté de son visage, dans le hallier noir au milieu s'appuie la tête noire et pourtant plus claire de Danièle. Racine noire, un Noir relève la tête en arrière, je vois (enfin, je vois) des éclats de porcelaine luisante sur sa pomme d'Adam. Il a les yeux renversés, souriants, s'il me voit c'est en partant des pieds vers le haut, petit sur le haut balcon, mais il ne me voit pas, il se contente de soulever Danièle par en dessous les aisselles (enivrantes, vaporeuses, grasses), et il la soulève encore et assoit son corps ferme et huileux sur lui (écartement dansant des jambes), et il repart ainsi, posant ses pieds noirs sur les petites marches noires, ils disparaissent dans l'appartement, dans mon appartement, ils vont s'affaisser sur mon tapis ou défoncer mes draps, ils n'allument même pas la lumière, car il n'est déjà plus nécessaire de se voir, car ils se voient avec les yeux de la nuit sexuelle, ils se sont déjà palpés, et noués et fondus, lait et cacao, tous deux rouges à l'intérieur, palpitants, jeunes, vieux, vieillissants, identiques.

Je suis sur ce balcon, froid et lucide, et j'ai des oreilles. Je les sens qui se décollent en oreilles de chauves-souris. Je n'ai pas allumé la cigarette ramollie dans mes doigts courts. Je retourne, en me heurtant au seuil en fonte, dans la chambre. Attrape ce qu'on te donne ! Les choses sont ce qu'elles sont. Il n'y a pas de lois et on n'a pas le droit ! Qui n'a pas le droit ? De quoi ? La pensée de mon ami tué me traverse la tête comme une effilochure étrangère. Trop d'air. Trop de désolation. Demain, je descendrai comme si de rien n'était pour le petit déjeuner des enfants. Puis j'irai au grandissime magasin Selfridge de la rue (Oxford) qui convient, j'achèterai là quelque chose pour Danièle, un jupon, un soutien-gorge grande taille spacieuse, un sweater carmin avec des boutons (qu'on peut dégrafer), n'importe quoi de cher mais de féminin, et à son goût. Je le lui remettrai et lui demanderai d'assister à ma conférence. Madame et Monsieur philosophes, puisque c'est ce qu'il faut. Les autres seront avec leurs épouses, Hoffman certainement avec son mari, la direction, les savants. C'est même drôle que ça se passe au Goethe Institut. Berlin non plus n'aimait pas l'allemand, et pourtant, les plus grands honneurs. Mes derniers cours de philosophie (et tentatives de m'exprimer en allemand) remontaient à Kartuzy avec des gamines de supérettes et quelques idiotes boutonneuses qui s'ennuyaient. La nuit, en baisant. Manque d'importance des biographies, et nous qui en avions une si haute idée. Manque d'importance de l'âge. Confusion sanglante, éloignée, déjà passée. Où il était impossible de savoir ce qui importait à qui, d'où tant de passion, tant de souffrance bestiale, infligée et ressentie. Là n'est pas la chose, je pensais, en m'asseyant à mon endroit de méditation, chaise, table, téléphone, lampe. En soulevant le combiné, je pensais avec une force accrue au soir où j'étais avec Danièle (l'autre, sa Danièle à lui) dans la porte ouverte sur le jardin (lui mitonnait quelque chose dans la cuisine), et lui disais (c'est sorti tout seul) en regardant le jardin et les lueurs du soleil couchant dans les palmiers au-dessus du jardin, et le violet des fleurs de bougainvillées grimpant sur le mur arrosé de cette splendeur, que la matière, ou si tu préfères, la nature, ne sert qu'à donner de soi une âme, comme la flamme d'une bougie. La bougie sert à ce qu'il y ait une flamme qui, tout en n'existant pas, existe. Et Danièle (l'autre), portant la cigarette de hasch à ses lèvres grimaçantes, gonflées, au sourire méchant : la matière ne sert qu'à sortir de soi le vide.

Puis nous avons parlé de peinture, et moi (chauve, lunettes, voûté, les oreilles décollées) j'ai dit que, la peinture, c'est la façon de voir des aveugles. Elle a souri en tirant sur sa cigarette. La musique, c'est la façon d'entendre des sourds, je dis. Plus cette petite flamme. Elle m'a regardé avec approbation et a même éclaté de rire. Elle a éteint sa cigarette, comme moi maintenant, à moitié fumée et, gaiement, amicalement, en complicité avec moi, elle m'a regardé. Nous sommes retournés dans la tiédeur de la chambre, la table était mise. Je soulève le combiné et lui téléphone pour la troisième fois, et je dis que je viendrai à l'enterrement de mon ami mort. Pas avant qu'ils ne me rendent le corps, elle dit d'une voix blanche de papier. Elle monte la garde devant le téléphone, elle fixe l'écouteur du regard, le téléphone est-il le point qui la relie, à quoi ? À l'océan. Je téléphone à Varsovie, presque aussitôt Édith l'éditrice prend l'appareil, bien qu'il soit, voyons, quelle heure de la nuit ? Je vous en prie, venez à Londres, je dis. Venez. Je me sens abattu et faible, trahi et bafoué, et j'ai besoin de vos paroles, de votre voix, dites-moi n'importe quoi, je vous payerai le billet, nous serons ici ensemble. Bien, elle dit, d'une voix sèche (de gorge) où résonne comme dans tout le reste une sexualité nocturne. Je suis ridicule, vieux, chauve, et avec ces oreilles, et je me prépare (oui ?) pour cette conférence demain. Elle est maigre, sans amour (elle aimait mon ami et ne sait pas qu'elle ne l'aime déjà plus, car il s'est laissé tuer), digne, triste et interminable, elle est ridicule, autrement, pareillement.

Je m'endors le nez dans les feuilles, avec le pétard qui n'a pas fini de brûler et ronge un trou dans la biographie d'Isaiah Berlin. Je vais commencer par lui, je pensais. Commencer le cours, je veux dire. Je dirai : il était bon. Il ne croyait pas en Dieu. Il ne supportait pas Marx et son déterminisme hystérique, celui qui a produit Staline, Mao Zedong, Pol Pot, Milosevic, Jaruzelski et Bierut. Il croyait en la civilisation et ses limites. « Certains Biens Suprêmes ne peuvent coexister. Nous sommes condamnés à choisir, et chacun des choix peut causer une perte irrémédiable », il écrit. Il croyait en la bienséance (*decency*). Il aimait parler pour parler, et écouter pour s'informer : deux plaisirs. Il ne supportait pas les préceptes du docteur Freud. Il n'avait pas, comme le lui reprochait sa belle (et toute d'érotisme) amie Sally Graves, « d'appétits ». « Ce que certaines personnes ne semblent pas comprendre, c'est que les gens ont des appétits », elle disait, de cette voix enfumée, basse (tout le monde s'unit à tout le monde pour jouer avec ses organes génitaux), sexuelle. Il ne supportait pas la brutalité, la violence, l'oppression : il avait été témoin des révolutions russes. Il recherchait le compromis raisonnable. Pour paraphraser le titre de son essai le plus accessible, il savait tout (le renard), et une seule chose (le hérisson), mais exactement. Les personnes qu'il admirait le plus étaient celles qui voyaient le monde « simplement », notait plus loin son biographe, un Canadien de Toronto (Sedna) Ignatieff. Il adorait la musique, écoutait la musique vraiment. « Il appréciait le caractère plus que l'intelligence, la vitalité plus que le raffinement, et le fond (la substance) moral plus que la facilité verbale. » C'est ce que je dirai. Avec son accent juif-russe d'Andreapol, il avait formé le paysage intellectuel de l'Angleterre savante. Nous sommes sur l'île des Boffins.

Je me lève et je sors, et je vois les enfants, et je ne vois pas Danièle (elle doit maintenant jouer une paysanne polonaise bestiale dans une mise en images du récit de Singer, *Le Prisonnier*, le seul récit de lui insupportable et faux – lui qui était si souvent près de la vérité – et évidemment on va tourner en Angleterre où il est plus civilisé de tourner quoi que ce soit, par exemple les Basses Tatras), et je vais au magasin Selfridge, au dernier étage, où je sais qu'il y a des rayons avec la dernière mode, la mode la plus jeune, c'est-à-dire la plus – à contre-mode – *sexy*. L'ère des grosses godasses et des pantalons tombant sur les mollets, et des sacs et de la saleté s'est évanouie à son tour dans le dernier néant, les fringues sont légères et aériennes et blanches, transparentes et excitantes. Je choisis un pantalon où l'on verra l'entrejambe laineux de Danièle, ou bien son ample petite culotte énervante, je choisis un petit sweater tricoté à boutons, en escomptant que ses mamelons durs et noirs se trouveront juste en face du trou adéquat. J'observe deux vendeuses en train de s'affairer, et j'écoute ce qu'elles disent. L'une, grande et indolente, la peau noire, montée sur des échasses (la peau de ses mollets, non, pas bronze noir, mais d'un violet poudreux). Avec un émerveillement surpris (une concentration religieuse), je vois que ses fesses de négresse pointent incroyablement, tendues par l'étoffe élastique (stretch) d'une minijupe, de l'incurvation du dos aux lombaires (le bassin), en forme de lettre S ou de cou de héron. Le visage est sans importance, les mains, le cou : ces fesses sorties de la jungle, fesses de pygmée mais immenses, on veut ne pas croire à ces fesses (invraisemblables), elles doivent certainement entraver sa marche, c'est pourquoi elle avance comme un canard, comme une invalide, comme si elle boitait des deux jambes. La tête en avant, ce bagage à l'arrière, ce fardeau, cette masse de chair accrochée. J'ai une envie irrépressible de toucher ces fesses, et plus. J'ai le cœur qui bat, et la salive sèche dans ma bouche. Guidé par un instinct philosophique aveugle, je choisis une parure encore plus aérienne mais courte, avec de la place pour le derrière, le cul, pour ce postérieur noir et rutilant, luisant, nu, humecté, humide, je pense, tendu vers la lune de la nuit. Quand je paye, l'autre vendeuse se plonge longuement dans le calcul : la calculette électronique a des ratés, et son bec cathodique ne recueille pas les informations des petites barres noires qui codent l'inutilité des entreprises humaines. Cette vendeuse (la plus jeune) a de son côté un puissant nez iranien d'aigle, des épaules étroites qui enferment des seins ronds et lourds (pleins et parfaitement ronds et d'une lourdeur exubérante, des fruits, des ballons, quelque chose que l'on ne voit que rarement, quelque chose qui n'existe pas) dans un sweater blanc délicat, je retourne donc aux portemanteaux et choisis pour elle un chemisier décolleté avec goût mais – aussi – jeune, je pense, *en vogue, in*, ici et comme il faut.

J'offre les deux cadeaux aux deux filles, et c'est alors seulement qu'elles font attention à moi. Lèvres ouvertes, dents blanches, les deux sont exotiques, d'ailleurs, elles savent compter, mais écrire ? Je me présente et les invite à ma conférence. Elles entreront sur mon nom. C'est tout. Obligeant et plein d'âge, je me penche sur le comptoir. Mes oreilles et les touffes de poils que j'oublie de me raser dans les oreilles me perdent. Et sûrement l'expression de ma gueule qui ne ment pas, parce que toutes les deux se mettent à rire en se donnant des coups de coude. Elles rient en silence, baissent les yeux, leur rire s'étouffe de lui-même, à cause de moi, à cause d'elles. Je donne l'adresse. Je m'incline poliment, je pars sans me retourner. Je ne suis pas défait, je sais que c'est ainsi qu'il faut faire. Dans la maison de l'autre côté de la pelouse, je ne trouve toujours pas Danièle. Je ne laisse pas le cadeau. J'essayerai encore une fois. Les enfants sont dans leurs écoles, la nounou apathique fait ronfler l'aspirateur. Dans le lit, le sperme du Noir a séché ou est en train d'être lavé dans la machine qui vibre. Les livres sur l'Angleterre que j'ai lus sont comme je les ai laissés (pourquoi un volume intitulé *Stalingrad* s'est-il égaré parmi eux ?). J'attends que la nounou me roule de ses doigts grossiers deux cigarettes de marijuana : la première fois que j'ai essayé moi-même, j'ai dû coller le résultat avec une bande de *scotch*, et le goût de brûlé amer, un goût de dissolution chimique de technologie, m'est resté dans la bouche.

Je commence ma conférence par les mots de Koestler selon qui le monde est comme une grenade. Tout à la fin du siècle, un dictateur des Balkans sans intérêt s'efforce de dégoupiller sa petite grenade, et ils apparaissent (lui et sa grenade) aussi négligeables après tant de souffrances que la grenade du siècle entier. Je regarde dans la salle (j'ai chaussé mes lunettes), Danièle n'est pas là. J'ai pourtant laissé le cadeau et l'invitation, et confirmé l'heure à la nounou. J'avais imaginé qu'elle serait là à trôner, lourde et vulgaire au premier rang. Qu'elle mettrait peut-être mon cadeau indécent ? Danièle adore l'ostentation sexuelle, c'est ce qui lui fait gagner sa vie (la nôtre). Je pensais qu'elle présiderait à table, au milieu des ambassadeurs. Après la conférence doit se donner un banquet, il y a quatre ambassadeurs, deux avec leurs épouses. L'Israélien est seul, parce que célibataire, mais jeune et sur ses gardes. Je parle des trois Juifs qui ont formé l'intelligentsia de l'île d'après-guerre. L'ambassadeur d'Allemagne, un hôte généreux, est un vendeur social-démocrate de voitures d'occasion, une sorte de chancelier Schroeder, et il doit porter une perruque. Pas un cheveu gris. Un visage de charcutier roublard. Grand et fort, avec une femme tout aussi grande, teinte en clair, une denture ample. L'ambassadeur de Pologne est sans intérêt. L'ambassadeur de France est venu seul, bien que marié, car sa femme n'aime pas Londres, elle est en France, professeure d'université quelque part. L'ambassadeur est lui aussi teint contre le grisonnement, et déjà agréablement saoul. Un socialiste, paraît-il (ils se sont emparés du gâteau), et insignifiant comme sont les ambassadeurs. Mon regard s'arrête sur un coin de la salle, où les deux vendeuses de Selfridge (oui, oui) ont pris place (trouvé refuge) dans la foule (quel succès) des auditeurs. Les deux ont mis les vêtements que je leur ai offerts. Quand elles voient mon regard, la Noire (la plus alerte) agite sa paume rose, ses longs doigts. Je ne vois pas son derrière, il faudrait que je crie par-dessus la multitude de rangées : fais voir ton cul ! En revanche, de l'autre, celle qui ressemble à une Iranienne, je vois les seins bombés, parfaitement bombés et ronds comme des oranges, grands comme des moitiés de citrouilles dans son décolleté. Hoffman est assise de côté, au bout de la rangée, plus très jeune (mais encore jeune), avec son doux sourire absent signifiant qu'elle n'écoute pas, signifiant qu'elle a organisé ça, signifiant qu'à travers elle flotte le courant intérieur d'un malheur ancien, non paralysant et non négligeable, presque amical, mais qui au moins la définit face au monde distrait, elle comme elle est, elle est comme ça.

Après la conférence (je ne cherche pas à savoir si c'est un raté) et les congratulations, après le cocktail, je passe d'une jambe sur l'autre (je me suis échauffé, je pérore), arrive le dîner. Je conduis les deux vendeuses à la table. Qu'elles aient compris et quoi, quelle importance ? C'est mieux qu'un bar à bières, peut-être qu'une discothèque. Deux de mes étudiantes, je les présente. Le Français aimable les interroge sur le *cursus* de leurs études, elles répondent avec de tels accents qu'en gentleman (visage rougeaud, large, boucles gominées, jolie cravate) il abandonne. J'ai habité chez lui (à la résidence) quelques jours au début, avec ma Danièle. Lors d'une pause entre les trahisons de ma femme. Lors d'une pause inattendue comme une île de ciel bleu entre des nuages persistants. La pause sur le ring d'un match de boxe quand on se lèche un saignement de nez, on se verse de l'eau glacée dans la culotte entrebâillée sur le ventre. Pendant un bref repos. Donne-nous, Seigneur, un bref repos. Au bout de la table, à gauche, un homme bouffi et corpulent, pareil à un crapaud blanc, tout vêtu de blanc, en bonnet de laine blanche (semblable à ceux que les Jamaïcains s'enfoncent sur la tignasse jusqu'aux oreilles). Des traits amollis, roses, sans sourcils, sans cils, des lèvres tremblotantes sous les mots qu'il s'adresse à lui-même, puis à l'ambassadrice d'Allemagne, assise en face de lui. Comment se porte votre vie sexuelle ? il demande, en coassant des borborygmes de clown. C'est le partenaire de Hoffman, elle le regarde avec la même expression du visage que toujours, le même sourire signifiant, à égalité indulgence, curiosité, attente et résignation. Avec qui vous baisez, à part lui ? demande l'arrogant bouffi. L'ambassadrice émet un petit rire conciliant, mais la fille (celle aux nichons) se tourne vers lui avec une colère inattendue. Elle est scandalisée. Comment osez-vous ? elle dit. Elle n'a pas fini, que l'arrogant pointe vers elle un doigt rose pâle et coasse en la visant (il attendait ça, il attendait de pouvoir commencer, comme écrit Dostoïevski, il attendait bouillonnant de colère et excité, maintenant, il existe) : je ne permettrai pas qu'une connasse comme toi m'adresse seulement la parole !

Ensuite, je sais, et je ne sais plus. Je sais qu'à la volée j'ai frappé sa tête de bossu, son crâne nu (son bonnet est tombé), comme ça venait. Quand je l'ai tiré de dessous la table, il est apparu immense. Il se protégeait des mains avec des vagissements en même temps que je le tirais. Je l'ai jeté dans le couloir. Mes mains tremblaient quand je me suis rassis. L'ambassadeur d'Israël, tiré à quatre épingles, m'a dit : nous en rêvions tous depuis longtemps. L'Allemand évitait le visage de Hoffman, sa collaboratrice. Moi non. J'ai regardé. Assise, toujours aussi droite, et lourde et fraîche, avec le même sourire. Elle malaxait des doigts une boulette de pain. Pas de larmes dans ses yeux, aucune rougeur bourgeonnant sur ses joues. Elle n'était pas là.

Je l'ai invitée dans un café, en sortant, et j'ai passé une heure au café, et là je me suis excusé. C'est-à-dire, pas sincèrement et pas complètement, et seulement parce qu'elle avait été présente. Ça ne pouvait pas se passer autrement, elle dit. C'est mon compagnon. Je vis avec lui. C'est un Polonais, elle dit, en me regardant calmement. Carrée, bienséante, laide. Polonais et Juif, il est parti en 68. Artiste, elle dit, peintre, il organise maintenant des *installations*. C'est-à-dire qu'il n'organise rien, personne ne veut de lui, il est oublié. Des journées entières à la maison. Je lui ai payé un atelier. Des journées entières à l'atelier. Après quoi, il pleure. Rejeté, rejeté. Aucune communauté, aucun groupe ne l'a reconnu. Il hait la polonité, dit Hoffman, il ne parle jamais polonais, il maudit sa judéité comme si la judéité l'avait chassé du paradis. Il n'a jamais été dans aucun paradis, malgré tout ce que je fais. Depuis combien ça dure ? je demande. Quinze ans, elle dit. Et vous l'entretenez ? Oui, en quelque sorte. Son sourire se creuse. Si elle maigrissait, elle serait séduisante. Si vous maigrissiez, vous seriez jolie, je dis. Pour quoi faire ? elle demande de façon absurde. Si vous ne voulez pas qu'il se gâche complètement, je dis. Versez-lui une certaine somme à la banque. Mettez-le à la porte, excusez-moi, sortez-le de la maison. Qu'il s'en aille. Sauvez-vous vous-même. Sauvez de lui ce qui en reste.

Le café est noirâtre et enfumé. Il s'appelle le Bistro Rouge, c'est une chaîne dans le quartier francisé que les gens d'ici appellent la « vallée des grenouilles ». *Bistro* veut dire « vite » (en russe), les grenouilles, ce sont les Français. Je la raccompagne dehors, il fait nuit, rouge passe un autobus, noirs des taxis, bonsoir. L'asphalte rugueux est luisant, il a plu (on appelle ce crachin, incessant ici, les « douches »), maintenant, il ne pleut pas. Je passe la main sur son visage joufflu, je n'efface pas son sourire. Quand j'appellerai la prochaine fois, vous me promettez d'avoir maigri. Je passe la main sur elle, elle n'a pas de poitrine à proprement parler. Indifférente comme une pâte, mais rajeunie, je vois, je sens, elle s'éloigne. Quelque chose en elle a frémi d'avoir plu. Elle a senti comme sur elle une fièvre énervante, impérieuse. La fièvre du sexe. Il fallait la prendre par la main, la conduire jusqu'à la maison (de l'autre côté de la pelouse, au quatrième étage). Je reviens par l'escalier, je me hisse, mes jambes fléchissent sous moi. Sur la table, il y a un pétard blanc, inégal, conique mais presque entier. Je sors sur le balcon. Une lumière de céladon, une clarté bleu nuit. En bas (le bas de son appartement, de notre appartement, est en soubassement), en bas c'est-à-dire dans la chambre à coucher de Danièle, la lumière est allumée – là où se trouve Danièle –, mais je ne prends pas le téléphone. Quand je prends le téléphone, je tape un numéro et j'entends dans l'écouteur la voix du Judéo-Polonais, le compagnon de Hoffman. Je me tais, la voix dit alors : « Oui ? Merci. » Je raccroche le combiné. J'entends un froissement dans le silence, comme si, dehors, les feuilles bougeaient. Retour sur le balcon, plus frais. Glaçure noire de la nuit. Submersion de la clarté de la nuit. Transparence de la nuit, de son étendue, respiration. La sonnerie de l'interphone retentit et, au même moment, je vois une silhouette se faufiler entre les branches basses. De branche en branche, vers le haut. Un oiseau gris-noir aux ailes déployées se fraye un chemin à travers le feuillage épais. Bruissement, claquement, effort, le grand oiseau disparaît, je ne l'entends plus, ne vois plus, ne sens plus. Pour toujours. Sur l'écran du circuit intérieur, je vois les deux vendeuses de Selfridge, graves et légères, exotiques même dans la nuit, et en les regardant, j'imagine (je sens) poivrées, amères, en sueur et florissantes, luisantes, leurs odeurs amoureuses et impudiques. Leurs aines et leurs sphères, le violet, le vert frais, l'immaculé mouillé à la jonction des cuisses et du bas-ventre, les épaules et les aisselles. Je vais, je pense, en libérant la porte d'une pression (l'électronique fonctionne), je vais continuer à faire cours, plus tard, avant, pendant, comme Dieu voudra. Je les entends porter vers le haut leur bagage sexuel (derrières, seins, entrailles et orifices) plein de rire, se hisser sur leurs jambes solides vers le haut, transportant des sacs de ? Du vin, des gâteaux ? Et je pense qu'au milieu de la nuit, dans la fatigue et la satiété de la nuit au petit matin, à l'aube de la nuit, je pense, nous sortirons fumer sur le balcon, au-dessus de la brume plane de la pelouse. Que silencieux et muet sera l'appartement de la pécheresse Danièle de l'autre côté de la pelouse invisible sous la couette de la brume. Et que je dirai, nu, et que je penserai et exposerai aux deux filles poisseuses d'amour (lèvres bleuies, peaux tendues par le froid sur les épaules, crinières de leurs sexes humides – remplies de gouttes –, lisse chez l'une, soyeux, frisé et rêche chez la Noire) qu'en bas ce n'est pas la brume qui stagne, mais une rivière qui coule. Et que voient-elles dans la rivière, je demanderai ? Moi-même (avec les yeux de l'âme), je verrai les plaques vitrées, détachées les unes des autres, vacillantes et mouvantes, du monde sur l'eau, des taches de couleur transparentes, vitragées par la profondeur de l'eau et leur réception de la lumière, et elles verront, l'une une plante tendue sous la surface comme une corde vert bronze se tenant aux racines du courant, et l'autre verra le courant lui-même.

1999

CHAPITRE V

Noctiluca

« Mais nous devons édifier nos murailles,
car ce que nous sommes
Le rend nécessaire, et nous devons construire
Un voilier pour voguer au plus loin d'eux, ici. »

Philip Larkin, 1940

« Les choses et nos actes sont ce qu'ils sont, et leurs conséquences seront ce qu'elles seront : pourquoi devrions-nous donc avoir le désir d'être trompés ? », écrit l'évêque Butler – une phrase sous-estimée – point d'exclamation – une note dans un cahier. « Je commence à comprendre ceux qui ont erré sur la mer » – phrase suivante – Stevenson, Conrad, maintenant moi. « Toujours, il a détesté penser seul (en solitaire), et ce voyage fut particulièrement désagréable » – Michael Ignatieff sur Isaiah Berlin. Car Londres ne finit pas sur une – *joie de vivre ?* – « *veni zichto baruch* » (hebr.) : « que sa mémoire soit une bénédiction à jamais. » « Elle était sauvagement infidèle. Sauvagement. Mais au plus haut point, digne d'être désirée. » Berlin encore, à Londres. « Si elle était du genre à tromper, elle était aussi irrésistiblement (invinciblement) du genre à se faire pardonner », Ignatieff sur la même. « Quand je me suis relevé dans ce désert. » Une douleur sanglante

– un bouton arraché – au-dedans et au-dehors, un feu. « Il craignait d'être celui qui jette de fausses perles à de vrais cochons » – encore Berlin, à Londres. Moi sur Hélène. L'écrivain Sean O'Mordha, encore un – comme Yeats – qui croyait à l'*Anima Mundi* (l'Âme du Monde). « Il y a quelque chose de plus grand que la littérature », écrit Philip Larkin à John Sutton dans une lettre, en 1942. Et, « tu sais, l'art, horriblement, n'a pas raison ». « Même s'il était très fatigué et ressentait une grande nostalgie de l'ordre. »

Je lis. C'est Brenda Maddox sur Yeats. Yeats était amoureux de la très ravissante Iseult Millevoy, mais, quand celle-ci – la donzelle – lui a refusé sa main, il s'est marié aussitôt avec une certaine Georgie, une qui était laide et plus très jeune. Yeats était en butte à sa virilité faiblarde – l'histoire folle de son ménage –, la Georgie mal-aimée lui fait croire qu'un esprit parle par sa voix – c'est-à-dire pas la voix, mais la plume, par une opération d'écriture automatique. Des milliers de pages, des soulignages – parfois Georgie, c'est-à-dire l'esprit qui écrit à travers elle, écrit de droite à gauche, à l'envers. Yeats pose des questions. Elles concernent principalement – les questions – Iseult Millevoy, mais aussi sa mère, une révolutionnaire irlandaise extravagante, Maud Gonne, avec laquelle, après des années – les centaines de lettres de leur correspondance – il a passé quelques jours au lit, entre autres amants (à elle). Et voilà que le génie, c'est Georgie l'épouse, et non pas Maud, et encore moins Iseult. L'esprit qui dicte les réponses aux questions de Yeats lui prescrit la manière de copuler – quand, à quelle heure, combien de fois – avec sa femme Georgie. Comment planter « le soleil dans la lune ». Spirite bouleversé, Yeats recopie soigneusement et obéit avec exaltation. Et même, il bande. Je suis ravi que l'esprit s'appelle Thomas of Dorlowicz, Thomas de Dorlowicz, en polonais Dorlowiczowski. Qui aurait pu imaginer ? « La vérité n'a jamais rendu les gens libres, mais la liberté n'a pas toujours rendu les gens meilleurs » (Isaïah Berlin, à Londres).

Le tunnel. Le train pénètre dans le tunnel. Les notes dans le cahier gris prennent une couleur de soir orange parce que les lumières électriques viennent de s'allumer dans le wagon. L'annonce de l'entrée dans le tunnel a retenti solennellement dans les haut-parleurs, le passage sous la mer reste encore un événement. Cette masse d'eau (sombre) au-dessus de la tête, la pression – la poussée –, le fardeau des eaux sur le béton du tunnel, le sable sous-marin. Le train avance, je le sens au mouvement dans mon corps, on ne voit pas de mouvement par les fenêtres, pas de lampes qui clignotent, le noir renvoie l'intérieur du compartiment, me reflète moi, comme un miroir trouble. « Chacun a besoin d'une recherche (*a quest*) comme prétexte pour vivre», écrit Bruce Chatwin. Le livre qu'il voulait écrire, le dernier (mais il est mort), avait pour titre *Le Prince des Ténèbres est un gentleman*. J'ai découpé dans un journal et collé dans le cahier gris (le tunnel, notes feuilletées) l'information que le roi de Tonga, Taufa'ahau Tupou IV, a nommé l'industriel américain Jesse Dean Bogdonoff bouffon à sa cour. On dirait un roman. Bogdonoff, de Russie, pourquoi industriel, pourquoi un industriel veut-il se faire bouffon ? Le royaume de Tonga, indépendant depuis 1970, se compose de cent soixante-dix îles et atolls. Anciennement appelées îles des Amis, comme l'Angleterre, île des Boffins. Peut-être renferme-t-il des trésors que l'industriel ? Ou l'industriel, j'y pense, est un nain ? Avec une tête énorme, la colonne vertébrale tordue et un humour de pendu ? Il imprime des cartes de visite avec le titre de bouffon, se répand en persiflages aux pieds du roi – le roi pèse deux cent cinquante kilos et il est noir, très noir –, les envoie aux amis – articles dans les journaux –, en réaction, les actions de Bogdanoff grimpent-elles à Wall Street ?

Le géant et le nain. Kant était un nain (un mètre quarante), au corps difforme, déjeté, douloureux (toute sa vie, il a été hypocondriaque), une énorme, énorme tête. Quand il faisait cours, son front seul était visible au-dessus du pupitre. Les étudiants adoraient ses cours. En particulier de géographie. Ce que

Kant pouvait énoncer pendant un cours : que les Nègres sont blancs à la naissance, que le lion est si noble qu'il n'attaque pas les femmes (les femmes, il faut les cogner, les musulmans auraient entièrement raison dans leur répression des femmes si cela ne menait pas à une civilisation homosexuelle de garçons et d'hommes, à un monde de culs secs et sans cons). Qu'aux îles Canaries – Kant – pousse l'Arbre de Vie qui ne pourrit jamais – j'y suis allé, il pourrit –, que les Noirs en Amérique adorent manger de la viande de chien – pas les Noirs, les Jaunes, pas en Amérique, en Chine, et qu'est-ce que ça peut faire ? Kant professait cela le plus sérieusement du monde, mais, dans le quotidien, il était un homme gai. Il avait le sens de l'humour, il rigolait. Il avait de quoi. Il se mettait au lit avec un bonnet de nuit l'été, deux l'hiver. Jamais avec des femmes. Il retenait ses bas avec un système intelligent constitué de ficelles passées dans des trous exprès dans les poches, accrochées – dans ces mêmes poches – à deux petites boîtes contenant des petits ressorts. Deux bas, il avait deux jambes. Lui (Kant), respirait exclusivement par le nez, ce qui signifie que printemps, hiver et automne, il ne pouvait dehors adresser la parole à personne. Mais il faisait une promenade chaque jour, même s'il n'a jamais vu la mer. Il ne s'est jamais éloigné d'un kilomètre de sa ville natale de Koenigsberg. Il ne supportait pas en particulier les philosophes français, tel La Mettrie, auteur d'un traité de l'asthme et de la dysenterie. La Mettrie signait une partie de ses œuvres du pseudonyme chinois de Docteur Ium-Ho-Ham. Dans la biographie de Bruce Chatwin, écrite par un certain Nicolas Shakespeare, j'ai lu que le philosophe chinois Wu Chang Fu définissait le génie comme « la peur du vide ».

La peur du vide a poussé Chatwin tout au long de sa courte biographie. Pédérastes – vacuité de boyau anal – selles – merde – Proust – trou du cul – trou de tombe, sexe, autrement dit, mort, au milieu de traques, traques stériles d'œuvres d'art, de garçons. J'ai mal au côté. Les côtes cassées se sont ressoudées avec difficulté, je sens des excroissances sur les os juste sous la peau. J'ai parfois du mal à respirer. Je m'assois mieux, je redresse le dos, je regarde la fenêtre, pas le cahier. Hume était un géant. Jovial, le visage cramoisi, corpulent, il voyageait. Il était exquis. À Paris, il a eu une aventure avec la marquise de Boufflers – celle-ci était ravissante et avait eu une enfant du roi, ou du régent (cette enfant, une fille, est tombé amoureuse du génie de la poésie française, de ce snob faux-monnayeur de Chateaubriand – il est resté après lui la pièce de filet de bœuf bardée de lard –, et elle a eu – la mère – une aventure avec le chevalier de Boufflers, gouverneur (par besoin d'argent) de l'île de Gorée d'où l'on expédiait les esclaves noirs, attrapés sur le continent africain, enchaînés pour l'Amérique). Les *signares* – les maîtresses mulâtres des Blancs sur l'île de Gorée – géraient ce commerce – les blancs faisaient semblant ne rien voir mais raflaient les profits – c'est sur Gorée que les esclaves et les signares ont inventé la religion de la nuit vaudoue, qui s'est transportée en Haïti – encore une religion de la mort et de la peur et de l'acceptation (les religions sont là pour ça – j'ai lu ça dans un livre de Zulawski, *Jonas*). Humes a imaginé que rien n'existe qui ne soit vérifiable par notre expérience. Il a conduit la philosophie au scepticisme extrême – il était écossais, le climat là-bas est épouvantable (grise humidité sombre d'un glacial Edimbourg). La philosophie a rebondi et elle est repartie à neuf grâce à (oui) Kant, qui s'est radicalement, radicalement opposé – lucide – en expliquant (alambiqué) que l'expérience n'est possible que grâce à ce qui lui – nous – est extérieur (la vérité *a priori*) – donc métaphysique – et s'exprime donc (l'expérience) en concepts dont la formulation même est infirme, comme la colonne vertébrale de Kant, pitoyable et tordue.

Autant dire, entre l'un et l'autre (Hume et Kant), une césure, une pause, une interruption, un abîme, une suspension. Mon père a écrit un récit sur un raté (ses héros étaient des ratés, tels que lui-même se comprenait et s'aimait) qui traverse l'Atlantique en bateau, et rencontre là quelqu'un (une femme), et à minuit le temps est suspendu une seconde parce que passe l'équinoxe – le bateau avance –, il faut attendre une seconde hors du temps pour re-régler la montre sur le temps. Cette seconde, cette biographie, sont la substance, dans le bonheur ô combien court du non-temps. Dans la décadence du non-temps, auto-complaisante et fumeuse, amère comme la fumée d'une cigarette. Les dernières paroles de Kant sur son lit de mort furent « *ist gut* ». J'ai collectionné un temps ce genre de dernières paroles. Une telle, ouvrant un œil dans son agonie, a demandé : « Et c'est quoi, ça ? » La marquise de Vercellis, maîtresse de ce fou de Rousseau, a pété sur son lit de mort et dit en pétant : « Tant qu'on pète, on n'est pas mort », sur quoi elle est morte. Kant se plongeait avec bonheur dans Rousseau, qui lui était si contraire. « L'homme n'est pas Dieu mais diable », écrit-il. Dans *La Critique de la Raison pratique*, il affirme qu'il est « étonnant que des gens intelligents aient imaginé de déclarer le bonheur, droit pratique universel ». Lui pourtant – Kant – adorait regarder les oiseaux. Il les attendait au printemps avec impatience. Dans les huit cents pages de *La Critique de la Raison pratique*, il n'y a pas une seule tentative de prouver l'existence de Dieu. Car c'est impossible. En revanche, lui – Kant – envoyait chaque mois son valet chez le chef de la police (à Koenigsberg), chercher les dernières statistiques de mortalité, à partir de quoi il calculait le nombre d'années qu'il allait vivre lui-même. La constipation, il en était persuadé, obscurcit le cerveau et raccourcit la vie, raison pour laquelle il chiait abondamment. « Agir en conformité avec le principe que tu voudrais en même temps voir érigé en règle universelle. » Oh oui, oh oui, et comment. C'est une meilleure phrase que celle du ciel étoilé au-dessus de ta tête et de la règle morale dans le fond de ton cœur – dont la contemplation – crainte et tremblement, salut. Je me suis particulièrement arrêté à l'année que Hume a passée sur un poste de précepteur (*tutor*) du marquis Annendale, un fou clinique. Écrire sur cette année-là, plutôt que sur la césure Hume/Kant, qui serait intéressé ? Oui, et puis passer un examen – un examen – un examen de navigation.

Non, ce n'est pas fini avec Londres. À Londres, j'ai découvert – avec retard – que paraissait depuis vingt et quelques années (ça sort, ça rentre) une série de romans de marine d'un certain O'Brian, qui ne s'appelle pas du tout O'Brian mais Richard Patrick Russ, sur les aventures du capitaine de la marine de guerre anglaise, Jack Aubry, et de son fidèle compagnon, chirurgien de la marine, pâle et sombre, botaniste et encyclopédiste (l'histoire commence dans les premières années napoléoniennes du XIXe siècle), Stefan Maturin. Quand j'étais allongé dans le désert avec les côtes cassées (Joshua Tree Desert) – les éclats du mica me paralysant les yeux (des particules quartziques de sable comme du sucre cristal) j'ai retourné dans ma cervelle une phrase de O'Brian dans le premier livre que j'ai acheté (*Le Maître et le Donneur d'ordres*) : « Un vaisseau de guerre est la chose la plus appropriée pour un philosophe, surtout sur la mer Méditerranée ; là, il y a des oiseaux, des poissons – je peux vous promettre d'étranges monstres marins –, des phénomènes naturels, des météores, des fortunes faites sur un butin de rapine. » La rapine, c'est un vaisseau ennemi conquis en piraterie, des marins sabre entre les dents, des salves à bout portant sur les bordages en bois, des blessés qu'on jette à la mer, des incendies, une vierge (la fille) dans la cabine du capitaine. Puis je me suis mis à acheter des cassettes vidéo de films sur les sous-marins, des films anglais de l'immédiat après-guerre, mais aussi américains en Technicolor. Dans la phrase de O'Brian, je n'ai pas réussi à traduire le mot *chance, the chance of prize-money*. Hasard, espoir, fortune, aléa : le problème du mot *chance* était déjà là pour les traducteurs de Joseph Conrad. *Chance* – le bonheur, le hasard aveugle. C'est comme ça.

J'ai mis longtemps à me relever de ces graves et de ces graviers. La douleur était difficile à supporter, mais moi hébété aussi, abasourdi, toujours sous le choc. Il vient de me revenir maintenant que, lorsque j'étais consultant pour un film dans un désert de Mongolie (Gobi), Krystina Janda (l'actrice) a massacré avec une limousine américaine antédiluvienne la caméra – sur chariot et sur rails – son pied avait glissé sur la pédale, talon haut, maquillage, chapeau sur l'œil gauche – l'assistant à la caméra (celui qui mesurait les distances et réglait la mise au point) qui marchait entre la voiture et le chariot en mouvement s'est envolé avec un cri perçant – corpulent qu'il était, il volait – projeté par la voiture – chromes, feux, calandre – l'assistant était roux et chauve – puis il est retombé, une hanche fêlée mais non cassée – l'os fendu d'une longue fissure – parce qu'il portait dans la poche de son pantalon une petite boîte de bonbons mongols, en métal – nous tous qui étions sur le chariot avons volé de plusieurs mètres – et Janda est sortie de la voiture et elle est partie droit devant elle sur ses talons, chapeautée, maquillée. Mongolie, Chine – moi pareil dans le désert américain de Joshua Tree plein d'arbres de Joshua tortillés comme des orangs-outangs, roux eux aussi, j'ai été sauvé par la clef de la maison – du bungalow – que Hélène (non, pas Danièle, Hélène, la femme idéale de Koestler n'était aucune sorte de Danièle – Danièle, c'était d'après Rudnicki – Danièle nue – mais Hélène, comme Hélène de Troie, et je me souviens adolescent, comme j'aimais l'actrice qui jouait Hélène avec Jacques Servas lequel jouait un Pâris décoloré qui louchait – je l'ai revu plus tard dans *La Dolce Vita* de Fellini, putrescent déjà – la belle actrice italienne Rosanna Podesta aux lèvres pulpeuses, gonflées comme si on l'avait mordue – elle a épousé un millionnaire – il l'a enfermée – elle a disparu dans la maison que Hélène avait louée pour faire semblant de faire carrière à Hollywood, pour avoir où faire *ça* avec son amant – « et où voudrais-tu que nous fassions ça », elle dit haineusement en écartant les bras, maintenant que j'ai compris – je ne comprends toujours pas maintenant.

Que comprenais-je ? La table ferroviaire devant moi sépare les fauteuils, je suis assis dos à la marche, mais dans le tunnel c'est sans importance, mon derrière sent le mouvement, peut-être, mais le regard non, dans le tunnel on est pris par le tunnel. Cette table se plie – s'ouvre – en trois, c'est-à-dire que l'étroite partie centrale est fixe, et que les deux tablettes cerclées de métal rabattues par-dessus se déplient chacune vers la rangée opposée. Le tout est brunâtre, l'intérieur du train est peu esthétique, le train s'appelle l'*Eurostar*, Hélène est – était – une star – sauf que je ne sais où ni quand, maintenant je ne sais même pas si elle est vivante. Moi, je suis vivant, j'ai survécu à l'hémorragie – mon adversaire m'a fait les poches alors que j'étais allongé, couvert de sang, sur cet éboulement bleu cyanure, glacial sous le soleil brûlant, il a tiré les clefs, pour lui j'étais mort, la balle s'était logée dans les clefs et la plaque ovale avec le numéro de la maison attachée aux clefs, il ne les a pas emportées, pourquoi les aurait-il emportées, il avait les siennes, et de toute façon, elle le laissait entrer, il a emporté mon pistolet dans un soudain réflexe de peur stupide, toute l'affaire était érotique, désir et convoitise, tout est affaire de convoitise, Kant désirait qui, lui l'acquéreur d'un des quatre ensembles de l'*Arcana Coelestia* de Swedenborg qui ont été vendus – huit volumes, quatre ensembles en vingt ans vendus en librairie – et qu'aillent se faire voir les marchands visqueux de marchandise torchée – d'écrivains – de plumitifs vendables –, et certainement il souffrait en attendant au printemps les oiseaux ?

Oui, j'enseignais la philosophie, et alors ? Mon vieil ami philosophe à Londres – c'est chez lui que je vais – s'est contenté de railler son propre enseignement, alors même qu'il ne pouvait y renoncer – il faut bien vivre de quelque chose – pour aller où ? J'ai été consultant pour des films – cela sonne comme un non-sens – deux miroirs, non les deux miroirs de la vulgarité humaine – tout est vulgaire absolument, sauf la nature – et, dans le désert, j'ai compris – on peut se traîner dans le désert, par exemple en suivant les traces de pneus de l'homme qui vient de vous tuer, qui a voulu vous tuer – de l'homme vis-à-vis de qui votre femme n'a aucune retenue, pas la moindre résistance ou gêne, au contraire, avec qui elle est – elle l'a dit – je me l'imagine – une chienne – la peine de se traîner, de saigner, de cette douleur – les pieds heurtant l'étrangeté de la pierre – ma première femme a jeté hors de la maison toutes les pierres que j'avais ramassées dans des déserts – Gobi – car – au moment où – elle m'a trompé – réfléchis – donc, dans le désert vide, j'ai eu l'idée lumineuse que ce que je ne comprends pas, ce qui me fait défaut, dont j'ai la nostalgie et désire comme de l'air, et un tapis, et un rien et le désincarné et l'infini, c'est la mer.

La mer est plutôt étrangère à notre nation, à notre langue – étrangère surtout à notre imagination – Mickiewicz : « Je voguais sur l'immensité sèche d'un océan » – la pérégrination de Conrad, de Sibérie si peu marine par l'entonnoir de Cracovie, la steppe ukrainienne où était le domaine familiale, sèche même lorsque humide, jusqu'à l'étrangeté des mers, lui l'étranger, étranger comme *L'Étranger* de Camus, comment, ben comme ça, parce que c'est la même chose ? Je me suis gavé de lectures, je me suis rempli les yeux, j'ai vu la mer d'en haut, de la côte, jamais de la surface, je n'ai jamais mis le pied sur la surface de la mer, je n'ai jamais pensé sur mer. Mon cahier de notes gris est sur un siège du train, ouvert à une page à moitié blanche. En haut est écrit le nom d'une starlette que l'on dit envoûtante (c'est-à-dire sans pudeur), sexuelle (c'est-à-dire pute), elle s'appelle Pénélope Crusoë, Pénélope attend Ulysse qui vogue sur les mers (et baise les sirènes), la Toison d'or – plus bas, deux mots : *Nazi metaphysics*, plus bas – sur le côté : « Le barbelé et son histoire » (car le fil de fer barbelé a changé l'image du monde, deux inventeurs se sont disputé en Amérique les profits colossaux du brevet) – plus loin : « France/Angleterre, semblables au XIXe siècle – il y a un certain temps, quand je pensais encore – ce que je pensais – que l'on peut construire – collages – liberté – mariage – qui a dit qu'un écrivain de premier ordre est celui qui s'attaque à quelque chose d'infaisable – écrire – à l'impossible ?

Dans le wagon, il fait chaud parce que, a) nous sommes comme dans une mine, sous la mer, b) la climatisation est réglée chichement, c) à la surface, c'est l'été. Cet été, j'ai fait un tour par Paris – puisque j'étais éjecté de mon couple prolétarien étouffant – muant dans la peau (des peaux) d'un serpent – « ah ! enfin te revoilà beau », dit la propriétaire de la boutique Perluti d'une voix hystérique étranglée, elle levait les yeux d'une peau de crocodile – « je l'ai récurée et frottée toute la nuit pour la blanchir » – une peau boursouflée d'ex-crocodile, immatériellement blanche comme une peau d'albinos – où restaient des trous, soit de balles de fusil ou percés dans la cuve par la petite Perluti plus très jeune – nez recourbé, gorge serrée par l'excitation – elle l'avait énergiquement frottée. Des protubérances blanches, tumescentes, délicates, là où sur le crocodile vivant il y avait eu des écailles spécialement cuirassées, bronze noir, verdâtres – rien à comprendre ni de compréhensif dans un œil de crocodile – affreuse machine à manger triste, à étrangler sous l'eau, à engranger des cadavres qui se désagrègent entre des racines d'arbres à fleur d'eau herbeuse et saumâtre – Perluti. Ce sont des chaussures Perluti qui ont fait tomber le ministre français de la Justice, sa maîtresse lui avait acheté des chaussures sur de l'argent public, scandale, le scandale a atteint des cercles de plus en plus larges, escrocs et fripouilles s'engraissaient sur l'argent de l'État, la puissance – les bulles du pouvoir – leur montaient à la tête, leurs maîtresses disposaient d'hélicoptères, elles plantaient des arbres par milliers dans des possessions détrempées qu'elles ne visitaient jamais. Quant à l'Afrique, ils y entretenaient à coups de bakchichs des dictateurs cannibales qui les bombardaient bouffons – le président Giscard bénéficiaire des cadeaux diamantaires de l'empereur Bokassa – empire de mort et d'ordures, et de poussière, et de sang de poule sous la canicule. « Ta faible poitrine te protégera », écrit Adolf Rudnicki, qui avait en lui un génie – il l'était – il avait peur du vide – je me souviens que Tadeusz Konwicki m'a dit à une table de café, il avait traversé le mur – la barrière – du son, dans l'écriture évidemment, car il avait écrit quelque chose qui l'avait surpris lui-même par son irréalité, un mur du son, il s'en vantait, comme en avance d'un pas en direction du Nobel, comme si c'était fait, un mur du son, même s'il n'y avait pas de génie en lui et même s'il n'avait pas peur du vide – Konwicki était le vide, l'histoire est un vide, les biographies historiques – les seules que nous ayions, nous Polonais – sont un vide, un vide stérile humide, grumeleux, et une pierre à ronger avec les dents.

Le vagabondage peut être une réponse – une des réponses – un recours – pour ne pas devenir un vide – l'errance au désert (dans le désert sans fin, j'ai erré, orphelin, écrit l'adolescent Stefan Zeromski de sa province humide cléricale perdue) – l'errance de salons, de conquêtes, d'érotisme, d'argent, de femmes riches – décolletés opulents, rivières de diamants brillants, valorisées sur des poitrines avantageuses – appartements élégants où haleter entre les draps où elles se barbouillent de sperme, hystériques, seins pointés comme des meules, batailles de bas-ventres – ou sous le lavabo, retournées, étripées, déculées, anus déployés comme des sexes mouillés ouverts – ongles brillants dans leur petite carapace rouge – laque – s'enfonçant dans l'anus, écartant les lèvres, aux doigts le diamant – cendre – de la princesse – je pensais à ce ministre Dumas (descendant d'Alexandre) chez Perluti – au scandale du ministre et à l'acharnement de madame la juge, la rancune sadique d'une juge convaincue de sa culpabilité et d'avoir moralement raison, de la volonté puritaine d'humilier – je devais en faire un film que j'ai refusé – je me suis traîné – je me suis relevé de ce désert – je ne me souviens pas – il y avait autant de taches sombres – des vautours dans l'azur – que de jaillissements d'éclats solaires, de sang sous les ongles, curieux que des côtes cassées empêchent de marcher – de respirer, je comprends encore – une serre de vautour qui ferre le poumon à chaque pas et coupe le souffle – un clou – je peux dire que dans la poussière, la poussière sèche, le fumier de ce désert, c'est un Indien qui m'a sauvé.

Donc un Mexicain – un paysan mexicain sans terre, un Indien sans plumes, sans travail, sec et vieux – usé – l'épave rouillée à fond de sa voiture, inusable – une clôture – peut-on appeler ça une cour de ferme, un jour Esteban – l'Indien – avait été mécanicien – de marine, pendant la guerre, dans la soute – montant rarement sur le pont – paluches noires de cambouis, un chiffon blanc, le ciel étoilé au-dessus de lui dégoûtant de sueur – puis mécano – puis rien – sa femme l'avait – comme tout un chacun – abandonné – des enfants – je ne sais quels enfants qui s'en étaient allés – il était resté seul, exprès dans le désert d'où il était – au bord du désert, au bord de la bourgade de Joshua Tree où trônaient – dominaient – en bordure de l'autoroute des cous et petites têtes de dinosaures. On pouvait pénétrer à l'intérieur de chaque dinosaure, grimper le long du cou, regarder par les yeux comme par des fenêtres, ovales – un dinosaure, peut-être un tyrannosaure aux dents féroces et aux petites pattes avant rachitiques, des pattes quasi féminines, à décortiquer des fruits, à lever un petit verre, de vraies petites menottes à la femme de Brandys (M.), à faciès énorme de tyrannosaure – les tyrannosaures ne prononçaient pas les « r », mais grasseyaient comme elle, quelque chose comme un *chch*, *tychannosauch*, *pchochtituée*, *pétache*, *poitchine* – on avait une entrée gratuite dans le dinosaure si on consommait un hamburger spongieux de chez McDonald's – frit à la margarine – le palais en cloque brûlant – une nourriture pas seulement répugnante pour ça, mais parce que tout aux USA, de la viande même des tyrannosaures boursouflés et sanguinolents, jusqu'aux pommes de terre gonflées à la chimie, et les amants de Hollywood, tout est une insulte.

Il ne voulait pas me conduire chez un médecin, parce qu'un médecin signifiait la police, et que la police n'est pas bienveillante aux miséreux – aux vagabonds – même errant immobiles sous le ciel vide – il avait des yeux bleus qui n'étaient pas d'un Indien, et une peau d'Indien hachurée en large et en travers, des rides profondes et bleuies sur un filet brunâtre de cicatrices, et il portait une chemise en lambeaux, encore que propre, déteinte et reprisée – et, à vrai dire, il ne parlait pas – rien à dire – il s'agissait d'une femme, je dis – pas d'argent, ni de rapine ni de voiture ni de narcotique – « votre femme ? », il a demandé – et quand j'ai hoché la tête, il a hoché la tête. Il n'avait pas un cheveu gris dans le bleu – marin – noir de la tignasse huileuse de sa tête fine

– comme si ces choses allaient, étaient allées de soi, pourquoi les malheureux voudraient-ils être trompés ? Il m'a cédé le grabat de sa femme, joliment recouvert – un patchwork – de triangles et de motifs multicolores de mandalas – des doigts, j'ai senti les délicats losanges de duvet – je les touchais la nuit, il dormait sans bruit dans l'autre lit sous l'autre fenêtre, le souffle froid du désert affluait par les deux fenêtres, pierreux et vigilant, plein d'une vie en train de se chercher, et de la pulsion de la canicule qui se dissipait de la surface des sables, moi je gonflais et dégonflais, et je me mouillais, je mouillais les draps, et je ne pleurais pas, c'étaient des larmes qui coulaient d'elles-mêmes.

S'accrochant au bord du désert. Il m'avait donné le pistolet, nickelé et brillant, avec beaucoup de gravité, car il s'y connaissait en épaves, et en vagabonds, et il avait renoncé à peu près à tout, bien que vivant tout à fait sans argent, Esteban Sanchez, en pensée j'ai ajouté : Vicario, comme cette joueuse de tennis minable en Europe, mais ici le tennis n'était pas populaire, dans cette pièce unique en planches couvertes de contreplaqué et en tôle ondulée, le téléviseur dans le coin n'était jamais débranché, mais il ne transmettait pas de son, pas de musique ni de bruit, le téléviseur muet clignotait et crissait sans bruit, les images sautillaient sur les murs, la nuit aussi sur le plafond, et quand la machine à laver est tombée en panne, Esteban en a apporté une autre – tout aussi usagée – il suffisait d'aller à la décharge de ces richesses inutiles et de la prendre – il recevait de l'État des tickets de nourriture qui ressemblaient à des timbres – nous allions chez les missionaires protestants pour changer de l'Armée du Salut, et à la paroisse catholique – ils se battaient pour les âmes des pauvres en attaquant leur seul point faible, le seul non ossifié ou comprimé par l'alcool et non pourri par des pathologies sexuelles – cerveaux transformés en outres de cuir pleines de débris – de détails – le cerveau brisé en détails – au ventre, et puis j'ai pris congé. Il ne m'a pas volé, pas plus qu'il n'avait besoin de moi, de la façon la plus simple, de la façon la plus torve – il fallait – il attendait que sa femme apparaisse à la télévision, sous forme de cadavre assassiné ou de star de films tex-mex, ou de témoin de l'explosion d'un quelconque volcan, ou tout simplement qu'elle apparaisse et dise – à l'image mais sans le son – « je t'aime, et je reviens ».

J'avais une carte de crédit – Visa Gold – mais je ne savais pas exactement combien il y avait sur le compte, je suis donc parti – je me suis approché – jusqu'à la maison que Hélène louait prétendument pour nous, mais en vérité pour la commodité de son amant – et je regardais son dos à travers la vitre du soir reflétant comme une vitre de train dans un tunnel – son dos – blanc – et la tête – sombre, immobile sur le canapé en face du téléphone. La télévision dans le coin ne filait pas d'images, le silence était total, le téléphone ne sonnait pas, puis – la nuit pourpre noir était tombée – il a sonné une fois, brièvement, et elle a dit brièvement quelque chose dans le combiné, elle s'est levée, elle est sortie, elle est partie dans la Jeep Cherokee blanche qu'elle avait achetée pour aller là où il ne fallait pas, et revenir pour quoi – pour rien – pourquoi vivons-nous ? Pourquoi la vie, la vie donne si peu, c'est pour ça qu'on écrit, pour compléter, coller, construire, couvrir de poudre d'or l'absence de désir et le non-sexe, car, dans la vie, seul le sexe va au fond, « le sexe est une folie », écrivait déjà fou – *hypomania* – et mourant du sida, Bruce Chatwin qu'on appela tout au long de sa jeunesse « le garçon d'or » – boucles d'or, visage d'enfant, une tête immense – embroché maintenant comme un petit coq sur un sabre ennemi, quelques rares mèches collées par la sueur, l'effroi – l'horreur – dans les yeux, la peau tendue sur les os et douloureuse, craquant comme une croute de lune purulente d'abcès volcaniques. Ted Lucie-Smith – le critique – a dit de lui : « Bruce était un voleur de grand chemin intellectuel. Il n'avait pas de respect pour la propriété intellectuelle ».

« Chaque écrivain est un scélérat », disait Bruce Chatwin. « Tout l'art consiste à commettre ses vols de la manière aussi invisible que possible. » Où un écrivain polonais pourrait-il aller chaparder ? De quelle misère biographique, quel mensonge à soi-même, quel manque d'information, de quelle platitude de ce qui arrive aux gens ? Le pittoresque polonais est depuis longtemps fini, peut-être n'a-t-il jamais existé, et nous aurions vu le panache et nos costumes à la turque et l'ivrognerie et l'argent et la Sibérie et les prisons russes et Auschwitz pour du haut en couleur ? Le cousin de la mère de Chatwin, le fils du vicaire de Birmingham, après le fouet – pour un mensonge – le vicaire l'avait battu – s'est réfugié sur la mer à l'âge de douze ans. Il a passé le cap Horn – la Corne de l'Amérique – quarante fois – en 1848 – il s'est brisé sur les rochers – son premier voyage comme capitaine. Congédié par l'armateur, il a créé en Patagonie un chantier pour réparer les bateaux, ce pour quoi on l'a nommé consul britannique. Il collectionnait les parures indiennes – les Blancs avaient efficacement massacré les Indiens – « les objets, écrit Chatwin, remplacent les sentiments », lui qui toute sa vie a voulu ne rien posséder, vagabonder avec son sac à dos et ses varices, a fini par devenir un maniaque de la collection, payant des sommes astronomiques pour des statuettes et des gravures, un fragment de calligraphie arabe, une scupture inuit – sa femme les retournait aux magasins avec des excuses. Le père de Chatwin commandait un bateau de guerre – la deuxième mondiale – « mon père est toujours en train de partir », écrit Chatwin la fois, la seule fois où il a éclaté en sanglots. Taches de larmes malades et adultes, donc vides, sur la feuille. Un cœur qui cède sous la pression, pourquoi souffrons-nous tant, si abondamment, sentimentalement – lui qui, jamais dans sa prose – quatre livres – n'a jamais fait montre de sentiments – a craqué – dans un train en Inde – « maintenant ému aux larmes, une des rares fois de ma vie » – car il venait de perdre son amant. Les Anglais sont naturellement sur mer, la mer est pour leurs pas un plancher large – l'Angleterre est exiguë, étroite, les gens s'y pressent et s'y querellent avec hargne – « un cercueil vert », écrit Chatwin, puis il voyagea.

Sur le vagabondage. Le nomadisme, l'errance, il projetait un premier livre. Cinq cents pages. Sans queue ni tête. Les chasseurs divaguent à leur manière, parce qu'ils ne *divaguent* pas, et d'une autre les bergers, d'une autre les intellectuels. Stevenson, Rimbaud – Rimbaud en Afrique, sur la fin de sa vie, une ceinture pleine d'or trafiqué autour de son petit ventre gras, demandait : « Qu'est-ce que je fais ici ? » – titre du dernier livre de Chatwin. T.E. Lawrence, D.H. Lawrence, Malraux – un jour que Malraux guidait Khroutchev – il y a eu un type comme ça – dans Versailles restauré, il lui montre le parquet de la galerie des Glaces, et Khroutchev dit à de Gaulle – le général, président de la France – qu'à Moscou il avait le même, mais incrusté d'ébène – de Gaulle se retourne vers Malraux et dit : « Ce type commence à m'agacer. » Malraux à Chatwin dans une interview. Quoi encore ? Les Polonais ne sortent pas en mer, les Polonais moisissent dans un sèchement humide, Beniowski est une bizarrerie, Madagascar c'est bon pour une opérette, c'est sur le tard – bien tard – de ma vie que j'ai découvert avoir en moi la mer, que par sa seule immensité, la mer, par la seule étendue de sa présence – blanche, d'acier, grise, céladon, saphir, jaune – est toute-puissante, autrement dit naturelle, plus naturelle que la terre ferme. J'ai quand même fait de mon mieux. Après l'école secondaire, Chatwin s'est retrouvé à la galerie des antiquités de Sotheby's – aux ventes aux enchères – où il a fait connaissance de tout le monde, et où il s'est fait enfiler par tout le monde – le mignon. Je me souviens de l'inquiétude de Jerzy Andrzejewski venant regarder ma gueule cassée, ma bouche fendue jusqu'au menton – après une bagarre au Bristol – haut lieu du hooliganisme communiste de Varsovie – vérifier si j'avais perdu ma beauté. Son expression, une inquiétude véritable, le soulagement. Comme si j'avais été une pédale. Le soulagement dans son regard – il vivait avec un aspirant metteur en scène, Romuald Skok, qui ressemblait un peu à Chatwin – astuce, intelligence, mais pas assez de talent.

Le talent, l'initiation, le – le quoi – la vérité – doivent se gagner, se mériter. On doit, on ne doit pas, j'aurais pu mourir stérile et frivole, des incapables assiégeaient les trônes, des incapables et des impudents maquillés en modestes, pourquoi ? « Il n'aurait pas fallu m'envoyer à Londres à dix-huit ans », écrit Chatwin à sa mère. Son mentor, John Ricketts, était fasciné par les tableaux du peintre Richard Dadd qui avait démoli son père à coups de hache dans un compartiment de chemin de fer, croyant démolir le diable. XIXe siècle. Les petits tableaux de Dadd, petits formats, une précision au rasoir – sans ombres – une surprécision surprécise – des centaines de personnages sous des feuilles de bardane, des créatures, des monstres et des personnages aux visages disproportionnés, des petits bouts de femmes, une épaisseur de broussailles comme une jungle, des brins anglais d'herbe, des traits et des yeux comme de porcelaine, grands ouverts, plutôt écarquillés, de grenouilles, des costumes comme chez Dickens – peints dans un hôpital de fous – j'ai montré à Hélène – la meilleure à la Tate Gallery – la meilleure peinture anglaise des préraphaélites, à ce qu'on dit, contraire au goût, Jeune Pologne, d'une grande précision – Ophélie descend le courant sur le dos, les yeux ouverts, sa robe comme une queue de paon, le courant disparaît dans une verdure silencieuse et fermée – des enfants avançant à reculons dans le jardin avec des lanternes en papier, car la nuit arrive.

Il y a un mot allemand pour dire que tout est lié à tout, les Allemands – les philosophes – ont des mots pour tout – certains artistes se révoltent contre les droits étriqués de l'existence et veulent – détramer – l'art le plus difficile, celui de ne pas clore – oui mais – oui mais, ce jour-là après la Tate Gallery, nous sommes allés dans l'opulente Burlington Arcade – un passage comme ça – et j'ai acheté là pour 140 livres un stylo Parker des années soixante qui n'est plus fabriqué depuis cette époque, celui-là même que j'utilisais pendant mes études – quand j'étudiais – j'ai oublié – la philosophie – d'où je suis tout de suite parti vers le cinéma, le monde du film – le film – lien, un lien vidasse et lâche entre l'irréalité de l'existence et la réalité de la représentation – comme on voudra – ou le contraire – fiction en défense contre la laideur de la Pologne et des Polonais – la plus proche de l'errance, puisque les frontières étaient bouclées policièrement – des chiens en laisse sous les wagons, à renifler. Chatwin n'a jamais corrigé – arrangé – son livre sur l'errance – il était non correctible puisque théorique – il en a écrit d'autres, sur la même chose. Du monde des richards les plus répugnants – de pédérastes et d'esthètes – Pitt-Rivers, le *père* de l'archéologie contemporaine, « insensible à la mort de sa fille pendant son voyage de noces – elle avait été frappée par la foudre – il a gardé ses émotions pour les boomerangs égyptiens ». C'est de ça que, transformé déjà, retourné, Chatwin, qui faisait une carrière étourdissante – il devait devenir un des directeurs de Sotheby's – parmi ces vieillards – il s'est enfui – du monde sinistre de l'art, c'est-à-dire des objets – un dandy – vêtu de jaune, poussant des cris – son logement peint en bleu pigeon, des poutres bleues azur – encadrement gris des portes – un tableau en plumes, époque des Incas, un cadeau de mariage, puisqu'il s'était marié. À Edimbourg, il s'est efforcé d'étudier l'archéologie – c'est d'Edimbourg, où ses ancêtres avaient construit les phares, que Stevenson avait fui – « que rien d'artistique ne barre ta route », dit à Chatwin cette vieille pédale de Noël Coward – Coward veut dire « couard » – une autre vieille pédale, Cyril Connoly, lui a demandé : « Et par quel aspect de la vérité êtes-vous particulièrement intéressé ? » Puisqu'il est question d'écrivains, la meilleure définition – la plus concise – de Hemingway a été donnée à Chatwin par Malraux : « Un fou qui a la folie de la simplicité. »

Je lève les yeux – je suis habillé de blanc – je voyage en été – je me reflète en blanc dans le semi-miroir de la fenêtre comme un fantôme – le compartiment est vide – c'est-à-dire que ce ne sont pas des compartiments, le wagon est coupé en long par un passage, une sorte de couloir, mais en travers, par des banquettes face à face, comme des personnages quand je regarde au loin – devant moi – je vois des cheveux ou des profils – blancs – tournés sur eux-mêmes contre les dossiers. De gros enfants japonais – je crois – encore plus loin – une sortie de classe – une langue claquante et raboteuse, toujours les mêmes syllabes – les uns dorment – des jambes qui dépassent – les autres ont des téléphones portables à l'oreille – des enfants riches – quelle laideur – une guide roussâtre pâle, fripée, qui étudie – superficiellement – je vois – quelle vie – des listes, un itinéraire – sûrement une Écossaise, d'après le teint – en nage – ces enfants turbulents, obèses, de toute évidence ignorant où ils sont, où ils vont – Chatwin quitte Edimbourg et prend un emploi de journaliste – à l'hebdomadaire *Sunday Times*, où – à l'époque – les photos sont bonnes, mais pas les textes. Il voyage – déjà dans la période Sotheby's, trois séjours en Afghanistan – la Bohême comme archéologue – maintenant le monde – mais toujours au-dessus des mers, vers la montagne et le désert, jamais sur l'eau – partout des aventures homosexuelles – des viols – des soldats – des miséreux – Chatwin ensanglanté, une nuit dans un port argentin, vu comme un certain Gombrowicz – « Il n'était pas suffisamment intéressé par les gens pour avoir un véritable rapport sexuel », dit de lui Tadeusz Dieusaitquoi, l'époux de Loulou de la Falaise, l'égérie de Yves Saint-Laurent – ces noms – ce snobisme – je les connais tous. Pourquoi parler de lui ? Tandem Hume-Kant, tandem Chatwin-Larkin. Ils ne se sont jamais vus. Le vagabond et le rongeur sédentaire. Chatwin est parti brigander en Patagonie, Larkin était bibliothécaire. Les grandes femmes africaines – Chatwin – les petites bibliothécaires

– Larkin. « Il ne savait jamais où il avait à être. Ce devait toujours être ailleurs » – son ami Kasmin sur Chatwin. « Une maison ne m'est nécessaire que si elle se trouve là où je peux écrire. » Mais – voici la clef – un proche de hasard a dit de Chatwin qu'il était de ceux qui possèdent les clefs du monde. « Chaque fois que je vois dans un champ une bicoque à une fenêtre, écrit David Schulzberger, je pense que c'est une maison de type chatwinien. » Il aimait sa femme et la voyait rarement – *hurtful neglect* – négligence préjudiciable – « elle a développé son dévouement pour lui jusqu'à l'extravagance », écrit Chatwin de l'héroïne de son livre *Sur la colline noire*. C'était sur elle. « Personne ne peut vagabonder sans base », écrit-il en 1984. « Pas nécessairement là où on est né ou a été élevé. Elle est là où tu t'identifies à ce vers quoi tu reviens toujours. » Dont l'image est la pierre appelée *djuringa*. Chatwin avait trouvé en Australie la sienne, sur quoi il a écrit son meilleur livre, *The Songlines*, « les lignes de chant », pistes féeriques qui traversent le monde, empruntées par les indigènes qui chantent le déroulement de tout, le passé mythique comme la durée du présent, le monde divin des sens et des destins, qui n'existerait pas si on ne le chantait pas.

Et ici, je te tiens. Pour ça que j'écris. Chatwin a dit que les livres servaient soit au plaisir, soit à être pillés. Pour lui, il s'agissait de livres de Mandelstam,

Hemingway, Tchékhov, Rimbaud, Flaubert. Les *djuringas* sont des pierres noires, ovales, un dessin gravé y représente l'âme du propriétaire et son droit à la terre. Elles sont enveloppées dans une feuille ou une écorce, et portées en permanence sur soi. La pire des tragédies pour un homme est de perdre sa *djuringa* : il perd ses ancêtres, sa personnalité, son nom, sa place sur terre, il ne peut plus prendre part à la vie cérémonielle, écrit Thomas Keneally. Pour avoir ramassé des *djuringas*, le collectionneur savant Strehlow est mort de mort non naturelle. Le chemin des rêves, la voie des songes – *dreaming track* – *song line* – la ligne de chant – est en fait la *djuringa line*, le trajet de ta pérégrination. Écrivant *Songlines*, Chatwin s'approchait au plus près du mystère. Il n'a pu le pénétrer, il est resté à l'extérieur, l'écrivain reste extérieur aux mystères de la religion, c'est ce qui le distingue du croyant : conserver la conscience du vide de tout ça – « *Utz* », sur le rafleur d'objets à Prague – communiste – *Songlines* sur le couple qui ne se découvre qu'à la fin – comme son couple avec Élisabeth après quelques années méandreuses de vagabondage sexuel – « aucune récompense hormis l'applaudissement des tripes », écrit Philip Larkin. *On the Black Hill* était sur des jumeaux – le dédoublement – la partition en deux, gogolienne, dostoïevskienne ou subtilement conradienne – sur mer, sur mer. *Le Vice-Roi d'Oujdah*, sur un cacique blanc, le plus fortuné des marchands d'esclaves de toute l'Afrique – dont un certain Herzog a fait un film avec Klaus Kinski – celui qui a dit sur moi des foutaises inattendues – Kinski que j'ai littéralement tiré du fond – je lui ai donné un rôle quand personne ne voulait de lui – on le vomissait – sa bêtise simiesque enragée – sa haine rétrospective – sa fille Nastassia a dit : « Quand j'ai appris qu'il était mort, j'ai été triste quatre minutes. »

Des films. Un film dans un tunnel. Le film que j'ai écrit à Hollywood – qu'a écrit pour moi mon ami le philosophe chauve – commence dans un tunnel et finit sur une mort par amour – une mort amoureuse – un fantôme. Dois-je tourner ce film ? Vous avez perdu vos culottes courtes de cinéaste, me dit mon éditrice. Le metteur en scène James Ivory (« ivoire ») a eu pendant des années une aventure amoureuse avec Chatwin, le garçon angélique – l'ange est une somme d'informations et « une association d'idées », écrit Hume – Ivory, que je connaissais lorsqu'il tournait un film avec l'actrice française Rafsanjani – ma précédente actrice française – qui s'en souvient ? *The Link* – le lien – est dans les films. L'artiste hystérique des chaussures – Perluti – me dit en suffoquant – j'étais en blanc – qu'elle craignait le plus que je dissimule à nouveau mes sentiments – ma faiblesse – si je me mettais à tourner le film, le film avait pour titre *Sexuelle*, il s'appelle maintenant *La Fidélité* – seul dans un film peut exister la fidélité – seul dans un film son sens fragile mensonger – comme si quoi que ce soit avait un sens – le gosier enflé de sens et de message – *the message* – qui me rappelle Toronto et Toronto, Sedna, la figurine inuit – phoque – de la déesse de la mer. Chatwin aussi en possédait une, m'apprend Shakespeare – et alors qu'il était en train déjà de mourir, Margaret Atwood, la plus célèbre écrivaine du Canada, lui a proposé de devenir écrivain en résidence, où ? Sur l'île de Baffin, où il n'y a que des tempêtes noires et des espaces désertiques – les astronautes américains s'y sont entraînés à marcher sur la lune – il s'est réjoui – il a sursauté de joie – mais il ne pouvait plus marcher – il était paralysé – au tout début, il a écrit à sa femme Élisabeth « je serai un écrivain sérieux et systématique », et « je t'aime ».

Dans le choix de son épouse, on fit l'éloge de son « œil ». Ils se sont retrouvés à la fin, lui dépendant d'elle – ça me rappelle un Américain musicien, Melvin Lyman, qui en 1968 s'est proclamé Dieu – Lyman était aussi le nom d'un professeur de l'université d'Oxford, où Larkin avait étudié : le Lyman professeur estimait que Dieu est la soumission au physique – aux désirs – et le Diable, l'insoumission – contrôle – discipline – je veux me rappeler le nom latin de la résolution des problèmes par la marche – *solvitur ambulando*. Chatwin marchait, mais il est devenu fou, comme une sorte de syphilis, le sida lui est monté au cerveau – mais même ainsi, il a vécu plus longtemps que la majorité de ses modèles – patrons – les deux Lawrence, Stevenson, Tchekhov. Il était né en 1940, comme moi. « Quand on devient écrivain, tout se dessèche », il écrit – donc plutôt : trempe-toi dans l'alcool. Merveilleuse excuse de l'impossibilité de vivre avec un buveur – ces nuages noirs de colère – pour cela que les femmes jeunes – beauté des tripes – applaudissement – s'enfuient – excuse pour baiser – tout est excuse – pour se montrer sous son meilleur jour, passeport pour la vertu de la baise. De quelle fidélité peut-il être ici question – tant de mecs ont visité – toujours de la place pour un troisième, en pensée, en acte, dans l'ombre, à la lumière de la lampe allumée amoureusement, lumière allumée par débauche – *je suis une chienne*. Tel la baise par-derrière – le cul – elle a appris à tendre sa croupe – mais elle a aussi le con plus enfoui entre les jambes que de besoin – plus facile de l'atteindre par-derrière – son torse long – des jambes courtes de Française – les Françaises jouent rarement dans les films américains – ce pourquoi la femme d'Esteban Sanchez – non, pas la Vicario joueuse de tennis – se faisait passer pour Mexicaine.

Les Mexicaines à Hollywood – la sauvage Lupe Velez – elle griffait le dos de Gary Cooper – c'était avant la guerre pendant laquelle Chatwin était né – Cathy Jurado – la femme d'Esteban ressemblait à

Cathy Jurado – je l'ai découvert dans un moment de fièvre – à demi endormi – « C'était la chose la plus importante pour lui, et à moitié chemin, il a compris qu'il n'y arriverait pas » – il s'efforçait désespérément d'atteindre le centre – le cœur – il était exclu – un secret se gagne – se gagne, se mérite – « Seuls les amants y parviennent » – ça, il l'a écrit – c'est mon cerveau découpeur – perceur de tunnel – « Il savait que le mystère était là, et ne l'a pas compris » – Nin Dutton de Chatwin en Australie – en Australie, Margaret Beil : « Je pense que tous les écrivains sont des merdes. » Les Aborigènes, quand ils se sentent mourir, retournent à leur centre – *djuringa* – l'endroit auquel ils appartiennent – malgré tous ses efforts pour ne pas être anglais, Bruce mourra d'une quintessence de mort anglaise : à l'étranger, enveloppé de secrets – sa manie opaque de la dissimulation – et non sans un sentiment profond de honte et de désolation. « Ma vie n'est pas telle qu'elle devrait être » – je passe en Angleterre par le tunnel, depuis la France – Hélène est française. « Quand il agitait sa menotte, c'est là qu'il créait le monde », écrit le critique Peter Adam, à qui Bruce avait parlé de sa honte – « Il était l'une de ces personnes qui détiennent les clefs de ce monde. » Esteban Sanchez avait un chien qu'il ne nourrissait jamais et qui le suivait partout – tête courbée à ras de terre, vertèbres proéminentes, pattes emmêlées à force de maigreur, le poil jamais brossé – il n'y avait rien de beau dans ce Sanchez, sauf peut-être les dents – et une fois la semaine, j'ai compris – passée la semaine – une serveuse de chez McDonald lui rendait visite le soir, quand on montrait à la télévision des orchestres tex-mex – et même alors Esteban ne branchait pas le son, alors qu'elle – la serveuse – elle dansait.

Elle était jeune, elle avait dans les seize ans, peut-être moins – l'âge légal, courte et ronde, compacte – elle n'était pas mexicaine – les cheveux brûlés en roux sale, broussaille hérissée sur la tête – *tumbleweed*, des houppes desséchées agitées par le vent – le désert – le tablier vert sombre de chez McDonald, avec un petit col – des chaussures orthopédiques pour se tenir derrière le comptoir – des rennes de Noël rouges, collés aux fenêtres – derrière les fenêtres, les têtes et les cous de dinosaures hauts comme quatre étages – en plastique – le plastique de McDonald – plus loin la crête – *range* – une rangée de montagnes violettes, dénudées – non, elle ne se déshabillait pas, elle dansait seulement – sur ses cuisses larges, ses chevilles, ses chaussures blanches en plastique avec des trous pour les doigts passés au carmin – écaillés – la sueur qui luisait entre ses seins rebondis – et plus haut, des dents – elle luisait – elle avait la bouche fendue – la lèvre supérieure – un sourire de lièvre – faisait-elle ça pour de l'argent – peut-être était-elle curieuse de lui – je pensais – après quoi seulement elle se déshabillait – je me retournais contre le mur –

les papillons des couleurs de l'écran – lumineux – voletaient sur les murs – je n'arrivais pas à m'endormir – puis je sortais, quand j'étais mieux – est-ce que j'étais mieux – l'odeur de la poussière – l'odeur sèche, sale, de poussière du désert – *tumbleweeds* fantomatiques dans la nuit – blancs comme de l'os – une écume durcie – des arêtes – des épaves – l'épave de la maison d'Esteban saillait à côté de la décharge d'automobiles – grincements et craquements des carosseries déchiquetées, quand des camions on les versait les unes sur les autres – de quinze on en refabriquait une – avec la seizième, le moteur – Esteban était mécanicien – la nuit, l'épave retapée partait en direction du Mexique, quelque part plus loin.

Tout s'est éclairé lorsque la dernière nuit – ce n'était pas soir de danse – le visage de la femme d'Esteban est apparu dans le téléviseur. Esteban s'est levé, et au lieu de l'enlever, il a mis son chapeau. Il était là, le chapeau gorgé de taches sur la tête – graisse, doigts, huile grise – il regardait – tendu, pas au garde-à-vous, mais quand même – une attitude militaire, c'était une guerre – ce n'était même pas dans un film mexicain – ni la télévision française que l'on n'attrape pas en Amérique, pour quoi faire – elle donnait une interview – elle ressemblait à cette actrice Cathy Jurado – elle était plus laide que cette actrice, Cathy Jurado, mais avec le même visage animal monstrueux, même bouche, nez écrasé comme d'un coup de poing – Esteban cognait – lèvres peintes – elle ne disait probablement pas qu'elle rentrerait chez lui, elle se contentait de faire bouger son joli mollet souple pour séduire le journaliste – un homme – c'était à Londres, j'ai compris à l'inscription BBC en arrière-plan – elle l'avait quitté il y avait vingt ans – pour un policier – elle avait vingt ans, elle en avait vécu six avec Esteban – à l'époque, il gagnait – à l'époque il naviguait depuis la base de San Diego – puis pas à pas, bite à bite, me dit la serveuse, qui s'appelait Mary Lou Maeva – un nom irlandais, elle dit – aussi irlandais que le nom du chien d'Esteban, *pero* – le chien – maintenant moi aussi, la tête me tourne et je regarde mon reflet en double dans la glace, non, pas moi, mon contour – le contour de moi-même, brisé par l'épaisseur même de la glace, encerclé, l'un plus irisé que le lait de l'autre – je suis nous, assis dans ce tunnel. Je vais a) rendre visite à mon ami le philosophe, b) écrire un texte sur Chatwin et Larkin – j'en ai fini avec Pouchkine – *pishkin* – sur Pouchkine – c) gagner ma vie, d) rencontrer mon ancienne femme, car elle ne sait pas – personne ne sait rien – on ne savait même pas que je suis mort dans ce désert, et que je ne suis pas mort – personne n'a téléphoné en Pologne – à qui en Pologne – il n'est venu à l'esprit de personne quand je manquais – puisque je ne manquais pas – gommé, effacé, courte pause, tunnel inaperçu – tunnel – tiens, salut, m'ont dit ceux qui m'ont revu à Paris après cette interruption, comme si de rien n'était, comme si rien ne s'était passé, le temps n'avait pas compté, comme si le temps n'avait pas été, Perluti me dit que peut-être enfin, pour tourner ce film sur la fidélité, j'allais montrer que j'étais comme tous les autres, un homme faible.

En dehors de ça, Esteban était propre – net – sec – ligneux – il émettait une odeur ténue, cutanée, comme du citron ou du vinaigre – mais juste sur la peau – il lavait ses chemises lui-même et les apportait quelque part – elles revenaient pliées et reprisées, la mienne a été reprisée là où était le trou de la balle – nettoyée – certainement à l'eau froide – le sang – mais le pantalon – et les chaussures, je les ai grattés moi-même, c'est-à-dire quand j'ai recommencé à marcher – la nuit, autour de la maison – lumière onirique bleuâtre du désert, parking, lumière vert-mauve – verte dans les fenêtres à l'étage – McDonald à l'étage – au bout d'un escalier en béton – à la rampe bleuâtre, une lumière ni de lune, ni de lampe à iode, ni de désert, désert de lune où tout est sombre et tout en éclats d'ombre – que les voitures puissent accéder jusqu'en haut, au guichet où Mary Lou Maeva remettait les commandes passées au microphone – pour la sécurité – des plateaux calés aux fenêtres ouvertes de la voiture – la voiture repartait et se garait quelques mètres plus loin, au-dessus du désert – la terrasse – sans vriller ses feux dans la splendeur du désert – il y avait de quoi contempler. Maeva était évidemment un pseudonyme, elle l'a reconnu pendant une promenade autour des dinosaures, de nuit – non, nous n'avons eu aucune histoire sexuelle ensemble, nous ne nous sommes même pas touchés pour l'adieu, je suis parti en autobus avec, dans le sac qu'il m'avait trouvé, le pistolet de Sanchez – dans le désert, je n'avais pas de sac, rien, l'autre était parti avec sa voiture à elle et m'avait laissé – il était allé à la police, il a dit – ou n'avait-il pas su vérifier si j'étais vivant – ses baskets – blanches – à peine une pellicule rose-beige de la poussière du désert, là où nous avions arrêté la voiture – Joshua Tree – pour se tirer dessus.

Elle m'a raconté que la femme de Sanchez venait de Louisiane – et qu'elle était française – une *cajun* – les Français de Louisiane ont été abandonnés par le vorace Napoléon qui a revendu la moitié de l'Amérique à l'Amérique pour payer ses crimes et ses guerres exterminatrices – des guerres qui mettaient fin au chaos révolutionnaire et établissaient le désordre de toutes les démocraties – démocraties de l'envie et du sexe, celle d'un maréchal-ferrant devenant maréchal tout court et d'une impératrice faisant la pute – non, pas d'une marchande de poissons promue maîtresse royale, comme avant, mais à l'inverse, celle d'une sœur de l'empereur se faisant poissonnière nymphomane – et les Français de Louisiane se sont recroquevillés jusqu'à leur caricature de paysans encroûtés, comme les parents de Hélène – *bone-headed family,* comme j'ai lu chez Chatwin – « famille tête d'os », os en place de cervelle, grignotant la cervelle, une Maison des Morts Vivants, où ils habitaient dans les marigots de Louisiane et les marécages de Floride – la femme de Sanchez venait des Keys – « les clefs » – c'est-à-dire qu'elle tournait dans les Keys – les clefs – de petites îles à palmiers et sable, et pêche au marlin – crêtes blanches des vagues, sel, tempêtes tropicales – c'est là que Sanchez avait navigué sur un chalutier – mécanicien embarqué – on avait formé des jeunes marins appelés à poser et amorcer les mines – les mines, leurs ventres, qu'on voit belles dans la transparence de la mer – aplaties sous la réfraction de l'eau – à peine plus jaunes que la rugosité de leur crête hérissée d'aiguillons – boule figée dans un balancement – dans chaque aiguillon du mercure – toucher – explosion – énorme orange mortifère.

Maeva voulait devenir actrice, comme toutes les autres, et j'étais persuadé qu'un jour, quelqu'un – un metteur en scène allemand certainement – consanguin – un Herzog ou un Wenders, un qui fait le monde à pied, ou un agent adipeux, viendrait se la niquer dans le motel aux dinosaures – chaque dinosaure aurait pu faire un motel à lui seul – il devrait, même peut-être – c'est-à-dire qu'il la découvrirait et sa surprise le ferait retourner, demi-tour dans son immense automobile chromée sur la chaussée lissée à douze voies – crissement de pneus – entre des camions toutes sirènes beuglantes comme des vapeurs – car, une révélation, sans elle – Maeva – au petit matin, impossible, il l'enlèverait, la déménagerait, après quoi elle pourrait se mettre à sucer de vieilles bites, et se faire photographier en corps à corps sexuels avec l'autre, Michael Deglace, ou comment il s'appelle, celui qui a divorcé et donc ne se cache plus – et comme Hélène, elle se révélerait divinement belle. Profite tant que le corps t'est fidèle, tant que rien ne racornit, ne dessèche, ne tombe ! Que pensez-vous, elle demanda, que pensez-vous de ça, sur ses seins et dans l'échancrure de sa blouse vert sombre scintillait une petite croix dorée, moi, je ne pensais rien – je pensais tout – ça pouvait arriver – ça devait arriver – ça ne devait pas – le désert – elle n'a rien demandé à mon sujet – elle avait de la pratique – indifférence – qu'est-ce que c'est que cette blessure que je suis en train de lécher – pourquoi je me tiens au côté – pourquoi j'habite chez Esteban – je suis allé jusqu'au centre de la petite ville de Joshua Tree – c'est là que poussent le plus grand nombre d'arbres de Josué, velus et marronnasses, et j'ai retiré de l'automate de la banque avec ma carte de crédit ce que j'avais comme argent, et cet argent, je l'ai laissé à Esteban sur la table pour ça, qu'il attende sa femme.

« Je bois mon urine et je fume de l'herbe et je m'envoie en l'air avec qui veut », dit Maeva, « bien sûr avec un préservatif » – goûts et couleurs des préservatifs – l'urine nettoie l'organisme – « Je me prépare », elle dit, pratique et réaliste – et elle est retournée travailler derrière son guichet pour la relève de la nuit. Des étoiles garnissaient le ciel copuleux – appuyé complètement comme une demi-bulle de savon contre l'étendue du désert – protubérance vitreuse du ciel – inaltérable. Du premier coup d'œil, évidemment, j'ai reconnu dans le téléviseur la femme de mon ami le philosophe, l'actrice qu'il appelait Danièle, qui le faisait souffrir, le fascinait – fascinait par le contraire mauvais qu'elle était, mais allais-je le lui dire ? Bien sûr que je ne lui dirais rien d'elle – pourquoi – parce qu'il est polonais – les Polonais n'ont pas besoin de savoir, ils ne veulent pas savoir, ils n'aiment pas, ils détestent savoir, dos tourné à la mer, ils détestent ce qui est plus, ailleurs, déborde de la paroisse – c'est pourquoi aussi Chatwin est devenu – il était – si important – tellement lu – en vogue – pour sa mobilité, son nomadisme – le monde entier et l'errance au monde étaient siens – une prose sèche – des fusions de savoirs – il savait tout de tout, c'est comme ça qu'il faut, avant de mourir, même pour le mourir. Les Polonais ne lisent rien, et si oui, si peu – des conveniences de petits-bourgeois – des balourdises paysannes – parsemées dans le meilleur des cas de coquetteries en cacas de mouches. J'ai lu

Chatwin sans rien savoir de sa gloire passée – il était étincelant – c'est-à-dire qu'il servait à aviver les esprits – à s'enflammer – à froid – les cervelles – la volonté de lire – d'écrire – d'être – un ami électrisant – mais ses livres étaient ennuyeux. Je n'en ai jamais fini un. Ils n'étaient pas faits pour ça. Je n'en ai pas lu la moitié (deux sur quatre). Chatw*in*/Lark*in* – *in* – *in* – dans – *Chat*, c'est-à-dire bavardage, échange de ragots, parlote – *to chat around a fireplace* – conversations – intimes – superficielles – au coin du feu – *Lark* est un oiseau – l'alouette.

Conrad était en vérité aussi terriblement ennuyeux – maintenant, il n'est déjà plus nécessaire de le défendre – le comprendre – il suffit de le comprendre – c'est-à-dire de l'aimer – il s'est hissé après tant d'années depuis sa mort au bataillon de la littérature première – car celle-ci s'est délitée – c'est comme les compositeurs, on en exhume toujours de nouveaux des archives – des oubliés, des Tchèques du XVIe siècle – des Polonais d'avant-guerre – pour assurer la vente de disques – combien de temps peut-on tenir la même chose ? Le temps – le monde – la civilisation – les mouline tous, les expulse continûment – les chie – quoi qu'elle touche – à peine touchés, une chiasse mécanique, stérile – de cordes métalliques – comme des hannetons – ou des araignées – des animalcules – des jouets – gauches – sans charme – un monde sans charme – le désert a tout sauf le charme – une grande beauté, le silence, la solitude – la clairvision – la vision – mais pas de charme, le charme, c'est la mer. À voir.

Je vais pour passer un examen, je me suis longuement préparé. De Conrad, je me rappelle la description de ses examens, l'attente dans l'Amirauté, le silence des pièces sombres – les boiseries – l'employé enrhumé, vieux, paupières rougies – sa peau – je n'ai aucune envie – humidité, attente – tic-tac de la pendule. Un véritable examen devant une commission tatillonne – des questions entêtées – un certain mépris – une commission en noir – en civil – sous de hautes fenêtres – dehors – la rue londonienne – assourdie – des vitres encadrées de plomb – une ambiance d'église en quelque sorte anglicane – austère – étriquée – un examen étriqué du métier de la mer – les choses ramenées à la mécanique du réel – sur l'océan irréel – où les vents, les calmes, les courants et les hauts-fonds et la consommation de combustible – les voiles – la fumée – se mélangent comme des cartes filantes, alogiques, changeantes – toujours changeantes – toujours en mouvement.

Chez les peuples marins, le mot Amirauté éveille – la flèche de l'Amirauté à Pétersbourg – Léningrad – l'Amirauté anglaise et l'américaine – une émotion – nous Polonais n'avons rien de semblable – pendant la guerre – deuxième mondiale – un sous-marin – un torpilleur – « merci, capitaine » – « les grands jours d'une petite flotte ». « Trouve la chose qui manque dans l'œuvre d'un écrivain, ce sera une réponse à l'écrivain », ce que trouve à dire Salman Rushdie de Chatwin. Il n'y avait pas d'amour dans ce que Chatwin écrivait. « *Not a loving fuck* » – pas un foutu coup d'amour. « J'avais l'espoir qu'un beau jour, il rejetterait ce voile et s'avouerait tel qu'en lui-même, et écrirait de tout son être, nous obtiendrions alors un roman colossal. » « Il nous inondait d'informations avec la promesse qu'un jour, nous descendrions jusqu'à leurs racines. » « Il posait des questions auxquelles tout le monde voulait des réponses », dit Ralph Davidson de Chatwin. Rushdie a traité ça de façon plus précise : « Il avait tout juste commencé. Nous n'avons pas de lui des livres développés, les livres qui auraient pu naître s'il avait fini par tomber amoureux de sa femme. » Quand il est mort, son père a eu une attaque cardiaque. On l'a amené à l'hôpital. Il a dit : « Je vous demande d'être précis sur un seul point : où sommes-nous ? » Dans la série des dernières paroles sur un lit de mort – pas mal, non ? En finir avec Chatwin, passer à Larkin – du conteur à l'oiseau – les alouettes qui chantent sont immobiles dans le ciel – un récit se trame avec les pieds. Ce que je suis. Je raconterai ça à mon vieil ami qui est philosophe. Méprisé en Pologne – laissé de côté – raillé. Depuis qu'il s'est – comme ils l'ont dit – penché au-dehors – autrement dit qu'il a tiré la langue – sa vérité – l'arrogant – le bouffon – pauvre type et vaniteux – au coin – à passer sous silence ! C'est pour ça qu'il s'occupait de voyous – de philosophes voyous comme Heidegger ou Berlin ou Koestler – allons chatwiner là-dessus – puis tous les deux nous irons entonner notre air – en chantant – en chantant nous irons tordre le cou aux oiseaux domestiques – nous irons leur casser la tête – parce que ça ne leur a pas plu – mépris – solitude – quand sous cette fenêtre, le regard perdu vers la sombre Hélène – désespoir – de la tribu des exclus – de la tribu des enfants qui auront toujours peur – toujours solitaires – turbulents – déchaînés – car solitaires – effrayés – différents.

Mon ami – le philosophe – était déjà mort une fois du cœur, c'est-à-dire d'amour. Quand il fut convaincu que sa première femme – une photographe – le trompait. Ranimé, il a survécu en délirant – à froid – à Kartuzy, où il était parti donner des cours aux femmes autochtones – on l'a invité à enseigner en France – il a fait la connaissance d'une autre, une actrice – Paris – devant le monument de Mickiewicz pendant une manifestation – brassards rouge-blanc – expression du visage, déterminée – l'acteur Seweryn – ombrageux, grave – slogan Solidarnosc – il s'est enfui dégoûté – en Pologne, il y avait l'État de guerre, les dissidents étaient à la mode – elle avait un trou dans sa carrière – un trou dans la tête – ils sont partis pour Berne, il avait reçu une chaire à mi-temps

– sa carrière à elle a pris – lui derrière elle – chien philosophe – ils ont eu des enfants. On ne perce pas le mystère d'un couple, il n'y a pas de couple – qu'est-ce qu'un couple réussi – le mot noblesse – par exemple – figure-t-il dans le répertoire des définitions du couple – garder tête haute – non, pas d'impudence – l'impudence sexuelle a remplacé la dignité, la loyauté et le charme – le charme du couple – deviner, pour changer, ce qu'elle avait fait avec l'autre – elle avait appris – dans une luxuriance – par exemple les rapports répétés, alors qu'il l'épuisait en une fois – auparavant – ou la préférence par-derrière, peut-être anale – à Londres là où allait le train, il lui avait fourré le doigt dans le cul, et elle avait aimé ça – il aurait fallu la bite entière, fallu que le pot de vaseline soit près du lit, on trouve des pots comme ça dans tous les bains pour pédales – rangées de pédales couchées sur le dos, cuisses levées, attendant que le passant leur défonce le trou du cul de son poing bardé de clous dans un gant de cuir.

Endroits que fréquentait Chatwin. Il était joli, ambisexuel. Il ne s'est mis à aimer sa femme qu'à la fin, quand il était trop tard. Tard pour l'amour, et trop tard. À la maison, quand elle est partie, non sans peine j'ai fait glisser la porte vitrée de la chambre à coucher – à baiser – elle avait peur pour cette porte, car la serrure était cassée – ma clef déformée par la balle ne fonctionnait plus – une tache de sang enfoncée dans la plaque avec le numéro. Lorsqu'elle est partie définitivement, elle a laissé la maison à un acteur danois qui avait un regard fixe – des yeux pâles de poisson figés – une bouche capricieuse – il jouait dans le film *Festen* dont se gargarisaient les intellectuels raffinés – pas une seconde de vérité dans ce film – il jouait impassible, sans expression – ils adoraient ça – quand elle la lui a laissée – elle-même rentrait à Londres – avec ce pistolet de Sanchez que j'avais posé sur son – leur – lit, lui, il a tiré sur le jardinier russe qu'il avait pris pour un monte-en-l'air – scandale – journaux – mais, aux USA, on a le droit de tirer sur le premier venu qui se faufile sur ton terrain, et si en plus c'est en légitime défense – la liberté américaine n'est pas seulement de baiser, mais aussi de tuer son ennemi – dans le pistolet de Sanchez manquait une cartouche – une balle – celle que je ne lui avais pas tirée dans la tête, ni dans celle de son amant sous le bureau – évidemment de cinéma – de producteur – quand la nuit – ils produisaient – il est sorti – je l'ai seulement posé sur le lit avec les clefs démolies.

À l'Amirauté, pendant la guerre, on a aussi fait passer l'examen à Larkin, mais il avait la vue trop faible. Il était laid, lourd et gras sur sa vieillesse, dans sa jeunesse, pareil à une molle asperge blanche. Il perdait ses cheveux. Le menton en retrait, un nez énorme, il était de haute taille, une vie entière devant un bureau.

« Entendant l'afflux et la pression de l'eau au golfe où coule la rivière

Regardant les lumières

Brûler autant de mensonges dépouillés de moi comme des suaires

Faisant de moi un fantôme entre les permanents

Qui passent du connu au connu

quand moi je passe

Vers l'inconnu venant du perdu »

Ça valait la peine – j'ai lu un livre sur lui parce que l'auteur s'appelait Mouvement – Motion – André Motion – Andrew – j'avais déjà acheté un de ses livres sur Keats – pas lu – c'était dans la période où nous vivions ensemble à Paris et où j'achetais des livres – elle était retournée pour une semaine à la maison de Hollywood – pour ne pas qu'on l'oublie – au téléphone, elle a dit qu'elle ne voyait personne – distance du temps – révélation – c'est alors qu'elle baisait le plus avec lui – pulsation de l'amour – moi, veillant sur l'enfant – un mot comme « trahison » n'existe pas – le mot « honneur » n'existe pas – il y a le mot – par exemple – « Pouchkine » – par exemple « Chatwin », « Larkin » par exemple – le vent va se lever – pour tuer – en toi-même – le prolétariat – tuer la vulgarité – il y a des mots – dans le *Tango* de Mrozek il fallait tuer – ne pas lui remettre dans l'impuissance, en veste d'intérieur, le pouvoir des rustres – « À quoi pensez-vous ? », a demandé une voix de côté, a demandé une voisine.

« À quoi pensez-vous ? », a demandé la passagère du compartiment voisin – de son carré – de son banc. J'ai regardé d'abord la voix, l'ai regardée, elle, elle était à droite du passage entre les rangées, sur le siège opposé, face à la marche – moi de dos – et souriait.

Nous étions tous deux en blanc.

« Aux couples, je répondis.

– Pourquoi ? », elle demanda.

Elle continuait de sourire, encore, toujours, et tantôt me regardait, tantôt l'épais volume avec le nom Larkin en lettres d'or sur la couverture – j'avais ôté la jaquette pour ne pas la cochonner – je la remets une fois le livre lu, pour le poser sur une étagère dans un des appartements – et comme je ne répondais pas, elle dit :

« Je lis peu de biographies.

– Pourquoi ? c'était mon tour.

– Parce que les vies des gens m'humilient », elle dit.

C'était dit étrangement – une étrange manière d'entamer une conversation – étrange conversation – je l'ai donc regardée plus attentivement. Elle était moyenne. Tout en elle était – j'ai pensé – moyen – l'âge – la beauté – la conformation – seul son sourire était clair – ses cheveux – elle portait un pantalon et un chemisier blanc – sans manches – les épaules nues – les bras découverts jusqu'aux épaules, et posées sur les genoux – un air de touriste en vacances – elle parlait anglais – je pensais donc qu'elle revenait d'un tour de vacances en France – il y avait en elle une gaieté vacancière, la trace de l'excitation et de l'exaltation après un voyage réussi – réussi, puisqu'elle avait jusqu'ici parlé d'un ton léger, joyeux, avec ses compagnons de voyage – il m'a semblé les avoir remarqués discutant avec une aimable vivacité tout ce temps dans le tunnel – maintenant elle était assise seule – où étaient-ils – et je me suis aperçu en la regardant – le compartiment vide autour d'elle – les sièges d'un gris indéfini – que le train était à l'arrêt.

Depuis combien de temps à l'arrêt ? Quand s'était-il arrêté ? Aucun son, aucun cliquetis, aucune pulsation, pas même un écho métallique, figés, nous étions dans un sous-marin et nous reflétions dans les vitres – les enfants asiatiques alourdis dormaient, ramenés au silence, comme assourdis par ce silence – peut-être apeurés – on ne voyait pas la mer, ni la pression de la mer sur les parois du tunnel, pas plus que les lumières du wagon n'étaient tamisées, elles continuaient de briller – comme avant – jaune, une demi-clarté – assez claire pour lire, pas assez claire pour rendre les choses tout à fait réelles – que signifie : « réelles » – que signifie : « avoir dans la tête » – qu'aurait dit, faible-fort, trente ans au même poste de bibliothécaire à Hull – la coque – Larkin, s'il avait connu ma biographie – qu'est-ce qui est permis – la biographie de ma femme Hélène, qui avait sauté d'un prolétariat français brutal et borné – d'un seul bond, dans les excès de Hollywood, le dérèglement sexuel et la folie autodévorante – elle a le droit – et que dire à son tour de la vie de Larkin, qui adorait la pornographie et s'est masturbé devant, du matin jusqu'à la mort – il buvait dès le matin – il a détruit la seule femme qui l'aimait – une à quat'z'yeux – quarante ans à l'esquiver – et quand il est tombé amoureux, c'est d'une catholique poilue – oui, une pilosité excessive des bras et des jambes qui l'excitait, il l'a dit lui-même – hypertricosis – celle-ci lui a refusé son cul une bonne dizaine d'années, en vertu d'une morale sacramentelle.

« Si vraiment la Bête qui le suivait à la trace était née de sa peur, il y aurait eu là un pathos auquel il n'a pas su faire front, pas plus qu'il n'a résolu son ambivalence. Et il est pourtant réducteur d'affirmer que la Bête était purement sexuelle », écrit Shakespeare de Chatwin. Jamais personne ne sera en mesure de reconnaître l'horreur de l'écriture – Chatwin le vagabond, et pareil, Larkin le sédentaire – leur Bête – la Bête de l'écriture – dans les ténèbres d'une cavité sous-marine, dans le tunnel de la conscience aveuglée – vivante – qui remue ses petites lèvres – une quantité horrible de dents inégales – qui s'enveloppe devant le danger d'un nuage d'encre émis par elle pour mieux se cacher – entre-temps ils doraient en parallèle des merdes – moi, Hélène – Chatwin, un certain Donald – un canard – une cervelle de la taille d'une coquille de noix – Larkin, la Maeva velue – oui, elle s'appelait comme ça, une mocheté provinciale qu'il ne pouvait exhiber nulle part – ce film, le premier hollywoodien d'Hélène, quand nous habitions Manhattan Beach, a été retiré des écrans pour nullité totale – ce producteur à petite gueule de poisson – il y a des poissons comme ça, toujours bouffis, la gueule proéminente, le deuxième producteur, un Noir – Larkin détestait les Noirs – la contribution de Larkin aux dernières paroles – de mourants – définitives, c'est à l'hôpital sur son lit de mort, en tenant l'infirmière par la main – elle était peut-être velue – « Je pars pour l'inévitable », quand il avait pris la plume pour défendre une écrivaine de second ordre, Pym, dont l'éditeur – son éditeur à lui – ne voulait plus rien publier : « C'est une grande honte si des romans sains ordinaires sur des gens sains ordinaires, faisant des choses saines ordinaires, ne peuvent pas trouver d'éditeur au jour d'aujourd'hui. Pourquoi ai-je à choisir entre une camelote d'espionnage, une camelote de science-fiction – futuriste –, une camelote négroïdo-homosexuelle et une camelote neurotoxico défoncée ? » Plus loin, il écrit qu'il aimait lire des textes sur des gens ni beaux ni heureux, qui « dans de brefs moments de lucidité automnale voient que les prétendues grandes expériences de la vie vont leur passer à côté », et n'est-ce pas pour cela qu'il n'est jamais devenu romancier, alors qu'il en avait rêvé à l'aube de sa vie ?

Je dois être consultant pour un film sur une Hélène photographieuse – une Bête armée d'un appareil de photo – au titre désespéré de *La Fidélité*, et Larkin qui ne considérait pas la photo comme un art du tout – c'est bien, le cinéma n'est pas un art en soi, pas plus que le sexe, que la vie – à quoi bon tout ça – pourquoi si peu de tout – tant de tout – tant de souffrance, je pensais – d'agitation dans l'immobilisme – de Hume dans Kant, de Chatwin dans Larkin – l'évêque Butler affirmait que la vie consistait à se dissoudre – dissolu – *spoiled* – non pas dissous comme dans l'eau, mais comme un enfant gâté – quelle que soit la méthode – d'une manière ou d'une autre. « Rien ni quoi que ce soit ne se produit nulle part », écrit Larkin – dans le tunnel, au-dessus de la tête, il n'y a pas de ciel étoilé, mais la mer – « Si j'étais appelé (à bâtir une religion), j'utiliserais de l'eau », il a écrit, ce qui me redonne du cœur, oui, du cœur –

« Quand je vois un couple de gamins
Et le devine lui, en train de la baiser,
Et qu'elle emploie ou la pilule ou le diaphragme,
Je me sens au paradis. »

Mais tout de suite après, il ajoute :

« Au-delà d'eux, l'air profond bleu montre
Le Néant, nulle part, infinie
foutue pisse. »

et de la velue Maeva, il dit seulement qu'elle était réelle.

« Larkin, elle dit, à l'école, j'ai appris ses poèmes, je me rappelle l'un d'eux sur une fille dont le cerveau –

– Oui, je demandais.

– Dont l'esprit est comme un tiroir plein de couteaux », écrit Larkin.

Dans le wagon, les lumières ont baissé un instant, ce qui fit comme une clarté nocturne – hors du temps – mais à peine un instant – pendant ce court instant, nous nous sommes trouvés ensemble dans le tunnel – face à la nuit, pas à un danger – juste avant l'entrée du tunnel à Calais le train avait semblé s'arrêter – mais sous le soleil de l'après-midi – quelqu'un a dit dans les haut-parleurs qu'on réglait un problème d'électricité dans le tunnel – rien n'est jamais sûr – nous sommes restés ainsi – est-ce alors que j'ai remarqué ce trio de passagers tout sourires, discutant à voix basse – gracieusement, j'ai pensé – sur une même rangée – la dame mûre soigneusement frisottée et l'homme plutôt jeune, qui en se levant fit voir qu'il était grand et mince – maintenant, ils revenaient – celui-ci moyennement bien habillé, souriant et fort de corps – pas inquiets, toujours discutant familièrement – il portait du Coca-Cola et de la bière en boîte et trois sandwichs – un pour elle – et le train a démarré – en sens inverse de leur marche dans le wagon – les lumières se sont rallumées – ils parlaient entre eux, elle à eux, et j'avais pensé qu'ils étaient heureux, j'avais pensé que l'homme ordinaire et la femme ordinaire formaient un couple heureux, peut-être un jeune – nouveau – couple – que la dame bien coiffée était sa mère à elle – le train a émergé du tunnel sous le soleil du soir – mais à la première gare anglaise, l'homme – le grand et la vieille dame – une dame mignonne – sont descendus – mais leurs adieux à la femme qui restait dans le compartiment n'avaient rien d'une intimité – un baiser sur la joue – des assurances qu'on s'appellerait – la vieille dame était plutôt sa mère à lui – la jeune continuait seule jusqu'à Londres.

« Toute sa vie, Larkin a mesuré sa propre humanité à sa liberté de faire des choix, même des choix qui – il pouvait sembler – le confirmaient dans son immobilisme », écrit Mouvement – et moi qui regardais la femme solitaire moyennement jeune sur le siège dans le compartiment, je pensais que j'avais si vivement envié un instant plus tôt cet homme grand qui voyageait avec elle, que je les avais enviés tous les trois – avec la dame âgée – cette famille, cette bonne compagnie – cette famille heureusement diserte et de contentement simple – que je les enviais, et qu'il en fût ainsi, qu'il pût en être ainsi, dût en être ainsi – et je pensais aux journées qu'elle avait passées à Paris et à mes journées à Paris – un week-end à Paris à en juger par la quantité de bagages – et je pensais à une visite à la boutique Perluti où la petite Perluti qui portait le chemisier en soie du film *Une femme pour tous* que j'avais écrit racontait toute suffocante d'émotion hystérique – un après-midi ensoleillé, des rues opulentes – les Champs-Élysées chauffés à blanc derrière les vitrines – comment l'acteur américain qui venait de sortir de sa boutique – comment s'appelait-il – Johnny Depp avec sa fiancée Vanessa Paradis – Paradis était enceinte – à qui – Johnny – Perluti avait confectionné un mois plus tôt des chaussures sur mesure – il s'était choisies les chaussures les plus bourgeoises, choisies classiques – elle dit – les chaussures de sa boutique donnaient l'impression d'être en cire ou en bois, mais pas en cuir, aucun cuir ne pouvait briller comme ça et durer – « Je fais mettre chacune des peaux dans la terre en Italie pendant des mois », dit la Perluti en s'étranglant d'émotion – et quand la star était arrivée aujourd'hui dans la boutique avec ces chaussures qu'il avait salopées – clochardisées, elle dit – il avait déambulé avec – et qu'elle l'a vu porter ces chaussures bourgeoises hors de prix sans avoir noué les lacets, vu les lacets traîner des deux côtés des deux chaussures – « Ce fut un viol inouï» – coassa la Perluti en faisant rouler ses petits poings devant son visage d'oiseau peint – « Une violence sans exemple et une beauté – oui, une beauté » – elle dit.

Le producteur avec qui j'étais venu était assis en face d'elle dans un petit fauteuil, une jambe vers l'avant – croisée sur le genou – et il était sale – pas lavé – des cheveux collés sur le front – de longues traînées grasses – et quelques dents manquantes – et des poils d'une moustache mal rasée rebiquant sur les joues – un à un – un surtout qui pointait devant le nez – un producteur fripé, chiffonné – interminable – dans le petit fauteuil – dépenaillé – la chemise tachée d'œuf ou de moutarde – boutons de braguette obligatoirement défaits – avec une tache – et la chaussure qu'il pointait vers la soyeuse Perluti était une chaussure de clodo, jamais décrottée – le producteur avait produit quatre heures d'un film tiré de la prose de Marcel Proust – la godasse pourrie, triturée, qui faisait penser à une savate, coiffait la puanteur torturée d'une chaussette de quatre sous entortillée sur la cheville – et la Perluti regardait cette chaussure, et lui regardait la Perluti avec un aimable sourire en toc et malin et de cinéma – deux façons de regarder à l'opposé – à Paris. La boutique Perluti appartenait au groupe de produits de luxe BMVH – dont le propriétaire était un psychopathe raffiné à petite tête et femme piaulante – le psychopathe avait emmené

Hélène au Japon pour faire la publicité des parfums Avenue-Foch, un relent mièvre de souris vieillotte – suif et musc – une odeur répulsive – « Il m'adore, dit la Perluti, je suis sa conceptrice préférée » – il a emmené Hélène, lui l'avorton carnivore et friqué, et sa belle épouse et une grande suite de fricoteurs désireux de fourguer les parfums Avenue-Foch au Japon et je ne sais où, là-bas en Amérique – pour retrouver son amant – la décomposition du couple durait depuis longtemps – elle dit – depuis le moment où elle avait commencé à prendre des amants – la présence de ses amants jamais extirpée de ses tripes ni de sa cervelle ni de son cœur – et je pensais que ce jour-là – Perluti devait ouvrir la cave aux trésors de la firme BMVH pour le film *La Fidélité* – j'étais venu – Paris vide l'été dans un air d'azur clair – vernis serein de nuit pâle – de ciel – bleu – au-dessus des maisons à la blancheur squelettique – toits d'ardoise gris de mer – jusqu'à l'appartement du couturier Figaro – un bel *hôtel particulier* – autrement dit un petit palais – en ville – des milliards – était-il beau – ce froid – ces planchers – cette froidure des salles et l'épaisseur des tentures, des rideaux, des nappes – nous mangions dans le jardin – une fontaine – à quatre, Figaro et sa femme et sa fille à elle – la première fois que je voyais la fille montée en graine – pas grande – menue – une petite tête coiffée à la garçonne – je voyais les paillettes dorées sur le visage de la fille et son cou et son décolleté – menu – c'est une crème, elle dit – levant ses yeux d'azur – elle savait qu'elle avait des yeux d'azur – lumineux – elle regardait avec une sorte de dévotion sexuelle – un regard comme ça – mais explicite, histoire de montrer ses yeux.

Figaro perdait l'ouïe, il était aussi lourd que grand – un homme âgé – sa femme avait pleuré quand elle m'avait dit – il y avait un certain temps – tous les efforts qu'elle faisait pour avoir un enfant de lui – sa semence ne contenait qu'une quantité infime de spermatozoïdes – elle avait dit – j'essaye l'insémination, et là-dessus lui – Figaro – dit qu'il avait lui-même assez donné, et basta – elle n'était pas vieille, elle n'était plus jeune – elle portait des boucles vénitiennes avec des surgeons, et elle avait un joli visage farineux, un peu comme un clown – un peu triste – d'une tristesse fortunée – mais, à table, Figaro était désagréable avec elle – dur et méprisant – il tournait en dérision tout ce qu'elle disait – il était le maître de l'argent – un jour, elle avait divorcé pour lui – d'où la fille – la fille dit qu'elle allait se marier dans un mois – avec le fils de l'ancien Premier ministre italien Fanfani – un avocat, dit Figaro avec ironie – il fait maintenant son service militaire, dit la fille – et quand j'ai raconté le contenu du film *La Fidélité,* elle dit que c'était son histoire – ce sera mon histoire, elle dit – je l'ai toujours su – je me marierai, mais je tomberai amoureuse d'un ramassis de caniveau – et je m'enfuirai avec lui – elle dit, et quand – et quand je dis que nous pensons tous pouvoir faire la même chose – tout n'est qu'une question de choix – que ce sont les choix qui nous définissent, et non le désir – Figaro, furtif, amical, lourd, gominé – il me regardait – il venait d'être racheté par le groupe Ferragano – sourd, connaissant le sens des mots, il m'a remis en mémoire le mot français de discipline – autodiscipline – que j'avais oublié. Tandis que je disais ça, la fille me regardait de ses jeunes yeux lumineux – Figaro est parti s'assoupir, et les deux femmes et moi – la jeune et la moins jeune – nous sommes restés à table dans la nuit tombante et chaude – et quand je partais, ils m'ont tous les trois raccompagné dans la cour de l'hôtel particulier – Figaro réveillé – le gravier – des naufragés – et la femme de Figaro, Clara, me dit que j'avais touché – c'est-à-dire ému – sa fille Véronique.

À quoi pensez-vous – demanda à nouveau cette femme inconnue de près, dans le compartiment du train qui se traînait péniblement à travers l'Angleterre – sur les lents rails anglais – reperdant toute la course du tunnel et le raccourci du tunnel – et attendant ma réponse, elle a levé son bras nu pour l'appuyer – le rejeter – sur le dossier du siège derrière – et lorsqu'elle a levé le bras arrondi blanc – blanc – lisse uni – nu – j'ai senti – je fus frappé de savoir – je savais – *noctiluca*, c'est la lumière de la mer vivante – la vie marine des animalcules à la surface phosphorescente.

« Si je passe cet examen de navigation, serez-vous d'accord pour naviguer avec moi ? je demandai.

– Où ça ?

– Sur la mer. »

Elle s'est renfrognée légèrement – le nez froncé – et m'a regardé – c'était une plaisanterie – un essai de flirt – un *chat* badin – un échange décousu entre deux inconnus – voyageant de conserve – non, pas ensemble – sur le point de terminer - un voyage – dans le soleil chaud du soir – d'un côté des feuillages d'arbres – ombre vive – de l'autre – à l'arrivée – Londres immensément étendu, des milliers de petites maisons, des pauvres, des riches – rien d'élevé – des arbustes.

« J'ai l'intention d'acheter un bateau, je dis, c'est-à-dire un voilier.

– Oh, elle dit.

– J'ai l'intention, je dis, d'écrire un essai sur Spinoza et Descartes.

– Oh », elle dit, alarmée.

Le ton était plus inquiétant – elle me prenait pour un toqué – ce que sont les intellectuels en général – l'Angleterre est remplie d'excentriques – il faudrait cependant savoir de quoi on parle.

« De l'irrationnel, je dis, de la rationalité. Descartes

voulait rationnellement prouver l'existence irrationnelle de Dieu – et Spinoza –

– Et Spinoza ? elle demanda, comme si elle avait parlé avec un fantôme.

– Rationnellement – géométriquement – prouver l'existence – non, l'identité – d'un Dieu rationnel et d'un monde irrationnel – ou le contraire, je dis.

– Ah ah », elle dit.

Un instant plus tard :

« Et pourquoi ?

– Pourquoi quoi ?

– Prouver – non – écrire – vous avez dit – un essai.

– Je suis philosophe.

– De profession ?

– À ce qu'il paraît.

– Peut-on être philosophe de profession ?

– C'est mieux qu'idiot de profession, mais la différence –

– Oui ?

– N'est pas claire, je dis.

– Qu'est-ce que ça a à voir avec l'examen de navigation ?

– La mer.

– Je suis d'une famille de la mer, elle dit, mes grands-parents –

– Oh, je dis.

– Construisaient des phares – mon grand-père, mes oncles – lui naviguaient – eux naviguaient.

– Comme Stevenson, je dis.

– Stevenson n'écrivait pas pour les femmes.

– Faut-il ?

– Ce n'est pas une littérature de femmes, elle dit, de féminin dans sa vie, il n'y a eu que son épouse Fanny.

– J'ai lu un jour, qu'après sa mort, elle avait épousé un homme jeune de trente ans de moins qu'elle.

– Vingt-deux, elle dit, et il a écrit d'elle qu'elle était la plus merveilleuse des femmes et qu'elle valait le coup d'être épousée –

– Vous lisez donc des biographies ?

– Oh, non, non, elle dit», en cachant son rire d'une main.

Elle tenait toujours l'autre bras rejeté – le sous-bras plus blanc – teinté de bleu – du petit lait – un arrondi – indécence de cette manchette étroite du chemisier – ceinture de coton blanc plié entre la clavicule et l'aisselle – *noctiluca* –

«Tout ce que je sais n'est que ce qui s'est frotté à la famille, elle dit.

– Les Stevenson ? je demandai.

– Par mon mari. Mais je n'ai plus de mari, elle dit.

– Je suis désolé», je dis.

«Vous croyez en Dieu, elle demanda.

– Pourquoi ?

– Spinoza et l'autre, c'est ça, Descartes, elle dit, c'est bien ça ?

– Moi non, je ne suis pas croyant.

– Et pourquoi ?

– Les gens vont deux par deux, pour ainsi dire.

– Un temps, elle dit, et ça vous fait vivre ?

– Non, on ne peut pas vivre de ça. »

Son sourire se contracta quelque peu – se crispa – et elle dit :

« Je vis simplement et modestement. »

Le train roulait doucement et sous le soleil.

« L'entretien d'un voilier, même du plus petit, représente un coût énorme, elle dit, les réparations, l'hivernage, les taxes – on dit que ceux qui achètent un bateau sont heureux deux jours, le premier et le jour où ils le revendent –

– J'irai amarrer au loin – dans les îles – en douce.

– En cas de tempête, elle dit.

– Jusqu'ici, chaque fois que j'ai pu, je me suis efforcé de me réfugier dans le désert –

– Un hobby ?

– Un hobby », je répondis.

Véronique – je pensais – Véronique, si chic – avec les paillettes d'or sur son cou – tout neuf – fin – avec son corps neuf, encore vert. Elle dit :

« De mon côté, dans la famille, il y avait eu un voyageur – la Chine, Gobi, l'Himalaya – le Tibet, il traînait par là. Vous aimez les déserts et les biographies ?

– Qui ça ?

– Le Jeune Mari, elle dit, jusqu'à aujourd'hui c'est comme ça qu'on l'écrit en Inde – *Younghusband* –

coupé en deux, *Young Husband.* Vous ne pouvez pas connaître, à moins qu'avec votre – la philosophie.

– Non, je n'en ai pas entendu parler.

– Vous n'êtes pas d'ici – tu n'es pas d'ici – *you – you're not from here* –

– Mon accent ?

– Non, les yeux. Est-ce que je sais. Vos façons.

– Ah ah, je dis.

– Les yeux, elle dit.

– Conrad a écrit une nouvelle sur un primitif étranger qui se marie à une fille anglaise de la campagne, il meurt dans un phare, gardien de phare, il tombe malade, je ne me souviens plus très bien, dans son délire, il se met à parler une langue, étrangère, incompréhensible, donc terrifiante, elle s'enfuit –

– Et ?

– Je ne supporte pas cette nouvelle.

– Pourquoi ?

– Elle est sentimentale. »

« Vous lisez Conrad ? elle demanda.

– Oui, je dis.

– Ce n'est pas une littérature féminine, elle répéta, une littérature pas faite pour les femmes –

– Ça sonne hostile.

– Nous ne nous connaissons pas du tout.

– C'est peut-être la meilleure chose qui puisse nous arriver.

– Ne pas se connaître du tout ?

– Un temps.
– Après vient la déception.
– Le désamour.
– La séparation, elle dit.
– *Younghusband*, je dis, le jeune mari. »

De plus en plus de maisons hautes s'accumulaient en dessous des voies et les arbres devenaient plus hauts, mieux soignés – des hangars – des usines – une couleur bronze – la rouille citadine – le train glissait sans cahots – les chaussées anglaises sont aussi comme ça – lisses – les enfants asiatiques ont commencé à s'agiter mollement – des téléphones portables à leurs oreilles jaunes – crème – à se traîner l'air absent – *absent minded* – l'Écossaise défraîchie, plus fripée qu'au début du voyage – sous la mer – s'est levée – a tendu le bras vers le rangement à bagages – de loin – il n'émanait aucun éclat – sombre, clair – d'elle – les épaules – le chemisier – la fatigue –

« Au tournant du siècle dernier et au début de celui-ci, la Russie a asservi tous ces pays, l'Ouzbekistan, le Turkménistan, la Kirghizie et la Tchétchénie, et je ne sais quoi d'autre. L'Angleterre montait la garde avec vigilance pour conserver le nord de l'Inde et une main sur l'Afghanistan, la Chine sur le Tibet et la Mandchourie et –

– Oh, je dis.

– C'est juste d'après ce que j'ai entendu dire », elle a répété.

Elle rougit et baissa le bras – mais la lumière ne s'est pas éteinte – elle durait.

« C'était un officier issu d'une famille moyenne, et il prenait part à tout ça, là-bas sur la frontière, dans ce qu'on appelait le Grand Jeu – l'espionnage – des taches blanches sur la carte. Il a traversé le désert de Gobi – la Chine, le Pamir – reconnu un col glacé de montagne entre le Cachemire et le Singkiang – et puis –

– Je suis allé dans le désert de Gobi, je dis.

– Puis il a suscité, lui et son protecteur, Lord Curzon, le vice-roi de l'Inde –

– Oh, je dis, je connais, parce que c'est celui qui a tracé les absurdes frontières ethniques polonaises de l'est en mille neuf cent vingt et quelques, celles auxquelles les communistes se sont cramponnées après la guerre –

– Laquelle ?

– Ma guerre, je dis.

– Younghusband a signé à Lhassa un traité avec le Tibet. Si les Anglais s'y étaient tenus, il était valable jusqu'en 1979, les Chinois ne l'auraient pas envahi.

– Comment est-il arrivé là ?

– Il a suscité en 1903 une guerre, sanglante, l'armée anglaise a occupé Potala – le palais – le Dalaï Lama s'est enfui –

– Pourquoi ?

– Pour une raison. Il était convaincu, Younghusband, que les Russes étaient là chez eux – il avait eu de mauvaises expériences avec les Russes – le colonel Gromczewski –

– C'est un nom polonais.

– On dit qu'il était polonais », elle dit, puis se tut.

Il fallait se lever et descendre les sacs du rangement – peut-être sa valise était-elle dans l'entrée du wagon – mais non – elle s'est levée, elle était de taille moyenne, nous nous sommes retrouvés l'un contre l'autre –

« Mais ce n'était pas là où je voulais en venir, elle dit.

– Ça peut arriver », je dis.

Sa présence proche et la lumière claire de la nuit marine brusquaient – déclenchaient – je craignais que cela ne relâche en moi – que je –

« Parce que je voulais vous raconter, quand Younghusband, Sir, le Colonel – initiateur et coupable de la tentative de la conquête de l'Everest – du Chomolungma –

– Contre –

– Contre – pour, elle dit.

– Alors –

– Il avait soixante-seize ans quand il a rencontré l'amour de sa vie – elle en avait quarante-quatre –, Madeline Lees, un placide Lord de mari, sept enfants, elle, une petite femme, forte, et vraiment ravissante – vous ne le croirez pas, mais leur amour était partagé – c'est-à-dire –

– Pourquoi ne le croirais-je pas ?

– Une telle différence d'âge –

– Quand était-ce ?

– En 1940, elle dit.

– C'est mon année de naissance.

– Ils s'aimaient en cachette, par lettres et physiquement, elle dit, ils se retrouvaient dans des hôtels, lors de congrès – il était aussi mal marié –

– Des congrès de quoi ?

– Ils étaient, comment dire, comme Yeats, des mystiques. Ils ont écrit un livre en commun : *Le Mariage*. Younghusband avait publié plus de trente livres, moitié sur ses expéditions, moitié sur la philosophie.

– Vraiment, je dis.

– Quand il rentrait de ses expéditions. Il voulait comprendre. Il était ami de Russel, allait écouter Bergson – ses cours – Moore, Whitehead, Haldane, Inge, McTaggart –

– Vous connaissez tous ces noms –

– Seulement par ouï-dire, elle dit, mais en fait –

– Oui ?

– Il cherchait une religion susceptible de tout relier à tout, il avait vécu une illumination, il ne supportait pas le christianisme, ils étaient braques, ils voulaient le bien, ils s'aimaient énormément –

– Comment ça a fini ?

– Il est mort dans ses bras », elle dit.

Je ne l'ai pas touchée, alors que le besoin en était si fort, et j'ai dit :

« Prenez le large, si, je vous demande de ne pas me laisser, m'abandonner, me trahir –

– Bien », elle a répondu.

1999

CHAPITRE VI

La Rivière du Serpent

« Il est encore des espaces à remplir
pour achever la carte,
or sur les seuls territoires
explorés à ce jour
les gens notent avec tristesse :
ici vivent des monstres. »

Norman McCaig

Mais rien n'est jamais – jamais exactement – comme on a pensé que ce serait, et mon jeune ami, bien que parti en mer, mais pas avec celle avec qui il avait cru pouvoir larguer les amarres, et quand il avait réussi l'examen de navigation, c'était uniquement parce qu'il avait triché – il s'était trompé dans les calculs avec le sextant et encore je ne sais quoi, qui, pour être compris, nécessitait de s'y connaître en trigonométrie, arcs, axes, chiffres et révolutions des corps célestes – après tout, déjà au bac, il avait triché à l'écrit en maths, en inscrivant sous les équations ébouriffées de ses suppositions idiosyncrasiques, une suite de rangées denses mais microscopiques de calculs de chiffres puisés dans les pompes glissées par une camarade – celle-ci avait une grosse tête et des tresses nouées au-dessus des oreilles, sa tête, avec oreilles et tresses, avait la taille de celle d'Einstein et avait emmagasiné la mathématique. Cette camarade était un génie, et elle est partie en Israël, et elle est devenue génie à l'Institut de recherches, mais elle a délaissé la théorie et s'est mise à écrire en hébreu de brefs romans modestes sur la Pologne et sa judaïté, dans ces romans elle n'écrivait pas qu'en Pologne elle s'appelait Malodor et avait pour prénom Rose, ni que mon jeune ami avait eu en toute amitié avec elle une aventure amoureuse sur le divan de la chambre parentale dans l'appartement sombre et renfermé du quartier de Moncoteau, et qu'à l'occasion de cette aventure, Rose avait dévoilé des jambes de biche, c'est-à-dire poilues, et une forte propension à transpirer, et que pendant les jeux amoureux, une inquiétante moustache noire avait bourgeonné sous ses narines, ce que mon ami a révélé lorsqu'il m'a raconté – nous avons beaucoup ri tous les deux – le flot de jeunes et moins jeunes femmes qui avaient traversé sa vie, que je dois dire tumultueuse, et dont il extrayait tantôt un petit poisson, tantôt une histoire de méduse ou de requin – avez-vous remarqué comme en polonais peu de noms de poissons sont au féminin, alors que les poissons s'associent le mieux aux femmes, certains par l'odeur, certains par l'intelligence féminine, certains par le brillant ou le froid, certains parce que leur œil voit sous l'eau, certains par les abîmes sexuels, les gouffres noirs où ils parviennent à vivre, certains par leurs gueules armées de dents implacables, certains par la peur, certains par la laideur et la cruauté et par leur profondeur soyeuse, certains par l'obscurité, par des décharges électriques paralysantes, par leurs dards, certains par leurs voiles, une délicatesse illusoire et fugace, certains par la délicatesse, et c'est pourquoi j'ai placé la méduse sur cette liste, bien que la méduse ne soit pas un poisson mais un invertébré, mais ça concorde aussi bien.

La méduse est une gélatine, mais elle se déplace intouchée dans son inconsistance transparente, rose, froide et spermique, et elle brûle, elle peut tuer, ses tentacules atteignent les eaux les plus profondes, natives et insondables, en français on dit qu'un homme est médusé – surpris – frappé – qu'il ne croit pas ce que pourtant il voit, ce que pourtant il sait, hypnotisé – la tête de Méduse comme la tête de Chimère est couverte de serpents en place de cheveux, ses yeux sont vides et effrayants, gonflés par un cri, les yeux et la bouche, Méduse est une femme sans corps, son corps existe en conjecture, dans la mémoire, dans l'absence, autrement dit sous la seule forme d'existence supportable à long terme, par présomption. Moi, je suis dans un phare, la mer – l'océan – jette dans des paquets d'algues et de goémon et d'odeurs d'iode et de pourriture et de gluant, des poissons, des crabes et des méduses, des mollusques s'accrochent aux rebords tranchants des rochers, les petits de la taille d'un bout d'ongle, les plus petits que je vois avec mes lunettes, en permanence éclaboussées de gouttes d'eau ou embuées par la vapeur qui s'élève de mon corps – de mon visage – ou par la bruine d'écume de l'océan, de ses embruns et du grondement incessant, comme si le ressac ne refluait jamais, alors que c'est seulement dans le reflux et les rares apaisements de la mer que je vois tous ces nombreux animalcules vivants et certainement ingénieux, tous ces animalcules et poissons et oiseaux qui sont ici, de même que dans le phare lui-même il y a, ô merveille, des fourmis et des araignées, et que parfois s'amène une pesante et bruyante mouche que je ne chasse ni ne tue, car elle est vivante, quant à savoir d'où elle vient, comment elle est arrivée ici, comment elle a parcouru le kilomètre et demi depuis la terre ferme – peut-être le vent l'a-t-il poussé, encore que les vents soufflent tout le temps de l'océan – le phare, l'île comme à clins sont entourés de tous côtés, et quand il pleuvine ou que se lèvent et me frappent des vagues de vingt mètres de haut (et oui), ou que s'établit un brouillard laineux, fatigué, on ne voit plus du tout la côte, on ne sait pas où on est, on ne sait pas si le phare va perdurer, on ne sait pas si le phare est un phare ou un navire, la vie alors est très précieuse et le cœur bat très fort dans la poitrine, et le temps est le temps et non un tueur de temps, et quand la pensée cesse de s'en préoccuper, elle s'emplit de corps de femmes.

Il a réussi, parce que, quand il a fini par arriver jusqu'à moi et qu'il a passé l'examen de navigation, je l'ai aidé à fixer un rendez-vous, puisqu'il n'y arriverait pas tout seul, et pour qu'il ait sur qui pomper. La femme dont il avait fait connaissance dans le train s'est révélée être moitié Anglaise, moitié Polonaise, éduquée dans des universités de Californie du Sud, où elle avait obtenu une bourse de l'Association universitaire des femmes américaines, ce qui sonne, comme beaucoup de choses féminines, drolatique, ou sonne menaçant, tout dépend du degré d'allergie ou de tolérance. Je reconnais que ma tolérance s'est évaporée. Et donc, j'ai apporté ici avec moi un travail sur Baruch Spinoza, qui ne suppportait pas les femmes, qui se moquait des femmes, qui ne faisait pas confiance aux femmes – auxquelles il ne faisait aucun crédit – pas pour un sou. Un jour, il n'y a pas longtemps, levé tôt pour le petit déjeûner, j'ai compris – cela est venu quand j'ai posé le pied sur le carreau glissant – qu'entre les femmes et les hommes, les femmes et les hommes en général depuis l'aube des temps, ce qui se passe est une guerre, nous ne pouvons pas appeler ça autrement qu'une guerre. Une guerre des sexes pour le pouvoir, et donc pour l'assujettissement – l'étranglement – sous ma plume vient : l'ordonnancement de l'autre. Le malheur pour notre camp – notre sexe –, notre ligne de front, notre bastion, notre forteresse, le malheur pour nos murs de défense et notre sécurité à leur abri, à son tour convoité par suffisamment d'autres forces hostiles, est que nous nous efforçons de *comprendre* les femmes, que nous nous sentons responsables devant elles, que nous assumons nos péchés, nos brutalités séculaires et nos fautes modernes (néo-modernes), que nous nous penchons, que nous nous efforçons d'être, ô bêtise suprême en temps de guerre, justes.

Avec quoi, nous nous creusons une casemate pour le temps de la vie, une chambre de tortures, dont – perfidement et sans scrupules, inconstantes quand il le faut, hypocrites et jamais sans calcul, sauf pour le genre de souffrances infligées –, elles sont les architectes uniques et sanguinaires. Stryges, démons, sorcières, volages – une autre race. La guerre des sexes est une guerre de races totalement – encore qu'on ne sache pourquoi – étrangères entre elles. C'est une guerre de religions. Nous pensons d'autres choses, nous envisageons différemment, autre chose nous touche, une autre obscurité – un autre genre, une autre nature d'obscurité – nous portons en nous, nous éprouvons autre chose, nous cédons à d'autres courants sous-marins, d'autres mouvements tectoniques, d'autres mouvements d'un autre, et pourtant semblable, océan. L'océan peut être le même, poissons, pieuvres, méduses, harpies, furies, dauphin et dauphine ne sont pas les mêmes. Ayant reposé le pied (il est plat) à plat sur le plancher, j'ai appris quelle folie était le mariage, quelle bêtise l'amour, un empoisonnement, quel écervelage l'essai de faire durer un couple. Elles choisissent en fonction des enfants qu'elles veulent avoir, consciemment ou pas, consciemment je soupçonne, elles vivent en telle communion avec leur biologie, connaissent tant leur passion. Nous, les ennemis, devrions uniquement nous soumettre aux caprices du désir, aux bienfaits du sexe, mais sans reconnaissance : combattants défiants mais dignes, sans peur : la peur a tué les accusateurs les plus voyants du sexe féminin, le jeune philosophe Weininger et le peintre Van Gogh, les femmes se sont glissées dans notre *stress* dès le jeune âge, par le sexe – lorsqu'il apparaît – les femmes sont terrifiantes. Spinoza, Kant s'en gardaient, l'unique voie d'admission des femmes à soi peut se trouver dans des rapprochements de courte durée, pas de boutons ni d'urticaire après le rasage du bas-ventre – cuisses et fesses de putes qui s'ouvrent contre paiement –, les putes au moins risquent quelque chose, d'être battues, estropiées, parfois la mort, les putes sont l'infanterie de cette guerre, les putes méritent sinon le respect, au moins une sorte d'armistice fugace – une fraternité.

Je lui ai présenté Stella, avec qui je projetais de me rendre dans un phare – je venais de sortir d'une courte aventure avec sa femme Danièle, une aventure en passant, insatisfaisante, car Danièle, aussi secouée par les appétits de Los Angeles – mais non, là-dessus, plus tard, peut-être ou pas du tout – maintenant sur qui, sur Stella ? Mais non, sur cette femme rencontrée par lui dans le train, même si c'est Stella qui l'a aidé à l'examen, il a pompé de Stella ce qu'elle avait calculé avec les tables de calcul – quand elle écrivait sur les phares, elle désarmait les examinateurs par sa connaissance de la nature physique de la mer, des courants, des tourbillons, des vents, des profondeurs. Stella fit donc semblant de vouloir aussi devenir marin, elle avait un contact aisé avec la commission, les navigateurs – de l'Amirauté jusqu'aux amateurs – connaissaient son travail sur les phares, leur histoire, leur difficile construction locale, et moi en conséquence j'en profitais, puisque – je comprenais – c'était l'entregent de Stella qui faisait son effet, souple bien que musclé – il faut utiliser les femmes, quand on peut, contre les faiblesses et la confusion du cerveau des hommes, contre le fait que des types de faible texture laissent les femmes arriver au pouvoir, à l'influence ou à la parole – les femmes disent : arriver à *elles-mêmes* – son entregent donc, long et fort, qui s'élargissait vers les épaules comme un dos d'athlète mais indubitablement féminin, couronné d'un cou droit, puissant, et de petites oreilles et d'un crâne délicat à une extrémité, et de fesses plus que parfaites de l'autre – si des fesses peuvent être parfaites – je peux aussi m'expliquer là-dessus – des fesses qui vous fouettent le sang, en ressortant décorativement du « s » iliaque, arrondies et, vues de profil, quelque part pointues, au milieu, là où sont les muscles les plus forts et les plus saillants et les plus courts, allongés plus bas comme des gouttes d'une eau dense, des gouttes d'une huile compacte et à la clarté solaire, des fesses de cocotte.

Il a passé l'examen, il est parti naviguer, moi j'ai reçu une sorte d'affectation – une invitation – à séjourner dans un des nombreux phares écossais à l'abandon et remis en état. Stella était écossaise et avait publié un travail méticuleux sur les bâtisseurs de ces phares, sur les premiers bâtisseurs, sur les pionniers qui avaient édifié des phares invraisemblables sur des rochers inaccessibles, par-dessus lesquels la mer se déversait en vagues de plusieurs étages, même les jours les plus calmes, juste comme ça, et tous ceux-là – constructeurs, ingénieurs – s'appelaient Stevenson, ils étaient des Stevenson, et même le descendant – à la troisième génération – du maniaque qui avait fondé cette dynastie de bâtisseurs de phares, Robert Louis Stevenson, a un certain temps construit des phares selon la volonté de son père et de son grand-père ou, en tout cas, s'y est beaucoup donné – rachitique et phtisique et aussi peu intéressé qu'il l'était – il était intéressé par la mer. Mon jeune ami a fait – quand je dis jeune, j'exagère, mon ami a à son actif plus d'une dizaine d'ouvrages philosophiques et d'essais, et il travaille simultanément comme consultant pour des films, ce qui n'a rien à voir, ce qui sonne même louche, et il tombe amoureux la plupart du temps d'hydres lunaires – des actrices, qui tour à tour le zigouillent – dans le tunnel sous la Manche – comme dans un sous-marin – dans le train – il a fait la connaissance d'une femme de trente ans qu'il m'a présentée, expectant et un peu troublé – moi, elle m'a plu – elle était le contraire de ses épouses et de ses maîtresses – elle était plus claire. Cette clarté pâle était explicite, comme explicite peut être l'obscurité, la nudité d'un visage ou d'un sexe, ou le masque sombre d'un visage ou la pilosité brutale d'un bas-ventre, sa dernière épouse Danièle avait un visage opaque et le con poilu et sombre, je pensais en regardant celle-ci – Ethelreda Violetta Hélène quelque chose – les yeux de son épouse semblaient ne pas absorber la lumière, que dire des reflets de ce qu'elle avait à l'intérieur – le visage de son épouse Danièle était hermétique et faux, un visage pour dissimuler, alors que le visage – clair – de cette nouvelle femme était ouvert et vide.

Mais jamais rien ne se passe comme dans un éclair – comme dans une illusion, comme dans un espoir – mon ami ne buvait même pas pour se maintenir en état d'exaltation pendant au moins les quelques heures précieuses après lesquelles survient une mort harassée – supposons qu'elle viendra – comme dans un pressentiment – encore que, oui, j'ai des pressentiments, et de plus en plus fréquents, des intuitions de pressentiments que celui-ci, c'est celui-ci, ceci,

ceci et cela qui va se produire, et seulement quelque chose sous la forme d'une honte devant la vie, les embarras devant la pieuvre à encre noire de mon savoir ne permettent pas – freinent – de faire de ces pressentiments un usage immédiat, en vérité impossible de savoir pourquoi – donc mon ami heureux et apaisé, bien qu'excité comme un jeune homme, n'est pas parti en mer avec cette Ethelreda ou Violetta ou Hélène, car elle lui a dit, après avoir lu son dernier livre en manuscrit – un livre inachevé, car la suite sans fin des livres de mon ami faisait un ver solitaire sans queue ni tête – elle l'avait lu, car sa mère était polonaise et Ethelreda comprenait suffisamment le polonais – ces nœuds, ces boucles – c'est justement une demi-Polonaise qu'il a racolée dans le tunnel sous la Manche – et peut-être pour ça tout simplement – parce qu'elle a dit que ce qu'il avait écrit était triste, qu'il n'y avait pas d'espoir dans ce manuscrit, qu'elle avait été saisie d'abattement, que son désespoir à lui s'était emparé d'elle, et que ce n'est pas pour ça qu'on lit, on lit pour la beauté, le réconfort et les illusions, et qu'elle préfère la réussite au ratage amoureux, une réussite chaude en hommage à la dernière femme, sans quoi le livre leur tombe des mains – rien n'est plus sage que la tristesse – et même si l'une des citations préférées de mon ami était de Renan, « Il est possible que la vérité soit triste », jamais personne n'exigeait de la littérature – que dire alors de la philosophie ou du cinéma – qu'elle soit véridique et pas seulement une illusion de la vérité. « L'art est une vérité qui de toutes ses forces fait semblant de ne pas en être une », a écrit mon ami dans un de ses premiers textes – pleins d'illusion naïve – mais maintenant, plongé sous les eaux, souffrant avec ténacité et je dirais – exubérance –, il avait oublié ses propres science et sagesse.

C'était bien sûr les bonnes femmes qui les avaient détruites. Donc il n'est pas parti en mer, égaré par la vérité, avec la professeure de lycée Ethelreda Bonham Carver, auteure d'une biographie de Fanny Stevenson – elle ne lui avait rien dit de son écriture – de sa réussite – alors, dans le train – elle enseignait pour gagner sa vie la littérature dans un bon lycée – onéreux – de haut niveau – du quartier de Kensington – en face du palais où putassait la – vraiment irresponsable enfant chérie des illusions anglaises, la princesse Diana – l'école s'appelait Marymount et elle était enjolivée, ornementée de statues en plâtre de la Vierge Marie et de chérubins et de corps christiques surréels, blancs comme de l'albâtre, cloués sur des croix, avec l'horrible tête barbue, la bouche ouverte sur l'agonie, la couronne d'épines et ainsi de suite – c'était une école catholique, l'une des rares à Londres, mais les professeurs étaient acceptés de toutes les religions, Ethelreda était sans religion, même si elle croyait à la littérature, et elle était prête à croire en mon ami et à la possibilité de réparer son cœur et sa plume, sauf que mon ami ayant passé l'examen de navigation est parti en mer, avec bien sûr tout à fait quelqu'un d'autre. Il ne fallait pas lui parler de la tristesse rebutante de sa littérature, il fallait l'encenser et le conforter, il fallait l'aider et lui laver ses chaussettes et faire son repassage en ajoutant un parfum agréable, par exemple de lavande ou d'herbes méditerranéennes, entre les plis de son linge, il fallait offrir un cou lisse à l'endroit où il atteint la clavicule, et suggérer l'opulence d'une poitrine en dessous, il fallait lui expliquer qu'il était extraordinairement doué, que le talent est une beauté, il ne fallait pas le critiquer. Le traiter comme un amant et un fils. Il a invité Ethelreda à déjeuner – ils sont descendus du train – et il lui a donné à lire – chez lui – il avait pris une chambre d'hôtel – elle avait une maison blanche, familiale, avec des colonnes au portail – battement de l'horloge – elle gagnait de petites sommes pour la forme – par bonne éducation – même l'autre pute psychopathe – Diana – d'une famille encore plus aristocratique que celle de son mari Charles et de la reine – les Spencer – Churchill – travaillait dans une école maternelle quand avait fait sa connaissance le malheureux prince – à qui rien ne réussissait – ni de devenir roi – démissionner sa petite-bourgeoise de mère – ni de se marier avec la seule femme – elle avait épousé un camarade – des enfants – un mari officier alcoolique triste – la vieille qu'il aimait – qu'il désirait – il lui a dit dans un téléphone portable – on a entendu – qu'il voulait se retrouver dans la culotte de cette laide femme vieillissante – son amour de jeunesse – comme un Tampax.

Que faut-il s'imaginer en voyant ses rides. Avait-elle aussi le con hersé ? Flasque ? Ou peut-être justement possessif, nerveux, ce genre unique au monde de con qui nous enchaîne – Stella et Blanche en avaient comme ça, mais je n'ai passé que quelques nuits avec elles dans le phare – nous faisions le tour des phares – c'est comme ça que j'ai connu Blanche – on était revenu à l'idée que les phares solitaires, farcis d'électronique automatisée, étaient inhumains – ils contribuaient à la déshumanisation – de quoi – du paysage, des rochers, de la côte – de la mer – de la façon de vivre – à la stérilisation des choses – on recherchait donc des candidats déterminés – espace, publicité – quoi de mieux que d'installer un prof de philo – ou de littérature – dans un phare, pour qu'il y crée – philosophe – donne des signes de lui – en échange d'un nettoyage périodique de la lentille à la peau de chamois et à l'alcool dénaturé – du miroir parabolique – girant la lumière blanche au sommet – pas un vrai travail – c'était une attente – peut-on vivre – survivre – durer – écrire dans un phare ? L'escalier étroit s'enroulait en hauteur à l'intérieur du tunnel vertical en pierres – une cheminée – un tuyau – des millions de coquillages sucés dans le mur nu et lisse – le phare comme un phallus – poli par les coups des vagues – la succion du vent – lisse pour que la mer le moins possible puisse le dévorer – se faufiler dans les fentes – évider – forer – un phare sur un îlot minuscule, un rocher sous lui tellement conspué par la mer – tellement baisé – qu'il pousse un hurlement – une grotte, un écho, l'air – qu'il pousse un hurlement de bête – vide et terrifiant.

Pierres perdues, écrit Stevenson. Il souffrait de tuberculose à force d'avoir bâti des phares, me dit Stella Brighton. Toute la famille bâtissait, l'arrière-grand-père, le grand-père, le père, les oncles, aux confins du Nord écossais – sur les *lochs*, les écueils, même si les autorités étaient réticentes – tel James Liochoir, capitaine de la Marine royale, qui affirmait qu'un navire qui se brise sur les rochers est un navire *stupide* – des milliers de gens vivaient du pillage des navires naufragés – et si on venait à secourir une épave sur un écueil, la moitié de la cargaison vous appartenait – les roches étaient allumées – on attachait des lumières aux queues des moutons, aux charrettes – pour leurrer de la côte les hommes perdus dans la tourmente – la seule partie des îles Britanniques où les bordures entre les champs ne sont pas marquées de pierres, mais de planches d'épaves – en son temps, je me suis intéressé à un philosophe écossais, Hume – à des écrivains – Walter Scott, James Hogg, Tobias Smollett – des poètes – Burns – à cause d'un certain Descartes par exemple. Edimbourg portait le nom chaleureux de Saint-Putois – telle était la puanteur – les lanternes, comme les phares étaient alimentées en huile – l'huile des queues de mouton donnait la flamme la plus claire – comment peut-on couper sans cesse à des millions de moutons des queues qui ne repoussent pas ? Au début, les phares diffusaient une lumière fixe – un rayon – dans une seule direction – le grand-père Stevenson a imaginé de les faire tourner – un feu tournant – Henri Hech, le plus vieux gardien des îles, s'est plaint après un incendie que ses intestins le brûlaient – il est mort en douze jours de souffrances – l'autopsie a révélé qu'il aurait avalé en regardant vers le haut dans son effroi, *awe*, le sentiment de son propre destin misérable – une gouttelette de plomb fondu par les flammes.

Tout cela ne pouvait pas ne pas m'attirer – je dis. Stella m'attirait. Elle avait de longs cheveux, des jambes fortes, elle était connaisseuse de ces phares. C'est elle qui avait proposé de les humaniser. On a créé un comité, choisi un prince quelconque – Kent, Surrey, Sussex – pour président. Le prince se sentait volontiers chez lui sur mer, il portait même le titre d'amiral. Lui aussi était pédéraste, son épouse – la princesse – fanait convenablement entre des bras successifs. Tennismen, athlètes, amateurs de chevaux, des vulgariciens, de tout sauf des aquarellistes.

L'aquarelliste, c'était Charles, lui qui s'était battu pour sa vieille maîtresse tandis que son épouse – la pute – toutes les épouses sont des putes – se tuait enfin dans un tunnel, dans un tunnel se produisent les choses psychanalytiques les plus diverses, choses de la mort, de la connaissance, ce qui revient comme presque tout au même. Stella et moi, nous nous sommes embarqués. En fait, d'abord en train jusqu'à Edimbourg, puis suivant la côte de la droite vers la gauche, c'est-à-dire au contraire de l'usuel – mon attirance pour Stella était l'envers de ma vie, j'étais de trente ans plus âgé qu'elle – par Suchklit, l'île de Mai, le rocher de la Cloche, haut – le Nord – plus loin vers le nord du Nord – à Stromby – les Orcades – les Shetlands où il y a des moutons et du vent, tout est salé – salé, l'air marin dans le matelas où – sur lequel – Stella avait la bonté de s'asseoir dans le lit pour ôter ses protège-chaussures – puis de se coucher. Elle avait la bonté de se laisser longtemps caresser – Spinoza était pour ça, bien qu'on l'ait accusé – des philosophes jaloux – tantôt de constipation morale, tantôt d'homoérotisme – la deuxième fois à Muckle Flugge – sur un haut rocher pentu – le point d'Écosse le plus éloigné – le phare avait été édifié là avec une peine incroyable – impossible à construire – David Stevenson l'a construit en 1854 – il servait à éclairer la route des convois militaires partant pour la guerre de Crimée où Mickiewicz –

Que dire ? Ses cheveux sont apparus roux dans la lumière du soir – elle était libre – perfide – peu encline à se lier – le cas échéant, un peu s'accoupler à un vieux de mon âge, l'âge de la reconnaissance – je voudrais appeler ça comme ça – pour moi, la trentaine, c'était l'enfance – les dons de la vigueur et de la santé et de la force – de la vigueur sexuelle – de la gaieté – nous rigolions la nuit – à la fenêtre une grisaille noire – toujours quelque chose gargouillait – une gerbe de lumière lunaire tournait régulièrement au-dessus de nous – mais elle n'avait pas choisi Muckle Flugge pour moi, trop de baraquements et de gens et d'excursions – nous sommes partis – vers le bas, au sud – mon jeune collègue m'envoyait des fax – j'en recevais de lui – ou de sa longue écriture – au lieu de phrases faites de subordonnées, des abréviations télégraphiques – depuis longtemps je pressentais que ça se condenserait ainsi – assez de cette philosophie tantôt en rond, tantôt en long – maintenant un seul mot – la réalité – une seule phrase – *la vérité est brève* – je pensais. Vers le sud, par le cap de la Colère, le bien nommé, car je commençais à faire la tête, moi le vieux, à Stella, qu'elle me laisserait – qu'elle est libre, indépendante, rousse – parce qu'elle m'avait assez vu – elle me sondait à de nombreuses reprises, je prendrais avec moi un cahier – *Le Cul* de Lewinson aux îles Flannamach – le cul pâle et oblong de Stella, ni large ni équivoque – musclé d'avoir grimpé les escaliers de toutes ces sources phalliques de lumière – doux à force du temps assis dans des bibliothèques universitaires – Inverness, Aberdeen, Glasgow – le phare de Skerrymore l'attirait – 1844 – mais, à dire vrai, le rocher autour du phallus était trop petit, même pour de très courtes balades – construit par Alan Stevenson – et recouvert par la mer, balayé par la mer, même pendant le reflux, le plus souvent –

Non, nous avons visé Brhu Heartach – *heartache* veut dire « mal de cœur » – David, Robert et Robert-Louis Stenvenson – 1872 – car celui-là – ce phare – était le plus bas, l'ascension à l'intérieur la moins pénible – l'îlot lui-même, vingt mètres au-dessus du niveau des brisants – soixante-douze mètres de long – une promenade – le phare lui-même, trente mètres des soubassements au sommet – sept étages – bon pour le cœur, en particulier si tu montes à reculons – du granit – à vingt kilomètres de l'île d'Earraid – une mer ici furieuse et sifflante des mois durant – Louis détestait l'ingénierie et voulait écrire – déjà du temps de sa construction, le phare était secoué de légers tremblements sismiques – les femmes n'aimaient pas cette tour, car elle était étroite, Stella l'aimait, je pense, à cause de Robert Louis, même si ce n'était pas sur lui qu'elle écrivait, c'est-à-dire pas complètement sur lui, sur lui c'était l'autre qui écrivait, Ethelreda, car après avoir écrit sur son épouse, Fanny, elle, a fini par venir ici pour voir. Elle m'a vu, moi j'ai vu ses jambes bien faites – extraordinairement bien faites, exceptionnelles – de plus elle était comme l'avait vue mon ami – moyenne – prenante – claire – toujours en blanc – des sweaters écossais – ses bras blancs – quand Stella est partie – sept étages à monter, et le balconnet en fer autour du dernier étage du phallus – dangereux de sortir, nous avions été prévenus – ce n'était pas tant les vagues, elles montaient parfois à cette hauteur, qui étaient dangereuses – un mur d'eau visqueuse assombrissant le ciel – mais les oiseaux – d'immenses vols, des vols d'oiseaux si denses qu'ils pouvaient casser les verres – la tête – de tes lunettes – l'ampoule de la lumière tournante paraît tantôt grande, tantôt petite, comme une petite bite devant une femme – Stella, je veux dire – mes femmes, avant – plus haut, il y a les antennes, des paraboles – des pieds à la tête, la tour est dirigée par de l'électronique – peut-être que cela aurait plu à Danièle, que les inventeurs de ces lentilles, les frères Fresnel, eussent été des Français et que leur fabricant s'appelât Soleil, mais où était Danièle maintenant –

Les vagues, me dit Stella, peuvent frapper le phare avec une force de deux tonnes au pied carré – ses pieds courts, forts, oui, carrés – à lécher, suffisamment jeunes – à prendre dans sa bouche de vieillard – tout le phare – moi – doit tenir des coups d'une force de deux cent quarante tonnes pour perdurer. Elle criait – les vagues – sur le balconnet – la vague noire arrive – reflux – un gouffre – je m'efforçais de la comprendre. J'avais emporté Spinoza et Descartes et Hobbes – *Le Léviathan* – et Leibniz contre l'humidité hermétique, et des photos de Danièle nue – notre brève histoire d'amour – une brûlure – d'abord à Hollywood – sa maison vide sans odeur – le tapis rêche – des objets américains gris moche – du toc – pour avoir de quoi m'exciter – une excitation mauvaise parce que Danièle était mauvaise – mais je n'en ai pas eu l'emploi – des photos – pour me dégoûter, car ce ne sont pas les femmes qui ont manqué. *Muckle Flugg* veut dire « le grand gouffre », c'était ça – brièvement avec Stella – Danièle était la Douleur au Cœur – *Heartache*, même si la veille de notre arrivée – comme si on avait su – on avait changé le nom de l'île en Dhu Artach, ce qui ne voulait rien dire – la philosophie ne veut rien dire – ni les femmes – au moins les femmes sont un ennemi, et si constant que même au cœur de ce nouveau phallus avec une lumière à son bout – spermatique – Stella me dit que, pendant leur séjour ici, les Stevenson avaient souffert du mal de mer – vomissements, étourdissements – comme si l'île avait été un bateau – tant balance la mer – et Robert Louis lui-même, d'un « sentiment particulier » – je ne veux pas analyser lequel – je ressens la même chose – des preuves existent – des documents qui témoignent du déchaînement de tempêtes étonnant même les spécialistes des lois physiques – au XVIIe siècle par exemple, on a trouvé ici l'épave d'un navire avalé par la tempête et rejeté sur les rochers, et dans lequel un chargement de monnaies d'or a été soudé à la coque par l'électricité. Des blocs de pierre de six tonnes ont été emportés avec une facilité enfantine par une vague impétueuse, me dit Stella, au moment de la construction. Les bâtisseurs sont restés enfermés trois semaines dans une petite baraque d'acier, plantée sur des pieds en fonte dans la roche pour permettre à l'eau de mer de s'écouler sous eux – coincés par la tempête au milieu des gémissements et des grondements et des battements incessants du cœur et de l'eau. Les Stevenson étaient mélancoliques, sentimentaux et coléreux, enfantins et extrêmes : des extrémistes. Dhu Heartach ? L'esprit du mal de cœur – les courants tourbillonnent autour de lui comme autour d'un moulin – entre 1801 et 1854, plus de trois cents unités ont été fracassées sur ces rochers – le basalte sous les pieds – cela m'a frappé – était comme un corps lissé de phoque – gris – nous avions navigué sur le plat de la mer pareil à un linoléum gris – de satin – dont la peau se mouvait dans un bruissement – douleur plane du cœur après les trahisons, les destructions, les pertes – en raison de quoi – des femmes, des illusions, des années ? Le dernier des Stevenson est mort en 1971, Robert Louis était ici en 1869.

C'est tout pour Stella. Je l'avais aperçue de loin lors d'une soirée d'auteur – je m'étais rendu exprès à la librairie Hatchards, Picadilly, la plus fastueuse de Londres – le chic même – les vendeurs, des pédales – regardant les livres que je choisissais, un vieil élégant – le chef des vendeurs – a trottiné jusqu'à moi et m'a glissé avec un chuchotement sucré deux nouvelles *positions* – « Je regarde ce sur quoi vous avez la bonté de porter attention » – il zézayait d'un air entendu – il portait une chemise à rayures irréprochables, bleues et blanches – un nœud papillon à pois – un gilet – j'ai fourré les livres qu'il me proposait – je les ai enfoncés dans le rangement irréprochable des volumes de littérature de mer – de voyages – d'aventures – c'étaient des romans de jeunes pédérastes sur la pédérastie. Stella signait son ouvrage sur les phares, je me suis mis dans la queue et je l'ai acheté, elle a signé et elle a levé les yeux – j'étais là, massif et voûté, avec mes lunettes, et chauve, avec des mèches de poils qui me sortaient des oreilles et du dessus des oreilles, et je soufflais comme un jeune homme après la rapide ascension – à reculons jusqu'au septième étage du phare – après Stella, c'était le tour de Lees-Milne de signer à la petite table, le curateur du fonds national d'Entretien des vieilles demeures – palais – abbayes – jardins – reprises sur le budget de l'État à des aristocrates appauvris – il était de ces Lees et de ces Milne, de cette Ethelreda, petite-fille de Jeune Mari – Younghusband – et de A.A. Milne, l'auteur de

Winnie l'Ourson – à ceci près que lui n'est pas venu, parce qu'il venait de mourir. Ses mémoires étaient subtils, c'est-à-dire écrits avec aigreur et tristesse, et ils parlaient de tout le monde, et moi, j'étais à Londres et je désirais Stella Brighton, et nous sommes sortis de la librairie Hatchards ensemble.

Se discipliner – mais à quoi bon – et décrire Stella. Un front bas, un buste haut. Un nez droit, le cheveu clair, un visage allongé, les yeux plantés un peu trop haut, de longues joues en dessous, un menton décidé. Jolie, je dirais, après une hésitation, décidemment jolie, mais là n'est pas la question. Danièle – ma Danièle – avait disparu de l'appartement et emmené les enfants, elle était occupée par l'amant déterminé suivant. J'ai posé ma candidature de philosophe dans un phare, mieux que Diogène dans un tonneau. Quelque temps plus tard, nous arrivons, Stella dans un sweater écossais blanc, épais et imperméable, et moi massif et mal assuré sur les bateaux. Au milieu des hurlements du vent et des balafres métalliques de la pluie dans tous les sens sur les vitres et les murs, nous nous sommes allongés l'un à côté de l'autre, l'un dans l'autre, moi le regard plongé dans l'obscurité, elle, à ce que j'en juge, au fond indifférente, exerçant sa liberté ambitieuse et plutôt solitaire – elle faisait ce qu'elle voulait – pourquoi pas avec moi, bien pesées les circonstances – et puis j'étais amusant dans la conversation. Maintenant, nous ne parlions pas, ses dents blanches et régulières brillaient, je lui chuchotais dans sa petite oreille et dans ses cheveux pas trop propres des obscénités et des gros mots – c'est une guerre – ce sont elles qui sont entrées sur le chemin de la guerre – elles, les bonnes femmes – par notre maximale faute. Le matin, elle m'a accueilli avec bonne humeur et amitié – nous étions dans une certaine intimité – et m'a demandé d'expliquer pourquoi je voulais mettre Spinoza et Descartes en parallèle – elle savait peu de choses de la philosophie, tout sur les phares – j'étais devenu un des gardiens de phare – un jour, ils ont été huit cents en activité sur cette côte, et deux cents faisaient encore la queue en 1990 – maintenant, moi seul – en échange d'une explication du traité de Descartes, *Le Monde ou Traité de la Lumière* – c'est ainsi qu'il voyait le monde – et aussi de ce que le célèbre « je pense, donc je suis » ne résultait pas d'une froide analyse, mais de quelque chose qu'il appelait *intuitus*, l'appréhension intuitive, et comme il s'intéressait à la mathématique, à la physique, à la botanique, à l'anatomie et à la physiologie – ses études sur la glande *pituitaire* – mais comme il désirait avant tout développer la théorie des passions – au lit, face à la fenêtre fouettée par le vent, Stella m'a raconté que la Commission des phares avait édicté un décret établissant qu'« un gardien de phare doit être un homme de talents divers (*a man of parts*) qui, étudiant la mer, doit en respecter l'énorme puissance, être un cuisinier de bonne ressource et un bon camarade (ça, je l'étais), le gardien de phare ne fait pas fortune, mais beaucoup plaident qu'il est en paix avec lui-même et avec le monde».

Hm, je pensais. «Un gardien de phare doit être sobre et travailleur, propre sur lui et ordonné – rangé – dans sa vie familiale.» Cela n'aurait pas collé, même si la majorité des phares avaient été construits avec l'idée de couples mariés, et que le terrain – la terre – attribué au gardien suffise au moins pour une vache ou un mouton, pour peu que l'herbe salée réapparaisse des eaux. Le problème est qu'elle réapparaissait rarement, ou jamais – au grand jamais. La Commission ne prévoyait pas l'emploi de femmes au poste de responsable de gardien de phare, me dit dans la pénombre Stella à l'esprit féministe. La CDP conseillait aux épouses la lecture de *La cuisine à l'usage des classes travailleuses* ou des *Recommandations médicales à l'usage des gardiens de phares* – les gardiens ivrognes étaient un malheur – certains creusaient sous la mer des tunnels jusqu'au *pub* le plus proche – la Commission engageait des putes pour faire régulièrement le tour des rochers non mariés – sur les îles Flannan, la Commission n'a à ce jour pas résolu l'énigme de la disparition de trois gardiens à la fois – ils se sont noyés, ou aussi bien entretués pour une rivalité amoureuse – dit Stella – ou en raison d'une stupide extase religieuse – ou bien ils ont été enlevés par des Martiens. *Dhu Heartach*, où nous étions couchés dans des draps humides, était appelé le Trou Noir – oui, oui, comme celui de la femme, ou le trou cosmique – et le plus souvent les gardiens y étaient frappés de mélancolie, ils sautaient dans la mer et s'éloignaient à la nage pour se tuer. C'est pourquoi vous ne devez pas rester seul ici, dit Stella. J'avais la solitude maîtrisée, une épouse pute, une jeune auteure nue – sans sweater blanc – à mes côtés, quelques livres, un stylo, et pur, clair, totalement ouvert comme l'océan, un manque de perspectives devant moi. C'est-à-dire, je répondis à Stella, que j'étais heureux – léger – je dis. Trois tonnes de mécanisme de lentilles et de lumières – m'avait dit le technicien – il nous avait attendus, il nous avait accompagnés, il nous avait montré et était reparti – elles tournent automatiquement avec facilité – il suffit de donner une poussée de la paume, au cas où l'électronique tomberait en panne – elles vont s'allumer et tourner. Bruce Brown, dit Stella, le dernier gardien de la Tête de Duncastle – qui était Duncastle et qu'avait-il dans la tête, bien sûr en plus du gardien ? – lui a écrit : « Une chose doit être en toi ; ce quelque chose doit y être ; ta façon de voir la vie doit être repensée à neuf ; rien ne t'oppresse, tu vas donc t'y habituer au point que tu la laisseras être, la laisseras voguer avec toi ; tu vas simplement accepter cette chose rude, lisse, mauvaise, affreuse, horrible et plus qu'horrible, et tu accepteras le tout avec simplicité. »

J'ai détourné le regard du visage de Stella – même après l'amour, j'estimais qu'elle était encore sexy – c'est-à-dire que mon pénis l'estimait – que pouvais-je dire de l'inhumanité des femmes – Spinoza l'affirmait – inconstance, tromperie et bassesse intellectuelle – eh oui – et lourdes perversions souvent célébrées – même s'il connaissait le plaisir sexuel – dans lequel – il l'écrit lui-même – l'esprit est saisi comme dans la paix du bien véritable, au point qu'il est incapable de penser à rien d'autre. Danièle, au moment du rut amoureux – le désir est le besoin de lier, et par l'amour, un corps à un autre – c'est Descartes qui séparait, tel Platon, l'âme du corps, totalement – sur quoi le penseur écossais Hobbes grinçait entre ses dents : « Ça ne me paraît pas un argument valable de dire, *je pense, autrement dit je suis pensé*, ou bien j'utilise mon intellect, mais je ne suis pas l'intellect », mais Hobbes ne croyait pas en Dieu, tout comme Spinoza ne croyait pas aux femmes, ce qui me les rend tous les deux sympathiques. « C'est justement là-dessus que vous projetez d'écrire ? », a demandé Stella. Je ne voyais pas son visage – avait-elle un visage en plus de son ventre et de son esprit et de son sexe de nuit – et moi, j'hésitais, ne sachant pas sur quoi. Il y avait longtemps que je ne savais plus – c'est pourquoi j'étais parti sur l'île, je serais allé n'importe où – et je voulais être avec elle aussi longtemps qu'elle le voudrait, parce qu'elle avait des seins bien faits et une peau douce et qu'elle savait écrire, par exemple sur la réalité factuelle des phares. Spinoza considérait qu'il comprenait la Géométrie de l'Âme, et qu'on pouvait révéler Dieu par une équation géométrique. Descartes, pareillement, bien que la différence – fondamentale – entre eux était que Descartes croyait que Dieu était le créateur de lui-même aussi bien que de l'équation, et que Spinoza avançait que Dieu était l'équation elle-même, que Dieu était la possibilité de l'existence de n'importe quelle équation, Dieu était le monde non seulement au sens du présent matériel, mais au sens de la possibilité du présent, au sens du sens que le présent matériel ne peut se manifester qu'à travers lui, Dieu, autrement dit être en Dieu, Dieu lui-même. Dieu est la possibilité de l'existence, Dieu est la pensée, et, après seulement, un projet – Dieu est – c'est-à-dire que, sans Dieu, pas plus que de petits kangourous sans la poche de la mère pour ses enfants, nous n'existons pas.

Stella Brighton était libre. Je l'avoue : le matin à dire vrai, moins jolie que jeune. Auteur avec succès de ce programme, jeune, douée, elle installait sur les îlots et les rochers des auteurs, des poètes, des alcooliques et des pédérastes pour leur faire passer (je vous demande seulement de ne toucher à rien) un mois

– une semaine – une saison – certains ne tenaient pas vingt-quatre heures, une nuit après une journée – se mettait-elle au lit avec chacun d'eux pour la nuit ? – tous ne venaient pas seuls – certains chargés de valises de pornographie. On pouvait aussi en capter la nuit dans le téléviseur. Le sel de la mer, les frottements, les mouvements, les tourbillons noirs et les gouffres des eaux, l'écume battue, les jaillissements, le poison, les odeurs animales, putrescentes, océaniques, ce que nous appelons les odeurs du sexe, de la salive, du vagin, le goût du sperme pour certains, dans la poussière d'eau au-dessus de la tour du phare, c'était excitant. Elle s'est donnée gentiment à moi – elle s'est rendue – elle a écarté les cuisses, « et alors, je n'aurais qu'à ouvrir les cuisses ? », demandait la hollywoodienne Danièle en colère – avec haine – elle, nous, je, nous avions à nous réduire à une ouverture des cuisses – la tromperie est un thème qui consume, un des rares comme la fidélité – Descartes et Spinoza, ces contraires, doubles visages, qui se transformaient irrémédiablement et – malgré le faux-semblant – à être méconnaissables. La deuxième fois, avec Stella Brighton dans *mon* phare, qui était le plus modeste sur la liste de choix, mais je n'étais aussi que Polonais, le moins connu ici, je ne méritais rien de plus convenable – et le plus âgé – je ne méritais pas Stella avec son talent, ses jambes, et ses – longs – cheveux roux clair – avec sa sûreté de soi – son sens rationnel d'elle-même – la mer s'était figée sur place, onctuosité plate de la mer grise et un lait assoupi – opalisant – par-dessus – en dessous, des bêtes antédiluviennes qui se mouvaient. La nuit s'est écoulée délicatement, je dirais : sainement, sans arrogance ni gratitude, Stella était coquillage, chaleur, bras de pieuvre.

Je ne me suis pas senti mal quand elle est repartie le lendemain. Le bateau était revenu la chercher de Mull of Knife, où il avait déposé le dernier des artistes engagés, un musicien ou un peintre, ce qui – comme il l'affirmait – revenait au même – un homme grand et encore jeune, mais attaqué jusqu'à la moelle par la maladie – il était vide à l'intérieur, comme un arbre rongé par les vers – il disait – il était parti s'installer dans un phare vide et rongé pour ne serait-ce qu'un instant – un seul instant – cesser de mourir et que tout concorde, et il ne s'est pas offusqué que Stella Brighton ne reste pas avec lui mais avec moi, parce que moi, je n'en étais pas à la mort, c'est-à-dire, pas encore, sauf que moi, pour une grande part, je n'existais pas, ce qui – pensait Stella – était facile, elle pensa donc peut-être qu'elle était le dernier cadeau de la vie – la vie est jeune – pour moi, Suzanne et le vieillard plein de désir, tous deux en sweaters et foulards et bottes imperméables, elle avec une cigarette, moi avec une pipe, au bord de ce septentrion, du côté de l'Ultima Thule et des étoiles du Nord et de l'étoile Polaire. Elle est partie, la vedette s'est mise à crachoter et à lancer de la fumée, le sillage s'est soulevé et s'est détaché des deux côtés de son cul plat – du *roof* – le vent a soulevé péniblement ses cheveux huilés – elle gardait les mains dans les poches et un sac marin à ses pieds – dans la nuit, j'avais farfouillé dans ce sac de toile imperméabilisée – il y avait un paquet de linge simplifié au minimum et économe, et une brosse à dents et une crème et quelques livres féminins – un livre sur Hogarth de Jenny Unglow et sur Jane Digby de Jane S. Lovell et *Citizen Lord* sur Edward Fitzgerald de Stella Tyllard et *Longitude* de Davy Sobel, de Benita Eisler un épais volume sur Byron, d'Amanda Foreman sur Georginia, duchesse du Devonshire, de Brenda Wineapple – ce nom m'a tout de suite plu, *pomme à vin* – sur Gertrude Stein et son frère Léo, de Brenda Maddox *George's Ghost* (« le fantôme de Georgie »), Georgie était le nom de l'épouse mal-aimée de Yeats, mais qui lui ordonnait de lui faire l'amour en prétendant – lors de séances de spiritisme – une écriture mécanique – de droite à gauche – pseudo-transe – lui, nigaud – en son temps cela m'avait enchanté – que Tomasz Derlowicki, l'esprit de l'autre monde, lui adressât depuis le ciel des ordres copulatoires – c'était le seul titre que je connaissais de tous ceux-là. *Fanny Stevenson,* d'Etheldera Bonham-Carver, brève conquête de mon jeune ami – le tunnel – et *Bram Stoker,* de Stella Brighton sur l'auteur de *Dracula* – le seul livre que je lui ai volé dans son sac.

Mon jeune ami fréquentait le pub Bram Stocker, au gigantesque comte Dracula en contreplaqué découpé et peint en blanc et noir sur la façade, quand il est venu habiter Londres – un moment – chez Danièle, après son arrivée de Hollywood – Danièle – jamais rangée – effrénée – toujours nue – quand il s'est montré – l'esprit – le vampire – le macchabée – le défunt – l'ondin – ils ont essayé encore une fois – il dit – il semblait que rien ne se déposait sur elle – ça se déposait sur lui en dépit de son rire de jeune homme, il pouvait sembler que chapitre après chapitre – nous ouvrons la cage, et hop, à nouveau – mais qui tournait les pages, lui ou elle, cette « elle » qu'elle était devenue, ou ceux-là mêmes qui l'avaient expérimentée, qu'elle avait expérimentés, chaque expérience un dépôt de cendre – jusqu'à ce que la main vieillarde de la mort referme le livre – ne vivaient plus que des morts vivants – Danièle – d'ailleurs, moi aussi, je me suis brûlé. Il n'y avait avec elle aucune chance de rien, à part une perte de temps. Il faisait ennuyeux. Envie de rien. Ils devaient faire un film ensemble, celui que nous avions écrit à Los Angeles. *La Fidélité* sonnait comme une injure, comme un non-sens, comme une automutilation. Pendant les prises d'essai pour lesquelles mon jeune ami était retourné à Paris, il avait fait la connaissance d'une actrice débutante de vingt ans qui avait l'air, il m'avait écrit, d'un oisillon sans plumes. Des cheveux ébouriffés, un petit corps mince, des dents inégales, un sourire avisé mais aussi larmoyant – il écrivait – quand elle enlevait sa petite veste – peut-être à dessein, qu'il ne la prenne pas pour une garçonne, une gavroche – il avait vu ses seins lourds et grands, vraiment grands sur ses côtes maigres, ils balançaient. Puis ils avaient parlé. Elle avait allumé une cigarette, lui aussi en a allumé une – il avait cessé de boire le temps du film, et plutôt fumait, il fallait quelque chose en plus de sa douleur permanente pour Danièle – cette fille – l'actrice – dit qu'elle voulait être bonne. Autrement dit, que c'était le but. Elle sortait d'un orphelinat, enfant trouvée, et savait beaucoup de choses. Je veux être bonne, elle avait dit, pour le moment, jouer – le jeu d'acteur – m'aide à ça. À quoi ? voulut demander – mon jeune ami – à sortir de moi-même, à me guérir de moi-même, à la générosité – à la prodigalité, au contraire de l'égoïsme, elle dit, même si ça semble –

Il était surpris (rien n'est jamais exactement comme nous le pensons, même si nous savons tout d'avance, tout de suite), la vie avec Danièle avait deux faces, étincelante à l'extérieur et funéraire (Bram Stoker), c'est-à-dire qu'elle besognait des centaines de pages de graphomanie à la machine à écrire en s'expliquant, en s'expliquant par – elle écrivait – l'obscurité, mais qu'elle avait trouvé la lumière, qu'elle avait soif de jeunesse, qu'il était avec elle depuis toujours (putain de vérité), qu'elle voulait (elle y avait droit) autre chose, ou encore autre chose, et ainsi de suite. Il avait compris – il m'avait écrit – qu'il ne voulait pas être dans sa tête, qu'il ne voulait pas être elle, cette désolation fréquente et harassante, cette pâte ratée de bonne volonté, et une copulation de plus. Il était sans illusions, c'est moi qui cédais encore aux illusions. Il y a quelques années, il m'avait sorti véritablement de l'enfer de la théologie. Littéralement. Le lieu, ou plutôt les ruines qui en restaient, s'appelait Théologue 2. Il était arrivé de Californie où il avait été le témoin de ma déconstruction, quand j'avais chamboulé le plan – la cérémonie – de mon insignifiante carrière polonaise – je devais devenir, je me souviens, professeur titulaire – des feuilles blanches – le soleil dans les fenêtres de l'université – je n'ai rien dit. Pendant plus d'une dizaine d'années, j'avais joué à l'exceptionnel adepte du jeune marxisme, de l'existentialisme, du déconstructivisme, maintenant je ne faisais plus semblant. Il était clair que la philosophie polonaise n'était que du pipi de chat – les Kotarbinski, les Manteuffel et les Tatarkiewicz servaient autant que le pseudo-mouvement démocratique, avec leurs divagations sur le bon travail et le but commun, dans les deux cas pénitentiaires. Un travail de gardien de prison, un labeur rustique de maquereau sur la pute.

J'avais accueilli mon jeune ami chez moi quand son père était mort. Son père était plus intellectuel que moi, plus subtil, formé plus à fond. C'était son père qui l'avait à son tour éduqué, auteur d'ouvrages sur les poètes grecs et d'un cycle *Vivre et philosopher* : sous l'empire romain, au Moyen Âge, perversement alors qu'il ne pouvait savoir ce qui allait exactement se passer – c'était la guerre – il écrivait sous l'Occupation dans de beaux cahiers d'avant-guerre – il avait prudemment cessé ses investigations sur les Lumières – les écrivains se divisent aussi entre ceux qui choisissent papier, reliure, couverture, et ceux qui écrivent avec coquetterie au dos de feuilles usagées, entre des caractères gras de polycopieur – les Lumières par leur seul nom sonnaient inappropriées face à l'abcès qui nous submergeait d'Asie, qui arrivait sur nous – le Père – le professeur – le mien – ne pas dire – l'ami – était un amalgame. Cultivé, délicat, sensuel – antique – franco-anglais - il avait traversé les néo-religions comme des aventures du corps. Prenant exemple d'André Malraux ou T.E. Lawrence, il était devenu commissaire, comme s'il ne comprenait pas que le stylet de l'individualisme aventurier est un couteau de boucher entre les mains des communistes. Sans communisme, les autres ont subsisté. Malraux a pillé des œuvres d'art dans les temples du Cambodge. T.E. Lawrence s'enterrait dans le désert pour enculer de jeunes Arabes – on peut leur adjoindre Hemingway et ses exploits dans des guerres imaginaires ou réelles, toutes imaginaires, sauf qu'un obus a explosé à ses pieds pendant la Première Guerre mondiale. Mais pendant la deuxième, quand il tournait dans la mer des Caraïbes sur son yacht d'écrivain – voiles blanches, rhum, marlins – à la poursuite de sous-marins allemands, c'était déjà une rigolade. Ou quand, correspondant de guerre, il a lui-même pris Paris, c'est-à-dire le bar de l'hôtel le plus cher, le Ritz, d'où cinquante ans plus tard une princesse de n'importe quoi est partie s'envoyer en l'air dans la bicoque dorée d'un faquin d'Égypte, pour se fracasser efficacement dans une Mercedes ivre contre un poteau du tunnel sous la place où du temps de Hemingway se trouvait la statue de Mickiewicz, une main tendue vers ? Vers quelle péripétie intellectuelle, virile, aventureuse, puisque sa plume avait séché, puisqu'il était saisi d'une froide folie, familière, sèche, moite ?

Rien d'autre n'explique l'absence d'écriture de poèmes par le Barde – à Lausanne encore, il écrivait des choses spirituelles, sans grandes exigences, mais intimement enfantines – Paris avait sourdement agrippé de ses doigts français sa voix chantante – Pan Tadeusz – et avait étouffé en lui le tour d'esprit, il faisait gris. La francitude l'avait pris dans son mouvement, il fallait – en prose – écrire comme un Parisien, c'est-à-dire sans raison, sur rien, des élucubrations. Béni soit Towianski qui l'a ramené dans le sein de la patrie, sauf que sans territoire, sans lacs ni prairies préservés dans la beauté de la mémoire, mais dans une confusion polono-juive, avec un messie et avec – c'est à Paris le plus énergique des divertissements, peut-être l'unique, à part le snobisme et la méchanceté – une frénétique copulation. Paris a fait de Mickiewicz un Malraux, un intellectuel engagé, un journaliste, un historiographe, un colonel de troupes fuyant la folie sinistre de son épouse et partant sur les vastes espaces d'un océan gauchisant – la polonité, archaïque et opprimée, la polonité provinciale ne suffisait plus. « Et la Pologne, sire ? », lâché par un dignitaire indigné à l'empereur Napoléon III (II, comme chez les canards de Brzechwa, n'a jamais existé), qui n'était en rien le descendant de I, mais seulement d'un général hollandais et du corps gras de la fille de Joséphine, d'un précédent mariage, la Joséphine, mûre pute érotique à la mode avec laquelle Bonaparte, pour sa carrière – elle était la maîtresse du tout-puissant chef de la post-révolution, Barras – elle s'est mariée quand elle a commencé à ennuyer le satrape – ce « et la Pologne, sire » pendant la visite du tsar russe à Paris sonnait faible, comme une revendication d'une quelconque province, peut-être même pas en Europe, quelque part dans un recoin oublié d'inutilité torturée, d'un parent pauvre, malade de phtisie et agonisant dans une mansarde – ou Janko Goral, héros émigré, de Joseph Conrad, dans un phare anglais.

Le père de mon jeune ami – joliment vêtu de tweeds et de cashmeres de son propre père, et qui clignait des yeux dans la fumée de sa cigarette tel un intellectuel européen racé – portait même le béret. Il était un commissaire politique malveillant et discipliné, même si imparfaitement formé, non qu'il n'eût pas voulu – aucun de nous vraiment ne comprenait rien du marxisme-léninisme – il n'y avait pas à comprendre – juste à accepter – comment peut-on seulement affirmer que, dans le mouvement messianique de l'histoire, c'est scientifiquement et chaque fois la pire des classes qui en prend la tête, la moins possédante et la plus bête, puisque ce n'est pas la vérité ? Bien sûr, le primaire triomphe toujours, mais pourquoi cela devrait-il revenir au prolétaire, à moins peut-être que son tsar borné, au nom d'une guerre européenne étrangère, ne l'arme – moloch mauvais et damné – de fusils, et que le gangster marxiste ne souffle aux nouveaux armés ce que l'on peut détruire, brûler, violer, piller impunément, bah, contre récompense. Le résultat n'est pas le chamboulement social et le paradis, mais une destruction qu'il faut réfréner par la prison générale, le camp, la famine et la mort et la médiocrité, que puisse subsister un minimum de quelque chose. Le père de mon ami enseignait ça, moi – à peine plus jeune –, je me réfugiais dans des recherches énigmatiques, c'est-à-dire de philosophie, fondamentales – sur l'éthique, même si ça n'avait aucun sens dans la Pologne populaire, j'écrivais peu, je lisais beaucoup et je parlais lentement comme un sous-développé, mais par contre avec sincérité – fourberie de cette sincérité, alors qu'à la vérité je n'avais rien à dire ni à célébrer – de maigres travaux spécialisés suffisaient à obtenir le titre de professeur – à l'Académie d'éducation physique on recevait un doctorat pour un saut à la perche – parce que les gens du Parti m'aimaient bien, puisque j'avais l'air des leurs et sans imagination – je n'avais d'imagination qu'à l'endroit des femmes, et je faisais mon éducation moi-même – c'est-à-dire depuis l'orphelinat, c'est-à-dire la Maison de l'Enfant – ce qui me donnait une élogieuse carte d'identité un peu prolétarisée et naïve, de simplet chez les apaches – mais à l'inverse, cela faisait que je ne pouvais convenir comme apparatchik, balourd et bêta et bon enfant. C'est ce qu'on pensait. Le père de mon ami tentait d'obtenir plus en se servant des femmes, en particulier juives, celles qui maintenant se répandent le plus furieusement sur lui, aveuglément et sur sa tombe, qu'il était un reptile sournois, alors qu'il essayait seulement de glisser sur elles et pendant des années et de faire semblant, et il pensait que leurs cons faisaient autant d'échelons gluants pour monter à l'échelle. Un temps a figuré ainsi une colonelle aux cheveux noirs, secrétaire de potentats qui eut la bonté de l'envoyer dans un poste élégant au lieu-dit Paris – c'est de là que mon jeune ami connaissait si bien le français, et d'où plus tard la rencontre avec

Danièle – à Paris les épouses diplomatiques de militants communistes d'avant-guerre, les épouses soldates décolorées et alcoolisées et sans scrupules – le premier sérieux dérapage –

Il s'était définitivement empêtré à Varsovie quand il s'était lancé dans une aventure avec l'épouse d'un attaché américain, et il avait été jeté de partout. C'était le dégel d'après Octobre, il s'était oublié, ou peut-être avait-il cru qu'on avait déjà le droit. Ou peut-être ne pensait-il à rien, juste à ses hanches et à sa beauté et à son derrière et à sa gaieté transcontinentale. On l'a rejeté de partout, il s'est rabattu sur la bureaucratie de la Diète, ce qui était mieux que d'enseigner dans un lycée, mais quand même. Puis il s'est suicidé, et mon jeune élève, philosophe – j'étais revenu de l'Institut de recherches littéraires, à l'époque, feignant de le faire à contrecoeur – autrement dit après réflexion – à l'université, et je me suis occupé avec soulagement – sincèrement – de la lutte contre l'existentialisme franco-allemand, qui me donnait des frissons vomitifs – je me trouvai seul – brillant, arrogant, joli garçon, pas encore sorti de ma coquille, presque un enfant qui se prenait pour un aigle et n'était que – et pour un bref instant – un petit vautour varsovien, mangeur de charogne inaccessible. Il s'est installé chez moi, nous partagions – je lui ai appris – le désaccord de nos intérêts, le mitraillage de remarques, le manque de sérieux – le sérieux est affaire de pseudo-intellectuels prolos citadins incultes et prétentieux, et je l'ai moi-même poussé à la Filmowka – l'École de cinéma – et lorsque, parmi les gens de cinéma, il s'est senti médiocre imbécile chez des imbéciles médiocres – retour à la philosophie, puis à l'écriture. Moi aussi, j'écrivais. Je comprenais l'écriture comme une nécessité, comme j'en comprenais une autre à l'égard des femmes. Joseph Conrad, Mickiewicz, Heidegger, Anaximandre ne cessaient pas d'être intéressants. Ce qui était intéressant était leurs couples. Ce qui me préoccupait constituait la mosaïque d'une totalité, comme de remettre sans cesse des lunettes sexuelles – dessein modeste et inépuisable. Et ce faisant, frivole, quand à Paris où j'enseignais en passant, à Varsovie où sous le nouveau régime c'était la même chose, sauf que le contraire, à Berlin ou Los Angeles où il fallait jouer le sérieux. Briller des vertus noires d'une quelconque religiosité. Je n'en ai jamais possédé. Mes épouses étaient intéressantes aussi longtemps que sexuelles, plus tard lourdes et superflues et surréelles, on pourrait dire : religieuses. Je me suis débarrassé d'elles comme j'ai pu, ou elles de moi, jusqu'à me retrouver dans un phare.

Pendant un temps assez long, j'ai considéré l'écriture comme un moyen de percer la réalité, que le monde se laisse saisir avec les pinces des mots – de lui-même – qui ça intéresse – mais non – la réalité est totalement impénétrable. Ce n'est pas un mystère, c'est la ténèbre. La vérité est une forme d'obscurité pour l'espace qui s'étire fuligineusement et s'enfonce toujours plus loin. L'espace, c'est le temps. Le temps n'existe pas. Il y a le vieillissement. Il faut durer, médian, ennuyeux, ennuyant, inutile, tout au long cours de la vie. J'y ai réussi en faisant l'idiot. Ma Danièle, qui me trompait avec des jeunes, m'a entretenu à la surface de la merde – je n'ai pas coulé – pendant toutes ces années. J'ai duré. Le phare comme les cours à Berne, les conférences comme les maîtresses, les coups de la mer écumeuse, les charmes intellectuels – Stella est partie. Ambitieuse, insouciante, plutôt amicale. Elle avait un sexe comme toutes les femmes, entre les cuisses. Quelques journées de solitude. Les fax que j'envoyais à mon jeune ami restaient sans réponse. Je ne savais me mettre ni à l'écriture, ni à la méditation. Spinoza, Descartes, les cosmogones, les raseurs. J'ai lu avec entrain la biographie de Bram Stoker, l'administrateur du théâtre Lycaeum de Londres, dont la vedette était un certain Henry Irving qui se mouvait sur la scène – ascétique, maigre, grand – à tâtons, au flair, tant il était myope. Le roman de Bram Stoker a été traduit en cinquante-quatre langues, et le vampire Dracula est resté dans l'histoire du cinéma – est-ce que ça existe – le personnage le plus filmé. Stella Brighton, auteure de sa biographie, affirme que *Dracula* est un chef-d'œuvre.

Ha ! « Ce sont les femmes méchantes, semble-t-il, qui connaissent le mieux les hommes », dit un de ses – de Stoker – personnages. L'historien Bram Dijkstra qualifiait Dracula de « document central de la guerre de la fin du XIXe siècle avec les femmes » ! Comment ça, la fin du XIXe ! Permanente ! Présente ! Vive la guerre, je m'écriais dans le béton vide du phare, écho du béton, croassement permanent de la mer à rendre sourd. « La féminisation des désirs », écrit Barbara Brighton. Encore une que j'inviterais bien ici. Stevenson et ainsi de suite. Un certain David Skal – aussi un écrivain – a suggéré que le roman de Stoker était une tentative de sauver la conscience de soi masculine – mâle – assiégée – de la plus profonde conscience de soi en tant que mâle – chez l'homme. Je respire le mâle. Je branche du porno, il suffit de passer de chaîne en chaîne. Où Dracula se faufile-t-il la nuit, si ce n'est d'une chambre à coucher dans l'autre ? Qui suce-t-il, qui le suce ? Une certaine Mina – minette – tandis que son mari ronfle à côté d'elle, même. Le siècle XIX ? Le sperme de la bougie allumée goutte sur un corps pâle de femme – une peau – dans un cercueil. De la bougie phallique qui refroidit sur le métal du cercueil. Le cauchemar du héros de *Dracula*, le jeune Harker, a été de découvrir que l'union avec une pure – vierge – transforme celle-ci en femelle sexuellement agressive. Dans cette pute sexuelle, il n'y a pas de sexe, écrit James

Twitchell, pas d'organes génitaux, pas de responsabilité, pas de faute, pas d'amour, bah ! il y a du sexe sans évocation du sexe. Tout au long de sa prime enfance, Bram Stoker regardait des fenêtres parentales la grande baie de Dublin, les voiliers et les phares. La mer, la mer en colère. Quand il s'est marié, c'est tout juste si sa moitié et leur enfant ne se sont pas noyés dans la catastrophe du navire qui traversait la Manche, parce que sur la côte française un phare était tombé en panne.

Les limbes – état de néant – pour ceux qui n'ont droit ni à l'enfer ni au paradis. Je réchauffe des saucisses au chou, je frotte mes mains engourdies au-dessus du réchaud. J'enfile un deuxième sweater sur mon corps plantureux. Le col me remonte jusqu'aux oreilles et me gratte. Les mariages sont toujours malheureux. Le fiancé Jonathan, couché sur un lit d'hôpital dans un état – évidemment – à moitié conscient, se marie avec Minna. Des hommes capables sauvent des femmes bonnes, qui dans l'instant – Danièle – je pense – deviennent mauvaises. Dans *Dracula* – la féminisation des désirs – Stoker a compris. Dans tous ses récits suivants, les monstres étaient exclusivement des femmes sexuelles. Je voudrais faire la connaissance de cette Stella Brighton. Peut-être écrire à son éditeur ? Envoyer un fax ? Au moins jeter un œil sur sa photo ? Mais sous quel prétexte, du haut d'un phare ? Elle est certainement jeune – la notice biographique indique qu'elle n'a publié qu'un seul livre auparavant : une biographie de Violetta Hunt, maîtresse – amante – de toute une pléiade d'auteurs anglais à la fois – et de Ford Maddox Ford, et de H.G. Wells, et de Somerset Maugham, et de Henry James – les deux derniers, des tantes. Une féministe aussi, je pense, puisqu'elle a publié une anthologie des grandes femmes journalistes d'Amérique. Sûrement une Américaine en plus. En Amérique m'a dit Danièle, on appelle les choses par leur nom, une bite, une bite.

Pendant ces quelques jours, je lis la biographie de Bram Stoker, et autour du phare la mer se déchaîne. Je n'ai réussi qu'une seule fois à sortir pour une promenade arrosée – un vent mouillé – un vent d'eau – le soleil avait percé les nuages métalliques. Un souffle de blanc dans une grisaille satinée – le phare-soleil tournait derrière moi, et mon ombre apparaissait même sur le rocher vert-noir. J'ai envoyé un fax à la maison d'édition, mais ils n'ont pas répondu – une espèce de fou dans un phare, et Ethelreda – réservée, solide, belle pour autant que je m'en souvienne – ces bras – n'est pas venue. Par contre, mon jeune ami m'a envoyé l'albinos. Ou presque. La vedette est arrivée au cinquième jour de ma solitude ici – je commençais à m'habituer – sur le pont, la tache blanche de sa tête ébouriffée m'a étonné – le soleil pâle de sa tête – les duvets presque entièrement blancs de ses cheveux sortaient en désordre autour de son crâne – et sa densité – aussi loin que remonte ma mémoire je n'ai connu présence jeune aussi dense – presque étouffante. Elle tenait à la main une lettre de mon jeune ami, enveloppée dans un petit sac imperméable, qu'elle voulait et ne voulait pas devenir actrice – ah ah, je pensais, c'est celle qui voulait être bonne – et il me l'envoyait pour – il écrivait – un colloque – un cours – une leçon, une conversation sur la vie – elle en vaut la peine, il écrivait – et moi, je pensais, en satyre, que j'en valais la peine. Pourquoi pas avec elle ? je lui ai demandé par fax, et enfin, j'ai reçu une réponse à tout.

« J'étais persuadée que vous alliez m'enseigner la philosophie », elle dit, tandis que je pérorais sur Bram Stoker et son dédoublement, un dédoublement à l'exemple de Charlie Chaplin, mime charmant et porc sans scrupule, le dédoublement de Docteur Jekyll et Mister Hyde décrit par Stevenson, le dédoublement que détestait mon jeune ami. « Les hommes ne vivent pas dans le présent, comme les femmes – il m'écrivait – ils ne vivent pas dans le temps présent, mais dans des déviances du passé, dans le dédoublement de ce qui est passé et à venir de celles qu'ils ont aimées, dans les vigoureux et joyeux corps nouveaux de leurs amants, dans la gaieté de leurs amants, dans l'anéantissement des illusions. Mais la colère elle-même est une illusion, car le passé n'existe pas, et il n'y a pas de quoi se mettre en colère. » J'ai répondu à cette lettre distraitement – c'est-à-dire plus tard après la tempête – l'ouragan – après le grand frais ou je ne sais quoi – les rafales – pour le moment, je préparais un haricot de bacon en boîte pour la nouvelle arrivante, le soir, saumon fumé – car tout de même – et j'ai débouché une bouteille de champagne glacé dans l'excitation – déjà – de la préparation de quelque chose. L'acteur Irving, dont le factotum et manager était l'imposant et solide Stoker, rentrait une fois d'une première au théâtre Lycaeum où il venait de vivre un triomphe, quand sa femme Florence s'est mise à aboyer : « Est-ce que tu vas encore longtemps te donner en spectacle ? » L'acteur Irving a arrêté la calèche, il est descendu et n'est plus jamais revenu à la maison, j'ai dit à Blanche, en continuant de cuisiner

La devise préférée de Stoker, j'ai dit en regardant les seins véritablement énormes de l'albinos sous son sweater blanc, était la phrase de Hamlet : tout est dans le fait d'être prêt. Pour la deuxième fois, comme après l'anecdote sur Irving, elle a demandé : « Pourquoi vous me racontez ça ? » Elle avait des dents inégales. C'était le seul défaut de son visage, ovale et poupin comme un œuf taché de rousseur, des dents qui se chevauchaient et plantées de travers – se poussant les unes les autres sur les côtés – seules deux dents de devant s'appuyaient, fermement et également comme chez un lapin, sur la lèvre pulpeuse. Elle avait des mains féminines, et quand elle marchait – nous nous étions lancés dans une promenade glissante et le soleil nous tenait le pas sur cette glaçure – ses jambes, ses mollets, ses cuisses, son derrière tremblotaient, je dirais, significativement, c'est-à-dire érotiquement, ce qu'elle savait certainement – voulait-elle être ou ne pas être actrice ? Ses hanches. Toute mince, à part la poitrine rebondie, pleine, compacte, pneumatique – un corps – oui, devant moi marchait un corps jeune, enfermé dans une peau absolument pareille à la feuille sur laquelle j'écris, neuve, blanche, sans grains, sans signes distinctifs ni défauts – juste des taches de rousseur sur son joli visage aux grands yeux – non, elle n'était pas d'une grande beauté, elle était blanche. « Tu ne te feras pas prendre », était le onzième commandement de l'Angleterre victorienne, écrit Nina Auerbach – encore une féministe – dans sa biographie de l'actrice Ellen Terry, avec laquelle l'acteur Irving est resté de nombreuses années marié de la main gauche, après être descendu de la voiture de sa femme. « Tu ne te feras pas prendre », aurait dû être la devise de Danièle, qui avait déversé tant de malheurs sur la tête de mon ami – Danièle qui n'en avait rien à – c'est le mot – foutre – la perfide Danièle, pour qui rien n'avait de sens – « Je devais partir en mer avec lui sur son voilier, dit Blanche, mais au dernier moment », elle dit – quoi ? je demandai – « c'est quand même à moi qu'il a proposé le rôle dans le scénario intitulé *La Fidélité* », elle dit – « vous devriez savoir » – alors évidemment, j'ai compris – il s'était embarqué avec Danièle.

Il va la trucider ou la noyer, je pensais, mais cela n'a pas éveillé en moi d'émotion. Juste quelques jours, je dis à Blanche, juste un petit temps. La différence d'âge – de sexe, je voulais ajouter, mais j'ai éclaté de rire – la différence de la différence. Je l'ai instruite sur le dédoublement – d'Oscar Wilde *Le Portrait de Dorian Gray*, le jeunot éternellement beau et le vieillard peccable – un thème volé au *Melmoth le Vagabond* de Charles Maturin – ce n'est pas sans raison que Maturin était le nom de l'ami du héros, dans la saga maritime de Patrick O'Brian – mais je ne pouvais me retenir de raconter que l'auteur Maturin écrivait ses ouvrages uniquement en compagnie – au salon, au café – quand il écrivait, il se collait une pastille rouge – il la tirait de sa poche, il en avait une réserve – sur le front, et quand la conversation autour de lui devenait trop intéressante, il se collait les lèvres d'une pâte qu'il produisait lui-même à cette fin – la réserve était au fond de l'autre poche – et que Bram Stoker avait fait connaissance en Écosse du propriétaire du château de Slains, le comte Haye, qui avait écrit un roman sous le titre de *Firelight*, « la flamme, le feu, la lumière de la cheminée » – sur une femme qui met au monde un enfant engendré par un esprit – Danièle, quand elle était à

Londres, avait joué dans le film *Firelight*, c'est-à-dire le même sujet – et qu'à la villa Diodati, « le don de Dieu », près de Gênes, un soir d'hiver, Byron avait proposé à ses hôtes d'écrire – chacun – un conte sur des spectres – et que Mary Shelley avait écrit *Frankenstein*, Shelley quelque chose sur son enfance, Byron juste un court fragment, parce que les narcotiques l'avaient assoupi, et Polidori – John – *Le Vampire*.

Elle ne savait trop quoi faire de tout cela – de moi – rien, peut-être – mais j'étais hâlé – fouetté – par le vent, et ridicule, grand, lourd, chauve, énergique, des poils me sortaient joyeusement des oreilles et du nez, et je l'amusais – je l'amusais, je l'espérais, sans quoi elle ne serait pas venue au lit avec moi – comment ne pas se souvenir qui elles sont, ce qu'elles ont en elles – ce qui se produirait – j'ai donc répondu à son hésitation surprise par un distique de Yeats :

« Devant tes pas, j'ai déployé mes rêves
Marche avec douceur, tu marches sur mes rêves. »

Encore que rien de ceci ne puisse ni clairement ni sûrement s'expliquer – marche – *thread* – peut se comprendre « piétiner », rêves pour rêveries, avec douceur pour doucement. Le vampire Dracula dit à la fin : « Ma vengeance ne fait que commencer. Je l'ai déployée au-delà des siècles, et le temps est de mon côté. » Le fax qui s'est mis à caqueter, pendant que j'étais entre les draps avec Blanche, apportait la nouvelle que Stella Brighton était professeure à la Columbia University à New York, c'est-à-dire une collègue, ce qui m'a refroidi complètement – mais après le départ de Blanche, car, pour le moment, j'étais trop occupé.

Puisque Blanche se trouvait ici, je me suis occupé – cette nuit-là et les nuits suivantes – de Blanche. Les actrices, j'ai raconté. Liz Taylor était toute poilue – couverte d'un duvet noir – et exclusivement l'intéressait la copulation – un de ses amants a dit d'elle qu'elle était au lit « totalement pornographique » – ce qui m'a excité de plus belle – nous étions couchés nus, ventre en l'air – elle, les seins – moi, mes poils gris sur la poitrine où elle passait les doigts – comme cette fois où Danièle s'était trahie elle-même, révélant qu'elle avait un amant – « Ne te fais pas prendre » – la nuit, dans son sommeil, en parlant anglais à mon ami, et en fouillant des doigts sur sa poitrine lisse comme un ver. Blanche – comme du petit-lait – était comme aveuglante de phosphorescence. Liz, Danièle, elles vivaient, je pensais, de la fougue des bites qui se plongeaient en elles – et Marilyn, je dis, cette pute qui ne se lavait jamais, exigeait que Kennedy – le Président – la prenne sur le lit de sa femme – Vivien Leigh qui a perdu la raison à cause de sa nymphomanie – le pénis de Larry Olivier se recroquevillait de peur devant elle, lui toucher le con entraînait chez lui – comme un escargot – un retour panique dans la coquille – là, il rêvait – devant ton con, j'ai déployé mes rêves – piétine prudemment, car tu piétines mes rêves, pour paraphraser le banal distique de Yeats. Dommage, je pensais, dans la pénombre blanche, qu'Ethelreda ne soit pas venue ici, même si, dans son piètre livre, seul m'avait intéressé le deuxième mari de Fanny Stevenson, de quarante ans plus jeune qu'elle – les choses peuvent se faire dans un sens ou dans l'autre – car lorsque Fanny est morte, toujours baisée à l'âge de soixante-quatorze ans, son mari a aussitôt épousé sa fille Stella, qui avait cinquante-six ans – lui – trente-quatre – mais il est quand même mort vidé à l'âge précoce de cinquante-cinq – et Descartes, Cartesius, je chuchotais à Blanche, a écrit que, lorsque je le considère attentivement, je ne trouve pas une seule caractéristique distinguant précisément la veille du rêve.

Involontairement, je lui parle de ce qui est le thème de mes dernières réflexions : l'inaboutissement – l'inachèvement – des femmes – de Danièle. « Tu veux devenir actrice ? », je demande. « Je pense que j'en suis une », elle répond dans la pénombre – la lumière vient d'elle – la lumière de la fenêtre, c'est le faisceau de la lentille, là-haut, dans des engrenages huilés, renvoyé par la masse des eaux qui se relève coup après coup, par les gouttes – en permanence dans l'air et sur la vitre – il fait clair – « tu ne le seras jamais » – je dis cela avec, devant ses seins, l'espoir, comme si j'y pouvais quelque chose – rien n'est jamais comme on le veut, jamais avec celle qui, avec celle que. « Tes nichons sont si érotiques qu'ils me soulèvent le cœur », je dis à Blanche – « Je ne vous soupçonne pas d'impuissance », elle dit, à travers ses dents inégales, plutôt conciliante – il lui suffit d'être couchée ou debout – à trois mètres, on sent la densité autour de son corps – le pointu électrique du buste – aveuglant – littéralement – le blanc du décolleté – la petitesse de sa tête d'oiseau – le blanc du nez retroussé près de moi – les taches de rousseur ont été noyées sous l'eau lisseuse – « Continuez à parler, elle dit, ça m'est égal » – alors j'écarte – blanches – ses cuisses, et parle à l'intérieur de son sexe – gluant – j'y étais il y a un instant – j'y serai dans un instant – je parle du cerveau malade des philosophes qui savent toujours tout mieux – avant les autres – et de leur bêtise – je dis – de la petitesse du chaos dont nous sommes pétris – à la fin, il y a le chaos, comme au commencement – de la seule volonté des femmes d'être baisées – et des contorsions infinies – des trucs – des élucubrations des hommes pour les baiser – bien la baiser – ça a explosé en moi, quand ce matin j'ai enfin envoyé le fax à mon ami – arrête de te perdre et de t'épancher – tu es sur la mer, regarde la mer – je me suis épanché – tu es sur un voilier, regarde les voiles – c'est une belle femme, regarde ses bras – sois reconnaissant – j'ai écrit – c'est la seule leçon – j'ai écrit.

Pendant les quelques brèves journées du séjour de Blanche dans le phare – elle était évidemment repartie le lendemain – une frontière de moire opaline s'est dessinée entre la mer et le ciel, ocre, céladon et rose comme une matrice de perle, et il semblait étrange que la mer en dessous continuât de gronder et rugir, démontée, nullement lisse, si ce n'est que vert saphir, et vrillée de la lumière du soleil toujours dissimulé derrière les nuages, et pourtant si puissant – perle – brûlant, je clignais des yeux, regardant d'en haut – un temps trop tourbillonnaire pour une promenade – du balcon, sa présence absente, son éclat voilé. Je me suis vanté devant Blanche de ma connaissance des parfaites lentilles du phare, de la pureté des verres taillés et des miroirs, de la fluidité de miel des mécanismes, de la patience de leurs rotations. Je me suis vanté de ma compréhension du système E.S.T., grâce auquel je savais où se trouvait – voguait – mon ami, même si une milliseconde de perte de courant électrique suffirait pour que tant de navires, de bateaux et de voiliers disparaissent à jamais, au moins de tout contrôle. L'inachèvement des femmes – des actrices – c'est, je dis, comme l'inachèvement d'une maison dont la construction a été interrompue au dernier mur laissé brut, sans fenêtres, aveugle, comme on dit. Derrière lui, qu'imaginonsnous dans l'espace non bâti ? Des chambres chaudes ? Une bibliothèque ? Des toilettes ? Une nuit noire de l'âme, je dis à Blanche, les femmes sont de cette partie-là, plus que de celle visible, que dire alors des actrices, et pourtant. La partie visible a des jambes et une tête et une beauté, l'invisible a un mystère qui nous aspire par son non-être même.

Je disais cela à l'inachevée Blanche qui tenait une cigarette de ses doigts réels. Elle était trop jeune pour répondre. Elle était venue pour apprendre – non, rien sur Spinoza – et elle avait appris. Que pouvais-je lui enseigner de plus ? La mer bouillonnait de glace, la lumière changeait délicatement à sa surface, rien – évidemment – ne perdurait. Je me faisais gloire de sa présence – une présence même dans ses odeurs, et je savais qu'elle ne ferait pas carrière. Avec ce visage ovoïde, ces dents inégales. Qui aurait le cœur touché par une peau aussi blanche ? Un essai naïf d'aller y voir ? Danièle était sombre. Sous le masque de son visage se cachait le mal. Pourquoi le mal voulait-il encore une fois dévorer mon ami ? L'appartement de Danièle à Londres était à côté du pub de Bram Stoker, nous sommes allés – leur enfant était à l'école – dans sa chambre à coucher. Il ne s'agissait pas tant pour elle d'un acte amoureux avec moi, elle dit, mais de parler. D'une amitié. D'un soutien. De ce qu'elle appelait la compréhension, de même qu'elle appelait « espace de liberté » l'étroit entrelacs des lèvres et de la vulve sur la bite, et la bonne santé du partenaire. Il s'agissait aussi de me séduire, moi, car pourquoi pas ? Dans son autobiographie, Chaplin décrit le dialogue qu'il avait saisi entre sa mère Hanna et une voisine pleine de griefs. La mère – Hanna –, pendue sur la balustrade de la cage d'escalier, crie : « Et pour qui elle se prend, la petite madame ? Pour Lady de Merde ? – Oh, minaude la querelleuse, quel beau langage dans une bouche chrétienne. – Ma petite madame, ne vous tracassez pas, aboie Hanna en retour. C'est dans la Bible, ma chère. Deutéronome, chapitre vingt-huit, verset trente-sept. Sauf que là, c'est dit autrement. Ceci étant, Lady de Merde, ça vous va comme un gant. »

En même temps que ces péroraisons sur le dédoublement qui n'engageaient à rien – Kant/Spinoza – Danièle/Danièle – la philosophie/Hollywood – le désir/l'amour – j'ai donné à lire à Blanche cette biographie de Chaplin. Sur les orgies sexuelles, vingt-quatre heures couchées sur Louise Brooks, si innocente, pure, si intelligente, chez le financier Blumenthal, 1925. Sur Hollywood, où Danièle – elle n'avait pas encore osé en souffler mot à mon ami – retournait. Le cinéma et la politique, écrit Erika Mann, la fille de Thomas, sont un seul et même sujet. Les intellectuels de Hollywood étaient mus par le communisme, c'est-à-dire la trahison. Le Komintern, Moscou, la personne d'un certain Otto Katz, aussi appelé Rudolf Breda, qui ensorcelait les acteurs et les auteurs, et les attirait dans les bras du Parti. Pour ça, plus tard, après une fuite des États-Unis, il a été fusillé en Tchécoslovaquie communiste. Le dédoublement de Chaplin en bateleur et coco. Le dédoublement du simple fait que ceux qui étaient sur les traces – ils les harcelaient – des communistes aux USA – étaient des crapules. « Le patriotisme, ultime issue pour une crapule », écrit – déjà – le docteur Johnson. Mon patriotisme a fait que je me suis enfui jusqu'ici, sur cette côte extrême, je dis à une Blanche obtuse, qui ne perçoit que ma façon de parler, comprend mon vieux corps et dit : « Vous avez été si gentil. »

J'ai envie de lui botter son – joli – cul –, mais la tempête éclate. Non, non, je claviote dans un fax à mon jeune ami, ton mariage, comme le mariage de Chaplin – le héros du film *Limelight*, des *Feux de la rampe* – n'a pas été détraqué par ta cogitation, ton écriture ou ton alcoolisme, mais seulement par ses trahisons ! « Actrice », je cite l'auteur Kenneth S. Lynn, « c'est un mot qui recouvre de multiples péchés ! » Alors que l'eau – le niveau – monte sensiblement à la souche du phare, là d'où le phallus glacé saillit – le rocher lavé par les vagues – j'envoie un fax avant que la lumière ne s'éteigne – que le monde ne s'éteigne – j'ai couché avec elle – tous ceux qui l'ont voulu, ont couché avec elle – tu me l'as écrit toi-même – qu'est-ce que tu as à faire d'une bonne femme lubrifiée au sperme des autres – j'écris – jette-la à la mer ! Comme une hydre, un monstre des profondeurs, une merde chiée, évacuée ! Est-ce que tu sais que la chasse d'eau des toilettes – la cuvette – n'a pas été inventée par un manuel, mais par un jeune et délicat, intelligent et joli – comme toi – poète, John Harington – 1561 – traducteur de l'Arioste ? « Mais quand donc écrivez-vous cet essai, vous qui n'arrêtez pas de parler ? », Blanche demande. Adossée à l'arrondi du mur – ces seins – au mur, à la résonance du mur, comme si, moi, je l'entourais. N'importe quelle nouveauté, n'importe quel fragment est plus important que n'importe quel système. Des sectes ont conquis le monde, je dis, la secte du menuisier Jésus, la secte du marchand Mahomet, la secte du meurtrier Moïse. La secte de Lénine, de Hitler, c'est facile. La secte des adorateurs de l'internet, qui lance sur le monde le réseau maléfique de la nouvelle incommunicabilité. Les sectes des femmes traîtresses. Jeans, foulard de pionnier, tête de mort avec des tibias. Tous égaux devant les écrans. Dernièrement, j'ai lu dans un journal électronique qu'atterrissaient à Dubaï des centaines de passagers munis de visas *business class*, pour sortir de l'aéroport mendier dans les rues de la ville. Un business-mendiant moyen de ce genre ramasse jusqu'à trois mille dollars par jour.

J'entends, j'entends clairement la poussée de l'eau dans le haut du phallus – la vague, comme une langue, s'élève en léchant le mur mouillé, lourde et légère, écumeuse, du verre – la mer tentaculaire – allons voir – montant à sa suite l'escalier en colimaçon, je revois son derrière devant mon nez – je la déshabille des yeux – je la déshabille dans le lit chaque nuit – ce blanc, ce blanc – au milieu de ce blanc, il y a sa vulve et son mouvement violent des reins, pas blanc – elle est sombre alors, débridée, tendue vers le plafond, une bouche de poisson, des dents de travers, de rares cheveux ressortant des deux côtés de son visage, comme les cheveux de Danièle – et sa bêtise – dans le fax à mon ami, j'ai eu le temps d'ajouter, si rien ne te dit, même Schopenhauer – ce qui avait l'air certainement ridicule, mais vrai – comme tout ce qui est ridicule, vrai – Schopenhauer dans *Le Monde comme volonté et comme représentation*, que l'amour sexuel est le but ultime de tous les efforts humain, et ALORS ? j'ai écrit des hurlements, qu'il m'entende crier.

L'amour sexuel, écrit Schopenhauer, ne sommes-nous pas des philosophes ? Sous ce ciel noir, avec sous les pieds ce fondement hystériquement instable – la tour oscille – une amplitude de deux mètres – « L'amour sexuel demande le sacrifice de la vie ou de la santé, de la richesse, de la carrière et du bonheur – il dépouille véritablement de toute conscience ceux qui auparavant étaient dignes et droits – elle fait des traîtres de ceux qui étaient loyaux et fidèles – elle se révèle donc démon malfaisant, qui met tous ses efforts afin de tout corrompre, égarer et détruire. » Ah ! J'ai écrit. « Le fond du sentiment amoureux n'est en rien une affection mutuelle, mais la possession, en d'autres termes, le plaisir physique. » Assez pour Schopenhauer, qui découvrait l'Amérique. L'unique but de notre séjour, de notre ascension, de notre montée en spirale dans l'escalier en métal – claquement de nos pas, inaudible dans les mugissements de la mer – est de planter une bite dans un con stupide – c'est-à-dire la réception d'une bite par une stupide chatte goulue – d'une bite rapace – pour engendrer – et l'appât qui se dandine devant le nez, c'est le plaisir. Rouerie de cette organisation, aveuglement de cette organisation ! Et quels tourments ! Quelle humiliation, pour seulement assouvir ! Blanche, visage cruel de la Nature – sans regard, avec par contre des lèvres ouvertes sur l'abîme de la mort – visage de cadavre, de spectre – Dracula – Hollywood – des actrices qui éveillent nos sens – nous séduisent par chacun de leurs gestes, chacune de leurs provocations – chacune de leurs raisons obscures – nous avons notre raison – nous sortons tous du caniveau –

Chaplin puait – écrivent les contemporains – il ne se lavait pas, et il puait. Liz puait, Marilyn puait. La puanteur est consubstantielle à l'acteur, érotique, sueur acide, pourriture organique du vagin, parfum de bouc. Te souviens-tu – j'ai écrit – dans quel état tu m'as trouvé dans Théologue ? C'est là que s'est déclenchée la révolution. Alors que nous étions couchés dans les fourrés à la belle étoile, j'ai cessé de compter avec les Danièle. Elles existaient, c'est bien. Elles s'en allaient, c'est aussi bien, ou même, encore mieux. Trompé ? Quelle trahison est-ce là ? Il faut faire amitié avec la vodka et la philosophie et la femme en même temps. Sans toi, c'est elle, j'ai écrit, qui est vide. Elle existe quand elle te trompe. Son autre moitié existe parce qu'elle est photographiée. Sur l'écran. Je suis à l'écran, donc je suis, dirait un Descartes hollywoodien, avant de fourrer une bouteille de Coca-Cola dans le con de l'actrice qui voudrait le rôle, alors que même le Viagra ne peut plus lui faire dresser la bite pour une centième fois et la baiser par ennui. Car, à Hollywood, Descartes serait comme toi, cinéaste. Bertold Brecht, qui aimait les films de Chaplin pour leur brutalité perverse, écrivait qu'ils étaient « redevables d'au moins une partie de leur efficacité à la brutalité du public ».

Quand on traverse – au sommet du phare – le faisceau de lumière qui frappe à des miles le fond de l'obscurité – il faut soit mettre des lunettes spéciales qui rappellent celles de haute montagne – soit fermer les yeux, et avancer à tâtons. Il y a du verre tout autour et la vague vert cristallin rampe sur le verre. Le grondement est principalement le grondement du vent. J'entoure les bras de Blanche, elle est beaucoup plus petite que moi, rebondie, et nous ne ressentons pas de peur. Nous restons à regarder, il est difficile de parler dans un tel raffut, il fait très froid et très chaud à la fois. Nous restons suffisamment longtemps pour voir arriver de nulle part – une course en éclair les rapproche de la lumière marine derrière laquelle nous nous cachons – des ailes fines et blanches, des oiseaux déployés en piqué hystérique – ailes déboîtées et becs ouverts pour frapper le verre – quand ils vont frapper – les plumes aussitôt ébouriffées sur le ventre – ils se décollent – le vent les décolle, les emporte – du poids de leur corps frêle, ils ne briseront pas le verre blindé – un, deux – des oiseaux solitaires à la file poussés sur nous – combien adroits – les rémiges des plus petits, trop faibles pour tenir la force de l'ouragan – ils filent comme s'ils riaient, détournant la tête – le verre autour de la tête fragile du phare – ils disparaissent dans la nuit, planant sur ces ailes larges et subtiles – étroites comme une plume – une rame, une penne blanche – roulés en boule quand ils ont renoncé – comme une feuille de papier froissée, jetée à la corbeille, la mer fluide, agitée, dure, ambre et guettant quelque chose, préparant quelque chose.

Ample et étouffante comme un duvet – une couverture – Blanche – des orifices roses – et j'en ai eu assez, parce qu'elle voulait devenir actrice. « Non, ce n'est pas son sexe qui se referme avec un clappement brun-pourpre – un vagin d'octopode », écrit mon ami – « c'est mon sexe qui se retire inimaginablement en lui-même – il rentre en lui-même par peur, de quoi ? Des intrigues avec ses amants, de sa trahison, avant d'appartenir à quelqu'un d'autre, de se donner » – mon cul qu'il ne fallait pas, je crie ! Les femmes n'appartiennent pas. Elles se rincent le con comme les dents, et on n'en parle plus ! Nos souvenirs nous habitent, avec leurs monstres, et nous leur sourions chaque nuit. J'ai efficacement effacé le souvenir de ma Danièle et de ses prouesses, lui n'a pas réussi, pourquoi ? En présence de cette mer soulevée et gargouillante – comme si elle aussi se gargarisait – qui râle en bouillonnant plus bas, et à la vue de ces oiseaux blancs, chiffonnés par le vent, je pense – deux choses seulement – en vérité – comptent encore – vraiment – créer, et nourrir des sentiments. Je ne m'étonne pas que mon jeune ami ne soit pas parti avec Blanche sur son voilier nouvellement acquis. Blanche était blanche, Danièle était le noir. Stella, outre d'étouffantes voluptés, servit à me faire voir comment fonctionnait l'ordinateur du phare – c'était la première fois de ma vie que je touchais le clavier de cet appareil humiliant – humiliant, car le cerveau, déjà suffisamment abstrait, se détache grâce à lui dans la sphère du non-être – dans l'irréalité – notre solitude muette – notre volonté de pouvoir sur les éléments – notre volonté de nous empoisonner pour ne pas sentir le fardeau froid de la réalité – l'abîme de la vérité indifférente – le cerveau a besoin de narcotiques – d'une autre personne – d'alcool – pour ne pas sombrer dans le néant – pour ne pas être rien dans rien, seul avec soi-même – il a besoin d'un supplément – d'une actrice – de copulation – pour s'abstraire encore davantage – de plus en plus – et se détourner du phoque, de l'ours, de l'herbe, du lion, de la vache, pour se détourner du ver et de l'araignée, pour se détourner du miel et du sel – pour se détourner – je pensais –

Alors, du fond des eaux agitées – nous restons, moi, avec ma vieille main panique sur le bras blanc stupide – le sweater de Blanche pareil à celui de Stella – dans le hurlement ralenti du temps et de la perception – balayé par les allers et retours de la lumière – jaillit par en dessous de la surface bouillonnante de la mer en ébullition – dans un geyser de sperme écumeux – se coule – un géant – Moby Dick – *dick*, c'est une bite en hollywoodien – jaillit – gicle – de son corps gigantesquement lourd, sombre, puissant – vers le haut comme s'il voulait s'élancer pour avaler les étoiles – un Léviathan – je ne sais quoi – baleine ou créature – un énorme monstre aux yeux rusés de pieuvre, et à la beauté étrangement visqueuse avec entre ses tentacules, là, je vois, où devrait être le sexe – un bec orange, encollé de mollusques – un monstre imbriqué dans un autre monstre – les sombres tentacules enserrent un corps lourd et gris de poisson dont la queue fouette la crête des vagues – les aplatit – ce corps puissant – cette queue – a poussé le tandem hors de l'eau – les mâchoires de l'animal gris enfoncées dans ce corps vert rouille, de qui – du calamar – de la pieuvre – ses yeux impatients, qui ne souffrent pas – de grands yeux sensibles comme ceux d'une vache, et pensants – des yeux marron, comme humains, avec des cils – la paupière se ferme sur l'œil et s'ouvre – ils me regardent – des yeux méditatifs – tandis que les mâchoires s'enfoncent dans les tentacules les plus sensibles – dans celui qui sert à la fécondation – à déposer le sperme à la femelle à distance sûre – dans le mouvement froid de l'eau en cascade – les deux corps jaillissant du bouillonnement de l'eau, dans le stroboscope de la lumière, corps, image résiduelle – et ils retombent dans une fontaine surgissant presque à notre hauteur – la mer a tremblé – je l'ai senti – j'ai lorgné Blanche – elle souriait du sourire absent d'une actrice, puis elle s'est évanouie.

Et puis je l'ai renvoyée sur le continent par la vedette des techniciens, la même par laquelle était arrivée Ethelreda. La mer prenait modestement des teintes opalines – comme si de rien n'était – nous avons mangé un œuf pour petit déjeuner. Blanche voulait être bonne, et elle était comme une ombre blanche et légère, à peine alourdie de mamelons en travers de l'air sans fin. Comment serait Ethelreda entre les draps ? je pensais, car j'étais lubrique, bandant presque en permanence. J'entends un bip, le début de la transmission d'une correspondance – un e-mail – sur l'écran bleu, à reflet rose, entre les stries d'une moire électronique. « Pour ce qui nous arrive, écrit mon jeune ami, je te conseille La Rivière du Serpent. » Je restai devant ce petit écran où se gravaient les petits caractères, à côté de moi, Ethelreda. Elle était en sweater blanc, et je ne voyais pas ses bras qui enivraient tant mon ami. Comment peut-on porter le nom d'Ethelreda ? Son livre sur Fanny Stevenson comprenait des dialogues qu'Ethelreda n'avait pu entendre, ou alors de qui ? Elle aimait Fanny Stevenson, Fanny lui plaisait, elle qui avait été l'ex-épouse d'un raté, parti creuser pour trouver de l'or au Canada – comme Danièle. Fanny faisait le coup de feu contre les Indiens, vivait au campement. Quand il l'a rejetée – il l'a rejetée plusieurs fois, la mère de ses enfants – elle a fait la pute dans les rues de San Francisco. Elle avait par ailleurs un talent de peintre. Elle s'est embarquée pour aller apprendre la peinture à Paris, où elle a fait la connaissance – dans la bohème – d'un Stevenson sans le sou. Il était plus jeune qu'elle, et il souffrait de tuberculose. Quand elle est rentrée à San Francisco, plusieurs messieurs friqués se sont souciés d'elle et l'ont entretenue. Il a traversé pour elle le continent – c'est alors, probablement, que la faim et la misère de ce voyage dans le gel et la poussière ont rendu sa tuberculose incurable.

Une fois devenu – Stevenson – écrivain célèbre, ils sont partis en mer. Dans le Pacifique et ses îles tropicales, ils ont cherché la santé pour lui. Il adorait Fanny, elle l'adorait. Elle avait de la force. Le livre d'Ethelreda était un livre de femme, un livre faible avec une force féminine. Sur l'écran, je lis : « Descartes/Spinoza, c'est certainement sur Dieu, qui n'existe pas, dont il n'existe pas d'autre preuve que notre vie ». La nuit précédente, la nature s'était vengée de quelque chose, de quelque chose. Tremblement de terre, tremblement de mer, maintenant silence, l'accalmie. Ethelreda sera-t-elle une accalmie ? Elle a les os des joues larges, des yeux assez polonais, un buste anglais. Elle est bien arrangeante, peu exigeante. Profitant du temps radouci, elle visite l'île. C'est-à-dire qu'elle marche en bottes de caoutchouc et manteau jaune à capuchon, aussi en caoutchouc, sur le petit sentier couvert d'algues autour du rocher. Elle se retourne, et regarde le phare. Je sens que, pour elle, je pourrais acheter un mouton. Elle reste impassible, calme. Me voit-elle derrière le vasistas blindé du deuxième étage où je me trouve, devant les appareils pour se comprendre avec le monde détraqué ? Doué du don inestimable de la laideur, je pense. Moi. Et de l'absence de jeunesse. Grâce à toi, qui, mon Dieu ? Je pense à l'iniquité des pères, du sien, du mien, à leur sagesse, à leur corps friable.

Je ne tombe amoureux d'Ethelreda que le soir, quand je vois – non, pas ses épaules – ses jambes. À moitié allongée sur un bat-flanc, elle enlève un pantalon pour mettre un autre pantalon. Elle lève une jambe parfaite vers le plafond – je la vois par la fente de la porte mal fermée – et je vois qu'elle a la jambe uniment hérissée de poils blonds. Les poils courts ont de l'or en eux. Il y a une erreur dans le style d'Ethelreda. Ces poils signifient une brutalité que mon ami n'a pas découverte. Sa bonne humeur de jour – sois positif – et sa totale noirceur la nuit feront le cocktail que j'attendais dans le phare. « Il était marqué par la mer, et il le savait », écrit Stella de Stevenson. Je le dis à Ethelreda, comme je lui dis que me frappait la ressemblance de Hitler et de Chaplin, c'est-à-dire du vagabond Hitler et du vagabond Charlie – celui de l'écran – le même. Cette philosophie des dédoublements, je dis. Hollywood est une pierre philosophale, les putes, le cinéma, *La Fidélité* que mon ami stupide a tourné avec Danièle dans le rôle principal, la fidélité devrait s'appeler *L'Infidélité*.

« Ce qui m'occupe, ce sont les ombres du courant, lisibles sous la surface lisse – sous la peau d'huile – de la mer » – écrit mon ami – « pense à moi, aime-moi comme un ami », il écrit. « Les ciels sont jaune citron et lumineux comme la lumière même, parfois seulement d'asphalte nuageux, comme si y étaient logés des corps comploteurs secrets. Il est doux et léger de penser dans ce silence, dans cette immobilité, dans cette apathie presque tropicale – à cette extrémité du monde, où le poids des choses et leur dissipation – leur dissolution indistincte – les contours – l'imprécision des choses, je voudrais dire, se mêlent à l'enthousiasme ou à la volupté, à l'amour même pour Danièle, pour appeler ça simplement. J'aime Danièle », écrit mon jeune ami, petits caractères, petit écran, « et elle m'aime à sa manière. Elle ne serait pas ici s'il n'en était pas ainsi. Et même si la moitié d'elle-même quand elle dort, quand son esprit dort, le sommeil de l'esprit, est ailleurs, même si la moitié d'elle-même sera toujours ailleurs avec quelqu'un d'autre, cette moitié pour le moment claire me suffit. Elle m'apaise, satisfait le besoin de désordre et de goût des choses – le besoin de fruit – le besoin de tempêtes, le besoin d'accompagnement de la vie que nous ne savons, ni toi, ni moi – saisir. Dérivons sans peur », écrit mon ami. « La femme a été appelée race du diable, la femme n'est le diable que parce que nous ne nous comprenons pas nous-mêmes. »

« Il fait un temps très beau, un vraiment très beau temps » – termine mon jeune ami – j'ai l'espoir que chez toi aussi. Tout est très calme et pourtant, je le sens, nous allons aller de l'avant. Nous allons naviguer, je pense, bientôt entre des îles grecques, méditerranéennes, des îles à trésors, que sais-je. Des îles où Dieu n'existe pas, mais où il y a des dieux. C'est ici que la Rivière du Serpent se jette dans une eau plus vaste. Les dieux de la jalousie et du désir, les dieux de la solitude et de la colère, les dieux de l'irréversibilité des choses, les dieux du prochain pas viendront ici, au confluent de l'eau douce et salée, se baigner avec nous. »

2000

Table des matières

Impression réalisée sur CAMERON par

BUSSIÈRE CAMEDAN IMPRIMERIES

GROUPE CPI

à Saint-Amand-Montrond (Cher)
en octobre 2003

Mise en pages : Bussière

N° d'impression : 36175-035069/1.
Dépôt légal : octobre 2003.

Imprimé en France